# 문학, 그 이상의 문학

(以上/異常/異狀/異象/異相/理想)

– 사이버문학론에 대한 연대기적 보고서 –

# 문학, 그 이상의 문학

(以上/異常/異狀/異象/異相/理想)

− 사이버문학론에 대한 연대기적 보고서 −

이 용 욱

* 이 책은 한국문화예술진흥원이 주관하는 2004년도 문예진흥기금 창
작지원사업의 지원으로 발간되었습니다.

# 책을 내며

『사이버문학의 도전』을 낸지 9년 만에 다시 책 한 권을 내게 되었다. 1996년에 나는 20대였고, 대학원생이었고, 치기가 가득한 소리 요란한 빈 수레였다. 2004년에 나는 30대이고, 명색이 문학박사이며, 결혼한 지 4년차에 접어든, 10개월 된 한 아이의 아버지가 되어 있다. 『사이버문학의 도전』을 내면서 난 많이도 스스로를 자랑스러워했던 것 같다. 그러나 지금은, 이 글을 쓰는 지금도 난 많이 부끄럽다. 9년이란 시간은 참으로 많은 것을 변화시켰지만 그래도 변하지 않은 것은, 여전히 나는 요란한 빈 수레라는 것이다.

어쩌면 지금까지 우리의 사이버문학 논의가 소리 요란한 빈 수레였는지 모르겠다. 많은 논자들이 사이버문학을 이야기했지만 그 목소리는 제각각이고 심정적이고 다분히 정치적이었다. 그래서 10년이 다 되어 가지만 우리는 아직도 용어조차 통일시키지 못하고 있다. <통신문학>에서 <사이버문학>으로, 이제는 <인터넷 소설>로, 쓰는 사람들조차 그 개념과 지시범위를 정확하게 인식하지 못한 채로 의미 없고 실체 없는 용어들만 요란하게 떠돌아다니고 있는 것이다. 모두들 "문학이 변화하고 있다"고 이야기하면서도 속내는 '그래도 문학은 문학이다'라는 아집을 버리지 않고 있다. 그래서 9년째 우리의 사이버문학 논의는 여전히 처음 그 자리에서 맴돌고 있을 뿐이다.

2002년 겨울, 나는 인터넷시동인지 [빈터]에 '사이버문학론, 무엇이 문제인가'라는 제목의 글을 실었었다. 그 글을 분기점으로 해서 사이버문학에 대한 내 시각은 달라진다. 『사이버문학의 도전』이 갖고 있는 이론적 약점을 인정하고, 사이버문학에 대한 인식론과 방법론을 재검토하여 새로운 접근방식을 찾아내고자 노력하였다. <사이버문학>이라는 거대담론에서 벗어나 디지털 서사체에 대한 시학적 접근을 시도하였고, '디지털 내러티브'와 '디지털 스토리텔링'에 관심을 갖게 되었다. <사이버문학>이 아니라 <사이버리즘>으로 내 관심의 무게추를 옮기게 된 것이다.

이 책은 『사이버문학의 도전』이후 1996년 가을부터 2002년 여름까지 여러 지면에 발표했던 사이버문학론을 연대기 순으로 묶은 평론집이다. '사이버문학론, 무엇이 문제인가'라는 글이 내 학문적 여정에 두 번째 출발선이라면, 이 책은 1996년 1월 1일 하이텔 문학관 게시판에 '통신문학, 이제 시작하자'라는 글을 올리면서 시작된 첫 번째 달리기에 대한 기록이며 보고서이다. 내년 봄이나 여름쯤 <사이버리즘>에 관련된 이론서를 출간할 계획인데, 그 전에 그동안 내가 이야기했던 사이버문학론을 정리할 필요도 있었다.

출판사에 넘기기 전 원고를 정리하면서 그동안 발표한 글들을 작가가 아니라 독자의 심정으로 꼼꼼히 읽어볼 시간을 갖게 되었다. 어떤 글은 너무 거칠어 빼버리고 싶기도 하였고, 어떤 글은 지금의 내 생각과는 많이 다르기도 하였다. 컴퓨터라는 저작도구가 우리의 의식에 어떤 조작을 기하고 어떤 영향을 미치는지, '이어쓰기'와 '고쳐쓰기'가 어떤 방식으로 이루어지는지, 아래 한글의 간편한 블록 기능이 우리의 독립적이고 주체적인 글쓰기를 어떻게 훼손하고 있는지를 보고 싶다면 여기에 실린 평문들은 아주 전형적인 텍스트가 될 것이다. 난 나 자신을 끊임없이 표절했고, 책을 내면서 부끄러운 것도 이 때문이다.

1996년과 2004년 사이에 난 몇 사람을 잃고 몇 사람을 얻었다. 내가 평생 마음의 빚을 지고 가야할 문섭이 형과 [버전업] 식구들은 지금 내 곁에 없다. 언젠가 그들을 다시 만나게 되리라 믿는다. 사랑하는 아내 소영이와 아들 성연이는 내가 받은 최고의 선물이다. 그들에게 내가 받은 기쁨과 축복을 되돌려 줄 날이 올 것을 또한 믿는다. 몇 분에게는 약속을 드려야겠다. 박사학위 논문 주제로 '사이버문학'을 선택할 수 있도록 격려해주시고 믿어주신 김종구 선생님께는 앞으로 더 열심히 노력하겠다는, 갈마동 어머니 아버지와 관저동 어머님 아버님께는 더 사랑하며 살겠다는, 사이버문학포럼 [버전업]의 식구들에게는 더 치열하게 고민하겠다는 약속을 드린다.

빈 수레는 요란하다. 그러나 요란하기 때문에 사람들은 그곳에 빈 수레가 있는 줄 알게 되고, 그 수레를 무언가로 채워야 한다는 생각을 하게 될 것이다. 현재 국내 사이버문학론은 빈 수레이고, 그래서 비판

받아야 한다면 그 책임의 상당부분은 나한테 있다. 비어 있으면 비어 있어서, 무언가 채워져 있다면 그것 때문에, 난 앞으로도 여전히 요란할 것이다. 지금 우리에게 필요한 것은 사이버문학을 이야기하는 요란한 빈 수레들이다. 빈 수레가 많으면 많을수록 사이버문학론은 힘을 얻을 것이며, 요란하면 요란할수록 그 안에 무언가 채워질 것이기 때문이다.

2004년 7월
이용욱

차　례

# 차 례

차 례

# 사이버문학의 정체성에 대한 시론(試論)

## – 위기를 넘어설 대안의 모색을 위하여 –

## 1. 머리말 : 위기의 본질과 대안으로서의 사이버문학

다니엘 벨이 『후기산업사회의 도래』(1973)라는 책에서 산업사회기
정보사회로 바뀔 것이라고 예언한 지 20여 년이 지난 지금, 우리는 분
명 정보화사회[1]를 살고 있다. 정보가 자본이 되고 있으며, 노동 생산
은 재화의 생산에서 정보의 생산으로 전이되고, 정보에 의한 권력의
역학 관계는 계급 구조를 재편해 새로운 파워 엘리트 집단을 형성한
다. 정보화사회의 동인(動因)은 정보화혁명이다. 앨빈 토플러가 제3의

---

[1] 정보화사회의 개념은 ㉠ 어떤 개인도, 집단도, 회사도 또는 어떤 조직도 언제 어
디서나 자동화된 이용 가능한 설비와 통신 체계를 기초로 하여 상응하는 돈을
지불하거나 또는 무료로 개인과 사회에 의미있는 임무의 해결과 그들의 활동에
필수적인 그 어떠한 정보와 지식도 받을 수 있는 사회 ㉡ 사회에서 어떤 개인이
나 집단 또는 조직에게 있어서 위의 항목을 완수하는 것을 보장해주는 현대 정
보 테크놀러지가 생산되고, 기능하고 있으며 허용되는 사회 ㉢ 끊임없이 조속한
과학-기술적 그리고 사회-역사적 진보를 보장해 주기 위해 필요한 용량으로 국가
정보의 원천들을 구축하도록 보장해주는 발전된 상부구조를 지니고 있는 사회
㉣ 사회에서 생산 및 조정의 모든 영역과 부문에서 조속한 자동화와 로봇화 과
정이 진행되는 사회 ㉤ 급격한 사회구조의 변화가 일어나고 있으며, 그 결과로
정보 활동 및 봉사의 영역이 확장되고 있는 사회이다.
- A. H. 라키토프, 이득재, 『컴퓨터혁명의 철학』, 문예출판사, 1996, pp.48-49.(재
  인용)

물결이라고 표현한 '정보화혁명'은 컴퓨터라는 새로운 매체의 등장으로 인해 가능해졌으며, 컴퓨터는 모든 것을 바꾸어 놓았다. 정보의 작업, 전달, 생산의 모든 수단을 급진적으로 변형시키며, 점차적으로 가치의 체계, 세계관 그리고 인간 자체에 대한, 자신의 존재 의미와 목적에 대한 인간들의 표상을 바꾸면서 간접적으로 역사적 사건의 진행에 점점 더 큰 영향을 미치게 된다.[2] 컴퓨터는 물질적 기반뿐만 아니라 의식적 지반까지도 흔들어 놓았으며, 의식적 기반을 태생적 모태로 삼는 예술 또한 그 자장권 내에서 자유롭지 못하게 되었다. 특히 물질적 기반과 의식적 기반을 모두 반영하는 예술로서의 문학은 정보화사회와 컴퓨터혁명의 영향을 가장 크게 받을 수밖에 없다. 시대와 밀접하지 않고 시대를 사유하지 않는 문학은 존재할 수 없기 때문이다.

사회가 변화하면 당연히 문학도 변화해야 한다는 전제가 참명제일 때, 정보화사회의 제특질들을 미적으로 담아낼 수 있는 새로운 문학패러다임의 등장은 시대적인 요구일 것이다. 지난 몇 년 동안 여러 논자들에 의해 제기[3]되었던 <문학의 위기설>[4]은 위기에 처한 패러다임

---

2) A. H. 라키토프, 앞의 책, p.28.
3) '문학의 위기'를 다룬 논문(단행본)으로는 다음과 같은 글들이 있다.
  - 김욱동, 『문학의 위기』, 문예출판사, 1993년.
  - 김성곤, '멀티미디어 시대와 문학의 미래', 『문학사상』, 1994년 11월호.
  - 복거일, '전상통신망 시대의 문학하기', 『문예중앙』, 1995년 가을호.
  - 조형준, '문화의 새로운 지배양식과 문학의 위기론에 대한 소고', 『문학동네』, 1995년 겨울호.
  - 강내희, '디지털시대의 문학하기', 『문화과학』, 1996년 봄호.
4) 문학사에서 문학의 위기가 논의됐던 시기는 곳곳에서 발견되어진다. 일련의 후기 구조주의자들에 의해 유포되었던 '소설의 죽음'이나 '주체의 소멸' 또한 그러한 문학 위기설의 하나였다. 그러나 후기구조주의자들이 주장하였던 '소설의 죽음'은 전통적인 내러티브 방식으로서의 대서사의 해체를 상징적으로 읽어냈던 것으로, 곧바로 대서사의 해체를 근간으로 하는 '포스트모더니즘'이라는 새로운 패러다임의 등장으로 이어졌다. 후기구조주의자들이 제기한 문학의 위기설이 포스트모더니즘문학의 생성에 이론적 도움을 준 것이다. 그리고 이 과정은 축적적이거

으로부터 정상과학의 새로운 전통이 태동하기 위한 진통으로 이해할 수 있다. 그러나 지금까지 제기된 문학의 위기설에 대한 담론들을 두 가지 측면에서 한계를 갖고 있다. 첫 번째는, 문학의 위기가 시대상황과 시대정신의 변화에 기인하고 있음을 인정하면서도, 그것이 문학을 구체적으로 어떻게 형질변화(形質變化)시킬 것인가에 대해서는 구체적인 언급을 회피하고 있다는 것이다. 문학의 위기를 문자언어로서의 책의 지위가 위협받는 '책의 위기'로 단순화시키거나(강내희), 지금 문학이 위기일지라도 활자책과 활자문학은 여전히 살아남을 것이라고 심정적인 낙관론을 피기도 하고(김성곤), 활자매체는 전자영상매체와 전혀 다른 고유한 특성을 가지고 있기 때문에, 전자매체가 문학에 끼친 영향은 치명적이지도 않다고 오독할 뿐이다(김욱동). 전통적인 문학의 근본 가치가 이제 미망(迷妄)으로 추락하고 있음에도 불구하고 그것을 보지(保持)하려는 논자들에 의해 문학의 위기는 그 본질이 오독되고 있는 것이다. 두 번째는 첫 번째의 연장선상 위에서 문학의 위기를 극복할 아무런 대안도 제시해 주고 있지 못하다는 것이다. '위기'는 '대안'을 마련한 다음에 이야기해야 됨에도 불구하고, 그렇지 못했다는 것은 문학의 위기에 대한 진지한 성찰과 반성이 이루어지지 못했음을 말해준다. '대안'없는 '위기'는 공허할 뿐이다. 위기들의 의미는 도구를 바꾸어야 할 계제에 도달했음을 가리키는 지표가 되기 때문이다.5)

지금 우리 앞에 던져진 문학의 위기는 크게 세 가지로 목록화되어질 수 있다. 첫째는 컴퓨터의 대중화로 인해 아스키 코드를 통한 전자글쓰기가 전통적인 글쓰기의 지위를 대신하여가고 있음으로 해서 활자

---

나 점진적이라기 보다는 혁명적이고 급진적으로 이루어졌다. '문학의 위기설'이야말로 새로운 패러다임의 도래를 예고하는 서막인 것이다.
5) 토마스 S. 쿤, 김경자, 『과학혁명의 구조』, 동아출판사, 1993, p.117.

매체가 쇠퇴하여 가고 있다는 표현 코드상의 위기의식이며, 둘째는 통신공간(cyberspace)이라는 새로운 소통 공간을 기반으로 실시간(實時間) 쌍방향(雙方向)의 소통구조가 그 영향력를 확대해가며 '작가'와 '독자'라는 전통적인 관계망을 해체시킴으로써 문학의 근본 가치들이 훼손되어가고 있다는 문학의 권위에 대한 위기 의식이다. 그리고 마지막으로 문학이 세계를 어떻게 재현해야 하는가 하는 상상력의 위기 의식이다. 이것은 통신공간이라는 새로운 세계의 등장과 무관하지 않다. 통신공간은 허구(fiction)의 세계가 아니라 가상현실(hyper reality)의 세계이다. 허구 역시 현실 공간 안에서 이루어지는 맥락인 반면에 가상현실은 현실 공간과 전혀 다른 층위에 위치해 있다. 현실은 물질로 이루어진 공간인 반면 가상현실의 세계는 비물질화된 공간이다. 가스통 바슐라르(Gaston bachelard)는 문학적 상상력은 근본적으로 물질에 기반을 두고 있다고 생각하였다. 그에게는 '고향'이라는 것조차 공간의 넓이라기보다는 물질이다. 즉 화강암이나 흙, 바람이나 건조함, 물이나 빛인 것이다.6) 모든 것은 물질적인 것으로 환원된다. 그러나 0과 1이라는 비트(bits)의 조합으로만 존재하는 통신공간은 아무런 물질적 기반도 갖고 있지 않다. 그 안에는 불, 공기, 물, 흙도 없다. 문학적 상상력이 기반으로 삼을 물질적 토대 대신에 네티즌(netizen)7)들은 동호회, 게시판, 대화실 같은 탈영역화된 공간들과 함께 비물질적인 토대 위에서 존재한다. 따라서 정보화혁명이 가속화될수록 통신공간과 비물질적 토대는 우리 일상에 더 많은 영향력을 행사할 것이며 당연히 상상력 또한 형질변화할 수밖에 없다.

지금까지 논의된 문학의 위기는 표현 코드상의 위기와 문학의 권위에 대한 위기에 집중되었다. 그러나 기실 문학이 가장 크게 맞닥뜨리

---

6) 가스통 바슐라르, 이가림, 『물과 꿈』, 문예출판사, 1990. p.16.
7) 네트(net)와 시민(citizen)의 합성어로, 실제 삶과 마찬가지로 통신공간 상에서 일상을 영위하고 있는 집단을 일컫는다.

고 있는 위기는 상상력의 위기이다. 문학과 '책'이 등가물이 아닌 이상 책의 위기를 문학의 위기로 환치시키거나 문학의 권위에 연연하는 것은 스스로 위기의 본질을 오독하는 것에 다름 아니며, 이제 정면으로 문학의 위기를 직시하고 그 대안을 제시해야 할 때이다.

그래서 필자는 그 대안으로 사이버문학(cyber literature)[8]을 제안하고자 한다.


## 2. 사이버문학의 정체성


사이버문학이 위기에 대한 대안으로 자리매김하기 위해서는 무엇보다도 대안으로서의 선명성과 정당성을 확보하여야 한다. 이 장에서는 사이버문학의 정체성은 무엇인가에 초점을 맞춰 논의를 이끌어나감으로써 대안으로서의 선명성을 확보하고자 한다. 정당성에 대한 확보는 사이버문학을 둘러싼 논의들을 비판적으로 점검하고자 하는 2-3 절에서 논의될 것이다.


### 2-1 새로움(革命)인가? 나아감(進步)인가?


사이버문학의 정체성을 논의하고자 할 때 맨 먼저 이야기해야 할 것은 문학사의 진행 구조를 계기적(繼起的)인 진행과 단절적(斷絶的)인 진

---

8) 사이버문학을 문학의 위기에 대한 대안이라는 필자의 주장은 이미 『사이버문학의 도전』(토마토,1996)이라는 단행본을 통해 구체화되었다.

행 중 어느 관점으로 이해하고 있는가부터이다. 계기적으로 이해한다면 당연히 모든 문학패러다임은 기왕의 패러다임을 새롭게 이어쓴 것에 불과할 것이다. 그러나 토마스 쿤이 탁월하게 지적하고 있듯이 새로운 패러다임의 등장은 누적적이거나 축적적이기보다는 혁명적이고 전복적이다. 위기에 처한 패러다임으로부터 정상과학의 새로운 전통이 태동할 수 있는 새로운 패러다임으로의 천이는 옛 패러다임의 명료화나 확장에 의해서 성취되는 과정, 즉 축적적 과정(cumulative process)과는 거리가 멀다. 그러한 천이는 오히려 새로운 기반으로부터 그 분야를 다시 세우는 것으로서, 그 분야 패러다임의 많은 방법과 응용은 물론 가장 기본적인 이론적 일반화조차도 변화시키게 되는 재건 사업이다. 그 이행 시기에는 옛 패러다임과 새 패러다임에 의해서 풀릴 수 있는 문제들이 크게 중복될 것이나, 그렇다고 해서 결코 완전히 중복되지는 않을 것이다. 그러나 풀이의 양식에서도 역시 결정적인 차이가 생길 것이다. 새로운 패러다임이 정상과학의 시기에 접어들면 그 전문 분야는 그 영역에 대한 견해, 방법, 목적을 바꾸게 된다.[9] 따라서 문학사는 단절적인 진행 구조를 지니고 있다. 문학사는 언뜻 보면 시간의 계기성에 따라 연속성을 지닌 듯 보이지만, 그 이면에는 전복적인 성격을 갖는 수많은 마디가 있음을 발견하게 될 것이다. 고소설에서 신소설, 현대소설로 이어진 우리 문학사의 거시적인 흐름 역시 단절의 역사이다. 신소설은 고소설의 형식과 내용, 문체를 완벽하게 고쳐썼고, 현대소설은 신소설의 근본 가치들을 전복시켰다. 정보화사회와 컴퓨터 혁명을 존재기반으로 갖는 사이버문학 역시 지금까지의 문학을 완전히 고쳐 쓰는 새로운 문학패러다임이며 문학에 대한 도전적인 혁명이다. 그렇다면 왜 진보적인 대안은 될 수 없는가?

---

9) 토마스 S. 쿤, 김경자, 같은 책, pp.130-131.

진보 개념이 적용되기 위해선 물질적 의식적 지반의 변화가 점진적으로 진행되거나, 그 변화에 대한 충분한 사전 준비가 선행되어야 한다. 그러나 정보화사회와 컴퓨터혁명은 그것을 예견한 다니엘 벨이나 앨빈 토플러 조차 놀랄 만큼 급진적이고 순식간에 우리 삶의 제양태들을 바꾸어 놓았다. 애니악(ENIAC)을 구상한 기간보다 더 짧은 시간 내에 286에서 586으로 컴퓨터의 처리 능력이 향상되었고, 사이버스페이스는 탈영역적인 속성과는 별개로 지구상 존재했던 어떤 사회공동체보다도 빠르게 그들의 시민 수를 늘려 가고 있다. 무엇보다도 우리 스스로가 정보화사회에 살고 있다고 확신하고 있으며, 이 믿음은 겨우 3~4년 만에 보편화되었다.

'진보'라는 것은 사회적 경제적 발전 단계의 교체에 대한 선조적 과정이다. 진보의 과정은 전 단계와 후 단계가 인과론적으로 이어지는 연결의 과정이며, 진보의 범주를 결정하는 근본 가치들은 '표준'이 되어 다시 새로운 표준으로 재생된다. 진보는 근본적으로 전 시대의 '표준'을 지반으로 하여 변형과 조작을 가하는 이어쓰기인 것이다.

그러나 사이버문학은 '표준'을 갖고 있지 않다. 인과론적이 아니라 개별적인 과정이며, 연결이 아닌 단절이다. 우리가 지금까지 '보편'이라 생각했던 문학의 근본 가치들은 부정되고 폐기된다. 정보화사회와 컴퓨터혁명은 문학의 외부 형질뿐만 아니라 소통의 메커니즘, 그리고 상상력의 지반을 전복시킨다. 문자언어에서 전자언어로, 활자 텍스트에서 디지털 텍스트로의 이동이 외부 형질의 변화라면, 정전(正典)의 권위가 디지털 무한 복제로 인해 부정되고, 작가-텍스트-독자의 단선적인 소통구조가 아니라 작가↔텍스트↔독자의 쌍방향 소통구조를 통해 지금까지와는 전혀 다른 형식으로 현현하는 문학의 생산과 소비는 소통 메커니즘이라는 내부 형질의 변화이다. 상상력 또한 지금까지와는 전혀 다른 물적 기반을 갖는다. 그것은 통신공간이며 궁극적으로 정보화사회가 지향하는 컴퓨토피아이다. 아톰(atoms)이 아닌 비트(bits)의 세계이며,[10] 실제가 아니라 이미지이다. 바슐라르는 상상력이라는 말과 부합되는 근본적인 말은 이미지가 아니라 상상 영역이라 하였다. 어떤 이미지의 가치는 그것이 가지는 상상 영역의 후광이 얼마나 넓은가에 따라 측정된다는 것이다.[11] 그러나 사이버 스페이스는 상상 영역이 아니라 실재하는 영역이다. 아니 실재하는 것처럼 인지되는 시뮬라크르한 영역이다. 이제 문학의 상상력은 상상 영역의 후광이 얼마나 넓은가가 아니라, 정보화사회가 우리에게 가져다주는 의식적 지반의 급격한 변화와 이미지의 다양한 스펙트럼을 얼마나 미적으로 가공하는가에 따라 그 가치를 측정해야 한다. 상상하는 모든 것을 실제 이루어 나가고 있는 정보화사회에서 우리의 상상 영역은 점점 좁아지고 있기 때문이다.

사이버 스페이스는 물론 비물질적인 지반이다. 그러나 우리의 일상이, 물질적인 지반에서 비물질적인 지반으로 옮겨가는 정보화사회의 발전에 따라 현실 공간뿐만 아니라 통신공간 내에서도 동일하게 펼쳐지게 될 것임을 인정한다면, 당연히 문학의 물적 지반에 대한 인식도 변화해야 할 것이다. 사이버문학이 문학의 진보가 아니라 혁명이라는 진술은 이로써 정당해진다.

발전해 가는 역사는 인간 존재의 가장 깊은 의식 토대를 전화시키며, 견고한 표준들을 전복시키며, 역사의 진보와 무관한 단절의 마디들이 근본 가치의 형질을 바꾸어 놓는다. 매번 새로운 시대에 새로운

---

10) '아톰'과 '비트'라는 용어는 미국의 미래학자 니콜라스 네크로폰테가 『Being Digital』에서 처음 사용한 것으로 아날로크와 디지털이 갖는 물질성과 비물질성을 특화(特話)시킨 용어이다.
11) 가스통 바슐라르, 곽광수, 『공기와 꿈』, 민음사, 1993, p.10.

세대가 역사를 처음부터 다시 써야 한다. 정보화사회라는 새로운 시대에 문학의 역사가 처음부터 다시 쓰여져야 하는 당위성이 여기에 있다.


## 2-2 사이버문학 : 디지털 텍스트, 열려있는 소통 구조, 소통적 상상력이라는 삼각 구도


사이버문학의 정체성이 디지털 텍스트, 열려있는 소통 구조, 소통적 상상력(commugination)이라는 삼각 구도 안에서 파악된다고 했을 때, 먼저 그 존재론적 기반이 되고 있는 통신공간이 어떤 공간적 맥락을 갖고 있는가를 살펴보아야 할 것이다. 모든 것이 물질로 현현하고 아날로그로 표시되는 현실 공간과 달리 비물질적이고 비트화된 통신 공간의 공간적 맥락은 '비트사회'라는 단 하나의 고유명사로 환원시킬 수 있다. 모뎀과 전화선이 만들어낸 통신 공간은 가장 완벽하게 비트화된 공간이다. 그 안에는 자신의 정체성을 비트(bits)[12]로 표시하는 구성원들이 있으며, 그들이 영위하는 일상의 다양한 제양상들 역시 0과 1이라는 비트로 환원된다. 모든 것이 비트로 표시되는 '비트 사회(bits society)'가 지금 우리 앞에 펼쳐진 통신 공간이라는 새로운 세계인 것이다. 그리고 이 새로운 공간에서 네티즌들은 그들의 창작 욕구를 충족시키기 위해 예술의 제장르들 중에서 문학을 가장 먼저 선택하였다.[13]

---

12) 비트는 색깔도 무게도 없다. 그러나 빛의 속도로 여행한다. 그것은 정보의 디엔에이를 구성하는 가장 작은 원자적 요소이다. 비트는 켜진 상태이거나 커진 상태, 참이거나 거짓, 위 아니면 아래, 안 아니면 바깥, 흑이거나 백, 이들 둘 가운데 한 가지 상태로 존재한다. 이해를 쉽게 하기 위해 우리는 비트를 1 혹은 0으로 간주한다.
- 니콜라스 네그로폰테 저, 백욱인 역, 『BEING DIGITAL』, 박영률출판사, 1996, p.15.

그리고 그들은 예술적 영감을 저장하기 위해 종이 대신 <디지털 텍스트>를 사용한다.

디지털 텍스트(digital text)[14]가 종이 텍스트와 가장 큰 차이점은 조작이 가능하다는 점이다. 이 조작 가능성에 대한 강내희는 다음과 같이 지적한다.

> 디지털 텍스트는 종이 위에 쓰여진 텍스트와는 달리 '가벼운 존재'이며 따라서 텍스트 그 자체에 집중하게 하는 효과를 갖는다. 나는 지금 **이 텍스트를 이렇게 쓸 수도 있고 이렇게도 쓸 수 있다.** 이제 텍스트는 '작품세계'로 나아가기 위해 통과하기만 하면 되는 관문인 것만은 아니다. 텍스트 표면이 있다면 그것은 이제 고정된 것이 아니라 주무를 수도 있고 변형이 가능한 표면이다. 책이라면 이런 일은 편집과정에 속하고 특히 제작과정상의 문제이므로 작가가 개입할 지점은 아니었다. 그러나 이제 작가는 자신의 텍스트의 모양새까지도 신경을 써야 하는 것이다. 디지털 텍스트는 결국 조작가능성의 증거라는 특징을 가지는 셈이다. 이 조작가능성은 텍스트의 끝없는 변신가능성과 연결된다. 디지털 텍스트는 소위 말하는 '최종 편집'(final cut)이란 것이 있을 수 없다. 텍스트는 안정된 채로 있지 않고 늘 새로운 개작의 가능성에 열려있어서 '정본'과 '이본'의 구분을 하기가 어렵다. 이로 인해 텍스트의 실체라는 개념은 사라지며, 텍스트는 하나의 잠재태로만 존재할 뿐이다.[15]

---

13) 비트화하기 힘든 회화나 음악, 무용, 조각 등의 여타 예술 장르와는 달리 문학은 아주 손쉽게 텍스트를 비트화할 수 있다. 물론 비트사회가 발전한다면 문학 이외의 여타 예술장르들도 비트화될 수 있겠지만, 일단 비트화가 가장 손쉬운 문학에서부터 비트예술은 출발하고 있다. 이것은 비트사회가 텍스트(글)로 이루어져 있음과 무관하지 않다. 문학은 글로 이루어진 예술이며, 그림이나 소리보다는 글을 구현하는데 사용자 환경이 집중된 현 비트사회의 기술적 한계가 문학을 비트사회의 우선적인 예술 장르로 선택하게 하였다.

14) 문자언어로 이루어진 종이 텍스트와 달리, 전자언어로 이루어진 비물질적인 텍스트를 '디지털 텍스트(digital text)'라 한다.

15) 강내희, '디지털시대의 문학하기', 『문화과학』 1996년 봄호, pp.72-73.(부분 인용)

텍스트가 잠재태로만 존재한다는 것은, 그것이 끊임없이 고쳐 쓰여질 수 있는 유동적인 의미망만을 가지고 있음을 말해준다. 이같은 잠재태 존재로서의 디지털 텍스트를 더 발전시켜 로베르 에스카르피는 텍스트를 작가와 독자가 협력하여 만들어내는 유기적인 의미 구조라 단언한다.

에스카르피는 문자 언어로 된 텍스트들이 구어(口語)의 코드화된 표기법과 시각 언어의 구성이라는 이중의 역할을 담당함으로써, 음성적 사건의 변질적 이미지와 사건의 연쇄에 종속된 이미지만을 나타내는 준자료로 기능한다고 보았다. 따라서 독자는 텍스트가 담고 있는 '외적 기억력'의 혜택을 받지 못하는 이른바 훼손된 담화만을 접한다는 것이다. 독자는 담화의 지속성을 구성하기 위해, 상대적으로 기호들의 축소된 부분만을 저장할 수 있는 자신의 단기 기억력에 호소할 수밖에 없다. 그러나 전자 언어로 이루어진 텍스트는 독자의 눈 움직임이 지속적이지 않고, 그렇기 때문에 자료를 구성하는 데 필요한 운동과는 등주기적이지 않다. 즉 탐색은 지향적이지만 글을 쓰는 데 필요한 규약적인 순서에 의해 결정되지는 않음으로 해서 수많은 '다시 읽기'가 가능해진다는 것이다.[16) 따라서 전자언어로 이루어진 텍스트를 읽을

---

16) 우리가 책을 읽을 때와, 컴퓨터 모니터를 볼 때를 생각해 보자. 문자 언어로 이루어진 텍스트는 연속적이며, 앞에 읽은 내용이 단기적 기억으로 저장되어 계속적으로 진행되는 독서에 영향을 준다. 따라서 어느 한 순간 기억이 막혀버리면 텍스트 전체의 맥락 파악에 손상을 가져다주며, 결국 훼손된 담론만을 기억하게 된다. 그러나 전자 언어로 텍스트는 비연속적으로 진행된다. 한 화면에 쓸 수 있는 줄 수는 한정되어 있으며, 사이버문학 텍스트들은 한 화면 상에 최대로 쓸 수 있는 20줄이면 20줄, 30줄이면 30줄이라는 정해진 줄 안에 마치 신문 연재소설처럼 클라이막스 부분을 설정해 놓음으로써 자연스레 독자들에게 엔터 키를 눌러 다음 페이지를 보게끔 유도한다. 텍스트의 연속성이 지켜지지 않음으로서 독자가 굳이 자신의 단기적 기억력에 의지해 독서를 진행할 필요성을 느끼지 못하게 된다. 또 전에 읽은 페이지를 다시 읽는 경우에, 문자언어로 된 텍스트가 좌우로 이루어지는 데 비해, 전자언어로 씌여진 텍스트는 겹쳐지면서

때, 독서는 나름대로의 목적을 갖고 있는 독자의 주도권에 의해 결정 되며, 그 목적은 텍스트에게 정보를 묻거나 텍스트를 모호하고 모순되 는 속성으로 가득 채운 작가를 공격하는 데 있다. 텍스트는 쓰이고 읽 히기 때문에 존재한다. 텍스트는 하나의 사물도 매체도 아니며, 텍스 트는 글 쓰기 - 독서의 변증법이 구성하는 이중적이고 상반되는 행위 의, 항상 움직이고 항상 연루된 결과이다. 따라서 텍스트는 작가와 독 자의 협력의 결과물이다.17)

에스카르피의 지적은, 디지털 텍스트의 조작가능성과 함께 사이버문 학의 <열려있는 소통 구조>와 밀접하게 연관된다. 종이 텍스트로 현 현하는 문학은 예언적인 성격이 있다. 무녀나 예언자와 마찬가지로 책 은 어떤 발화를 통해서 그 책을 정말로 '말한' 사람 혹은 쓴 사람과 이 어지는 것이다. 만날 수만 있다면 작자에게 물어볼 수도 있겠으나 어 떠한 책 속에서도 결코 작자를 만날 수 없다. 텍스트에 직접 반박할 방 법은 없다. 완벽하게 반박할지라도 텍스트는 그 뒤에도 여전히 전적으 로 전과 같은 것을 계속 말한다. '책에 이렇게 씌여 있다'라고 말하면 '그것은 진실이다'와 동등한 의미로 받아들여지는 이유의 하나가 거기 에 있다.18) 그러나 디지털 텍스트는 끊임없이 고쳐 써질 수 있음으로

---

(통신 공간에서의 B키의 기능을 염두에 두면 이해할 수 있다) 또는 위 아래로 (흔글에서의 PgUp, PgDn 키를 생각해 보자) 진행됨으로써 '다시 읽기'가 훨씬 용이하다. 하이퍼 텍스트(hyper text)의 경우는 '다시 읽기'가 더 직접적이다. 독 자는 서로 교차되어 있는 링크(link)들 중 하나를 선택해 마우스를 클릭함으로써 선택된 화면을 읽는다. 만약 선택을 다시 하고 싶다면, 언제든지 앞으로 가서 다른 링크를 클릭하면 된다. 따라서 텍스트의 줄거리는 자의적인 선택에 따라 끊임없이 유동적이 되며, 독자의 단기적 기억력은 아무런 도움도 되지 못한다. - 졸저, 『사이버문학의 도전』, 토마토, 1996, pp.184-185.(재인용)

17) 로베르 에스카르피, 김광현, 『정보와 커뮤니케이션』, 민음사, 1996, pp.188-192. (부분 요약)

18) 월터 J. 옹, 이기우·임명진, 『구술문화와 문자문화』, 문예출판사, 1995, p.124.

해서 예언적 성격이 희미해지며, 그것은 통신공간이 제공해 주고 있는 실시간·쌍방향성의 열려있는 소통구조에 기인한다.

통신공간 내에서 독자들은 작자를 직접 만나 대화할 수도 있고, 메일(mail)을 보내거나 게시판에 글을 올려 텍스트에 직접 반박을 가할 수도 있다. 또한 통신공간 내에서 텍스트는 공유(共有)된다. 다른 네티즌의 글을 갈무리하여 다른 게시판에 올릴 수도 있으며, 몇 개의 글을 패스티쉬하여 전혀 다른 텍스트를 완성시킬 수도 있다. 따라서 사이버문학은 '초작가'와 '초독자'라는 새로운 행위 주체 개념을 필요로 하게 된다. '초작가'는 자신의 작가로서의 권위를 주장하지는 않지만, 일차적으로 텍스트를 고쳐 써야하는 책임을 갖고 있는 작가이다. 텍스트의 고정된 의미를 독자들에게 주장하지 않고, 독자들이 자신의 텍스트 안에서 마음놓고 '의미 구축 작업'을 할 수 있도록 텍스트의 개방성을 최대한으로 보장한다는 점에서는 '작가'를 초월하지만, 끊임없이 자신이 만들어낸 텍스트를 고쳐 쓸 의무가 있다는 점에서는 또한 '작가'이다. 웨인 부우드의 '내포작가' 개념이 동일한 작가의 각각의 개별 텍스트에 또한 각각의 작가상이 존재하고 있음을 의미한다 할 때, '초작가' 개념은 끊임없이 고쳐 쓰여지는 개별 텍스트에 각각 다른 모습으로 현현한다는 점에서는 '내포작가' 개념을 이어쓴 것이지만, 그 작가 의식이 독자와의 상호 소통에 의해 영향을 받는다는 부분에서는 고쳐 써지고 있다.

'초독자'는 텍스트의 의미 구축 작업에 직접 참여하면서, 동시에 작가에게 끊임없이 '고쳐 쓸' 것을 요구하는 독자이다. 단순히 읽는다는 의미에서의 '독자'와 텍스트의 의미를 재생산한다는 의미에서의 '독자' 개념을 초월하고 있는 부분이 바로 '요구하는 독자'라는 부분이다. 지금까지의 현대 문학 이론에서 독자의 역할은 읽거나, 또는 텍스트의 의미를 재생산할 수는 있어도, 자신의 독서 경험을 근거로 작가에게 무언가를 질문하거나 요구할 수는 없었다. 볼프강 이저의 '내포독자' 개념 역시 받아들이고 이해하려는 독자의 모습이지 요구하는 독자의 모습은 아니었다. 그러나 사이버문학에 오면 독자는 텍스트의 의미 구축 작업에 작가와 같이 참여하며, 그 결과를 작가에게 당당히 이야기하거나 요구할 수 있다.

이 모든 것이 통신 공간의 실시간성·쌍방향성이라는 공간적 맥락에 의해 가능해졌으며, 열린 소통구조야말로 기존문학과 사이버문학을 차이짓는 가장 확실한 변별점이다.

디지털 텍스트로 현현하고, 열린 소통구조로 인해 초작가와 초독자를 필요로하는 사이버문학은 상상력에 있어서는 <소통적 상상력>에 의지한다. 문학은 허구의 산물이다. 현실을 반영하지만 그것은 작가의 상상력에서 출발한 허구적인 세계이다. 따라서 '상상력'이 문학을 문학답게 만드는 가장 중요한 기제임은 부인할 수 없는 사실이다. 문학은 현실을 반영하고, 그것이 작가의 상상력을 통해 허구적인 세계로 재현된다 했을 때, 당연히 현실이 바뀌어간다면, 그것을 반영하고자 하는 상상력 또한 바뀌어야 할 것이다.

지금까지의 문학이 자본주의 사회의 산물이었다면, 사이버문학은 정보화사회가 만들어낸 새로운 예술 형식이다. 중세시대에서 근대시민사회로 접어들면서 기사들의 영웅담을 노래했던 '로망스'에서 새로운 지배계급으로 떠오른 부르주아들과 피지배계급인 프롤레타리아들의 삶을 재현하는 '소설'로 그 서사의 양식이 바뀌었듯이, 이제 다시 소설은 정보화사회를 재현하고자 하는 '사이버문학'으로 무게 중심을 이동하고 있다. '로망스'의 상상력이 중세봉건질서와 그것을 수호하기 위한 기사들의 영웅적인 행위를 모사하는데 집중되었다면, '소설'의 상상력은 자본주의 체제가 가져온 갖가지 삶의 일상들을 반영하기 위해 노력하였다. 그리고 이제 자본주의 사회에서 정보화사회로의 사회 구조의 변화가 진행되고 있으며, 따라서 변화한 현실을 재현하고자 하는 새로운 상상력이 문학에 요구된다. 그것이 소통적 상상력이다.

소통적 상상력(Commugination)이란 정보화사회라는 새로운 시대 환경을 텍스트에 담아내려는 상상력이다. 의식이 존재를 결정하든, 존재가 의식을 결정하든, 중요한 것은 시대가 변했다는 것이고, 그 변화의 모습을 작가는 상상력을 통해 텍스트 안에 재현해야 한다는 점이다. 상상력이라는 것은 전적으로 작가의 주관적 의식이다. 따라서 무엇이라 구체화 할 수 없는 추상적인 층위에 놓여있다. 그러나 작가의 주관적 상상력은 작가 개인 의식의 산물은 아니다. 그것은 그를 둘러싼 사회의 제 양상들이 작가의 의식 안에 녹아든 결과물이다. '작가'를 축으로 하여 '사회'와 '상상력'은 서로 밀접하게 소통하며, 그 결과물인 '텍스트'를 축으로 하여 '작가'와 '독자' 또한 밀접하게 소통한다.

바흐친에 의하면 일상 생활에서 일어나는 가장 단순한 발화로부터 복잡한 문학 예술 작품에 이르기까지 인간 발화 행위의 어떤 산물도 가장 본질적인 면에서 화자의 주관적 경험으로부터 형식과 의미를 부여받지 않고, 오히려 발화가 일어나는 사회적 상황으로부터 형식과 의미를 부여받는다. 언어와 그 형태는 어느 주어진 언어 집단의 구성원들 사이에서 이루어지는 지속적인 사회적 교류의 산물이다. 이렇게 인간 의식과 언어의 대화적 특성에 기초하고 있는 것이 바로 '다성성'이다. 따라서 '다성적 문학'이란, 하나 이상의 다양한 의식이나 목소리들이 완전히 독립적인 실체로서 존재하는 문학을 가리킨다.[19)]

소통적 상상력은 바로 '다성성'을 디지털 텍스트를 통해 구체화시키

---

19) 김욱동, 『대화적 상상력』, 문학과지성사, 1988, p.163.

며, 다성적 문학을 지향하는 상상력이다. 바흐친이 얘기하는 인간 의식과 언어의 대화적 특성은 텍스트를 공유 공간으로 한 작가와 독자의 실시간 쌍방향의 대화성으로 고쳐써지고, 소통적 상상력이 지향하는 '다성적 문학'은 끊임없이 고쳐써질 수 있는 디지털 텍스트의 여지 안에 수많은 목소리들을 담아내려는 문학으로 이어 써진다. 이것이 소통적 상상력의 거시적인 틀이라면, 미시적으로 그것은 '소통(疏通)'이라는 단어가 뒤에 따라오는 '상상력'을 지시해줌으로써 이루어지는 포괄적인 의식의 전환을 맥락화한다.

'소통'이라는 기표는 단순히 통신공간에 접속하고 그 안에서 이루어지고 있는 지엽적인 소통 행위만을 지칭하는 것이 아니라, 관계와 관계 사이에서 이루어질 수 있는 텍스트 외적인 맥락과 텍스트 내적인 맥락을 모두 포괄하는, 커뮤니케이션 행위의 총체적인 지시어이다.

문학 외적인 맥락에서 소통적 상상력은, 현실공간과 통신공간의 소통이며, 실제와 비실제의 소통이며, 존재와 비존재의 소통이며, 순문학과 주변부문학의 소통이다. 그리고 여기에서의 '소통'은 '상호 길트기'로 이어진다. 문학 내적인 맥락에서는 작가와 텍스트, 텍스트와 독자, 작가와 독자의 소통이며, 전자가 발신자 후자가 수신자라는 단방향적인 소통구조가 아니라, 발신자와 수신자가 끊임없이 자리바꿈을 하는 쌍방향적인 커뮤니케이션 구조이다.

'다성성'은 문학 텍스트가 우리에게 들려줄 수 있는 무수히 많은 목소리들을 의미한다. 그 목소리들은 그것을 창조해 낸 작가나 그것을 읽어내려는 독자 어느 한 쪽이 아니라 양자가 함께 공유하는 목소리이다. 소통적 상상력이란 바로, 디지털 텍스트의 조작 가능성과 열린 커뮤니케이션 구조라는 존재 기반 하에 텍스트를 초작가와 초독자의 다양한 목소리를 함유하고 있는 실체로 인정하고, 그 다양한 목소리들을

통해 정보화사회라는 시대의 그림판을 완성하고자 시도하는 문학의
의식 전환이다.


## 2-3  사이버문학을 둘러싼 논의들


사이버문학에 대한 비판적 논의는 주로 통신 공간 상에서 이루어졌
다.[20] 먼저 김홍년(850706)은 통신공간을 떠나는 순간 사이버문학은 그
정체성을 잃어버린다고 주장한다.


> 해체주의자들이 말하는 사이버스페이스 상의 기호는 단순히 빛과
> 같은 물리적 현상을 말한 것이 아니고, 현실 공간에 참조물을 갖는 언
> 어 기호와는 달리 현실 공간에 참조물이 없는 빈 껍데기인 비트의 조
> 합 결과인 시뮬라크르를 말한 것입니다. 현실 공간에 참조물이 없어서
> 시뮬라크르이고, 따라서 비트는 물적 토대가 없다는 것입니다. 이렇게
> 물적 토대가 없는 비트를 현실 공간의 물질의 최소 단위인 아톰과 연
> 결시킨다면 근본적으로 해체주의자들의 주장을 부인하는 결과를 초래
> 합니다. 그것이 연결된다면 비트의 조합으로 나타난 사이버스페이스
> 의 기호인 시뮬라크르가 현실 공간에 참조물을 갖게 되므로, 이용욱님
> 은 자신의 사이버문학 이론의 바탕인 그들의 이론을 스스로 허물게
> 됩니다.


김홍년이 비트로 구성되어 있는 통신공간을 반영하고자 하면서 그
재현 매체로 아톰(활자 매체)을 사용하는 것은 잘못이며, 사이버문학은

---

20) 따라서 이 절에서 인용되어지는 통신 게시판상에서의 논의들은 각주를 달 수가
없다. 물질화된 텍스트는 각주를 달 수 있지만, 비트화된 텍스트는 수시로 조작
가능하며 글쓴이가 임의로 지워버릴 수도 있기 때문이다. 대신 인용문의 필자
이름에 아이디도 함께 쓰도록 하겠다.

디지털 텍스트로만 존재해야 한다고 주장한다. 그러나 문학이 어떠한 매체에 담기든 중요한 것은 상상력이다. 황순원의 『소나기』가 책에 담기든, 디스켓이나 시디롬으로 담기든, 독자들은 매체에 따라 텍스트를 달리 이해하지는 않는다. 『소나기』를 만들어낸 상상력은 매체와 무관하게 독자의 독서행위에 동일한 작용을 한다. 동일한 맥락에서 박상우나 윤대녕의 소설들이 통신 게시판에 올려져 실시간성과 쌍방향성이라는 소통 구조 하에서 읽혀지고 있지만 사이버문학이 될 수 없는 것은, 그들의 상상력의 기반이 현실 공간에 있기 때문이다. 사이버문학의 정체성은 아톰과 비트라는 재현 매체와는 무관하게, 통신공간의 탈영역적 탈권위적 탈중심적 속성이 네티즌들의 의식에 어떤 조작을 가했으며 그것이 텍스트에 어떤 방식으로 투영되는가를 통해 분명하게 보여진다.

김홍년이 통신 공간이 물적 토대를 갖고 있지 않다고 주장하는데 비해 김재인(ARTor)은 통신공간 역시 현실공간과 마찬가지로 물적 토대를 갖는다고 주장한다. 문학적 상상력은 그 깊은 기초에 있어 물질적이며 따라서 물질적 조건에 따라 상상력과 미적 실천이 달라질 수밖에 없다고 주장한다. 통신공간이라는 공간적 특수성 역시 물질적 조건의 일부일 뿐이라는 것이다. 그의 주장이 범하고 있는 오류는 바슐라르의 물질적 상상력에 너무 의지한 나머지 통신공간을 물질적 공간으로 환원시켰다는 점이다. 물질의 사전적 의미는 "자연계의 요소의 하나로 공간의 일부를 차지하고 질량을 갖는 것"21)이며 바슐라르가 제기한 물질적 상상력에서의 '물질' 역시 이 의미망 안에서 유효해진다. 그러나 통신공간은 결코 물질적인 조건이 될 수 없다. 그 공간 안의 모든 것들은 질량을 갖는 대신에 비트라는 수의 조합으로 이루어져 있을 뿐

---

21) 이기문 감수, 『세국어사전』, 동아출판사, 1996, p.761.

이다. 김재인 역시 통신공간 내에서 상상력과 미적 실천이 달라질 수밖에 없다고 인정한다면, 우리의 상상력이 비물질적 요소인 비트가 구성하는 공간 안에서 어떻게 형질 변화할지에 주목해야 할 것이다.[22]

김홍년의 논의와 같은 맥락에서 황순재(hsjae)는 사이버문학이 비트적 세계만을 옹호하고 전시하는 인식의 독단주의라 비판한다.

> 현실공간이 전제하는 원자적 세계를 철저히 부정하고 사이버공간의 비트적 세계만을 옹호하고 전시하고자 하는 '사이버문학'이라는 용어는 현실공간과의 상호소통을 배제해 버리는 인식의 독단주의에 가 닿는다. 이러한 독단주의를 도리어 개방적 대화주의나 억압당한 욕망이 자유롭게 유통되는 전자민주주의라고 믿는다면, 그것은 인식이 미숙함이거나 새로운 전자적 전체주의일 수 있다. 이를 조장하는 새로운 문학적 유형을 가리키는 용어가 사이버문학이다. 이런 점에서 '사이버문학'이라는 용어를 주창하고 있는 사이버문학가들은 참조물이 존재하지 않는 모조의 세계로서 사이버공간을 잘 파악하고 있다. 그런데 그들이 주장하는 사이버문학이란 용어는 현실공간과의 공유접촉 영역을 무시하고, 철저히 독립적인 제3의 세계로서 사이버공간을 인정할 때 수용할 수 있는 것이다. 이 때 현실공간은 반(反)현실성을 전제로 한 사이버문학에 의해서 도리어 실재하지 않거나 그 실재성이 의심되는 즉 불확실성의 공간으로 전도되어버린다. 오직 실재하는 것은 가상주체와 무수한 비트뿐이다.

김홍년은 사이버문학이 아톰으로 재현되어서는 안된다고 주장하고, 황순재는 사이버문학이 비트만을 옹호하기 때문에 독단주의에 빠질 위험이 있다고 각기 상이한 주장을 하면서도, 통신 공간이 참조물을 갖고 있지 않다는 점에서는 일치한다. '참조물'이라는 용어가 구체적

---

22) 이 부분에 대한 구체적인 논의는 계간 『버전업』 1996년 겨울호에 실린 필자의 졸고 「끝없이 갈라지는 길들이 있는 정원의 상상력」을 참고하기 바란다.

으로 무엇을 지시하는지는 문맥상 파악하기 어려우나, 그것이 물질적인 토대를 의미하는 것이라면, 두 사람 모두 기왕의 문학적 상상력의 억압 하에서 자유롭지 못한 것이다. 통신 공간은 오히려 물질성을 초월한 비물질성을 자체의 참조물로 갖고 있다.[23]

황순재는 사이버문학이 현실 공간과의 공유 접촉 영역을 무시하고, 철저히 독립적인 제3의 세계로서 사이버공간을 인정할 때 수용할 수 있는 것이다라고 오해하고 있다. 그러나 필자가 주창하는 소통적 상상력은 현실 공간과 통신 공간의 소통이며, 실재와 비실재의 소통이며, 실재 자아(real ego)와 가상 자아(cyber ego)의 소통이며, 순문학과 주변부 문학의 소통이다. 그리고 여기에서의 '소통'은 '상호 길트기'로 이어진다. 현실 공간과 가상공간의 접점에 사이버문학이 위치해 있으며, 아톰과 비트 모두로 사이버문학이 재현되어야 하는 이유도 여기에 있다.

마지막으로, 백지연(lauper)은 사이버문학의 큰 특성 중에 하나로 '가상 현실의 텍스트화'를 들면서 사이버문학의 미적 특수성이 무엇인지 확연하지 않다고 지적한다.

기존의 문학은 재현의 원리에 기초하여 현실에 존재하는 대상을 상

---

23) 마샬 베네디트는, "생각해보라. (타락 이전의) 에덴이 우리의 순진함, 아니 무지 상태를 나타낸다면, '천상의 도시'는 우리의 지혜·지식 상태를 나타낸다. 에덴이 자연 물질계와 우리의 친밀한 접촉을 나타낸다면, '천상의 도시'는 우리가 물질성과 자연 모두를 초월함을 나타낸다. 에덴이 상징화되지 않은 비사회적 현실의 세계를 나타낸다면, '천상의 도시'는 개화된 인간상호작용과 형식과 정보의 세계를 나타낸다."라고 말했다. '에덴'이 현실 공간의 유토피아라면, '천상의 도시'는 통신 공간의 유토피아이며, 그 공간 안에서 인간은 물질성과 자연 모두를 초월한다는 것이다.
Machael Benedikt, 'Cyberspace: Introduction', 『Cyberspace』. First Steps, Cambridge, Mass, 1991, pp.15-16.
줄리안 스텔러브라스 저, 설준규 역, '싸이버스페이스의 탐험', 『창작과비평』 1996년 봄호.(재인용)

상적으로 표현하였다. 사이버문학은 현실과는 전혀 무관한 그 자체로서 만들어진 '디지털 자연'을 표현한다. 그러나 실제작품에서 '디지털 자연'이 형상화되는 과정은 상당히 모호하게 나타난다. 신기하고 환상적인 소재를 인과성 없이 엮어 놓은 작품과 사이버문학이 어떻게 변별되는지 명확하지 않다. 꿈과 환상의 모티프를 자유롭게 변용하여 현실의 모순을 충격적으로 일깨우는 것이라면 기존의 활자 문학에서도 똑같은 예를 찾아 볼 수 있다. 요컨대 가상현실을 문학화하는 데 있어서 사이버문학이 독창적으로 확립하고 있는 미적 특성이 무엇인지 선명히 드러나지 않는다.

여기서 백지연이 간과하고 있는 것은, 사이버문학이 재현하는 디지털 자연이 현실과 전혀 무관한 것이 아니라는 점이다. 통신공간은 가상현실이지만 시뮬라크르한 공간이며 결코 비현실이 아니다. 네티즌들은 통신공간의 구성원이면서 동시에 현실 공간의 구성원이기도 하다. 그들은 통신공간에서 공간이 마련해준 구조와 질서에 따라 일상적인 삶을 살아가며, 자신이 비현실적인 공간에 위치해 있다고 생각하지 않는다.  따라서 사이버문학 역시 현실을 반영하며, 중요한 것은 현실 공간과 전혀 다른 비물질적인 층위의 일상이 네티즌들의 세계관에 조작을 가해 문학이 재현해야할 세계의 외연을 확장시켰다는 점에 있다.
김영하나 송경아 같이 꿈과 환상의 모티브를 자유롭게 변용하여 현실의 모순을 충격적으로 일깨우는 문학을 종이 텍스트와 디지털 텍스트를 병행하여 생산해내는 작가들이 만약 80년대에 등단했다면 어떠했을까? 꿈과 환상의 모티브를 자유롭게 변용하여 현실의 모순을 충격적으로 일깨우는 문학이 생산되고 소비된다는 것은 정보화사회라는 변화한 시대환경이 작가와 독자 모두에게 문학이 재현해야 할 영역의 범위를 확장시켜 주었다는 점을 증거해 준다.
그리고 사이버문학의 미적 특수성들 역시 분명하게 텍스트에 드러난다. 김영하나 송경아가 생산해내는 소설들에서 보여지는 일상과 비일상의 혼재, 현실과 환상의 넘나듦, 이미지 중시, 단순히 들려주는 이야기로서의 소설문법을 해체하고 서사의 완결성을 부정한다는 제양상들이 사이버문학의 미적 특수성이다. 물론 90년대 이전에 보르헤스나 마르케스, 보네거트의 작품들에서도 이런 미적 특질은 발견되어진다. 문학패러다임은 문학의 형질 변화를 의미하는 동시에 텍스트를 읽어내는 방식이기도 하다. 텍스트의 미적 특수성은 분석 방법론에 의해서 규명되어진다. 우리가 90년대 이전의 작가들에게서도 사이버문학의 미적 특수성들을 발견해 낸다는 것은, 그것들이 미적 특수성이라고 인정받고 있는 정보화시대의 분석 방법론으로 그들의 텍스트를 다시 고쳐 읽기 때문이다.

## 3. 맺음말 : 사이버문학은 있다

　지금까지 개괄적으로 사이버문학의 정체성에 대한 시론적 접근을 시도해 보았다. 사이버문학은 이제 막 이론화 작업을 시도하고 있는 패러다임의 새로운 후보이다. 필자는 일관되게 사이버문학을 새로운 문학패러다임이라고 주장하였지만, 그것이 구체화되기 위해서는 보다 유능한 지지자들이 설득력있는 논증으로 패러다임을 개량하고 사이버문학의 영역과 가능성을 넓혀주어야 한다.[24] 이 글은 사이버문학의 선명

---

[24] 패러다임의 새로운 후보는 당초에는 지지자도 거의 없고 지지자의 동기도 의심스러운 경우가 많다. 그럼에도 불구하고, 지지자들이 유능한 경우에는 패러다임

성과 정당성을 분명하게 규명하여, 새로운 문학패러다임으로서의 정체성을 확보하고자 하는데 목적을 두고 쓰여졌다. 목적에 과연 얼마나 부합됐는가는 이 문자텍스트를 읽는 독자들의 판단할 문제이지만, 이 글의 상상력이 디지털 텍스트의 조작가능성과 통신 공간의 소통 개방성에 빚을 지고 있음은 밝히고자 한다. 이 글에서 개진한 논의들이 확정적이거나 고정적인 권위를 갖는 것을 바라지 않는다. 오히려 끊임없이 비판되어지고 문제 제기가 이루어져 사이버문학은 "있다"라는 최소한의 합의점에 우리 모두가 도달하기를 바랄 뿐이다.

사이버문학은 **"있다"**, **"있다"**, **"있다"**, **"있다"**, **"있다"**.

---

을 개량하고, 그 가능성을 탐구하고, 그것에 의해 인도되는 과학자 사회가 어떤 것이 되는가를 보여주게 된다. 그리고 그러한 일이 진행됨에 따라, 만일 패러다임이 투쟁에서 승리를 거둘 운명이라면, 설득력 있는 논증들의 수효와 강도가 증강될 것이다. 그에 따라 보다 많은 과학자들이 개종하게 될 것이고, 새 패러다임의 탐사 작업이 계속될 것이다. 그 패러다임에 기초한 실험, 기기, 논문, 그리고 서적 등의 수효가 점차 불어날 것이다.
- 토마스 S. 쿤, 김경자, 앞의 책, pp.224-225.

# 끝없이 갈라지는 길들이 있는 정원의 상상력
## — 새로운 공간, 새로운 시간, 새로운 이미지 —

> 나는 다양한 미래들에게 (모든 미래들이 아닌) 끝없이 두 갈래로 갈
> 라지는 길들이 있는 정원을 남긴다.
>
> — 호르헤 루이스 보르헤스

## 1. 들어가는 말 : 문학과 상상력

먼저 하나의 문장을 정언명제(定言命題)로 전제(前提)하는 것으로 글을 시작해 보자.

"지금 우리 앞에 <사이버문학(cyber literature)>이라는 새로운 문학 패러다임이 던져졌다."

그리고 질문을 던져 보자. 이 정언명제는 정당한가? 일단 이 문장 자체만으로는 정당성의 여부를 판단하기에 불충분하다. '새로운'이라는 형용사가 추상적인 의미망을 형성하고 있기 때문이다. 따라서 정언

명제가 유효하기 위해서는 '새로운'이라는 형용사가 정당성을 확보해야 한다. '새로운'이라고 단언하고자 할 때는 당연히 사이버문학이 기왕의 문학과 어떻게 다른가가 명확하게 드러나야 한다는 것이다. 그 '다름'을 문자언어에서 전자언어라는 글쓰기 환경의 변화이며, 단방향에서 쌍방향이라는 소통 메커니즘의 변화이며, '읽는 문학'에서 '쓰는 문학'으로의 인식의 전환이라고 목록화할 수는 있다. 그러나 이것만으로는 충분하지 않다. 문학의 본령을 이루는 '상상력'이 어떻게 다른가가 밝혀지지 않는다면 사이버문학의 '새로움'은 외면적인 변화일 뿐 결코 문학 자체의 형질 변화라고 말할 수 없으며, 더구나 혁명적이고 전복적인 성격을 갖는 <패러다임>이라는 용어를 사용하기에는 미흡하기 때문이다. 모든 예술은 상상력의 산물이다. 특히 문학은 음악이나 회화, 무용 등의 여타 예술 제장르와는 달리 인간에게 가장 친숙한 소통 매체인 '글'로 현실을 직접 반영한다는 점에서 상상력의 자기장(磁氣場)이 텍스트에 강하게 투사된다.[1] 사이버문학의 '새로움'이 정당하게 인정받기 위해선 텍스트에 투사되는 상상력이 기왕의 상상력과 어떻게 다른가가 명확하게 변별되어야 한다. 사이버문학 역시 현실을 반영하는 예술이며, 그 양상은 작가의 상상력에 의해 텍스트에 다양한 스펙트럼으로 분산된다. 사이버문학이 취사하고 있는 상상력의 질료인

---

1) 각각의 특수 예술을 살펴보면, 상상은 현실의 사물을 매개로 표현·형성하는 예술에서 주요한 역할을 하며, 그 중에서도 특히 문학에서 커다란 의의를 갖는다. 조형예술에서는 물질적 매개가 사용되기 때문에 상상의 형성 활동이 외적 형성에 의하여 강하게 제약받지만, 문학에서는 언어가 매개로 되기 때문에 상상의 작용은 이러한 제약을 비교적 적게 받아 가장 자유로운 활동의 여지를 가진다. 뿐만 아니라, 전자에서 상상은 주로 창작상의 내면 활동에서 문제로 되고, 미적 향수에는 그다지 많이 참여하지 않으나, 후자에서는 작가의 상상심상에 따라 향유자의 내면에도 똑같은 상상심상이 생기게 되는데, 표현된 대상은 오로지 이러한 방식으로 관조될 수 있다.
- 편집부 엮음, 『미학사전』, 논장, 1988, p.358.(재인용)

현실의 본질이 무엇이고 이것이 작가의 상상력에 어떠한 의식의 조작을 가하고 있는가를 규명하는 작업은 사이버문학을 이해하는데 중요한 단서를 제공해 주는 동시에, '새로움'이라고 주장할 수 있는 필요충분조건이 될 것이다.

다시 한번 정언명제를 확인해 보자. **"지금 우리 앞에 <사이버문학(cyber literature)>이라는 새로운 문학패러다임이 던져졌다."** 이 글은 이 명제의 정당성을 '상상력'이라는 열쇠로 풀어 보고자 하는 단 하나의 목적을 갖고 쓰여질 것이다.

## 2. 새로운 공간, 새로운 시간, 새로의 이미지의 상상력

지금 우리는 정보화사회(Informatization Socity)라 명명된 새로운 사회구조 안에서 이제까지 경험한 적이 없는 새로운 소통 환경과 마주하고 있다. '상호 동시 소통(Multi Communication)', '광역 소통(Global Communication)', '실시간 소통(Real Time Communication)'으로 특징 지워지며, '가상공간' 또는 '통신공간'이라고 불려지는 이 새로운 환경은 실제 우리가 발을 딛고 있는 현실(現實)과는 다른 비현실(非現實)의 세계이다. 전자가 물질적인 공간성과 연속적인 시간성, 잔상(殘像)으로 떠다니는 이미지들의 세계라면, 후자는 비물질적인 공간성과 분절적인 시간성, 그리고 바라보기의 방법에 의해 다양하게 산종(散種)되는 이미지의 세계이다.

영국의 사회학자 기든스(A. Giddens)는 『모더니티와 자아 정체성』(1991)

이라는 저서에서 이같은 새로운 세계의 특성을 '사회적 시간과 공간의 재구성(Restructuring)'이라고 개념화하고 있다. 즉 이 새로운 세계는 다음과 같은 세 가지 특징을 공통적으로 지니고 있다는 것이다. 첫 번째는, '세계의 이미지화'이다. 컴퓨터 그래픽과 비디오 등이 발달함으로써, 종전에는 주관적으로만 파악할 수밖에 없었던 것들을 객관적인 이미지로 다룰 수 있게 되었다(또는 그것이 보다 용이하게 되었다). 둘째, '커뮤니케이션의 병존'이다. 미디어의 종류가 증가함에 따라 다양한 커뮤니케이션(대면적 커뮤니케이션, 미디어들 사이의 커뮤니케이션 등)이 무리없이 동시에 존재하게 되었다. 이는 기존의 커뮤니케이션에서는 찾아볼 수 없었던 획기적인 현상이다. 세 번째 특징은 '인지의 병립'이다. 지금까지 우리들은 오직 '볼 수 있는 것'만을 보아 왔다. 그러나 가상현실(Virtial Reality)로 대표되는 정보화의 진전에 의해, 현실세계에서 보는 것과는 구별되는 또 하나의 방식(컴퓨터를 통해 본다고 하는)이 동시에 성립할 수 있게 되었다. 이것은 인간의 인지와 이해에 커다란 영향을 미친다.[2] 기든스의 진술에서 특히 주목해야 할 것은, '인지의 병립'이라는 부분이다. 현실 공간에서 볼 수 있는 것과 컴퓨터를 통한 비현실 공간에서 볼 수 있는 것이 모두 '보고 있다'라고 우리에게 인지된다 했을 때, 당연히 현실에서 '보는 것'과 비현실에서 '보는 것'의 거리만큼 '보여질 수 있는' 상상의 세계 또한 분명히 달라진다. '이전부터 존재해 왔던 일상세계'와 'PC통신으로 구성되는 새로운 일상세계'가 공존하고 있는 지금, '보는 것'을 토대로 '보여질 수 있는' 세계를 구현하고자 하는 문학의 상상력은 기왕의 일상세계와 새로운 일상세계가 어떤 공간적 특성을 갖고 있는가에 따라 그 형질 변화가 수반될 수밖에 없는 것이다. 사이버문학은 'PC통신으로 구성되는 새로운 일상

---

2) 『정보교류의 사회학』, 한국정보문화센터, 1995, pp.177-178.(재인용)

세계'3)를 그 태생적 기반으로 삼고 있는 문학이다. 사이버문학의 상상력이 새로울 수 있다면 그 지반은 당연히 새로운 일상세계가 갖는 공간적 시간적 특수성에서 비롯될 것이다.


## 2-1 공간의 시학 - 물질[4]적 상상력에서 비물질적 상상력으로


현실 공간은 물질적인 공간이다. 우리는 실제로 그 공간 안에서 걷고 말하고 먹는다. 물질 안에서 물질을 통해 물질과 함께 삶을 영위하고 있는 것이다. 그러나 통신 공간은 비물질적인 공간이다. 그 안에서는 아무 것도 실재하지 않으며, 사물이 갖는 물질성은 0과 1이라는 비트의 조합으로 환치된다.[5] 통신 공간은 인간의 의식으로만 경험할 수 있는 시뮬라크르한 공간인 것이다.

현실 공간의 물질성과 통신 공간의 비물질성으로 인해 우리는 두 공간에서 '보는 것'부터 다르다. 현실 공간에서 우리가 보는 것은 실재하고 만질 수 있는 물체(物體)이지만, 통신 공간에서는 직접 보는 것이 아

---

3) 이 새로운 세계는 '비트사회(bits society)'라 명명할 수 있다. 통신 공간 내에서 모든 것은 비트화한다. 예를 들어, 대화반(chatting room)이라는 공간은, '방room'이라는 공간 명사를 취사하고 있지만, 실제 그것은 비트와 비트가 조합하여 만들어 낸 가상공간일 뿐이다. 통신 공간 내에서 모든 것은 비물질적인 비트로 표시되며, 언어(言語) 역시 비트화된 아스키 코드로 모니터 상에서 명멸할 뿐이다.
4) 물질의 사전적 의미는 다음과 같다.
   ① 물체를 이루는 본바탕
   ② 인간의 의식으로부터 독립된 객관적 실재로서, 감각의 원천이 되는 시간적·공간적인 것
   - 금성출판사 편, 『국어사전』, 1993, p.696.
5) 수학적인 세계가 가져다주는 균형, 대칭, 비례의 세계를 가장 이상적인 세계로 보았던 고대 그리스 피타고라스학파의 시각으로 본다면 통신 공간이야말로 가장 이상적인 공간일 수도 있다.

니라 보고 있는 것처럼 의식할 수 있을 뿐이다. 통신 공간에서의 일상성은 철저히 의식의 세계 안에서만 체험된다. 따라서 물질적 상상력은 비물질적 상상력으로 전이되고 만다.

기왕의 문학은 현실 공간을 반영하고자 하며 그것이 물질적 상상력에 의지하고 있다. 가스통 바슐라르의 진술에 의하면 상상력은 "자연 속에 깊이 자리잡을 필요가 있"으며, 물질적 상상력은 대상의 형태가 아니라 실체를 파악하고 그것과 공존하는 것처럼 느끼는 것이다. 물체로서의 얼음 덩어리는 희고 투명하고 번쩍이는 굳은 형태를 갖고 있지만 인간의 상상력 안에서 물질로서 나타나는 얼음 덩어리의 이미지는 물로도 수증기로도 변화한다. 물질적 상상력은 이처럼 외계의 대상의 이미지를 받아들여 그것을 스스로 궁극적인 것 즉 이상적인 것으로 삼고 있는 상태로 독자적이며 역동적으로 변화시켜 나가는 것이다.[6]

그러나 비물질적 상상력은 '자연 속에 깊이 자리잡을 필요가 없'다. 통신 공간은 인간이 만들어낸 인공 자연이며, 바슐라르가 물질적 상상력의 4원소로 제시한 물, 불, 공기, 땅 또한 존재하지 않는다. 얼음이 물이 되고 수증기도 될 수 있는 공간이 현실 공간이라면, 통신 공간은 '얼음'도 '물'도 '수증기'도 모두 아스키 코드로 표시하는 비트의 조합으로 밖에 재현될 수 없다.

물질적 상상력과 비물질적 상상력을 보다 분명하게 대비하기 위해서 '집'을 예로 들어보자. 바슐라르에 있어 '집(house)'은 인간에게 안정의 근거와 그 환상을 주는 이미지들의 집적체이다.[7] 집은 내부이며 바깥세계(외부)로부터 인간을 보호해 주는 피난처이다. '집'이 피난처로서의 이미지를 갖는 것은, 문(門)이라는 것을 통해 내부와 외부가 분명

---

6) 곽광수 · 김현 공저, 『바슐라르 연구』, 민음사, 1978, pp.30-31.(부분 인용)
7) 가스통 바슐라르 저, 곽광수 역, 『공간의 시학』, 민음사, 1990, p.132.

하게 경계지워져 있기 때문이며, 문이 닫혔을 때, 인간은 외부로부터 격리되었다고 의식할 수 있다. '집'과 '문' 모두 물질성을 갖고 있음으로 해서 안정의 근거가 명확해진다. 그러나 통신 공간에서의 '집(site)'[8]은 안정적인 공간도 피난처도 아니다. 현실 공간의 '집'은 개인적인 공간이지만 통신 공간상에 자리잡고 있는 많은 '집'들은 다수의 사람들과 공유해야하는 집단적인 공간이다. '문'은 외부와 내부를 경계지워주기 보다는 누구나에게 열려있음으로 해서 지금부터 '집' 안에 들어선다는 상징적인 의미만을 갖는다. 통신 공간에서 '문'은 비물질성으로 인하여 결코 닫혀질 수 없으며, 닫혀질 수 없는 '문'을 갖고 있는 '집'은 그래서 확정적이기보다는 유동적이며 안정적이기보다는 불안하다. 우리는 '십'을 셜코 볼 수도 만질 수도 없으며, 다만 집 안에 들어와 있다고 느낄 뿐이다.

통신 공간 상에서의 '집'이 안정적이거나 피난처로서의 이미지를 갖지 못하는 반면에 비물질성이 주는 유동성은 주체에 의해 끊임없이 '집'이 변화하고 발전할 수 있는 열린 공간으로서의 이미지를 강하게 내포한다.

> 유체(流體)구조는 그 형태가 보는 사람의 이해관계에 따라 변하는 구조이다. - 중략 - <u>그것은 문이나 복도가 없는 구조로, 다음 방은 늘 내가 필요로하는 그 자리에 있으며 또한 내가 필요로 하는 것으로 존재한다.</u> 유체구조는 유체도시를 만드는데, 그 도시들은 가치의 변화에 따라 변하는 곳으로, 다른 배경을 지닌 방문객들의 눈에는 다른 이정표가 보이고, 공통의 생각들에 따라 이웃들이 바뀌고, 그 생각들이 성숙하거나 사라짐에 따라 발전하는 곳이다.[9]

---

8) 현실 공간에서의 '집'과 같은 맥락으로 통신 공간에서는 '동호회'를 들 수 있다. 동일한 취미나 관심사로 묶이거나 혈연, 지연, 학연으로 통합되어 있는 '동호회'는 통신 공간 상에서 안과 밖을 구분해 주는 유일한 장소(site)이다.

가상공간 내에 위치한 각각의 집(site)들을 유체(流體)구조라 명명하면서, 그 공간들이 철저히 주체의 필요에 의해서만 존재하며, 주체의 발전을 도와줌으로써 그 자체로 발전하는 공간이라 주장하는 마코스 노박(Marcos Novak)의 진술은 바슐라르의 물질적인 '집'과 통신 공간에서의 비물질적인 '집'이 각기 어떠한 상이한 이미지를 갖고 있는가를 드러내 준다.

이러한 비물질적인 상상력은 궁극적으로 문학을 물질화된 텍스트의 자기완결성 밖으로 밀어낸다.

> 예술은 더 이상 조화·완성·해결·종결을 취급하는 직선의 예술, 즉 만들어지고 정돈된 결과물이 아니다. 대신 그것은 결말이 없이 열린 상태이며, 심지어는 일시적이고 덧없고 잠정적이며 가상적이다. 형성된 것이라기보다는 형성중인 것으로서, 그것은 과정을 찬양하고 체계를 구현하며 혼돈을 감싸안는다.[10]

위 인용문에서 로이 아스코트(Roy Ascott)가 지적한대로 통신 공간 안에서의 예술은 진행형이며, 열려진 텍스트이며, 그 자체로 혼동이다. 작가와 독자가 쌍방향소통을 통해 텍스트 안에서 만남으로써 정전(正典)이 사라지고 작가와 독자의 경계가 희미해지면서 예술의 자기완결성이 붕괴되어버린 것이다. 그리고 이같은 예술의 자기완결성의 붕괴 이면에는 공간 자체가 비물질적인 지반 위에 서 있음으로 해서 구성원

---

9) Marcos Novak, 'Liquid Architecture in Cyberspace', in Benedikt, 『Cyberspace』, 1991, pp.250-251.
   - 줄리안 스탤러브라스 저, 설준규 역, '싸이버스페이스의 탐험', 『창작과비평』 1996년 봄호.(재인용)
10) Roy Ascott, 'Connectivity : Art and Interactive Communications', 『Leonardo』, vol. 24. no 2, 1991, p.116.
   - 줄리안 스탤러브라스 저, 설준규 역, 앞의 논문.(재인용)

들이 갖는 공간 장악력에 대한 확신과 연관되어 있다. 물질성을 갖는 현실 공간은 신의 법칙 - 환언하자면 비인간적인 법칙-에 의해 유지되고 있다. 어떠한 인간도 현실 공간을 완벽하게 장악할 수는 없다. 인간의 이성을 초월하는 대자연(신)의 섭리가 항상 질서라는 이름으로 군림하고 있다. 그러나 통신 공간은 인간에 의해 만들어졌고 인간에 의해 유지되는 완벽하게 인간적인 질서에 의해 재구성된 공간이다. 통신 공간은 인간이 내린 명령 그 이상도 이하도 스스로 수행하지 않는다.

기왕의 문학은 신의 섭리 - 이를테면 작가와 원본의 권위, 형식의 완결성 - 에서 자유로울 수 없지만, 사이버문학은 신의 섭리가 미치지 못하는 통신 공간의 비물질적 상상력을 통하여 완벽하게 자유롭고 열려 있는 문학으로 출발하고 있는 것이다.


## 2-2 시간의 시학 - 2차원적인 시간관에서 3차원적인 시간관으로


통신 공간이 '아톰'으로 이루어진 현실 공간과는 달리 '비트'로 이루어진 비물질적인 공간이라 했을 때, 그 안에서 체감되는 시간관(時間觀) 역시 현실 공간과 달라진다.[11]

---

11) 아놀드 하우저는 통신 공간을 염두에 두지는 못했겠지만, 정보화혁명이 가속화되면서 새로운 시간개념이 현대예술에 영향을 끼칠 것이라 예견하였다.
"현대의 시간 경험은 무엇보다 우리가 그 속에 던져져 있는 순간의 의식, 즉 현재의 의식이다. 오늘의 인간에게는 모든 시사적인 것, 동시대적인 것, 현 시점에 함께 얽혀 있는 것들이 특별한 의의와 가치를 지닌다. 그리고 이러한 의식에 차 있는 까닭에 동시성이라는 사실 자체가 그의 눈에 새로운 의미를 갖는다. -중략- 동시적인 것의 매혹 - 한편으로는 같은 사람이 같은 시각에 상이하고 상호 무관하고 모순된 것을 수없이 많이 체험하는가 하면, 한편으로는 다른 곳에 있는 수많은 다른 사람들이 동일한 것을 체험하고 있다는 사실을 발견, 그리고 지구촌 상에서 서로 격리된 여러 곳에 같은 일이 같은 시각에 일어나고 있다는

기왕의 문학에서 시간은 두 가지로 나뉘어진다. 하나는 이야기의 시간(story time)이고, 다른 하나는 기술의 시간(writing time)이다. 전자는 우화(fabre)에 해당하는 시간이고, 후자는 주제(sujet)에 해당하는 시간이다. 우화는 이야기를 구성하고 있는 모든 시간적 순서의 연속체, 혹은 인과 관계의 순서로 놓인 연속체, 곧 모든 동기들의 합계를 의미하며, 주제는 이러한 동기들을 주어진 예술적 질서에 따라 제시한 방법이다. 이 방법에는 두 가지가 있는데 시간의 계기성에 따라 그대로 진행하는 경우와 과거 - 현재 - 미래를 왔다갔다하며 사건을 서술하는 경우이다.12) 그리고 지금까지 문학 텍스트에서 보여졌던 시간의 양상은 이 두 가지 범주 안에서 크게 벗어나지 않는다. 전자의 방법은 고대소설에서 많이 찾아볼 수 있는데,『심청전』이나『홍길동전』같은 경우, 주인공의 일생이 시간의 순서에 따라 텍스트에 재현되고 있음을 알 수 있다. 그러나 현대소설에 오면서 시간의 계기성을 무시하고 순서를 뒤바꾸는 형식이 사용되기 시작했고, 이것은 고대인의 시간관과 현대인의 시간관이 다름을 나타내준다. 즉, 기록보관매체의 발전 - 예를 들어, 사진이나 캠코더, VCR 등의 발명 - 으로 인해 과거가 현재에도 뚜렷하게 재생될 수 있음으로 해서, 시간의 계기성에 대한 인간의 의식도 그만큼 진전된 것이다. 1차원적인 시간관에서 2차원적인 시간관으로의 전이가 기왕의 문학텍스트에서 시간이 밟아온 괴적이라면, 사이버문학의 시간관은 3차원적인 시간관이라 할 수 있다.

통신 공간 내에서 네티즌들은 수시로 자신이 속해 있는 공간을 이동

---

사실의 발견, 이러한 매혹적인 발견과 그에 따른 세계주의를 현대의 기술 문명이 현대인에게 의식시켜 주었는데, 이러한 세계주의야말로 새로운 시간개념의 근원이며 현대 예술의 삶을 경련적으로 그리는 원인일 것이다."
- 아놀드 하우저『문학과 예술의 사회사』중에서 부분 발췌.
12) 김치수,『슈클로프스키의 형식주의이론』, 홍성사. 1980, pp.41-52. (부분 요약)

할 수 있다. 게시판을 돌아보다가 대화실에 들어갈 수도 있고, 자료실로 이동할 수도 있다. 이같이 공간 이동이 자유로울 수 있는 것은, 통신 공간이 비물질화된 공간이기 때문이다. 자신의 의지대로 공간 이동이 자유로울 때, 네티즌들은 수시로 새로운 시간과 만나게 된다. '나'가 A라는 대화실에서 이야기를 나누다가 B라는 대화실로 공간을 이동했을 경우, '나'는 A라는 공간에서 만났던 시간과 전혀 다른 시간을 B라는 공간에서 경험하게 된다. 인터넷을 통해 프랑스 루브르 박물관을 여행하던 '나'는 가벼운 마우스 조작만으로 영국의 대영박물관으로 이동할 수 있다. 공간 이동이 자유로운 만큼 항상 시간은 처음부터 다시 시작한다. '나'가 통신 공간 상의 한 장소로 이동하는 순간부터 시간은 '나'를 중심으로 다시 진행된다. 그러나 그 공간에 이미 들어와 있는 다른 '나'들 역시 그들만의 시간을 개별적으로 갖고 있으며, 결국 그 공간 안에는 무수히 많은 시간의 동선(動線)이 엇갈리거나 만나고 있는 것이다. 이제 시간은 단 하나의 계기가 아니라 무수히 많은 계기들로 이루어지며, 각각의 계기들은 단절과 통합을 끊임없이 교차시키면서 비물질화된 공간 위로 떠다니고 있는 것이다.

이같이 통신 공간 내에서 모두가 개별적인 시간을 갖게 됨으로써, 문학 텍스트에 시간관 역시 달라진다. 과거시제나 미래시제를 사용해야 할 경우에도 현재시제로 표현하거나, 공간 이동이 자유롭게 텍스트 내에서 이루어지면서 공간의 시간이 개인의 시간으로 환원되어버리는 등 사이버문학 텍스트의 시간관은 끝없이 현재(現在)라는 뫼비우스의 띠 위에서 이동한다.

기호학에서 '현재'는 (1) 분자, 혹은 원자적인 현재, (2) 확장적 현재라는 두 가지 양상으로 나타난다. 첫째 양상은 정상성·일관성·항존성이라는 개념으로 부연되며, 이 때 공간은 하나의 공허한 과정으로 드러나며, '지금'은 확장되지 않으며, 과거는 즉시 소멸된다. 둘째 양상은 시간에의 정확한 측정을 무효화하며, 연속적인 과거·현재·미래라는 양상 속의 선형적인 점들과 그 간격으로 인식되는 소위 과거인 '다시 당김'과 미래인 '미리 당김'이라는 영역에서 지향성이 확장되어진다.[13] 전자가 1차원적인 시간이라면, 후자는 2차원적인 시간이다. 그러나 사이버문학의 '현재'는 <중첩적 현재>라는 3차원적인 시간관에 의해 개별성, 단절과 통합의 연속성이라는 특징을 갖는다.[14]

아톰과 달리 비트는 과거형과 미래형을 가질 수 없다. 물질은 낡을 수 있으나 비트는 끊임없이 현재형일 뿐이다. 과거와 미래가 모두 현재형으로 표시되는 통신 공간과 그 안에서 중첩적 현재를 체감하고 있는 주체, 그들이 만들어내는 사이버문학의 시간관은 그래서 기왕의 문학과 변별되는 시학적 특징을 갖는 것이다.


## 2-3  이미지의 시학 - 'image'인가? 'way of seeing'인가?

이미지란 무엇인가? 'image'(상(像), 잔상(殘像), 표상(表象))'인가? 'Way of Seeing'(바라보기의 방법)[15]'인가? 사이버문학의 상상력을 이해하고자 하는 시학적 접근의 마지막은 문학텍스트에 안에 구현된 이미지를 어떻게 이해해야 하는가이다.

---

13) 이승훈 저, 『문학과 시간』, 이우출판사, 1986, pp.108-109.
14) 만약 네티즌이 통신 접속을 끊고 다시 현실 공간으로 나왔을 때 역시 '중첩적 현재'이다. 통신 공간에서의 시간과 현실 공간에서의 시간은 전혀 개별적이라고 느껴지지만 '나'라는 주체에 의해 항상 중첩되기 때문이다.
15) 'Way of Seeing'은 영국의 미술비평가 존 버거(John Berger)가 1972년에 쓴 『이미지(Way of Seeing)』(동문선, 1990)에서 그 영문 표기를 차용하였다.

우리 앞에 던져진 수많은 사물(事物)들은 객관화된 실체이다. 불특정 다수인이 동시에 바라본다는 측면에서 그러하다. 그러나 우리는 그것들을 각각의 주관적인 의식 구조 안에서 개별적인 의미로 해석해 낸다. 따라서 객관화된 실체를 주관적인 의미로 해석해 내는 일이 선행된 다음에야 우리는 그 실체의 상(像)을 가질 수 있다. 결국 이미지는 주관화의 작업(Way of Seeing)을 거쳐 객관적으로 기호화(image)된 것이다. 통신공간을 "이미지로 현현하는 세계"라 특징화하였을 때, 주되게 관심을 두고 있는 것은 사물들을 바라보는 우리들의 개별적인 의식이다. 동일한 사물을 바라보는 우리들의 의식은 결코 일치할 수 없다. 바라보기의 방법에 따라 수많은 상(像)으로 분열된다.

쟝 보드리야르는 이미지를 연속적인 네 개의 단계로 파악하였다.

> 이미지는 깊은 사실성의 반영이다.
> 이미지는 깊은 사실성을 감추고 변질시킨다.
> 이미지는 깊은 사실성의 부재를 감춘다.
> 이미지는 그것이 무엇이건간에 어떠한 사실성과도 무관하다.
> : 이미지는 자기자신의 순수한 시뮬라크르이다.[16]

보드리야르의 연속적인 4단계를 'way of seeing'과 'image'의 관점으로 재해석하면 다음과 같다. 첫 번째 단계는 객관화된 사물을 인지하는 단계이다. 두 번째와 세 번째는 그 객관성을 담지자의 주관적 시선(way of seeing)에 의해 내면화시키는 과정이다. 네 번째 단계는 주관적 시선이 다시 객관화된 기호(image)로 현현하는 단계이다. 그리고 네 번째 단계에서 이미지는 그 자체로 하나의 '현실'이 된다.

전통적인 관점에서 이미지는 현실을 가리는 가상(假像)에 불과했다.

---

16) 쟝 보드리야르 저, 하태환 역, 『시뮬라시옹』, 민음사, 1992, p.27.

따라서 현실은 현실이고, 이미지는 이미지라는 완강한 이분법적 구도가 흐르고 있었다. 그러나 이제 이미지는 세계를 보는 방식의 차원이며, 현실을 가리는 가상이 아니라 그 자체가 또 하나의 현실이 되버렸다. 이미지의 가상성과 현실성의 빗금이 소멸돼버리면서 우리는 동일한 사물에서 무수한 이미지들을 창출해내고 그것을 소비함으로써 스스로 시뮬라시옹(시뮬라크르의 동사형으로 '시뮬라크르 하기'의 의미를 지닌다)한다. 사물의 이미지와 주체의 이미지가 통합됨으로써 또 하나의 이미지를 생산해내는 것이다.

그렇다면 이미지와 사이버문학의 상상력과는 어떤 관련을 맺고 있는가? 일단 근본적으로 독자는 주어진 텍스트를 읽을 때, 작가의 '의도'를 자신의 '의미'로 맥락화시키는 작업을 수행한다. 이때 독자의 '의미화' 작업에 주요한 모티브로 기능하는 것이, 작가가 텍스트에 의도적으로 삼투시켜놓은 이미지들이다.

전통적인 글쓰기에서 텍스트는 이미지의 시니피에(기표, 記票)들 사이에서 독자를 지도하며, 거기에서 어떤 것은 피하고 다른 어떤 것은 받아들이도록 해준다. 흔히 섬세한 배치(dispatching)를 통해서 텍스트는 독자를 사전에 선택된 의미로 원격조정한다.[17] 따라서 이미지는 조작된 곳이며, 그것은 작가만이 정당하게 해독할 수 있고 독자는 그것을 받아들이는 수동적 이미지 생산 밖에는 행할 수 없다.

그러나 사이버문학은 그 이미지들을 창작주체들의 섬세한 배치에 의해 독서주체들로 하여금 능동적으로 재생산해내도록 유도하는 문학이다. 어떤 문학텍스트를 읽을 때, 독자는 작중 화자와 자신을 동일시하거나 더 나아가 작가의 창작 의식과 자신의 독서 의식을 동일시 할 수도 있다. 그리고 만약 이 동일시만으로 독서 행위가 끝난다면, '그'

---

17) 롤랑 바르트 저, 김인식 편역, 『이미지와 글쓰기』, 세계사, 1993, p.96.

는 자신만의 '바라보기 방법'으로 새로운 의미 기호 구축에 실패하고
만 것이다. 독자수용이론이 텍스트의 의미 생산자로서의 독자의 권위
를 인정한 문학패러다임이었으나 전적으로 의미의 재생산을 독자들의
자율적인 독서 행위 내에서 찾았던 반면, 사이버문학은 작가 역시 독
자들의 의미 생산에 함께 참여하는 쌍방향소통의 열린 구조를 지향한
다. 독자수용이론에서 애기하는 '여백'과 '불확정영역'을 독자들이 찾
아내 의미를 부여하는 것이 아니라 작가와 함께 소통하며 텍스트의 틈
새를 메꿈으로써 독자들의 능동적인 의미화 작업을 도와주는 문학인
것이다. 그리고 그 작업은 'way of seeing'에 의해 끝없이 갈라지는 이
미지를 생산해내는 것이다.

텍스트 안에는 무수한 이미지들이 부유하고 있다. 그것은 의도적이
든 의도적이지 않는 작가의 창작 의식에 의해 생산된 것이지만, 독자
의 독서행위 안으로 들어가는 순간, 독자의 독서 방식에 의해 재생산
되어야 한다. 기술복제시대의 문자 텍스트는 원본이 있음으로 해서,
독자가 감히 원본이 권위에 도전할 수 없었지만, 전자복제시대의 디지
털 텍스트는 끝없는 조작 가능성으로 인해 원본의 권위를 상실하게 된
다. 이제 텍스트는 이미지가 살아 숨쉬는 열려있는 공간이며, 독자의
개별적인 'image' 구축작업에 의하여 고정된 기호(image)는 미망에 불
과하게 된다. '바라보기의 방법'을 지향하는 이미지의 시학은 공간이
주는 비물질적인 상상력과 개별적인 시간을 통해 중첩적 현재를 경험
하는 시간의 시학과 함께 사이버문학의 상상력을 완성시키며, 왜 사이
버문학이 새로운 문학패러다임인가를 확인시켜 준다.

## 3. 나오는 말 : 사이버문학과 보르헤스

통신 공간은 끝없이 갈라지는 길들이 있는 정원이다. 우리는 하나의 길을 선택하여 들어가지만 그 안에서 길들은 또 다른 길들로 끝없이 연결되어 있다. 비트들이 끝없이 교차되고 연속되는 정원(통신공간)은 시작과 끝이 없는 거대한 뫼비우스의 띠이다. 길들은 계속 갈라질 것이고 미로처럼 엉킬 것이다. 그러나 통신 공간이 아무리 끝없이 갈라지는 길들을 만들어낸다 하더라도 우리는 그 미로를 빠져나올 수 있다. 우리가 만든 미로이기 때문이다.

끝없이 갈라지는 정원을 산책하면서 우리는 현실과 다른 시공간과 이미지, 그리고 호르헤 루이스 보르헤스라는 거인과 만나게 된다.

사이버문학이라는 정보화사회의 문학패러다임을 이야기하면서 보르헤스(1899-1986)를 언급하는 것은 어울리지 않아 보일런지 모른다. 그러나 보르헤스의 소설들을 읽다보면 놀랄 정도로 그의 의식 체계가 사이버문학의 정체성과 맞닿아 있음을 발견하게 된다. 물론 "비현실이 문학의 조건이다"라고 말한 보르헤스를 떠올린다면 비현실적인 공간을 존재론적 기반으로 삼는 사이버문학과의 연결이 자연스러울 수도 있겠으나, 기실 보르헤스에게 놀라운 것은 그가 경험하지 못했을 통신 공간의 정체성을 '틀뢴'이라는 허구적인 세계를 통해 정확하게 파악하고 있다는 점이다.

어떻게 사람들이 틀뢴에, 즉 질서 정연한 행성에 대한 방대하고도 자세한 증거에 굴복하지 않을 수 있겠는가? 현실 또한 질서 정연하다고 응수해도 소용이 없다. 설령 그렇다 하더라도 현실은 신의 법칙 -

환언하자면, 비인간적인 법칙 - 에 따라 질서지워진 것으로 우리는 결
코 이를 알 수가 없다. 틀뢴은 미로일 것이다. 하지만 그것은 인간에
의해서 짜여진 미로이며, 인간이 풀 수 있도록 만들어진 미로이다.[18]

틀뢴을 통신 공간과 연결시키는 것이 보르헤스의 텍스트를 자의적
인 이미지로 환원시켰기 때문에 가능할런지도 모르나, 컴퓨터가 발명
되기도 전인 1941년에 보르헤스가 신의 질서와는 무관한 인간에 의해
짜여진 또 다른 세계를 상상하였다는 점만으로도 그의 상상력은 감탄
할 만하다.

20세기 초반의 문학이 조이스와 카프카와 의해 대표될 수 있다면,
20세기 후반의 문학은 보르헤스에 의해 움직였다고 해도 과언이 이닐
정도로 그의 영향력은 막강하다. 후기구조주의자들과 해체주의자들이
그의 텍스트를 분석하면서 이론을 확장시켜나갔고, 포스트모더니즘문
학은 4-50년대에 출간된 그의 문학에 세례를 받았다. 그리고 사이버문
학 역시 그의 그림자 안에서 자유롭지 못한 것이다.

사이버문학의 상상력을 논의하면서 보르헤스를 언급한 이유는 사이
버문학의 상상력이 보르헤스를 넘어서지 못하는 한, 결코 새로운 문학
패러다임이 될 수 없음을 주지시키기 위함이다. 이미 40여 년 전에 보
르헤스는 인간에 의해 만들어질 새로운 세계를 상상해 내었고, 「두 갈
래 오솔길이 있는 정원」에서 지금 인터넷 상에서 시도되고 있는 하이
퍼 텍스트를 문자텍스트로 구현하였다. 보르헤스를 넘어서지 못한다면
사이버문학은 결국 아무것도 새롭다고 주장할 수 없게 될 것이다.

이 글에서 논의한 비물질적인 상상력과 3차원적인 시간관, 바라보기
의 방법으로서의 이미지는 보르헤스를 극복하기 위한 나름의 시론이

---

18) 호르헤 루이스 보르헤스 저, 박병규 역, 「틀뢴, 우크바르, 오르비스 테르티우스」,
　　『픽션들』, 도서출판 녹진, 1992, p.41.

었다. 그래서 한계가 분명하다. 새로운 공간이 상상력을 어떻게 형질 변화시키는가를 짚어내기는 했지만, 그것이 문학적으로 형상화하고 있는 작품들의 예까지를 들지는 못했다. 보르헤스의 작품을 분석하는 것에서 해체주의가 발전하고 포스트모더니즘이 출발했음과, 실체가 없다는 사이버문학에 대한 비판이 구체적인 작품이 없음에 기인한다고 있음을 염두에 두어볼 때, 지금 사이버문학에 가장 절실히 필요한 것은 뛰어난 사이버작가일 것이다. 보르헤스는 끝없이 갈라지는 정원을 우리들에게 남겼다. 이 글에서 미약하나마 전개한 상상력의 시론을 확장시켜줄 수 있는 텍스트를 기다리며 글을 마치고자 한다.

# 노출증, 가상공간, 그리고 문학
## – 비트시대가 만들어낸 욕망의 삼각형과 새로운 문학의 스펙트럼 –

## 1. 비트사회와 욕망의 삼각형

새로운 세게가 우리 앞에 펼쳐지고 있다. 모든 것이 물실도 표시되며 아날로그로 현현되는 현실 공간과는 달리 탈물질적이고 비트화된 사회, 우리가 가상공간, 또는 통신공간이라고 부르는 가상현실의 세계가 바로 그것이다. '정보화사회', '후기산업사회', '대중소비사회' 등 다양한 고유명사들로 특징지울 수 있는 현실 공간과는 달리, 가상 공간은 그 특징을 '비트사회'라는 단 하나의 고유명사로 환원시킬 수 있다. 모뎀과 전화선이 만들어낸 가상 공간은 가장 완벽하게 비트화된 공간이다. 그 안에는 자신의 정체성을 비트(bits)로 표시하는 구성원들이 있으며, 그들이 영위하는 일상의 다양한 제양상들 역시 0과 1이라는 비트로 환원된다. 모든 것이 비트로 표시되는 '비트사회(bist society)'가 지금 우리 앞에 펼쳐진 가상공간이라는 새로운 세계인 것이다.

이 새로운 사회 안에는 현실공간과 마찬가지로 다양한 욕망들이 충돌한다. 그러나 그 욕망들은 지극히 개인적인 차원에 머물러 있다. 현실 사회에서 우리는 공동체 안에 속해있는 '개인'이지만, 비트 사회에서 우리는 탈영역화된 공동체를 자의적으로 무시할 수도 있는 '개인'

이기 때문이다. 욕망의 지향점이 집단이 아닌 개인적인 층위로 좁혀질 때, 가장 먼저 발현될 수 있는 욕망이 자신을 드러내고 싶은 노출증이다. 집단의 욕망은 다수의 욕망을 총체화한 것이기에 개인의 욕망과 일치하지 않을 수도 있으나, 집단이 권력을 갖지 못하는 비트사회에서 일차적으로 모든 욕망은 개인적인 수준에서 출발한다. 바로 이 지점에서 비트사회에서 예술을 창작하고자 하는 욕망의 삼각형 중 한 꼭지점을 도출해낼 수 있다. 지극히 개인적인 공간에서 개인적인 욕망을 해소하고자 하는 창작 심리로서의 <노출증>이 새로운 예술을 생산해내는 한 요소인 것이다.

그리고 예술이 개인적인 노출증에서부터 출발하여 집단의 관음증을 충족시켜주는 것이라면, 가상 공간이야말로 가장 이상적인 예술공간일 수 있다. 가상공간이 가져다주는 익명성의 보장과 책임감의 부재는 노출증적인 창작욕을 검열기제없이 자유롭게 발현할 수 있도록 도와준다. 소아병적이고 무의미한 창작욕망일지라도 아무도 그것에 대해 제재할 수 없는 공간, 집단의 관음증이 조회수로 표시되는 공간, 가상공간은 개인이 자신의 창작 욕망을 거침없이 발휘할 수 있도록 공간적 환경을 조성한다. 물론 비트사회에서 행해지고 있는 창작활동이 모두 예술이라 명명될 수 있을 만큼의 수준을 확보하고 있지는 못하지만, 비트사회의 구성원들이 가상공간의 공간적 특징에 고무되어 그들의 창작 욕망을 확장하고 있음을 염두에 두어볼 때, 예술 창작 욕망의 두 번째 꼭지점은 바로 <가상공간>이다.

욕망의 삼각형 중 마지막 꼭지점은 <문학>이라는 예술의 제장르이다. 비트화하기 힘든 회화나 음악, 무용, 조각 등의 여타 예술 장르와는 달리 문학은 아주 손쉽게 텍스트를 비트화할 수 있다. 물론 비트사회가 발전한다면 문학 이외의 여타 예술 장르들도 비트화될 수 있겠지만, 일단 비트화가 가장 손쉬운 문학에서부터 비트예술은 출발하고 있다. 이것은 비트사회가 텍스트(글)로 이루어져 있음과 무관하지 않다. 문학은 글로 이루어진 예술이며, 그림이나 소리보다는 글을 구현하는 데 사용자 환경이 집중된 현 비트사회의 기술적 한계가 문학을 욕망의 삼각형 중 마지막 꼭지점으로 위치지우고 있는 것이다.

창작심리로서의 <노출증(Exhibition)>, 창작공간으로서의 <가상공간(Cyberspace)>, 구체적인 예술형태로서의 <문학(Literature)>, 비트사회는 이제 완벽하게 욕망의 삼각형을 구성하였다. 그리고 이 욕망의 삼각형 한 가운데 네티즌들이 자리잡고 있다. 그들은 삼각형의 세 꼭지점과 일정한 관계를 유지하며 자신들의 창작 욕망을 삼각형이 모아질 수 있는 지점으로 투사시킨다. 네티즌은 비트사회의 구성원인 동시에, 예술의 창작 주체로 기능하고 있다. 네티즌과 욕망의 삼각형, 이제 비트사회가 새로운 문학 패러다임을 제안할 수 있는 제조건들이 마련되어진 것이다.

## 2. 비트로 문학하기, 또는 비트로 된 문학읽기

노출증, 가상공간, 문학이라는 욕망의 삼각형은 아무도 예상하지 못했을 만큼 완벽한 팀웍을 이루어 네티즌들의 창작 욕구를 북돋웠고, 하루에도 수백편의 비트로 현현된 문학이 시나 소설, 에세이라는 이름으로 비트사회의 문학 게시판을 뒤덮고 있다. 그러나 양적인 범람은 반대급부로 질적인 면에서 실망스러운 결과를 초래하였다. 이것은 노출증이라는 개인적인 욕망과 가상공간이 확보하고 있는 자유분방함이라는 특징이 과잉되어, 문학이라고 했을 때 견지해야할 미학적 수준과 불균형을 이룸으로써 야기된 현상으로, 결국 비트사회의 문학이 현실사회의 문학보다 미적 가치가 떨어진다는 일반적인 통념으로 이어졌다.

그렇다면 비트사회에서 창작되어지는 문학이 모두 질적으로 수준이 하인가? 그렇지 않다면 네티즌들이 가상공간에서 생산해내고 있는 문학은 어떤 미학적 특징을 갖는지, 욕망의 삼각형은 어떻게 기능하며, 현실사회와 그 존재기반부터가 다른 비트사회의 텍스트에 어떤 스펙트럼으로 투사되는가하는 질문이 당연히 뒤따라야 할 것이다. 이 질문에 답하기 위해서는 무엇보다도 미학적으로 분석할 수 있는 대상 텍스트가 필요하다. 그리고 그것은 비트사회의 문학 수준을 가름할 수 있는 객관적인 검증절차를 거친 텍스트여야 한다. 검증절차가 필요한 것은, 개인의 노출증이 객관적으로 그 미적 가치를 인정받았음을 증거해줌으로써, 비트사회의 문학이 노출증이라는 창작심리 기제와 소통공간의 특수성으로 인해 질적으로 떨어진다는 편견에 찬 시선에서 자유롭기 위함이다.

이 조건들을 만족시킬 수 있는 텍스트가 바로 하이텔문학관 창작작품집 『비트시대』에 실려있는 10편의 단편들이다. 하이텔에서 93년부터 실시하고 있는 이용자문학상에 당선된 작품[1]들과 기성문단의 객관적

---

1) 이 작품집에 실려있는 곽동훈, 김민영, 한상, 김택균, 김상윤의 단편들은 모두 하이텔이 93년부터 실시하고 있는 이용자문학상에 당선된 작품들이다. 이용자문학상에 통신공간 내에서 실제 문학행위를 하고 있는 모든 네티즌들이 관심을 갖고 응모한다고는 할 수 없으나, 심사위원들이 일정수준 이상의 문학적 역량을 갖고 있는 기성평론가나 작가라는 점에서 객관적인 검증절차를 거친 작품이라 보아도 무방할 것이다.

인 등단 절차를 거쳐 창작 활동을 하고있는 네티즌들[2]의 작품으로 이루어진 이 창작집은 비트사회의 문학이 어느 만큼의 수준에 와 있는지, 내용과 형식 면에서 현실사회의 문학과 어떤 변별점을 갖고 있는지를 분명하게 보여주고 있다.


## 2-1  '사랑'이란 신화(神話)에 대한 두 가지 냉소
### - 곽동훈 『러브스토리』, 송경아 『정열』

곽동훈의 『러브스토리』와 송경아의 『정열』은 모두 '사랑'에 대하 이야기이다. 그러나 그들이 보여주는 사랑은 진실하지도 순수하지도 않으며, 우리가 사랑이야기를 읽는다고 했을 때 가질 수 있는 기대치들은 여지없이 배반당한다.

> 그리하여 나는 사랑 따위를 포기한 지, 아니 잊어버린 지 오래 되었다. 게다가 나의 심장은 그런 어리석은 일에 몸을 바치기에는 너무도 차갑고 피로하다. 그런 어리석은 사랑이야기를 픽션으로 늘어놓기도 싫다. 만약 그렇게 한다면 타이핑을 하고 있는 내 손가락들이 내가 만들어낸 허구의 독기 때문에 경련을 일으키고 굳어 버릴지도 모른다. 결국 나는 이 글의 제목과는 어울리지 않는 이야기를 하려는 것이다.
> - 곽동훈 『러브스토리』 중에서

곽동훈은 제목을 『러브스토리』라고 명명했음에도 불구하고, 작품의 도입부에서 자신이 '사랑'이란 감정에 냉소적임을 숨기지 않는다. 도

---

2) 송경아는 『상상』으로, 김영하는 『리뷰』로, 이태직은 『버전업』으로, 박태균은 『세계의문학』으로, 이영수는 『이매진』으로 각각 등단하였다.

입부의 이같은 전지적인 작가의 목소리는 텍스트를 관통하는 거멀못이 되어 독자들도 자연스레 '냉소'라는 실을 따라간다.

명준과 유나는 대학동창이면서 지금은 서로 필요할 때 섹스를 나누는 사이이다. 그들에게는 철저한 운동권으로써 도피 생활중인 성혁이라는 또다른 친구가 있는데, 어느날 그에게서 만나자는 편지가 온다. 약속한 날 명준은 성혁과 만나지 못하고, 유나의 갑작스런 부탁으로 서민혜라는 여성작가와 인터뷰를 한다. 그날부터 유나는 자취를 감추었고, 얼마 지나 유나는 성혁과 같이 있으며 돈이 필요하다는 편지를 보낸다. 그것으로 명준과 유나의 관계는 정리되었고, 명준은 서민혜와 연애를 시작한다. 사랑은 조크라는 여자와 사랑은 사치라는 남자가 '사랑'이란 이름으로 현실세계에서 도피했지만, 그것은 진정한 사랑이라고 해석하기엔 텍스트 내에 장치들이 너무도 빈약하다. 텍스트의 마지막에 서민혜가 말하고 있듯, 다만 성혁이 운이 좋았을 뿐이다. 『러브 스토리』의 줄거리는 사랑이란 감정이 얼마나 유희적이고 가벼운가에 집중되어 있는 것이다.

송경아는 냉소에서 한걸음 더 나아가 사랑이 집요한 집착과 무엇이 다른가 회의한다. 정열이라는 것은 없다고 생각하는 성준과 사랑은 정열이라고 확신하는 소희는 애인사이이다. 소희는 자신이 옛애인과 걸어갔는데도 화를 내지않는 성준에게 「정열」이라는 영화를 같이 보러 갈 것을 일방적으로 제안한다. 약속을 지키기 위해 소희와 영화관을 간 성준은 그러나 영화를 보면서 소희와 다툰다. 「정열」이라는 영화에서 보여주는 사랑이 광기와 집착에 불과하다고 생각하는 성준과 진정한 사랑은 정열의 산물이라고 주장하는 소희는 이미 사랑에 대한 인식의 전제부터 다른 것이다. 예의바르고 친절하면서도 적당히 거리를 둘 줄 아는 성준은 자신의 정열을 서로 공유하고자 하는 소희와 거리를 두고자하나, 소희는 자신의 몸을 정열의 뜨거운 불길로 태워버림으로써 끝내 거부한다.

> 이제는 불길로 변해버린 그녀가 옳았다. 그가 안온하다고 느낀 세계의 한 꺼풀 밑을 지배하고 있는 것은 바로 정열이었다.
> - 송경아 『정열』 중에서

송경아는 텍스트의 마지막 부분에서 성준을 통해 소희가 옳았다고 진술하였지만, 결국 불타는 정열이 무엇을 이룰 수 있는가에 대해선 쓰고있지 않다. 세계를 지배하는 것은 정열이지만, 그러나 정열이 세계를 뒤바꾸어 놓을 수는 없다는 회의. 텍스트의 마지막에 이미지로 처리되었지만 자신의 몸에 불을 붙이는 소희를 80년대 끓어오르는 정열을 주체하지 못하고 자신의 몸을 기꺼이 민주화라는 이름으로 내놓았던 많은 열사들과 겹쳐 읽는다면, 송경아의 회의는 곽동훈의 냉소보다 훨씬 잔인하다.

곽동훈과 송경아 모두 겉으로는 '사랑'에 대해 이야기하고 있지만, 그들이 기실 냉소하고 회의하고 있는 것은 80년대 진정성이라는 이름으로 현실사회를 변혁시키고자 했던 '투쟁'과 '혁명'이라는 거대담론은 아니었을까? 집단의 욕망이 거세된 비트사회에서 그들은 지난 시대 어리석었던 욕망을 시니컬하게 돌아보고 있는 것이다.

## 2-2  엉뚱한, 그러나 마음껏 상상하기
### - 이영수3) 『꼭두각시』, 이태직 『섹스에 관한 상상 하나』

만약 작가들이 소설을 쓰는데 있어, 가끔은 엉뚱하거나 전혀 독자들이 예상치 못한 방향으로 마음껏 상상하고 싶은 욕망을 느끼면서도 그것을 실행할 수 없다면 무슨 이유일까? 아마도 독자들이 텍스트에 기대하고 있는 일관적인 흐름을 거슬리고 싶지 않거나 텍스트에 대한 자신의 장악력을 의심받고 싶지 않기 때문일 것이다. 따라서 독자들은 소설의 어느 지점에 이르면 그 다음에 어떠한 이야기가 전개될지 미루어 짐작할 수도 있게 된다. 아직 읽지 않은 텍스트의 미정부분을 추론해봄으로서 작가의 상상력과 자신의 기대지평을 일치시켜보려는 독자들의 욕심. 그러나 이영수의 『꼭두각시』와 이태직의 『섹스에 관한 상상 하나』는 독자들이 우롱당했다고 느낄 정도로 엉뚱한 방향으로 스토리가 진행됨으로써, 일상적인 독자의 기대치에 맞추기보다는 일탈적인 스토리 진행으로 독자들의 시선을 잡아채려는 비트사회 글쓰기의 한 유형을 보여준다.

『꼭두각시』는 대학교수인 최명석이 방송국 PD이자 자신의 대학후배인 안송규를 살인하고픈 욕망에 시달리는데에서 이야기가 시작된다. 독자들은 왜 건전한 시민인 최명석이 역시 건전한 시민인 안송규를 살해하고자 하는가에 관심을 집중시키며 독서를 진행한다. 진행 도중에 최명석뿐만 아니라 다른 사람들(여자모델, 경찰관, 의사 등)도 역시 안송

---

3) 비트사회에 이영수(DJUNA)라는 네티즌은 없다. 다만 이영수라는 이름은 '듀나일당'이라는 집단을 대표하는 기호일 뿐이다. 이영수라는 이름으로 발표하는 SF 소설들은 혈족 관계로 이루어진 세 사람이 공동으로 집단창작물이며, 아무도 완전한 듀나일당을 만날 수 없다는 점에서 비트사회의 익명성을 여실히 드러내준다.

규를 살해하고자 하는 욕망에 사로잡혀 있음을 알게되면서 독자들의 궁금증은 증폭된다. 그러나 텍스트 말미에 이르러 이야기는 전혀 엉뚱한 방향으로 반전된다. 안송규는 베델주스 4행군의 독재자였다가 혁명군의 반란으로 지구로 탈출해 지구인의 몸을 빌린 아카부크 대제임이 밝혀지고, 최명석과 다른 사람들은 혁명군들의 사주를 받아 아카부크 대제를 암살하고자 세뇌 당한 것임이 드러난다.

『섹스에 관한 상상 하나』는 더욱 엉뚱하다. 아내와의 잠자리에 자신이 없는 한 남자가 성욕을 해결하기 위해 자위행위에 열중한다는 [1장. 하나의 설정]을 읽은 독자들은 일반적으로 2장에서는 잠자리에 대한 아내와 남편의 불화가 표면화됨으로써 다양한 갈등의 양상으로 나타날 것이라 추론할 수 있을 것이다. 그러나 이태직은 [2장. 하나의 상상]에서 자위행위를 범법행위로 규정, 성기를 피고로, 손과 뇌세포를 원고로 내세운 재판을 진행시킨다. 작가의 상상력이 너무 자유롭게 확장돼버려 독자들은 스토리의 진행을 도저히 추론해낼 수 없는 것이다. 작가에게 심한 배신감을 느낀 독자들은 [3장. 하나의 맺음]에서 태연하게 다시 1장의 일상으로 복귀한 작가와 마주하게 된다. 결국 독자의 기대지평은 『섹스에 관한 상상 하나』에서 두번 배반당하고 만다.

전혀 SF적이지 않게 출발한 소설이 말미에 이르러 느닷없이 SF로 형질 변화되는 과정이나 일상에서 비일상, 다시 일상으로 태연하게 복귀하는 과정이 독자들의 기대치와는 무관하게 전적으로 작가의 자유분방한 상상력에 기초하고 있음은 작가의 상상력이 일정부분 독자의 기대치에 의해 제한받는 현실공간과는 다른 비트사회의 문학적 특징을 보여준다.

## 2-3  일상 위에 덮어 씌여진 만화적 상상력
### - 김민영 『깊고 푸른 공허함』, 김상윤 『FOR YOUR EYES ONLY』

문학에는 일정부분 작가 자신의 경험이 반영될 수밖에 없다. 문학적 상상력은 개인의 경험에서 출발하여 끝없이 확장되어지는 허구의 그물망이기 때문이다. 김민영의 『깊고 푸른 공허함』과 김상윤의 『FOR YOUR EYES ONLY』는 작가의 일상[4])이 기본 재료가 되고, 그 위에 만화적 상상력이 덧씌여진 특이한 소설이다. 만화적 상상력에서는 재현의 범위가 작가의 상상력과 맞물려 무한히 확장될 수 있으며[5]) 따라서 본격문학에서 담아낼 수 없는 다양한 세계들을 그려낼 수 있다.

김민영의 『깊고 푸른 공허함』은 정신과 의사인 일인칭 화자 '나'가 대학동기이자 기업연구소 연구원인 윤호의 고백을 듣는 것으로 시작된다. 윤호는 유전자의 DNA 구조를 밝혀내는 연구를 하던중 우연히 생명의 신비를 밝혀낼 수 있는 염기 서열을 발견하게 된다. 여기서부터 작가의 만화적 상상력이 촉발된다. 아직 현대과학으로 밝혀내지 못한 유전자 염기 서열이지만 만화적 상상력에서는 그 신비가 한 집념어린 의학자에 의해 풀릴뿐 아니라, 더 나아가 밝혀진 염기 서열을 갖고 윤호가 자신을 복제시켜 새로운 생명을 탄생시키는 것까지로 확장된다. 결국 윤호가 탄생시킨 새로운 생명이 자신을 탄생시킨 창조주의

---

4) 김민영은 대학병원 레지던트로, 의학도로서의 전문지식이 『깊고 푸른 공허함』에 기본 골개를 이루고 있으며, 총기제작자의 야이기를 다룬 『FOR YOUR EYES ONLY』의 작가 김상윤은 총과 친숙한 현역 군인이다.
5) 만화적 상상력의 세계는 문학적 상상력에 비해 상상력의 제한을 받지 않는다. '만화같다'라는 표현과 '소설같다'라는 표현이 주는 의미의 층위는 다르다. 전자가 허무맹랑하며 도저히 있을 수 없는 상상의 세계라면, 후자는 있을 수 있는 개연성이 개입된 상상력이다.

의지를 배반하고 스스로 탄생 비밀을 알아내게 됨으로써 소설은 비극으로 치닫는다. 자신을 증오하는 피조물에 의해 윤호는 죽임을 당하고 그의 삶은 자신의 유전자를 복제해 창조한 또 다른 윤호에 의해 완벽하게 대체된다. 만화적 상상력이 발현된 작품이면서도 『깊고 푸른 공허함』이 공허하게 읽히지 않는 것은, 생명의 신비를 풀어 신을 죽이고자 했던 한 인간이 결국은 자신을 신으로 생각해야할 피조물에 의해 죽음을 맞이한다는 아이러니가 주는 메시지가 결코 가볍지 않기 때문이다.

『깊고 푸른 공허함』이 SF적인 소재를 취사하여 만화적 상상력을 발현된 작품이라면, 『FOR YOUR EYES ONLY』는 부르노라는 한 총기제작자의 하루를 과거 회상을 삽입하면서 만화 톤의 가벼운 터치로 다룬 작품이다. 총기에 대한 전문 용어가 텍스트 곳곳에서 튀어나와 독자들을 당혹시키지만, 그것이 독서를 방해하지는 않는다. 독자들은 『FOR YOUR EYES ONLY』의 독서 동선(動線)을 부르노를 방문한 두 명의 초대받지 않은 손님이 누구인가, 그들이 왜 부르노를 찾아왔는가에 집중시키기 때문이다. 오히려 독자들을 당혹스럽게 하는 것은 'FOR YOUR EYES ONLY'라는 제목이 대체 텍스트의 진행과 어떤 연관을 갖고 있는가 하는 점이다. 텍스트의 종결부분에 이르러 두 손님은 국제적인 전문킬러이며, 그들은 자신들의 정체를 알고있는 부르노를 제거하기 위해 방문한 것임이 드러난다. 며칠 후면 57번째 생일을 맞는 노년의 부르노가 전문적인 킬러 두 명을 상대하기에는 역부족일 수밖에 없으며, 따라서 독자들은 부르노가 이 위기를 어떻게 극복할 것인가에 관심을 집중한다. 아민은 부르노가 새로 제작한 총으로 그의 삶을 마감시키려 한다. 총의 이름은 'FOR YOUR EYES ONLY'. 일단 소설의 제목이 왜 『FOR YOUR EYES ONLY』인가는 해결되었다. 부르노가 아민에게 주기 위해 심혈을 기울여 만든 일생 최고의 걸작이 바로 'FOR YOUR EYES ONLY'이다. 그리고 바로 뒤이어 왜 총의 이름이 '오직 당신의 눈을 위하여'인가가 밝혀진다. 그 총은 슬라이드의 공이치기가 반대 방향으로 열리면서 탄알이 총을 쥐고 있는 사람의 눈 쪽으로 발사되는 역추진 권총이었던 것이다. 결국 생사를 건 승부는 아민이 자신의 죽이려할 것이고, 그때 'FOR YOUR EYES ONLY'를 사용할 것이라고 정확하게 판단한 부르노의 승리로 끝을 맺는다. 독자들이 독서과정중에 품었던 의문들은 일순간에 해결되며, 소설은 감동이나 여운보다는 반전의 묘미가 주는 읽는 재미로 독자들의 기대지평을 만족시킨다.

비트사회는 문학적 상상력보다는 만화적 상상력이 훨씬 더 친화력을 갖는 공간이다. 네티즌의 다수를 차지하고 있는 10대 후반에서 20대 중반까지의 젊은 세대들은 컬러 TV의 세례를 받으며, 소설보다는 만화를 통해 상상력과 감수성을 키워온 영상세대들이다. 따라서 그들이 창작하고 향유하는 문학에 만화적 상상력이 개입하는 것은 지극히 당연할 수 있을 것이며, 만화적 상상력은 비트사회의 문학을 이해하는 데 중요한 키워드가 될 것이다.


## 2-4  기시감으로 끝없이 부풀어지는 텍스트
### - 김택균 『달의 몰락』, 한상 『철수가 영희를 만났을때』

비트사회의 문학 게시판에 올려지는 작품들을 읽다보면 이미 어디선가 읽어본 것 같은 기시감에 시달리게 된다. 이것은 크게 두 가지 경우수를 갖는데, 실제로 처음 글쓰기를 시도하는 네티즌들이 독창적인 상상력만으로 텍스트를 축조할 수 있는 문학적 역량이 미흡하여 기왕의 작품들에서 상상력을 차용하는 경우와, 독자들이 자신의 독서 경험을 이미지로 기억하고 있다가 그 이미지와 유사한 작품을 대했을 때 기시감으로 확장되는 경우이다. 김택균과 한상의 작품은 이 두 가지 기시감의 경우수 모두에 해당된다.

김택균의 『달의 몰락』은 제목부터 김현철의 노래 제목에서 차용하였다. 그리고 그는 이것을 숨기려 하지 않고 소설의 맨 첫머리에 '달의 몰락'의 가사 일부를 부분 전재함으로써 독자들의 기시감을 부추긴다. 실제 텍스트의 진행이 김현철의 노래 가사와 일치하지는 않는다. 김택균이 김현철의 노래를 소설화하고자 한 것이 아니기 때문이다. 다만 맨 마지막 부분이 김현철의 노래가사와 비슷할 뿐이다.

그녀가 좋아하던 저 달이, 그녀가 좋아하는 저 달이 지네, 달이 몰락하고 있네

- 김현철 '달의 몰락' 중에서


다시 고개를 들었을 때, 쿠구구구--- 하는 굉음과 함께 연기를 뿜으며, 하늘의 달이 어둠 저편으로 추락하고 있는 것을 나는 똑똑히 보았다.

- 김택균 『달의 몰락』 중에서


김현철과 김택균의 겹쳐짐이 제목을 차용한 기시감의 첫 번째 경우라면 『달의 몰락』이 이상의 『날개』와 겹쳐 읽혀지는 것은 유사이미지의 재생이라는 두 번째 경우에 해당된다. 이상의 『날개』에서 주인공 '나'는 작은 골방에 갇혀 스스로의 존재 의의에 대해 회의하며 일상으로부터의 탈출을 꿈꾼다. 그는 유약하며 현실과 비현실을 혼동한다.

『달의 몰락』의 '나' 역시 병실에 틀어박혀 공상을 일삼고 현실과 비현실의 경계에서 허둥된다. 이상의 '나'가 몸에 날개를 달고 일상을 훨훨 벗어나고 싶어한다면, 김택균의 '나'는 몸의 지퍼를 열어 지구를 탈출할 것을 꿈꾼다. 그리고 둘 다 사회에 적응하지 못하는 금치산자(禁治産者)이다.『날개』와『달의 몰락』은 단문을 많이 사용하고 있다는 문체상의 특징도 공유하는데, 주인공의 심리적 불안감과 의식의 단절을 효과적으로 보여주기 위한 문학적 장치로 역시 기능한다. 이같은 유사이미지의 재생은 독자들의 독서 동선을 기시감의 자장 내로 제한하지만, 아내의 화장품을 갖고 놀며 옥상에서 뛰어내리고자 했던 이상의 '나'와, 머리 빗어주는 여자를 그리워하며 병원 옥상에 올라가 달에 돌을 던지는 김택균의 '나'가 미묘하게 갈라지는 부분에서 오히려 기시감의 미학이 발견되어진다.

한상의『철수가 영희를 만났을때』역시 미국영화『해리가 셀리를 만났을때』에서 제목을 차용하였다. 이 소설은 특히 비트사회의 채팅실에서 실제로 이루어지는 대화언어를 그대로 텍스트에 삽입함으로써, 채팅을 경험한 네티즌들에게 기시감을 제공해 주고 있다. 채팅실에서 만난 여자들과 유희적인 연애를 즐기던 철수는 영희를 만나면서 색다른 감정을 느끼게 된다. 그리고 비트사회에서가 아니라 현실공간에서 영희를 직접 만나게 된 철수는 그녀가 휠체어에 의지하는 장애인임을 알게 된다. 영희는 자신이 장애인임이 부끄러워 그동안 철수와의 만남을 회피했던 것이었으나 철수는 오히려 그런 영희를 보면서 자신이 그녀에게 품었던 감정이 진정한 사랑임을 깨닫게 된다.『철수가 영희를 만났을 때』는 철수가 영희에 대한 자신의 감정을 사랑이라고 확신하는 부분의 설득력이 약하고, 문체가 불안하며, 대화언어가 여과 없이 사용되어 비문이 많다는 지적을 받을 수 있다. 그러나 이 작품의 미덕은 비트사회에서 일상적으로 일어나는 일들을 그대로 소설화함으로써 문학의 소재로 차용할 수 있는 일상의 외연을 확장시켰다는 것이다.

'기시감'은 비트사회를 이해하는데 중요한 심리적 기제이다. 비트사회야말로 실제 존재하지 않지만 존재하는 것처럼 느껴지는 시뮬라크르한 공간이며, 기시감은 그 공간 안에서 벌어지는 일상들을 현실 공간에서의 일상과 겹쳐 읽도록 도와주기 때문이다. 따라서 비트사회의 문학에서 기시감이 발견된다는 것은 우리의 상상력이 공간적 특수성에 영향을 받고 있다는 점을 드러내주는 주요한 단서가 된다.


## 2-5  뒤틀기와 압축하기의 미학
### - 김영하『호출』, 박태균『가장 먼곳보다 먼』외 2편


김영하의『호출』은 텍스트의 창작 주체에 대한 작가의 의도적인 뒤틀기가 행해지고 있다.『호출』에서 1장과 3장의 초점화자는 '나'이며, 2장은 '그녀'로 설정되어 있다. 그러나『호출』의 초점화자들은 모두 개별적인 자격으로 쓰는 자들이 아니다. '나'와 '그녀'는 서로의 초점화 공간 안에서 타자화되며, 텍스트 외부에 위치한 작가의 시선과 겹쳐진다.


생리가 시작될 조짐이었다. 머리가 묵지근하게 아파오면서 운신하는 일이 짜증스럽게 느껴졌다. 아마도 내일 모레쯤이면 생리가 시작될 것 같았다. 그 예감이 끔찍해서 아예 적출해버릴까, 하고 생각하는 것도 늘 이 무렵이다.

> 컴퓨터의 화면을 커면서  나는 이제 상상 속의 그녀를 호출하는 일
> 을 포기하기로 한다. - 중 략 - 그러고는 이 이야기를 소설로 써야겠다
> 고 마음 먹는다. "생리가 시작될 조짐이었다"로 시작되는 단편말이다.
>
> - 김영하 『호출』 중에서

앞에 인용문은 2장의 맨 첫 귀절이고, 뒤에 인용문은 3장의 마지막
부분에서 발췌하였다. 3장의 초점화자 '나'는 "생리가 시작될 조짐이
다."로 시작되는 단편을 쓰고자 마음 먹는다. 그러나 이미 그 단편은 2
장에서 '그녀'를 초점화자로 하여 씌여졌다. '마음 먹는다'는 현재형이
며, 따라서 '그녀'가 초점화자로 등장하는 2장은 시간의 계기상 3장 뒤
에 와야 마땅하다. 텍스트의 계기적 순서가 임의적으로 배열되어 있거
나, 텍스트의 맨 마지막 문장이 맨 처음 문장과 겹쳐지는 형식은 별로
새로울 것이 없으나 문제는 누가 2장을 쓰고 있는가 하는 것이다.

> 그는 어떤 사람일까? 삐삐를 만지작거리며 그녀는 상상한다. 카바
> 레를 전전하는 제비족으로 만들었다가, 가난한 고학생으로 만들었다
> 가, 반항적인 재벌 2세로도 만들었다가, 소설가로도 만들어보았다. 그
> 중에서 가장 그녀의 마음에 드는 것은 글을 쓰는 사람이었다. 진동으
> 로 맞춰져 있습니다. 이런 말을 하는 것으로 보아 그는 글을 쓰는 사
> 람이었다.
>
> - 김영하 『호출』 중에서

'그 사람'과 '그녀'는 모두 삼인칭이다. 김영하는 자신의 글쓰기를
타자화시켜 '그녀'로 하여금 대신 쓰게 하고 있으나 2장의 타자화된 '그
사람'이 곧바로 3장에서 2장을 쓰겠다고 마음먹는 '나'가 됨으로써, 2
장은 '그녀'가 쓰고 있는 것일 수도, '그 사람'이 쓰고 있는 것일 수도,
'나'가 쓰고 있는 것일 수도, '작가 김영하'가 쓰고 있는 것일 수도 있

는 것이다. 따라서 우리는 2장에서 각기 다른 층위에 걸쳐있는 네 개의 시선과 마주 대하게 된다. 그들 중에 누가 2장을 쓰는 실제 주체인가는 다성적인 시선 안에서 잡아낼 수 없지만, 분명한 것은 초점화자가 작가의 의도를 대신 쓰는 전통적인 방식이 뒤틀어져 훼손되고 있다는 것이다. 그것은 무엇보다도 텍스트의 자기완결성이 부정되고 있다는 데서 확연해진다.

> 지금 그 사람은 그녀를 상상하며 이것을 소재로 소설을 쓰고 있을 것이다. 그래서 그 남자는 그녀를 만나기를 두려워하는 것이다. 그녀를 만나 환상이 깨어지면 소설은 완성하지 못할까봐. 그녀는 기다리기로 했다. 그가 소설을 완성할 때까지. 이제 이 삐삐에서 진동이 전해지면, 그것은 그의 소설이 완성되었다는 뜻일 것이다.
>
> — 김영하 『호출』 중에서

그러나 삐삐의 진동은 결코 '그녀'에게 전해질 수 없다. '그녀'는 '나'의 상상속에 여인일 뿐이며, 2장은 다성적인 주체에 의한 허구적 글쓰기이다. 삐삐를 그녀에게 건네주었다는 것은 '나'의 상상에 불과하며 따라서 소설은 결코 완성되지 않는다. 텍스트의 자기완결성이 미망에 불과하다는 것을 보여주기 위해 김영하는 의도적으로 2장의 '쓰기 주체'를 다성적으로 분산시켜 놓았다. 아무도 쓴 사람이 없는데 누가 그 텍스트를 완결지을 수 있겠는가?

『호출』의 내러티브에서 주목할 수 있는 것은, 누가 쓰고, 누가 읽고, 누가 상상하느냐 하는 <주체>의 문제이다. 기존문학에서는 이 문제가 간단히 해결될 수 있다. 작가가 쓰고 독자는 읽으며, 상상의 세계 또한 작가의 상상력을 독자가 이어 읽는다. 그러나 비트사회의 문학에 오면 <주체>의 문제는 뒤틀어진다. 비트로 이루어진 텍스트를 매개로 하여 실시간 쌍방향적으로 이루어지는 소통의 방식은, 우리에게 지금까지 익숙해왔던 기왕의 문학 전통을 전복시키고 있기 때문이다.

『호출』의 미학이 '뒤틀기'의 미학이라면, 박태균의 엽편소설들이 보여주는 미학은 '압축하기'의 미학이다. 엽편소설은 원고지 10매 이내의 짧은 소설을 일컫는 용어로, 박태균은 초기 글쓰기부터 일관되게 엽편소설을 창작해 오고 있다. 박태균 소설 미학의 특징을 '압축하기'라고 했을때, 이때의 압축은 단순히 원고 분량의 축소만을 의미하지 않는다. 오히려 중요한 것은 서사를 압축하여 간결하게 이미지화시켰다는 점에 있다.

> 미망으로서의 희망처럼 빨간 바탕과 하얀 글씨의 작은 간판이 달린 그 주점 앞에서, 궁극적 질료로서의 절망처럼 하아얀 심연을 일별하는 일이다. 하수 처리장과 아파트가 있는 곳을 빠져나온 후, 이끼 낀 옹벽과 어느 찻집 사이의 도로변에 서서, 빗방울이 떨어졌다. 그리고 그때 공원의 꼭대기 위에서 순수하고 불멸한 비탄처럼 하아얀 구름 한 조각이 흘러갔다. 다시 빗방울이 떨어진다. 축축한 잿빛 보도의 위 검은 전깃줄들에 매달린, 본질로서의 고통처럼 둥글고 투명한 물방울들이 떨어진 것이 아니라, 다시 비가 한두 방울씩 내리기 시작했고 그것은 곧 다시 그치기도 하였다. 가자.
>
> — 박태균 『가장 먼 곳보다 먼』 중에서

『가장 먼 곳보다 먼』은 한 편의 산문시를 연상시킬만큼 간결하며 이미지 중심적이다. '빨간 바탕', '하얀 글씨', '하아얀 심연', '하아얀 구름', '잿빛 보도', '검은 전깃줄'은 한 문단에 빈번하게 사용되고 있는 색채어는 박태균의 텍스트를 이끌어나가는 힘이 전통적인 스토리 중심이 아니라 이미지 중심에 있음을 보여준다.

『지옥의 들녘에서』는 급히 공원의 비탈길을 내려오다가 우연히 공중전화 박스 안에서 전화를 걸고 있는 '어떤 남자'와 눈이 마주치게 되었고, 그것은 우연에 불과한 일이라고 생각하며 공원을 빠져나오게 되는 '그'의 의식의 흐름을 물흐르듯 서술하고 있는 작품이다. 눈이 마주쳤다는 아주 찰라적인 순간을 '우연'이라는 그물망으로 포획하여 섬세하게 묘사해내면서도, 간결한 문체로 압축하여 독자들의 독서행위가 지루하지 않도록 하고 있다.

『해협』은 박태균의 소설 중에선 조금 특이하다. 분량도 길뿐 아니라 등장인물이 둘 이상 나오고 대화체도 사용되고 있다. 그러나 이 작품 역시 <발단 - 전개 - 절정 - 결말>이라는 소설의 일반적인 구성방식과는 무관하게 그저 이야기를 들려주고 있다. 개연성이 개입된 이야기가 아니라 단순히 눈에 보이는 그대로 색채어와 단문을 통해 그려냄으로써, 독자들에게 회화적인 이미지를 상상할 수 있도록 도와준다. 박태균 소설 미학의 특징인 압축하기는 이미지 구축을 통해 이루어짐으로써 독자들의 상상력을 압축하는 것이 아니라 오히려 텍스트 안에 자유롭게 풀어놓고 있는 것이다.

## 3. 새로운 문학의 열린 가능성

90년대 들어 우리의 글쓰기 환경이 문자언어에서 전자언어로 전이(轉移)했음은 주지의 사실이다. 단순히 생각하자면 펜으로 쓰는 것에서 컴퓨터 자판을 두드린다는 동작의 차이이겠지만, 그 이면에는 글쓰기의 권위를 붕괴시키는 혁명적인 의식의 조작이 이루어지고 있다. 이제 대다수의 사람들이 비트로 문학하고 있다. 비트(bits)로 된 문학은 비물질적(非物質的)이고 탈권위적(脫權威的)이며, 정전(正典)을 거부하고, 조작가능(造作可能)하다. 그러나 아톰(atoms)으로 이루어진 문학은 물질적이며, 권위적이고, 정전을 가지며, 조작불가능하다.6) 비트로 재현되는 문학은 가상공간이라는 혁명적인 소통공간과 네티즌이라는 군락화된 집단의 본능적인 창작(노출)욕구와 만나 지금까지 '전통'이라는 이름으로 우리를 구속해 왔던 문학의 근본 가치들을 전복시키거나 훼손하고 있으며, 그 다양한 양상들을 실제 작품 분석을 통해 확인해 보았다.

'사랑(거대담론)'에 대한 젊은 세대들의 회의와 냉소를 보여주거나(곽동훈, 송경아), 독자의 기대지평을 의식하지 않고 오히려 자유분방한 상상력으로 배반하기도(이영수, 이태직) 한다. 일상적인 경험 위에 만화적 상상력을 덮어 씌여 문학의 소재 영역을 넓힌 경우(김민영, 김상윤)도 살펴보았고, 기시감을 주요한 미적 장치로 이용하는 작가들의 차용된 상상력(김택균, 한상)과 전통적인 서사문법을 의도적으로 뒤틀거나 압축하고 있는 작가들(김영하, 박태균)의 형식 실험도 분석해 보았다. 내용, 형식, 상상력, 작가의 세계관 모두에서 우리는 지금까지의 문학과는 약간씩 어긋나 있는 새로운 문학을 만나게 된 것이다.

그리고 이제, 비트사회에서 비트로 이루어진 새로운 문학의 성과물들을 담아내고 있는 이 작품집이 비트가 아닌 아톰화되어 출판되었음에 주목할 필요가 있을 것이다. 왜 비트로 이루어진 문학을 활자화하여 책으로 출간하고자 하는가? 그것은 크게 두 가지의 목적 의식을 갖고 있다. 첫 번째는, 비트사회에서 이루어지는 문학 행위들에 대한 일반적인 통념 - 소재편향적이고, 선정적이며, 질적으로 수준 이하라는 -

---

6) 디스켓에 담긴 텍스트와 책으로 출간된 텍스트를 비교해 보면 비트와 아톰의 차이는 분명하게 드러날 것이다.

에 맞서, 나름의 문학적 성취를 이룬 작품들을 현실공간에 소개함으로써 그것이 공간적 특수성에 기인한 편견에 불과했음을 현실 공간에 확인시켜주고자 함이다. 두 번째는, 비트사회에서 이루어지고 있는 문학 행위와 그 생산물들을 <사이버문학>이라는 새로운 문학 패러다임으로 권력화하고자 할 때, 과연 그 실체가 무엇인가에 대한 회의와 불신을 불식시키기 위함이다. 이 작품집에 실린 10편의 작품들은 개별적인 방법론으로 분석되었지만, 궁극적으로는 사이버문학이 제시하고 있는 텍스트 분석의 방법론적 준거틀에 의해 이루어졌다. 사이버문학은 허상이 아니라 실체임이 이제 분명해진 것이다.

이 아톰화된 작품집은 비트사회와 그 안에서 태동하고 있는 사이버문학의 가능성과 그 수준을 현실 공간에 떳떳하게 주장하고자 하는 네티즌들의 욕망을 담아내고 있다. 이제 주사위는 던져졌다. 이제 남은 일은 강을 건너는 일뿐이다. 아톰의 공간에 비트의 권력을 세울 때까지 우리, 모두, 함께.

# 새로운 <액자>를 위하여
## – '걸쳐있음'의 미학과 소설적 성취 –

> 별들이 아름다운 것은 서로가 서로의 거리를 빛으로 이끌어 주기 때문이다.
>
> – 김완하 『별 1』 중에서

## 1. 들어가는 말 – '익숙함'과 '낯설음'

한 작가의 소설을 읽을 때, 우리는 크게 두 가지 상이한 독서 체험의 자장권 내에 놓이게 된다. 하나는 전에 읽었던 작품을 염두에 두어 가며 독서 행위를 진행시킴으로써 그 작가의 상상력이 동일한 질료를 가지고 또 어떠한 모자이크를 만들어냈는가를 흥미롭게 읽어내는 '익숙함'이고, 다른 하나는 같은 작가의 작품이면서도 기왕의 작품과는 갈라지는 지점을 찾아내는 데서 오는 '낯설음'이다. 그리고 이 두 가지 상이한 체험은 대부분 내용에 집중되는데, 문자예술로서의 문학이 갖는 텍스트의 평면성이 형식의 낯설음을 독자들에게 부각시켜 주기에는 한계가 있기 때문이다.

박상우의『카시오페아』역시 이 '익숙함'과 '낯설음'이 동시에 보여지고 있다. 그러나 '익숙함'이 내용의 층위에서 발견되어진다면 '낯설음'은 형식의 차원에서 이루어지고 있다는 점에서 주목할만 하다. 봄, 여름, 가을, 겨울의 사계(四季)에 맞춰 한 남자와 여자의 만남과 이별을 기승전결 구조 안에 집어넣은 것도 낯설지만, 각각의 계절 앞에 <들어가는 이야기>라는 프롤로그를 갖고 있어 허구 안에 현실과 허구를 나란히 병치시켜놓고 있다는 점도 특이하다. "내용의 형식에로의 넘쳐흐름, 형식의 내용에로의 넘쳐흐름"이라는 루카치의 경구를 떠올려본다면,『카시오페아』에서 박상우가 구사하고 있는 <익숙한 내용>과 <낯설은 형식>의 결합은 분명 어색하다.

남녀의 사랑이야기는 박상우 소설의 주요한 모티브가 되어왔다.『섬, 그리고 트라이앵글』에서 최근의『호텔 캘리포니아』에 이르기까지 박상우의 상상력은 현대인들의 흔들리는 정체성과 그것을 감싸안으려는 사랑의 휴머니즘 안에서 다양한 스팩트럼을 보여주었다.『카시오페아』역시 '그'와 '라몽'이라는 남녀주인공을 내세워 그들의 사랑이 어떻게 훼손되어가고 있는가를 보여주고 있다는 점에서 앞에 언급한 작품들과 동일 선상에 놓을 수 있다.

그렇다면 왜 그는 익숙한 내용을 낯설은 형식 안에 담아낸 것일까? 바로 이 지점에서 우리는 문학의 위기에 대한 박상우 나름의 대응력을 발견할 수 있다.

90년대 들어 우리는 '문학의 위기'하는 말을 자주 들어왔다. 구체적으로 어떠한 현상을 지목하여 '위기'로 보는지는 논자들의 시각에 따라 달라지겠지만, 크게 문학 이외의 서사 예술(영화나 비디오, 드라마 등)의 영향력 확대로 인한 상대적인 위기감과 재현해야할 세계의 변화를 따라잡지 못하는 작가들의 빈약한 상상력이라는 절대적인 위기감으로 나누어 볼 수 있을 것이다. 특히 상상력의 위기는 60년대에 "태양 아래 더 이상 새로운 것은 없다"라고 주장한 서구의 포스트 모더니스트들의 그것과는 달리, 오히려 너무도 빨리 변화해 나가는 현실의 '새로움'을 작가들이 따라잡지 못하는 데 있다. 정보화사회의 초입에 들어선 90년대의 한국 사회에서 거대서사의 신화는 순식간에 무너져 내렸다. 컴퓨터와 사이버 스페이스가 제공하는 시뮬라크르한 세계는 현실과 비현실의 빗금을 지워버렸고, 주체의 정체성을 분열시켰고, 문학이 재현해야 하는 세계의 영역을 무한히 확장시켜 놓았다. 거대서사에 의존하여 있을 수 있는 일을 재현해야 한다고 믿고있는 작가의 상상력으로는 이 새로운 세계를 담아낼 수 있는 세계관의 전환이 더디거나 불가능할 수밖에 없으며, 그래서 '문체(文體)'나 '사적 경험의 소재화'에 작가들의 관심이 모아졌다. 상상력에 대한 작가들의 위기 의식에서 초래된 이 집중화 현상은 오히려 지금의 한국문학이 얼마나 빈약한 상상력으로 버티고 있는지를 뚜렷하게 보여준다.

그러나 박상우는 90년대에 등장한 젊은 소설가이면서도 동시대의 다른 작가들이 공통적으로 겪고 있는 상상력의 위기를, 나름의 현실 인식에 기반하여, 익숙한 내용과 낯설은 형식의 결합을 통해 해소시키고 있다. '걸쳐있음'의 상상력이라 명명할 수 있는 이 형식적 방법론은 『카시오페아』의 진부하게 읽힐 수도 있는 내용을 새로운 '액자'에 끼어넣음으로써 90년대 후반 한국문학의 새로운 지평을 열어 보이고 있는 것이다. 이 글은 『카시오페아』가 새로운 지평을 열어보이고 있다는 판단 하에, '걸쳐있음'의 상상력을 세 개의 액자로 나누어 살펴보고, 궁극적으로는 그가 왜 '익숙한 내용'을 '낯설은 형식'으로 넘쳐흐르게 했는가를 규명해 보는데 초점이 맞추어질 것이다.

## 2. '걸쳐있음'의 상상력과 세 개의 액자

앞에서도 언급하였듯이 『카시오페아』의 내용 전개는 박상우 문학의 원형적 상상력에서 크게 벗어나 있지 않다. '그'를 초점화자로 내세워 '라몽'이라는 여인과의 만남과 이별을 순차적으로 그려내고 있는 구도는 독자들의 독서 체험을 '익숙하게' 이끌어 준다. 그러나 가만히 텍스트 내부를 들여다보면 몇 개의 빗금을 지우며 작가가 전략적으로 만들어 놓은 액자들을 발견할 수 있다. 그리고 경계와 경계 사이에 걸쳐있는 이 '낯설은' 액자들은 텍스트 전체를 관통하는 미학적 거멀못으로 기능하고 있다.

### 2-1  액자 하나 : <겉이야기>과 <속이야기> 사이에 걸린

『카시오페아』는 <겉이야기>과 <속이야기>로 나뉘어져 있는 액자형 소설이다. 일반적으로 액자형 소설의 <겉이야기>에서 초점 화자 '나'는 <속이야기>가 허구가 아니라 진실인 것처럼 독자들이 믿도록 하는 역할을 담당한다. 따라서 <겉이야기>은 '현재'가 되고 <속이야기>은 '현재적 과거'로 표시된다.

『카시오페아』의 <겉이야기>은 대학을 졸업한 후 하는 일 없이 놀고 있는 '나'의 일상과 대학 선배인 오장주, 동기인 송가희 두 명과 주고 받는 전화 통화로 이루어져 있다. 『카시오페아』가 액자형 소설의 형식을 취하고 있으므로 당연히 '나'는 <속이야기>를 독자에게 들려주는 전달자의 역할을 수행하는데, 문제는 <속이야기>를 들려주는 실질적인 전달자가 '나'가 아니라 '송가희'라는 것이다. 송가희는 '나'에 게 들은 사랑 이야기를 PC 통신 내 문학 게시판에 그대로 옮긴 다음 '나'에게 그것을 고백한다.

> "그래, 그동안 너한테 전해들은 네 사랑 얘기를 그대로 쓴 거야. 그 대로 옮기는 것, 그런 소설을 한 번 써보고 싶었어. 기분 나빠하지 않 는 거지?"
> 어쩌면 남에게 전해들은 사랑 얘기를 그대로 썼다면서도 이리 태연 할 수 있을까.
> "정말 그녀와 내 얘기를 가감없이 그대로 썼다는 거야?"
> 설마, 그짓하려고 그동안 내 얘기를 귀담아 들었던 건 아니겠지, 하 면서도 마음 한 구석이 나도 모르게 꼬인다. 켕기는 건가? - 중 략-
> 그만 전화를 끊자고 나는 그녀에게 말한다. 뭐가 어찌 되었든 일단 은 컴퓨터 통신에 접속을 하고, 그녀가 가입한 문학 소그룹을 찾아가 서 그녀가 올렸다는 소설을 읽어보는 게 순서일 것 같다는 생각이 뇌 리를 스쳐간 때문이다.

다른 액자형 소설과 마찬가지로 박상우도 『카시오페아』의 〈속이야 기〉가 허구가 아니라는 점을 '나'와 '송가희' 사이의 대화를 통해 드 러내 주고 있다. 그러나 〈속이야기〉가 사실은 '나'의 이야기이며, '나'의 사랑 이야기를 들은 '송가희'가 다시 그 이야기를 '나'에게 들 려줌으로써 〈겉이야기〉와 〈속이야기〉의 경계는 무너져 내린다. 독 자들과 마찬가지로 '나'도 〈속이야기〉를 읽는 한 명의 독자에 불과해 지기 때문이다. '나'는 '송가희'에게 이야기를 들려주었고, '송가희'는 다시 그 이야기를 그대로 '나'에게 들려줌으로써 액자형 소설 『카시오 페아』의 발신자와 수신자는 그 빗금이 지워져 버린 것이다. 이 빗금지 우기의 또 다른 한 축에 '오장주'가 위치해 있다. 그는 매일 아침마다 전화를 걸어 '나'에게 소설을 쓰라고 강요한다. 그러나 정작 소설을 쓰는 것은 '송가희'이다. '나'의 이야기를 '송가희'가 소설로 완성하고, 그것을 매일 '나'에게 소설을 쓰라고 강요하던 오장주에 의해 출간된다는 결말 부분에서 『카시오페아』의 액자는 완벽하게 뫼비우스의 띠로 재구된다.

> 똑같은 질료를 가지고 너는 『라몽詩』라는 소설을 썼지만 그것을 가지고 나는 『카시오페아』라는 소설을 쓰기 시작했다는 것, 그리고 네가 『라몽詩』를 올렸던 통신문학 소그룹 'M & M'의 소설 창작란에 『카시오페아』도 또한 올려질 거라고 나는 쓴다. 내일쯤 <첫번째 계절로 들어가는 이야기 / 봄>이 올려질 테니 시간이 나거든 너도 한 번 들어가보고, 이 모든 상관 관계를 잉태하게 해 준 오장주 형과 부디 행복하게 잘 살라고 나는 쓴다.

발신자와 수신자의 빗금이 지워져 버린 『카시오페아』는, 텍스트의 마지막에 이르러 다시 맨 처음 출발점으로 회귀함으로써, <겉이야기>와 <속이야기> 사이에 걸려있는 끝없이 연결된 새로운 액자로 완성된 것이다.

## 2-2 액자 둘 : '현실'과 '허구' 사이에 걸린

『카시오페아』의 <속이야기>을 '그(오류)'와 '라몽'의 만남과 이별을 중심으로 계기적 순서에 따라 요약해 보면 다음과 같다.

㉠ 봄, '그'는 우연히 시장에서 스카프를 훔치고 있는 라몽을 만나

다.

ⓛ 배우 지망생인 라몽에게 사랑에 느낀 '그'는 자신과의 동거를 제
의하고, 둘은 '그'의 집에서 동거를 시작한다.

ⓒ 여름, 라몽은 탤런트 시험에 떨어지자 선배 언니와 함께 티모시
기획에 소속되어 모델 생활을 시작한다.

ⓔ 라몽은 티모시 기획의 오인환과 가까워지고 결국 '그'의 곁을 떠
난다.

ⓜ 가을, 몸이 망가진채로 라몽이 다시 '그'에게 돌아온다.

ⓑ 겨울, 라몽은 다시 '그'의 곁을 떠나고 '그'는 라몽을 찾아 오인
환을 찾아간다.

ⓢ 집에 돌아온 '그'는 자살해 죽어있는 라몽을 발견한다.


〈속이야기〉는 '그'가 '송가희'에게 들려준 자신의 사랑이야기이다.
따라서 〈겉이야기〉에 위치해 있는 '나'는 〈속이야기〉의 초점화자
'오류'와 동일인이 된다. 그러나 〈속이야기〉는 송가희가 통신 공간내
에 위치한 문학 게시판에 『라몽詩』라는 제목으로 올린 소설이며, 따라
서 그녀의 소설을 읽는 독자들에게 『라몽詩』는 허구일 따름이다. 그러
나 한 사람의 독자로써 『라몽詩』를 읽는 '나'에게 소설 속의 허구는 곧
현실에 다름 아니다. 〈속이야기〉는 현실과 허구 사이에 걸려있는 것
이다. 좀 더 거시적인 시각으로 보면 박상우의 소설 『카시오페아』는
작가의 상상력이 만들어낸 허구의 산물이다. 그리고 그 안에 '나'가 위
치해 있는 [현재적 현실]과 송가희가 들려주는 '그'가 경험한 [현재적
과거]의 현실이 교차되어 있다. 허구 안에 현실이 있고, 현실이 허구로
환치되고, 그것이 다시 현실로 치환되면서 현실과 허구가 뫼비우스의
띠처럼 반복적으로 연결되어 있는 것이다.

<겉이야기>는 현실이면서 허구이고, <속이야기>는 허구이면서 현실이 됨으로써 『카시오페아』는 현실과 허구 사이에 걸쳐있는 또 하나의 액자를 만들어 내었다. 그리고 이 액자는 텍스트의 마지막 부분에 이르러 '나'가 송가희에게 던지는 의미심장한 질문을 통해 또다시 끝없는 미궁 속으로 빠져버린다.

나의 이야기가 타인에게 가 허구가 되는 걸 경험했으니, 이제는 그 허구가 다시 나에게 돌아와 현실이 되는 것도 또한 경험해보고 싶다고 나는 쓴다. - 중 략 -
-- 내가 사랑하는 그녀에 관한 이야기, 너는 그게 사실이라고 생각하니?

"사실이라고 생각하니?"라는 질문을 통해 '나'는 송가희가 현실이라고 굳게 믿었던 이야기가 허구일 수도 있음을 암시해 준다. 그리고 이 질문은 『카시오페아』가 현실과 허구 사이에 <걸쳐있음>을 '나'의 입을 통해 고백하고 있는 것에 다름 아니다.

## 2-3 액자 셋 : 『라몽詩』와 『카시오페아』 사이에 걸린

'나'는 송가희가 쓴 『라몽詩』를 읽고 『카시오페아』라는 소설을 쓰기로 결심한다. 두 소설은 모두 허구이지만 현실과 중첩되어 있다. 『라몽詩』는 '나'의 사랑이야기라는 현실에서 출발하였고, 『카시오페아』는 『라몽詩』라는 현실에서 출발하였다. '나'는 송가희에게 『카시오페아』라는 소설을 쓰기 시작했다고 선언함으로써, 텍스트를 진행시켜오던 이야기 시간의 내적 연결고리를 철저하게 파괴해 버린다. 독자들은 자신들이 지금까지 읽은것이 『라몽詩』인지 『카시오페아』인지 혼란스러워 하며, 이것이 『카시오페아』의 세 번째 액자이다.

『라몽詩』는 박상우가 하이텔(HiTEL) 문학관에 95년 2월 27일부터 동년 9월 30일까지 연재한 소설의 실재 제목이다. 그리고 2년이 지난 지금 박상우는 똑같은 질료를 가지고 『카시오페아』는 새로운 소설을 완성하였다.


　(A-1) 내가 맨처음 발견한 건 허공에 떠 있는 손이었다. 마디가 길고 유난히 희게 보이는 손이 문득 시선 끝에 닿은 것이었다. 직감적으로 여자의 손이라는 건 알 수 있었지만, 내가 선 자리에서는 그 손의 주인이 보이지 않았다. 손의 움직임이 특이해서가 아니라 그것이 유난스레 희고 예쁘게 보여서 눈길이 머문 것이었다. 수천명의 사람들이 우글거리는 시장바닥에서, 그것도 단 하나의 손에 매료당해 시선을 멈춘다는 것 - 얼마나 웃기는 일인가.

- 『라몽詩』의 맨 첫 부분


　(A-2) 아주 우연히, 그는 허공에 떠 있는 손을 발견한다. 희고 마디가 긴 것으로 미루어 여자의 손이라는 건 알 수 있지만, 그가 선 자리에서 손의 주인이 전혀 보이지 않는다. 무수히 많은 사람들이 우글거리는 시장바닥에서 단 하나의 손에 매료당해 시선을 멈춘다는 건 당연히 순간적인 포착을 의미하는 것이다. 피사계 심도가 한껏 얕아진 카메라 렌즈에서처럼, 주변의 물상이 일제히 흐릿해지고 오직 그 손에만 핀트가 맞추어진 것 같다.

- 『카시오페아』의 〈속이야기〉 맨 첫 부분


　(B-1) 견딜 수 없는 심정이 되어 나는 다시 라몽의 화사한 잠을 향해 다가 갔다. 그녀의 머리맡에 무릎을 꿇고 앉아, 왼편의 흥건한 피를 오른손 중지에다 찍었다. 맑고 뜨거운 눈물이 다시 흘러 툭, 투둑, 소리를 내며 바닥으로 떨어져내렸다. 흔들림 없이 나는 피가 찍힌 중

지를 오른편의 흰 옥양목 위로 옮겨갔다. 내 속에서 증류된 최초의 시, 그것을 그곳에 옮기기 위해 떨리는 손을 가누며 가까스로 제목을 적을 수 있었다.

- 『라몽詩』의 맨 마지막 부분

(B-2) 무엇엔가 이끌려가듯 그는 벽에서 등을 떼고 그녀의 주검을 향해 기어간다. 옆에 앉아 있던 알라바마는 그런 그를 물끄러미 지켜본다. 그녀의 주검 곁에 무릎 꿇고 앉아 그는 시화 액자를 들어 옥양목 밖으로 옮겨놓는다. 그리고 나서 그녀의 하반신 밑으로 스며든 피를 오른손 검지로 찍는다. 그것으로 피가 스며들지 않은 그녀 상체 옆의 깨끗한 옥양목에다가 '라몽詩'라고 적는다. 그리고 그때부터 검지로 연신 피를 찍어대며 옥양목의 여백을 아퀴짓듯 메워나가기 시작한다. 완연한 날빛 속으로 선명하게 떠오르는 한 편의 시.

 - 이하 시는 글쓴이 임의로 생략

- 『카시오페아』의 <속이야기> 맨 마지막 부분

하이텔에 연재되었던 『라몽詩』의 첫 부분과 마지막 부분을 『카시오페아』 <속이야기>의 첫 부분과 마지막 부분과 비교해보면, 비록 비슷한 어감을 통한 묘사이기는 하나 분명히 달라진 점을 발견할 수 있다. '나'라는 일인칭 화자가 '그'라는 삼인칭 화자로 시점이 전이되었고, 과거형이 전부 현재형으로 시제가 바뀐 것이다. 또 『라몽詩』에서는 시가 제목만 적혀있지만 『카시오페아』에서는 시 전문이 수록되어 있다. 『라몽詩』와 『카시오페아』 사이의 이 거리는 통신 공간에서 글쓰기를 시도했던 '박상우'와 현실 공간에서 글쓰기를 시도하는 박상우의 거리이며, 『라몽詩』와 『카시오페아』 사이에 걸쳐있는 상상력의 거리이다.

박상우는 자신이 통신 게시판에 올린 『라몽詩』를 독자의 입장에서 읽고는 그것을 다시 『카시오페아』라는 소설로 개작하였다. '나'가 송가희의 소설을 읽고 『카시오페아』라는 소설을 쓰기 시작했듯이, 박상우 또한 『라몽詩』를 읽고 『카시오페아』를 쓸 것을 결심한 것이다. 박상우는 이야기를 듣는 자 '나'이며 동시에 이야기를 하는 자 '송가희'이고, 독자이며 동시에 작가이다. 『카시오페아』의 세 번째 액자는 궁극적으로 작가와 독자, 사이버 스페이스(Cyber space)와 리얼 스페이스(Real space) 사이에 걸쳐있는 상상력을 통해 텍스트 안에 견고하게 걸려있는 것이다.


## 3. 나오는 말 - 카시오페아를 위하여


그렇다면 박상우는 왜 '익숙한 내용'을 '낯설은 형식' 안에 담아내었을까? 90년대들어 본격화된 컴퓨터와 통신 공간의 대중화는 문학에도 영향을 미쳐, 기왕의 문학이 추구해왔던 신성성을 해체시키는 사이버문학이라는 새로운 문학 패러다임을 이끌어냈다. 사이버문학은 정보화 사회의 리얼리티를 재현하고자 하는 상상력의 의식 전환이며, 열려있는 문학의 가치 천명이다. 그러나 그것은 아직 낯설다. 사이버 스페이스를 태생적 기반으로 삼고 있다는 공간적 제약 안에 여전히 묶여 있으며, 새로운 상상력을 텍스트로 제시해줄 마땅한 작품을 갖고 있지 못하다는 한계 또한 안고 있다. 오히려 현단계 사이버문학은 '작품'이라는 결과물이 아니라 '실천'이라는 이념적 지향태가 되어 작가들의 세계관과 창작방법론에 영향을 주고 있고 우리는 그 영향이 실제 작품에 어떻게 표출되는지를 『카시오페아』를 통해 확인할 수 있게 되었다. 『카시오페아』에서 보여지는 텍스트의 내적 구조의 해체, 현실과 허구의 중첩, 작가와 독자 사이의 자리바꿈이라는 사이버문학의 형식적 상상력은 통신 공간의 공간적 특수성과 밀접하게 연관되어 있다. 통신 공간은 시작과 끝이 존재하지 않은 시공간의 블랙홀이며, 비록 가상 공간이지만 현실 공간과 동일한 정체성을 부여받는 시뮬라크르한 구조물이다. 또 작가와 독자가 실시간 쌍방향적으로 상호 소통함으로써 '읽기'와 '쓰기'가 끝없이 치환되는 문학의 새로운 가능성을 확인시켜 주는 열려있는 공간이다. 그리고 이 공간 내에서 일정기간 글쓰기를 경험하였던 '그'와 현실공간에서 글을 쓰고 있는 '나' 사이에 걸쳐있는 상상력을 기반으로 박상우는 '익숙한 내용(본격문학의 상상력)'과 '낯설은 형식(사이버문학의 상상력)'을 결합시킴으로써 본격문학과 사이버문학의 길트기를 시도하고자 한 것이다.

이제 우리는 『카시오페아』를 본격문학과 사이버문학 사이에 걸쳐있는 중요한 상상력의 연결 고리로 삼을 수 있게 되었다. 본격문학과 사이버문학 사이에서 스스로 빛을 밝혀 서로를 이끌어주고 그 거리를 좁혀주는 별, 박상우의 소설 『카시오페아』는 본격문학에 붙박혀 있는 별이 되어 사이버문학의 미래를 가늠케 해 주는 하나의 액자가 된 것이다.

# 독자의 새로운 문학적 기호와 그 수용

## – 소통공간의 '새로움'을 중심으로 –

## 1. <대중문학>에 대한 새로운 접근

대중문학의 미학적 특징은 무엇인가하는 질문에 우리가 쉽게 떠올릴 수 있는 대답은 '도식성'과 '통속성', '현실도피'의 문학이라는 것이다. 그러나 이것을 전제로 삼아 대중문학에 나타난 독자의 새로운 문학적 기호를 분석하고자 한다면 방법론적인 차원에서 한계를 가질 수밖에 없다. 아무리 시대가 바뀌어도 대중문학에 대한 독자들의 기대지평은 여전히 제자리이며, 따라서 미학적 특징에 관한 독자들의 '새로운' 문학적 기호는 존재하지 않기 때문이다. 존재한다면 도식성과 통속성, 현실도피의 내용 종목이 달라지는 것일텐데, 그것 역시 '새로운'이란 부사어를 사용할 만큼의 넓은 진폭(振幅)을 갖고 있지 못하다.

그렇다면 대중문학과 독자의 새로운 문학적 기호를 연관짓기 위해서는 어떤 접근 방식이 요구되는가? 독서란 개별적인 독자들의 미학적 반응으로만 환원될 수 없는 집단적인 과정이며, 그것이 비록 주관적인 감상으로 표현된다 하더라도, 개인이 소속된 집단의 가치 체계와 텍스트 사이의 상호 소통 과정을 거친 후에야 비로서 객관성을 확보할 수 있다. <대중문학>이 대중들의 폭넓은 호응을 전제로할 때 가능한 용어라면, 독자와 텍스트 사이의 소통은 중요한 맥락을 지닌다. 따라서 대중문학과 관련지어 독자의 새로운 문학적 기호에 대한 올바른 접근 방식은 미학적 특징이 아니라, 실재 대중과 만나고 있는 소통의 층위에서 이루어지고 있는 제양상들에 대한 분석이어야 한다.

지금 우리는 정보화사회라는 사회 패러다임이 마련해준 새로운 소통 공간과 마주하고 있다. 0과 1이라는 비트로 조합되어진 가상공간이 그것으로, 그 안에서 기왕의 문학적 기호(文學的 嗜好)는 무시되거나 지시력을 상실함으로써 텍스트와 독자 사이의 소통이 현실 공간과는 전혀 다른 방식으로 이루어지고 있다. 이 글은 새로운 소통 공간이 주체들의 문학적 기호에 어떤 영향을 주었고, 그것이 다시 독자에게 어떠한 방식으로 수용되고 있는가를 형식과 내용으로 나누어 접근함으로써, 가상공간 안에서 대중문학과 순수문학의 경계가 해체되고 있다는 것을 규명해볼 목적으로 쓰여질 것이다.


## 2. 가상공간(cyber space)의 문학적 기호


정보화사회로 접어들면서, 우리의 일상에 가장 큰 변화는 가상공간이 그 영향력을 확대하였다는 점일 것이다. 불과 2-3년 전만해도 일반인들에게는 생소했던 '하이텔', '천리안', '나우누리' 등 가상공간의 세계는 컴퓨터의 대중화와 <세계화>라는 국가 이데올로기에 힘입어 급속토록 그 반경을 확장시키고 있다. 이같은 영향력 확대는 예술, 특히 문학의 형질 변화에 중요한 전기를 마련해 주었으며, 현실 공간과는 다른 독자의 새로운 문학적 기호를 형성시켰다. 문학이 언어예술이며, 텍스트를 중심으로 한 작가와 독자 사이의 소통 예술이라고 했을 때, 가상공간은 공간의 구현 방식이 문자 텍스트 위주로 이루어짐으로써, 그 자체가 무정형적인 거대한 언어의 덩어리이며 텍스트와 작가, 독자의 소통을 가장 밀접하게 연결해 주는 소통의 해방구이다. 이같은 공간적 맥락은 필연적으로 그 안에서 문학 행위(읽기와 쓰기)를 실천하는 주체들의 의식에 영향을 주었다. 그 영향 관계를 독자의 문학적 기호를 중심으로 형식과 내용으로 나누어 살펴보도록 하겠다.

## 2-1 형식의 '익숙함'과 두 개의 전략

현실 공간과 반대되는 개념인 가상공간은 비물질성을 지닌 비트(bits)의 조합으로 이루어져 있으며, 실재하지 않지만 실재하는 것처럼 인지되는 시뮬라크르한 구조물이다. 가상공간의 '시뮬라크르'한 맥락은 독자들의 문학적 기호를 '기시감'이라는 의식의 자장권 내에서 자유롭지 못하게 구속한다. 기시감은 일차적으로 독서 행위 과정 중에 나타난다. 가상공간 안에서 독자들은 '언젠가' '어디선가' 이미 읽어본 듯한 무수한 텍스트들을 만나게 된다. 이것은 가상공간이 기표와 기의의 결합으로 구조된 현실 공간과는 달리 이미지의 세계이며, 독자들은 자신들이 이미지로 기억하고 있던 독서 경험을 또 다른 이미지와 겹쳐 읽기 때문이다. 작가들 역시 자신들의 상상력을 독창성보다는 상호스트성에 의존하고 있다. 가상공간의 작가들에게 중요한 것은, 자신이 획득한 정보를 새로운 방식으로 배열하는 것이다. 이때의 새로운 배열이란 따로 떨어져 있는 일련의 자료를 자신의 의도대로 결합·접합하는 능력을 말하며, 텍스트에 대한 독자들의 기시감은 결합과 접합에 대한 기억의 이미지이다. 리오타르의 지적대로 가상공간을 "포스트모던 시대 사람들의 새로운 자연"[1]이라고 했을 때, 이 새로운 자연을 재현하고자 하는 작가들의 상상력은 창조적인 능력보다는 패러디와 패스티쉬를 동원한 상호텍스트성에 의존할 수밖에 없다. 가상공간 자체가 현실 공간과 끊임없이 상호텍스트되기 때문이다.

따라서 가상공간 내에서 독자들의 끊임없는 기시감은 현실 공간에서의 독서 경험과 겹쳐짐에서 기인하며, 작가들이 텍스트 안에 의도적으로 펼쳐놓고 있는 형식적인 틀 역시 이미 현실 공간에서 익숙하게 보아왔던 것이라 생각할 수 있다. 그러나 그 '익숙함'은 기실 전혀 다른 존재론적 기반 위에서 출발하고 있으며, 텍스트에 대한 독자들의 친밀감을 증폭시켜준다는 점에서 새로운 문학적 기호를 형성시켜준다.

가상공간의 문학을 읽을 때 독자들이 떠올릴 수 있는 기시감은 '서사의 파괴'와 '텍스트의 미완 구조'라는 두 개의 형식 전략이다. 그리고 이같은 전략들은 이미 현실 공간에서도 포스트모더니즘이나 해체주의를 이론적 배경으로 하여 많은 작가들에 의해 시도되었으며, 전략면으로만 보면 현실 공간과 가상공간의 형식 실험은 뚜렷하게 변별돼 보이지 않는다. 그러나 그 전략을 구사하는 작가들의 의도와 독자들의 수용 방식에서 현실 공간과 가상공간을 가르는 분명한 선을 발견할 수 있으며, 그 선이 문학적 기호의 차이를 드러내 준다.

가상공간은 시간과 공간이 뫼비우스의 띠처럼 연결되어 있는 공간이다. 인터넷이라는 거대한 네트워크 안에서 우리는 수시로 시간과 공간의 제약을 뛰어넘어 자신이 원하는 정보에 접근할 수 있다. 이같이 시공간 이동이 자유로울 수 있는 것은, 가상공간이 비물질화된 공간이

---

1) 장 프랑수아 리오타르, 유정완 외 옮김, 『포스트모던의 조건』(민음사, 1992), p.133.

기 때문이다. 자신의 의지대로 공간 이동이 자유로울 때, 네티즌들은 수시로 새로운 시간과 만나게 된다.[2] 이제 시간은 단 하나의 계기가 아니라 무수히 많은 계기들로 이루어지며, 각각의 계기들은 단절과 통합을 끊임없이 교차시키면서 비물질화된 공간 위로 떠다니고 있는 것이다. 이같이 가상공간 내에서 모두가 개별적인 시간을 갖게 됨으로써, 문학 텍스트에 시간관 역시 달라진다. 과거시제나 미래시제를 사용해야 할 경우에도 현재시제로 표현하거나, 공간 이동이 자유롭게 텍스트 내에서 이루어지면서 공간의 시간이 개인의 시간으로 환원되어버리는 등 가상공간의 문학 텍스트의 시간관은 끝없이 현재(現在)라는 뫼비우스의 띠 위에서 이동한다.

가상공간 안에서 과거란 존재하지 않는다. 모든 기억은 비물질적인 기호인 비트로 표시되어 있으며, 그것은 어느 때고 누군가에 의해 다시 끄집어내어지는 순간 현재가 된다. 독자들이 작가의 작품을 읽을 때 표시되는 조회수는 '현재'를 상징하는 점멸 부호이다. 따라서 현실 공간에서의 서사의 파괴가 과거, 현재, 미래의 순서바꿈에 의지하고 있다면, 가상공간에서는 끝없는 현재화로 그것이 대체된다. 사진이나 캠코더로 과거를 반영구적으로 보존할 수 있음으로 해서 서사의 파괴가 가능했던 현실 공간과, 비물질적인 시공간 위에서 '현재화'를 통한

---

2) '나'가 A라는 대화실에서 이야기를 나누다가 B라는 대화실로 공간을 이동했을 경우, '나'는 A라는 공간에서 만났던 시간과 전혀 다른 시간을 B라는 공간에서 경험하게 된다. 인터넷을 통해 프랑스 루브르 박물관을 여행하던 '나'는 가벼운 마우스 조작만으로 영국의 대영박물관으로 이동할 수 있다. 공간 이동이 자유로운 만큼 항상 시간은 처음부터 다시 시작한다. '나'가 가상공간 상의 한 장소로 이동하는 순간부터 시간은 '나'를 중심으로 다시 진행된다. 그러나 그 공간에 이미 들어와 있는 다른 '나'들 역시 그들만의 시간을 개별적으로 갖고 있으며, 결국 그 공간 안에는 무수히 많은 시간의 동선(動線)이 엇갈리거나 만나고 있는 것이다.

서사 파괴를 수행하는 가상공간은 그 존재론적 기반이 다른 것이다. 과거·현재·미래의 시간성과 시간의 거리를 전제로 한 공간성은, 어려운 이론을 배경으로서가 아니라, 실제 가상공간 안에서 소통에 참여하고 있는 작가와 독자들에 의해 읽기와 쓰기에 걸쳐 광범위하게 파괴되고 있으며, 이것은 문학적 기호 변화의 한 양상으로 이해할 수 있다. 현실 공간에서 작가들은 인위적으로 서사를 파괴함으로써 텍스트의 미학적 장치로 활용하며 독자 역시 작가의 의도된 전략으로 이해하는 반면에, 가상공간에서의 서사 파괴는 의도라기 보다는 공간이 주는 자연스러운 의식의 전환이기 때문이다.

시간성과 공간성에 대한 새로운 인식은 하이퍼 텍스트(Hypertext)라는 새로운 문학 형식을 통해 텍스트의 미완 구조라는 형식 미학으로 구체화된다. 하이퍼 텍스트는 작가가 만들어놓은 수많은 서사의 경우 수를 독자가 임의적으로 취사 선택하여 서사를 재구할 수 있도록 짜여진 열려있는 텍스트이며,3) 새로운 쓰기와 읽기를 가능케 하는 텍스트이다. 독자는 임의적으로 링크(link)를 클릭함으로 해서, 이야기의 흐름을 바꾸어 자신만의 줄거리로 텍스트를 재구성할 수 있다. 만약 중간에 어떤 한 링크의 선택을 번복한다면, 당연히 줄거리 또한 달라진다. 따라서 하이퍼 텍스트는 끝없이 연속되어지며 결코 완결될 수 없는 미완 구조를 지닌다. 미완 구조 역시 현실 공간의 텍스트에서도 찾아볼

---

3) 하이퍼 텍스트는 다음과 같은 특징들을 갖는다. 첫째, 적극적 독자를 전제한다. 둘째, 하이퍼텍스트는 유동적, 중층적이지 고정되거나 단일하지 않다. 셋째, 하이퍼텍스트는 시작이나 종결이, 중심과 주변이, 안과 바깥이 없다. 넷째, 하이퍼텍스트는 다중심적이고 한없이 재중심화할 수 있다. 다섯째, 하이퍼텍스트는 망을 이루는 텍스트이다. 여섯째, 하이퍼텍스트는 합동적이다. 일곱째, 하이퍼텍스트는 반위계적이고 민주적이다.
 - 강내희, '디지털시대의 문학하기', 『문화과학』(1996년 여름호), pp.77-79.(부분 인용)

수 있는 형식 미학이지만, 그것이 독자의 의도에 따라 구체화된다는
점에서 현실 공간의 그것과는 다르다. 이제 독자들의 문학적 기호는
읽고 따라가는 독서에서 쓰고 참여하는 독서로 새롭게 변화해 나가고
있는 것이다.

가상공간 내 문학에서 보여지는 '서사의 파괴'와 '텍스트의 미완 구
조'라는 형식 실험이 문학 주체들의 적극적인 개입과 참여라는 의식의
전환에서 출발하고 있다는 점은, 비록 현실 공간과 겹쳐지는 기시감을
안고 있다 하더라도, 새로운 시대 문학적 기호의 변화를 분명하게 드
러내준다.

## 2-2  내용의 '낯설음'과 순수/대중의 해체

형식의 '익숙함'이 공간적 특수성이 자연스럽게 촉진시킨 문학 주체
들의 의식 전환에 의해 새로운 문학적 기호로 형질 전이되었다면, 내
용 면에서는 '낯설음'이 '익숙함'으로 전이되면서 순수문학과 대중문
학의 경계가 해체되고 있다. 가상공간 내에서 우리는 지금까지 낯설게
만 느껴졌던 문학 제장르들이 유력한 장르로 부상하거나 변종(變種)의
장르들이 생겨남으로써 새로운 문학적 기호를 형성하고 있음을 목격
하게 된다.

가상공간이 갖는 실시간성과 쌍방향성, 누구에게나 열려있는 개방성
이라는 소통의 미덕은 독자들의 문학적 기호를 바꿔 놓았다. 가상공간
에서 가장 활발하게 창작되어지는 소설 장르는 SF와 추리, 무협 등 현
실 공간에서는 주변부 문학으로 이해되었던 것들이다. 현실 공간에서
는 개연성의 빈곤, 소재주의, 독자추수주의라는 비판과 함께 본격문학

의 범주에 들어가지 못했던 주변부 문학은 가상공간이라는 신천지 안에서 유력한 장르로 부상하고 있는 것이다. 이것은 가상공간 자체가 갖고 있는 비물질적인 상상력과 긴밀한 연관을 맺고 있다. 공간 자체가 비현실의 토대 위에 자리잡고 있으므로 그 안에서 쓰기와 읽기를 행하는 문학 주체들의 상상력 또한 비현실의 세계에 친밀감을 띨 수밖에 없는 것이다. 현실 공간에서는 '낯설은' 장르들이 가상공간에서는 '익숙한' 장르로 자리매김하고 있다는 사실은 공간적 특수성이 어떤 식으로 독자의 문학적 기호에 영향을 주는가를 잘 보여준다.

주변부 장르의 부상과 함께 또 하나의 '낯설음'으로 '엽편 소설'의 등장과 '수필'의 부흥을 들 수 있다. '엽편 소설'은 원고지 10-15매 사이의 짧은 산문을 지시하는 용어로 가상공간에 가장 어울리는 장르라 할 수 있다. 시간이 곧 돈으로 직결되는 가상공간의 경제 원칙은 독자들로 하여금 짧은 글을 선호하게 만든 것이다. 이미지가 실재를 구축하는 가상공간의 비물질적 상상력이, 제한된 분량과 독자들로 하여금 짧은 시간 안에 주어진 텍스트 안에서 소설을 읽는 재미를 느끼도록 하기 위하여 이야기 중심이라기보다는 이미지 중심으로 갈 수밖에 없는 엽편 소설을 등장시킨 것이다. 수필의 부흥 또한 가상공간이 문학 주체들의 기호에 영향을 준 결과이다. 자유분방하게 그리고 누구나 글을 쓰고 읽을 수 있다는 가상공간의 매력은 시나 소설 같은 일정한 문학 수련을 거친 후에 가능한 제장르들에 두려움을 느끼는 사람들에게 신변잡기의 가벼운 이야기를 부담없이 올릴 수 있는 공간을 제공해 주었고, 이것이 수필의 부흥으로 연결되었다. 현실 공간에서의 수필이 일정한 수준이나 교양을 갖춘 사람들의 전유물인 반면에 가상공간 안에서는 누구나 쓸 수 있는 가장 보편적인 장르가 된 것이다.

유머 서사물이 독자들에게 큰 호응을 받고 있다는 점도 역시 새로운 문학적 기호의 제양상으로 이해할 수 있다. 현실 공간에서 유머는 일회성과 가벼움, 희화화된 현실 인식으로 인해 미학적 가치를 지닌 서사물로 대접받지 못했지만, 가상공간에서는 가장 많은 독자를 확보하고 있는 장르로 자리잡았다. 최근 들어 가상공간 게시판에 올려지는 유모서사물의 특징을 살펴보면 장편화, 허구화, 갈등과 반전의 적절한 배치, 독특한 회화 언어의 사용 등을 들 수 있으며 특히 유머 서사물을 창작하는 이들이 자신의 글을 단순한 우스개로서가 아닌 하나의 작품으로 읽히길 욕망함으로써 작가의식을 분명하게 드러내고 있다. 장편화와 허구화 경향, 작가의식의 확보는 유머 서사물이 가졌던 일회성과 희화화의 과장(誇張)을 극복하고, 유머문학이라는 새로운 장르로 나아갈 수 있는 전망을 보여주는 중요한 징후라 할 수 있다.

현실 공간에서는 낯설게 느껴질 수 있는, 주변부 장르의 부상, 엽편소설의 등장과 수필의 부흥, 유머 서사물에 대한 독자들의 관심은 새로운 소통 공간이 그 안에서 쓰기와 읽기를 행하는 주체들의 문학적 기호를 어떤 식으로 전이시켰는가를 분명하게 보여준다. 이제 우리의 문학적 기호는 재밋고, 쉽고, 참여할 수 있는 텍스트로 점점 그 무게중심을 옮겨가고 있으며, 그 과정에서 순수문학과 대중문학의 경계는 자연스럽게 해체되어가고 있는 것이다.


## 3. 진정한 '대중문학'을 위하여


대중문학은 무엇인가? 그것은 대중을 위한, 대중에 의한, 대중의 문학이어야 하며, 대중이 함께 참여하고 소통할 때만 그 본래의 의미를 되찾을 수 있다. 지금까지의 대중문학은 '도식성', '통속성', '현실도피'라는 미학적 특징에만 주목함으로써 순수문학과 대별되는 일정한 선 안에 스스로를 가둬버렸다. 순수문학과 대중문학의 미학적 특징이 우열관계로 수직 이분화됨으로써, 분명한 선에 의해 그 경계가 견고해질 수밖에 없게 된 것이다.

그러나 이제 대중문학에 대한 문학적 접근은 미학적 특징이 아니라 실제 대중들과 어떠한 방식으로 소통하고 그들의 문학적 기호를 어떻게 받아들이고 있는가에 주목하여야 한다. 우리는 가상공간 안에서 순수문학과 대중문학이 만나 그 경계를 해체시키며 새로운 문학적 기호로 합일되어가고 있는 과도기적 상황을 목격하였다. 미학적 특징은 대중들이 그것을 포기하지 않는 한 변화할 수 없으며, 오히려 대중문학은 그것을 유의미한 가치로 발전시키기 위해 끊임없는 변신을 시도하여야 한다. 이제 중요한 것은 작가와 독자 사이의 긴밀한 소통과 그것을 통한 대중문학의 진정성을 확보하는 일이며, 우리가 진정성 확보의 장(場)으로 가상공간을 주목해야하는 이유가 여기에 있다.

# 사이버문학, 그 신대륙(新大陸)으로 가는 몇 가지 방식
## - 사이버문학의 이론과 실제 -

```
## ATDT01401
## ID:icerain
## password:*******
## 사이버문학의 세계에 들어오신 걸 환영합니다
## 나는 다양한 미래늘에게(보는 미래늘이 아닌) 끝없이 누 살래도
   갈라지는 길들이 있는 정원을 남긴다.
```

## ● 접속 하기(Login)

지금 우리는 사이버문학이라는 새로운 세계에 접속하였다. 그러나 주위를 둘러보라. 얼마나 황량한가. 끝이 보이지 않는 광활한 신대륙, 우리 시선이 닿는 어느 곳에도 이곳이 새로운 문학 패러다임의 영역임을 표시해 주는 흔적은 찾아볼 수 없다. 윌리암 깁슨이 '사이버(cyber)'라는 단어를 만들어내면서 어떠한 개념도 아직 들어있지 않은, 매끈하면서도 텅 빈채 공인된 의미를 기다리고 있다고 규정하였다면, '사이버문학(Cyber Literature)' 역시 전형적인 텍스트를 기다리고 있는 텅빈 처녀지에 불과할 뿐이라고 말할 수 있을 것이다.

사이버문학은 '아직' 없다. 있다면 그 새로운 대륙을 찾아 떠나는 여행자들이 있을 뿐이다. 사이버문학의 이념적 지향태를 가지고 자신만의 방식으로 세계와 맞서 싸우는 여행자들, 필자는 이미 길을 떠난 여행자들이 제각기 다른 방식을 통해 사이버문학에 접근하고 있음을 목격한다. 상상력에서 창작방법론에서 기왕의 문학과 갈라지는 다양한 방식, 이 글은 그 각각의 방식을 분석해 봄으로써 사이버문학의 이론과 실제가 어느 지점에서 만나고 있으며, 사이버문학의 현 좌표는 어디에 위치해 있는가를 고찰해볼 목적으로 씌여질 것이다.

### ● 익숙한 내용과 낯설은 형식의 결합 : 박상우 『카시오페아』

『카시오페아』(푸른숲, 1997)는 '라몽'과 '오류'라는 두 젊은이를 주인물로 내세워 물화된 사회에서 그들의 사랑이 어떻게 훼손되어가는가를 보여주는 연애소설이다. 내용만을 놓고 볼 때는 전혀 새롭지 않은 익숙함을 독자에게 가져다 준다. 그러나 이 익숙한 내용을 담아내기 위해 박상우가 취사한 서사 전략은 낯설기만 하다. '걸쳐있음'의 상상력이라 명명할 수 있는 이 낯설은 형식은 크게 세 개의 내용 종목을 가진다. <겉이야기>과 <속이야기> 사이에 걸쳐 있음과, '현실'과 '허구' 사이에 걸쳐 있음, 『라몽詩』와 『카시오페아』 사이에 걸쳐 있음이 그것이다.

여기서 특히 우리가 주목해야 할 것은 『라몽詩』와 『카시오페아』 사이에 걸쳐있음이다. 『라몽詩』는 박상우(아이디 blueraw)가 하이텔(HiTEL) 문학관에 95년 2월 27일부터 동년 9월 30일까지 연재한 소설의 실재 제목이다. 그리고 2년이 지난 후에 박상우는 똑같은 질료를 가지고 『카시오페아』는 새로운 소설을 완성하였다.

'나'가 통신 공간에 올려진 송가희의 소설『라몽詩』를 읽고 현실 공간에서『카시오페아』라는 소설을 쓰기 시작했듯이, 박상우 또한 자신이 통신 게시판에 올린『라몽詩』를 독자의 입장에서 읽고는 그것을 다시『카시오페아』라는 소설로 개작하였다. 박상우는 이야기를 듣는 자 '나'이며 동시에 이야기를 하는 자 '송가희'이고, 독자이며 동시에 작가이다.『카시오페아』는 궁극적으로 작가와 독자, 사이버 스페이스(Cyber space)와 리얼 스페이스(Real space) 사이에 걸쳐있는 상상력을 전형적으로 보여주고 있는 것이다.

하이텔에 연재되었던『라몽詩』의 첫 부분과 마지막 부분을『카시오페아』<속이야기>의 첫 부분과 마지막 부분과 비교해보면, 비록 비슷한 어감을 통한 묘사이기는 하나 분명히 달라진 점을 발견할 수 있다. '나'라는 일인칭 화자가 '그'라는 삼인칭 화자로 시점이 전이되었고, 과거형이 전부 현재형으로 시제가 바뀐 것이다. 또『라몽詩』에서는 시가 제목만 적혀있지만『카시오페아』에서는 시 전문이 수록되어 있다. 『라몽詩』와『카시오페아』사이의 이 거리는 통신 공간에서 글쓰기를 시도했던 'bluepaw'와 현실 공간에서 글쓰기를 시도하는 '박상우'의 거리이며,『라몽詩』와『카시오페아』사이에 걸쳐있는 미학적 거리이기도 하다.

그렇다면 박상우는 왜 '익숙한 내용'을 '낯설은 형식' 안에 담아내었을까?『카시오페아』에서 보여지는 텍스트의 내적 구조의 해체, 현실과 허구의 중첩, 작가와 독자 사이의 자리바꿈이라는 형식적 상상력은 통신 공간의 공간적 특수성과 밀접하게 연관되어 있다. 통신 공간은 시작과 끝이 존재하지 않은 시공간의 블랙홀이며, 비록 가상공간이지만 현실 공간과 똑같은 정체성을 부여받는 시뮬라크르한 구조물이다. 또 작가와 독자가 실시간 쌍방향적으로 상호 소통함으로써 '읽기'와 '쓰기'가 끝없이 자리바꿈하는 열려있는 공간이다. 이 새로운 공간 내에서 일정기간 글쓰기를 경험하였던 '그'와 현실 공간에서 글을 쓰고 있는 '나' 사이에 걸쳐있는 상상력을 기반으로 박상우는 '익숙한 내용(본격문학의 상상력)'과 '낯설은 형식(사이버문학의 상상력)'을 결합시킴으로써 본격문학과 사이버문학의 길트기를 시도하고자 한 것이다.


### ● 초작가와 초독자 사이의 긴장미 : 하재봉 『갱스터 파라다이스』


『카시오페아』가 작가와 독자의 자리바꿈이 어떤 방식으로 소설화될 수 있는가를 보여준다면, 하재봉의 『갱스터 파라다이스』(『버전업』 1996년 겨울호)는 초작가와 초독자 사이의 긴장감이 텍스트를 형상화해나가는데 있어 어떤 작용을 하고 있는가를 전형적으로 보여준다.

전통적인 관점에서 보면, 작가는 작품을 쓰는 사람이고 독자는 쓰여진 작품을 읽는 사람이다. 따라서 '주고' '받는' 관계라는 일방향적 소통체계는 자연스레 작가의 권위를 부각시켜 주었고, 독자는 작가가 텍스트 안에 숨겨놓은 의미들을 또한 작가가 만들어 놓은 표시를 따라 읽어내는 수동적인 역할 밖에는 수행하지 못하였다. 그러나 실시간 쌍방향 소통이 가능해진 통신 공간에서 작가와 독자의 전통적인 역할 분담은 전복된다. 독자들은 끊임없이 작가의 글쓰기에 간섭하고, 작가는 독자의 간섭을 일정 부분 텍스트에 반영하면서 글쓰기를 진행시켜 나간다. 통신 공간이 가능케 해 준 새로운 작가와 독자를 '초작가', '초독자'라 명명할 수 있을 것이다.

『갱스터 파라다이스』는 하재봉이 하이텔 내 <버전업 게시판>(go sg86)에 5회에 걸쳐 연재하였던 소설이다. 작가의 이름을 알리지 않은 채 진행되었던 연재 도중, 게시판 상에서는 작가와 독자 사이의 실시간 소통이 이루어졌다. 독자들은 작가를 전혀 다른 사람으로 착각하기도 하고, 재미없다고 투덜대기도 하면서 작가의 글쓰기에 간섭했고, 작가 역시 그때그때 독자에게 말을 걸면서 자신의 세계관을 피력하기도 하였다. 지면 『버전업』에 실린 것은 하재봉 개인에 의해 완성된 『갱스터 파라다이스』이나 실제 완성된 텍스트는 창작 과정 중에 작가에게 말을 건 초독자들의 영향 하에서 자유로울 수는 없다.

독자의 간섭은 『갱스터 파라다이스』의 내적 흐름에 중대한 영향을 끼쳤다. 하재봉은 연재 도중 그에게 전달되는 독자들의 반응과, 매스미디어를 통해 전달받은 정보들을 고스란히 텍스트에 풀어놓았다. '코리아 느와르'라는 독자의 지적에 갑자기 총탄이 쏟아지는 가상의 상황이 시나리오라는 이름을 빌어 등장했고, 이한영 피격 사건이 X에 대한 '나'의 테러로 패러디되어 버젓이 텍스트 안에 자리잡고 있다. 하재봉이 작품을 쓰기 전 염두에 두었던 『갱스터 파라다이스』의 설계도는 연재가 진행되어 갈수록 흔들리기 시작했고, 이 점은 작가의 고백에서도 알 수 있듯이 애초 6-70매로 생각했던 분량이 200매 이상으로 늘어난 것만 보아도 그 흔들림의 진폭을 짐작할 수 있다.

> 작품을 분재해서 올리는 동안, 주변부 형상화에 대한 황규원님의, 사회적으로 소외된 자들에 대한 형상화라는 유종운님의 지적과, 특히 블랙 코미디에 대해서 적어주신 안병률님의 글은, 저에게 적지 않은 영향을 주었다고 생각합니다.
>
> － 작가의 편지 중에서

『갱스터 파라다이스』는 3류 시나리오 작가가 다른 사람의 시나리오를 자신의 창작물인 것처럼 조작하기 위하여 벌이는 해프닝을 형상화하면서, 텍스트 곳곳에 작가가 불쑥 불쑥 고개를 내밀며 독자에게 말을 건다거나, 글씨체를 다양하게 사용하여 문학 텍스트의 평면성을 나름대로 극복하고자 하는 실험적인 기법들이 눈에 띄이는 수작(秀作)이다. 그러나 진정 이 소설이 갖고 있는 미덕은 텍스트를 확정시키지 않은채 독자들의 간섭을 겸허하게 받아들이려 했던 작가의 열려있는 세계관이 사이버문학의 이념적 지향태의 한 징후를 보여주고 있다는 점에 있을 것이다.

### ● 시뮬라크르한 세계의 절망, 또는 희망 :
### 김영하 『삼국지라는 이름의 천국』

정보화 사회가 우리의 일상에 가져다 준 가장 큰 변화는 현실과 비현실의 경계 무너짐과, 시뮬라크르한 세계의 등장이다. 현실 그 자체가 동시에 비현실이며 시뮬라크르한 세계가 실재 세계를 대신한다고 했을 때, 문학은 어떻게 그것을 재현해야 하는가? 그에 대한 미약하나마 작가의 대응을 김영하의 『삼국지라는 이름의 천국』(『리뷰』 1996년 겨울호)에서 읽어볼 수 있다.

『삼국지라는 이름의 천국』에서 초점 화자 '나'는 두 개의 정체성을 가지고 있다. 하나는 현실 공간의 리얼 에고(real ego)이고 다른 하나는 가상공간의 사이버 에고(cyber ego)이다. 자동차 세일즈 외판원인 '나'는 현실 공간에서는 무능력하고 소외된 자이다. 직장 상사에게는 영업 실적이 부진하다는 이유로 모멸을 당하며 주위의 누구도 그에게 관심을 가져주지 않는다. 그러나 컴퓨터 앞에만 서면 그는 더 이상 무능력하지도 소외된 자도 아니다. <삼국지>라는 시뮬레이션 게임 안에서 '나'는 유비가 되어 삼국 통일을 목전에 둔 위대한 장수로 천하를 호령한다. 성을 점령할 수도 빼앗겨 줄 수도 있고, 부하 장수의 위태로움을 구해줄 수도 모른체 할 수도 있는 무소불위(無所不爲)의 권력자이다. <삼국지>라는 가상 현실 안에서 '나'는 자신의 정체성을 확인하는 또는 확인받고자 하는 것이다.

정보화 사회가 앞으로 우리에게 제시해 줄 시뮬라크르한 세계는 희망적인 청사진을 갖고 우리를 유혹한다. 그러나 『삼국지라는 이름의 천국』에서 김영하가 보여주고 있는 세계는 절망적이다. 한 개인이 현실 공간에서 소외당한채 가상공간으로 숨어들어간다는 점에서 그러하다. 초점 화자 '나'는 리얼 에고와 사이버 에고라는 두 개의 자아 사이에서 갈등하지 않는다. '나'에게는 오히려 <삼국지>라는 시뮬라크르한 세계가 그가 발을 딛고 있는 현실 세계보다 더 리얼하게 다가오기 때문이다. '나'는 결코 현실 공간으로의 온전한 복귀를 감행할 수 없다. 그래서 더더욱 절망적이다. 바로 이 지점에서 김영하의 날카로운 현실 인식이 돋보인다. 김영하의 상상력이 갖고 있는 미덕은 작가 자신의 체험에 기초하여 시뮬라크르한 세계의 확산이 우리의 의식에 어떤 조작을 가할지도 모른다는 사실을 간과하고 있지 않다는데 있다. 두 개의 에고 사이의 괴리와 갈등이 가져올 의식의 분열과 그것이 초래할 정체성의 붕괴에 대해 『삼국지라는 이름의 천국』은 준엄하게 경고하고 있으며, 사이버문학이 형상화해내어야 할 소재의 한 지점을 적확하게 보여주고 있다.

## ● 텍스트의 확정성에 대한 가치 전복의 상상력 : 송경아 『책』

송경아의 창작집 『책』(민음사, 1996)은 다양한 주제 의식을 통해 변화한 시대가 요구하는 새로운 상상력의 맥점을 정확하게 짚어내고 있다. 이미지를 통해 현실과 비현실을 혼재시킨 『신세대?』나 <바리데기>라는 무속 신화를 패러디해서 정보화 사회의 새로운 신화를 창출해낸 『바리 - 길 위에서』와 같은 작품은 기왕의 상상력이 미치지 못하는 정보화 사회에 대한 세대론적 친화력에 기반을 두고 있다. 특히 『책』은 언어 예술로서의 문학이 갖는 확정성의 신화를 물질적 텍스트와 비물질적 텍스트를 혼동시켜 교묘히 전복시킴으로써, 사이버문학이 지향하는 문학 신성성의 전복과도 연결된다.

『책』의 줄거리는 어머니를 교통 사고로 잃은 초점화자 '나'가 우연히 책상을 정리하다 어머니의 책(일기)를 발견하게 되고, 거기서 읽은 자신의 출생 비밀에 충격을 받아, 자기 삶을 책으로 만들기 위해 글을 쓰기 시작한다는 내용이다. 여기서 흥미로운 부분은, '나'가 읽고 있는 어머니의 '책'이 물질로 실재하는 것인지, 아니면 '나'의 상상력에 의해 고쳐써지는 비물질화된 '책'인지의 판단을 작가 스스로 지우고 있다는 점이다.

> 어머니가 쓴 책이라거나, 어머니에 관한 책이라는 의미가 아니다. 죽음 후의 어떤 경로를 거쳤는지 알 수 없지만, 어머니는 한 권의 책으로 변해 내 방 책장 속에 들어와 있었다.

> 그러니까, 어머니는 죽은 후에 제지 공장에 들어갔다가 인쇄소에 들러서 다시 내 방에 와 있었다.

위 인용문을 보면, '나'가 읽고 있는 책은 분명 물질화된 책이다. 그러나 다음 인용문에 오면 물질적 텍스트는 비물질적 텍스트로 환치된다.

> 그 책은 갈수록 점점 두꺼워졌다. 책장 안에 자리잡게 하기 위해서 처음엔 책을 한 권 꺼내야만 했다. 두 권, 세 권 꺼내다가, 책장 절반을 자리잡을 정도로 그 책이 두꺼워지자, 나는 아예 책을 책상 위에 올려놓고 책장 속에 집어넣지 않았다. 한 사람의 존재라는 것을 하나의 책장이 수용할 수 있으리라 믿었던 내가 순진했던 것이다.

> 사실 나는 159쪽만 삼 주 동안 읽었다. 읽을 때마다 내용은 바뀌었으며, 나는 어머니가 연애했던 패턴이 지금 내가 하는 연애와 서의 비슷하다는 것을 깨닫고 놀랐다.

이 인용문들을 보면 '책'은 물질성을 상실한채 어머니를 재구(再構)하거나 또는 고쳐쓰려는 '나'의 허구적 상상력의 산물로서의 비물질성만을 갖는다. 그리고 그것은 앞의 문맥을 지우며 끝없이 다시 써지는 디지털 텍스트의 비물질성과 동일하다. 아이러니하게도 『책』이라는 물질적인 텍스트 내에서 물질적인 '책'은 비물질적인 '책'에 의해 전복되고 있는 것이다. '나'의 어머니가 실제로 '…씨'와의 불륜으로 '나'를 잉태했는지는 별로 중요한 일이 아니다. 그것은 확정된 의미만을 생산해내는 '책'에서나 중요할 뿐이다. '나'에게 중요한 것은 다른 사람에게 읽힐 수 없는, 또는 해독되기를 거부하는 코드, 읽히기를 거부하는 '책'이다. 따라서 '나'가 쓰고자하는 '책'은 단일한 의미를 거부하고, 무수히 복제될 수 있으며, 실재와 이미지가 함께 엉클어져 있는 디지털 텍스트이다.

책, 수많은 책들, 전부 내 삶에 관한 책들을 쓰는 거야. 위조본, 복사본, 파본, 앞의 반은 똑같고 뒤의 반이 틀린 두 개의 책, 단어 하나가 틀린 책, 글자 하나가 틀린 책, 판본이 다른 책, 장정이 다른 책, 수많은 책을 쓸거야. 그래서 어떤 게 진짜 나-책인지 어떤게 가짜인지 구분하지 못하게 만들거야.

한 사람의 삶을 소설화한다 했을 때, '한 사람'은 <실재> 인물이지만, 소설화된 텍스트 내의 '한 사람'은 실재가 투사시킨 <이미지>가 된다. 그런데 '나'가 쓰고자 욕망하는 '책'은 실재와 이미지를 구분할 수 없는, 결국 의미의 확정성을 거부하는 디지털 텍스트를 염두에 두고 있는 것이다. 따라서 『책』은 비록 문자언어로 현현된 텍스트이지만, 그 심층에는 디지털 텍스트의 가치 전복적인 성격을 코드화하려는 송경아의 상상력이 아주 분명하게 보여지는 작품이라 할 것이다.

## ● 접속 끊기(Logout)

90년대들어 본격화된 컴퓨터 글쓰기와 통신 공간의 대중화는 문학에도 영향을 미쳐, 기왕의 문학이 추구해왔던 신성성을 전복시키고자 하는 사이버문학이라는 새로운 문학 패러다임을 이끌어냈다. 사이버문학은 정보화사회의 리얼리티를 재현하고자 하는 상상력의 의식 전환이며, 열려있는 문학의 가치 천명이다. 그러나 그것은 아직 낯설다. 사이버 스페이스를 태생적 기반으로 삼고 있다는 공간적 제약 안에 여전히 묶여 있으며, 새로운 상상력을 텍스트로 제시해줄 마땅한 작품을 갖고 있지 못하다는 한계 또한 안고 있다. 오히려 사이버문학은 구체적인 텍스트로서가 아니라 이념적 지향태가 되어 작가들의 상상력과 창작방법론에 나름의 영향을 주게 되었고, 우리는 그 영향이 실제 작품에 어떻게 표출되는지를 몇 편의 텍스트 분석을 통해 확인해 보았다.

필자는 글의 앞 부분에서 사이버문학은 '아직' 없다라고 전제하였다. 대상 텍스트로 삼은 네 편의 작품들이 사이버문학의 전형성을 획득하기에는 미흡하다는 점에서 글을 마치고자 지금도 그 판단은 여전히 유효하다. 박상우, 하재봉, 김영하, 송경아는 본격 문학과 사이버문학의 길트기를 시도하고 있는 작가들일 뿐이며, 이미 길을 떠난 여행자들과 길을 떠나고자 하는 여행자들 사이에 현단계 사이버문학의 좌표는 자리잡고 있는 것이다.

그러나 사이버문학이라는 신대륙이 조만간 그 모습을 드러낼 것이며, 그 처녀지에 깃발을 꽂을 사이버 작가들이 속속 등장하리라는 전망은 분명해진다. 필자는 그 가능성을 통신 공간 내에서 열려있는 글쓰기를 실천하고 있는 수많은 아마추어 작가들에게서 확인한다. 이제 그들이 길을 떠날 차례이다.

## 안녕히 가십시오, 사이버문학의 세계는 언제나 열려 있습니다.

# 아마추어리즘과 통신 공간의 새로운 문학 장르
## - 유머 서사물의 가능성에 대하여 -

## 1. 통신 공간 - 문학의 변경(邊境), 아마추어리즘의 온상(溫床)

　'통신 공간'라는 새로운 소동 공산이 우리의 글쓰기에 끼친 영향은, 보는 시각에 따라 조금씩 다르겠지만, 크게 네 가지로 목록화할 수 있을 것이다. 첫 번째, 공간의 개방성과 익명성이 가져다준 창작담당층의 확대이며, 두 번째 실시간 쌍방향성으로 인한 작가와 독자 사이의 자유로운 소통과 경계의 무너짐, 세 번째는 권위있는 검열기제의 부재로 인한 자유로운 상상력, 또는 일탈적인 상상력의 특화(特化), 마지막으로 일상(日常)으로서의 글쓰기가 가능해졌다는 점 등이다. 이것은 통신 공간라는 공간적 특수성에 방점을 두고 글쓰기의 양상들을 살펴보고자 했던 결과이며, 소통과 실천의 측면에서 현실 공간에서의 글쓰기와 갈라지는 변별점들을 드러내주었다는 점에서 의미있는 분석임에는 틀림없다.

　그러나 역으로 공간적 특수성만을 주목함으로써, 통신 공간의 외부에 서있는 사람들로 하여금 통신 공간 내에서의 글쓰기를 **<변경에서의 글쓰기>**로 가치 판단내릴 수 있는 유력한 단서를 제공하였다는 점도 간과할 수 없다. 특히 창작담당층의 확대와 권위있는 검열기제의 부재, 일상으로서의 글쓰기가 가능해졌다는 점은 필연적으로 통신 게시판에 올려지는 작품의 양적인 부분과 질적인 부분 사이의 불균형을 초래할 수밖에 없으며, 통신 공간에 대한 외부의 시선을 **<아마추어리즘의 온상>**으로 규정짓는데 나름의 근거가 되었다.[1] 그리고 이같은 판단은 통신 공간의 글쓰기에 부정적인 인식으로 이어졌다.

여기서 다시 한번 역으로 생각해보자. '변경에서의 글쓰기'와 '아마추어리즘의 온상'이라는 평가가 과연 **부정적인 의미항만을 갖고 있는 것일까?** 오히려 아마추어리즘이야말로 올바른 의미에서의 문학의 진정성을 의미하는 것은 아닌가? <문학의 위기>를 폭넓게 이해해 보면 자본주의 시장 경제 체제하에서 문학이 다른 여타 예술 상품에 비해 구매력이 떨어지고 있다는 위기감까지도 포함할 수 있을 것이며, 아마추어리즘이야말로 그런 훼손된 문학의 진정성을 회복하고자 하는 노력으로 이해할 수 있지는 않는가? '아마추어(amateur)'는 자신이 하고 싶은 일을 아무런 대가나 보상을 염두에 두지 않고 실천하는 사람들이다. 자기만족적인 성향이 강한만큼 문학에 대한 순수한 열정이 우선시된다. 그리고 그런 아마추어들의 글쓰기가 시장 경제의 이해 관계에서 자유롭게 벗어나 있는 통신 공간에서 이루어지고 있다는 것은 어쩌면 당연한 것일 수 있다.[2]

---

1) 물론 양적인 팽창만큼 질적인 수준이 따라가지 못한다는 지적은 정당하다. 그러나 이같은 현상은 현실 공간에서도 동일하게 보여지고 있지는 않은가? 매년 신춘문예나 문예지들의 신인 현상 공모에 응모되는 많은 작품들이 모두 일정 정도 이상의 질적 수준을 확보하고 있지는 못하다. 다만 차이가 있다면 현실 공간에서의 글쓰기가 등단이라는 제도적 절차를 염두에 두고 행해진다면, 통신 공간에서의 그것은 자기만족적인 성향을 강하게 보여주고 있다는 것 뿐이다. 자기만족적인 성향을 아마추어리즘이라고 비판할 수는 있어도 질적인 수준 저하를 아마추어리즘이라고 비판할 수는 없을 것이다.
2) 만약 통신 공간의 글쓰기가 현실 공간으로 불리어져 나가 시장 경제의 원칙 하에 상품으로 상장된 이우혁의 『퇴마록』을 예로들어 통신 공간 역시 순수한 아마

‘변경의 글쓰기’, ‘아마추어리즘의 온상’이란 판단의 부정적인 의미
망 안에 포획되어야할 사람들은 대다수의 아마추어들이 아니라 통신
공간의 글쓰기를 기성 문단으로 진입하기 위한 습작의 단계로 이해하
고 있는 소수의 아마추어들일 것이다. 그들은 대가와 보상을 욕망한다
는 점에서 결코 아마추어가 아니며, 중심으로 진입하고자 노력함으로
써 스스로 자신들의 위치를 변경이라고 속단해버리는 사람들이다.

오히려 우리는 ‘변경의 글쓰기’, ‘아마추어리즘의 온상’이란 수식어
를 인정해야 한다. **‘중심을 거부하는 변경’**이라는 공간 정체성은 현실
공간과는 분명하게 대별되는 통신 공간만의 독자적인 영역을 개척할
수 있는 토대를 마련해주며, 통신 공간의 무한한 가능성은 **아마추어리
즘의 끝없는 자기갱신력**에 근거를 두고 있기 때문이다.


## 2. 통신 글쓰기의 데포르마시옹(deformation)[3] - 유머 서사물


통신 게시판에 올려지는 글들을 쟝르별로 살펴보면 현실 공간의 그
것과 별로 다르지 않음을 발견할 수 있다.[4] 추리나 무협, 공포, SF 등

---

추어리즘의 공간이 아니라고 지적한다면 그것은 출판의 과정을 잘못 이해하고
있는 것이다. 이우혁을 시장으로 끌어낸 것은 현실 공간의 자본이며, 이우혁 역
시 자신의 글을 상품화할 목적으로 글을 쓰기 시작하지는 않았다.
3) 미술 용어로, 어느 특정한 부분이 기형적으로 돌출되거나 강조된 기법을 지시한
다. 유모서사물을 통신 글쓰기의 ‘데포르마시옹’이라 표현한 것은, 올려진 글에
대한 독자들의 관심을 단적으로 표시해주는 일일 평균 조회수가 통신 공간의 어
떠한 글쓰기 쟝르보다 월등하게 높음을 강조하기 위해서이다.
4) 이 글에서는 국내의 4대 대형 통신망중 하이텔(Hitel)을 중심으로 살펴보도록 하

이 양적으로 두드러져 있긴 하지만 이는 현실 공간에서도 창작되어지고 있는 장르이며, 수필이 일상으로서의 글쓰기가 가능해짐으로 해서 리티즌(litizen)[5]들이 가장 손쉽게 접근하는 장르지만 이 역시 통신 공간만의 고유한 문학 영역이라고 하기엔 무리가 있다. 엽편 소설 또한 짧은 호흡과 이미지 중심, 글 올리기와 글 읽기의 수월성 등이 리티즌들의 기호에 부합되어 많은 아마추어 작가들에 의해 창작되어지고 있기는 하나 아직 확고한 문학 제장르로 자리잡았다고 보기는 어렵다.

그렇다면 **통신을 위한, 통신에 의한, 통신만의 문학 장르**는 없는 것일까? 그리고 이 질문의 전제는 아마추어적인 장르여야 하며, 이때 아마추어의 의미는 아무런 대가나 보상을 바라지 않는 순수한 글쓰기를 지시한다.

통신 공간의 문학 관련 게시판들 중에서 가장 많은 조회수를 기록하고 있는 게시판은 단연 유머란이다.[6] 하루 평균 70개 이상의 글이 올

---

겠다. 서비스의 종류와 구축된 데이터베이스의 양, 가입자 수 등에서 하이텔이 다른 통신망들에 비해 앞서있기 때문이다.

5) 문학(literature)과 네티즌(netizen)의 합성어로, 통신 공간의 구성원들 중 문학에 관심을 갖고 창작 또는 독서에 적극적으로 참여하는 사람들을 군락화한 명칭이다.

6) 하이텔 유머란에 황두영(playpig)이 올린 조회수 순위를 살펴보면 유머가 조회수에 있어 얼마나 폭발적인 인기를 얻고 있는가를 알 수 있다. 참고로 이 순위는 96년 2월 23일자 순위이다.

| | 아이디 | 조회수 | 제 목 |
|---|---|---|---|
| 1. | stuka | 32767 | [그린 우스개] 북한에도 하이텔이 있더라? |
| 2. | 00narang | 28849 | 아저씨? 손가락이… |
| 3. | 00narang | 26848 | 뭐요? 돈을 안갚아요? |
| 4. | 3545 | 21050 | 하이텔 설문조사 |
| 5. | 00narnag | 19062 | 인과응보는 무섭도록 빠르다 |
| 6. | Saratoga | 16651 | 충격실화! 나의 통신초보시절 이야기… |
| 7. | ohlord | 15834 | [실화] 몇일전 여자에게 여관방에서 따귀맞 |
| 8. | Ryuch | 15258 | ^Z |
| 9. | BUDWON | 14789 | [믿을수 없는 실화] 시카고의 깊은밤!!! |
| 10. | CHAOS1 | 14602 | alt-n |

라가며, 일일 평균 조회수가 400회 안밖이다.[7] 물론 게시물 수나 조회수만을 놓고 유머를 통신 글쓰기의 독특한 장르라고 할 수는 없다. 오히려 핵심은 현실 공간의 유머가 구비문학의 형태로 떠돌아다니는데 반해 통신 공간에서의 유머는 아스키 코드로 비트화된 활자문학이며, 실시간성과 즉각적인 반응이라는 통신 공간의 특수성이 게시물 수와 조회수를 통해 가장 잘 드러나 있다는 점에 있다. 현실 공간에서는 아무도 유머를 창작해내지 않는다. 우리는 단지 누군가에게 전해들을 뿐이며 전달자 역시 다른 누군가에게 전해들을 것이다. 그러나 통신 공간에서 우리는 작가가 창작해낸 유머를 읽는다. 작가는 자신의 글을 통해 독자에게 웃음을 전해주고자 하는 분명한 목적 의식을 갖고 있으며, 그 목적을 분명하게 인식하고 있는 독자들의 가차없는 반응이 게시판을 통해 직접 작가에게 전달된다.[8]

그러나 문제는 있다. 목적 의식과 작가·독자의 자유로운 소통만을 가지고 유머 서사물을 문학이라고 할 수 있는가? 나는 위에서 통신을 위한, 통신에 의한, 통신만의 문학 장르라고 언급하였다. 그렇다면 이미 유머 서사물이 문학이라는 자의적인 판단을 내렸다는 것인데, 그 근거가 무엇인지 이제부터 알아보자.

---

7) 비교적 조회수가 높다고 하는 백일장(contst)이나 섬머란(summer)의 평균 조회수가 100회 안 쪽임을 염두에 두어보면 유머란(humor)에 대한 독자들의 관심은 가히 폭발적이라 할 수 있다.

8) 하이텔이나 나우누리 유머란에 가보면 '추천'이라는 말머리를 단 게시물들을 쉽게 발견할 수 있다. 독자가 자신이 읽고 재밋다고 생각한 게시물을 다른 사람에게 추천하는 것이다. 천리안 유머란 역시 글을 읽고 독자가 찬성과 반대라는 두 가지 반응 중 하나를 자유롭게 선택할 수 있게 되어있다.

## 3. 문학으로서의 유머 서사물

통신 공간의 유머 서사물이 문학인 근거를 살펴보기 전에 역으로 왜 우리는 지금까지 유머가 문학이 아니라고 생각해 왔는지부터 살펴보자. 그 이유는 크게 네 가지일 것이다. 첫째, 유모 자체가 지니고 있는 '내용의 가벼움', 둘째, 입에서 입으로 구전되는 '비문자성', 셋째, 누군지 알 수 없는 '분명하지 않는 작가', 마지막으로 일시적 유행 후 사라진다는 '일회성'이다. 그러나 유머가 문학이 아닌 이같은 이유들은 통신 공간의 유머 서사물로 오면 하나도 적용되지 못한다. 문자성을 갖고 있으며, 분명한 작가가 있고, 본인 스스로 지우지 않는 한 게시판에 계속적으로 남아 독자의 시선을 가로채고 있기 때문이다. 특히 내용에 있어 통신 공간의 유머 서사물들은 현실 공간에서 회자되는 유머들과 분명한 질적 차이를 갖고 있다. 단순히 우스개를 넘어 휴머니즘을 강조하거나 감동을 주는 뚜렷한 주제 의식을 갖고 있는 작품들이 많이 창작되고 있으며, 그에 따라 분량 역시 꽁트나 단편 소설의 분량으로 길어지는 **장편화 경향**을 보이고 있다.[9]

---

9) 한 예로 하이텔 유머란 인기 작가중의 하나인 양진호(ifindit)의 글을 살펴보자. pg 는 모니터 상의 화면을 가르키는 것으로, 1pg는 대략 원고지 3매 정도이다.

|  |  |  | pg | 제 목 |
|---|---|---|---|---|
| 양진호 | ifindit | 02/11 | 20 | [버터빵] 랩. 편. 제. |
| 양진호 | ifindit | 02/09 | 14 | [버터빵] 아우와의 대화 |
| 양진호 | ifindit | 02/06 | 15 | [버터빵] 사랑예감? 키스예감! |
| 양진호 | ifindit | 02/05 | 15 | [버터빵] 미스터 초밥왕 - 제2부 - |
| 양진호 | ifindit | 02/05 | 11 | [버터빵] 아. 버. 지 |
| 양진호 | ifindit | 02/05 | 13 | [버터빵] 미스터 초밥왕 - 제1부 - |
| 양진호 | ifindit | 01/31 | 21 | [버터빵] 나도 웃기고 싶다~!!!! |
| 양진호 | ifindit | 01/28 | 19 | [버터빵] 공포의 사우나 |

그러나 더욱더 유머 서사물이 문학일 수 있는 근거는 작가가 자신의 글을 읽을 독자들을 염두에 두며 문학을 하고 있다는 **분명한 작가 의식**을 갖고 있다는 점이다. 문학은 허구이다. 통신 공간의 유머 서사물 역시 허구이다. 작가들은 독자들을 웃기기 위해 자신들의 경험을 과장하거나 심지어 완벽한 허구를 창작해내기도 한다. 그리고 이 허구성은 '만득이 시리즈'나 '덩달이 시리즈'같이 허구임이 텍스트 표면에 분명하게 드러나 있는 것이 아니라 리얼리티를 가장하여 텍스트 내에 숨겨져 있다.

유머 서사물의 **허구화 경향**의 좋은 예로 지난 4월 하이텔 유머란을 떠들썩하게 했던 <박병장 사건>을 들 수 있다. 박만수(imps)가 『여군 추억』이란 제목으로 올린 이 글은 22편의 장편 연재였음에도 불구하고 평균 조회수 2000회를 상회하며, 추천만 5pg 이상을 받을 정도로 폭발적인 인기를 끌었다. 그런데 문제는 연재가 다 끝난 후 몇몇 독자들이 실화가 아니라 허구라는 점을 들어 게시판을 통해 작가를 비난하기 시작한데서 출발하였다. 물론 작가 자신이 글을 시작할 때 실화라고 전제한 후에 연재한 것이라 불거진 사건이지만, 이것을 통해 과연 유머란에 올려지는 글들이 실제 있었던 일인가, 아니면 작가의 허구가 가미된 것인가에 대한 논쟁이 게시판 상에 벌어졌다. 작가가 읽는 재미를 위해 『여군 추억』의 일부가 과장되었음을 시인하고 재미만 있으면 됐지 실화이던 허구이든 무슨 상관이냐는 독자들의 판단으로 일단락된 이 사건은 유머 서사물이 작가의 개인적 경험과 허구가 결합된 문학의 형태로 나아가고 있음을 상징적으로 보여주는 사례라 하겠다.

결국 유머 서사물을 통신 공간 상의 독특한 문학 장르로 규정지을 수 있는 근거로 텍스트의 장편화와 허구화 경향이 점점 강해지고 있으며, 치밀한 스토리 구성을 통해 단순히 웃음을 유발하는데 그치지 않고 독자들에게 감동을 주기 위한 데까지 발전된 뚜렷한 작가 의식을 갖고 창작되어지며, **작가와 독자의 상호 교감**이 어느 장르보다도 분명하게 보여지고 있다는 점을 들 수 있을 것이다.[10]

## 4. 유머 서사물의 언어적 특징

유머 서사물은 통신 공간만의 독특한 문학 형식이다. 따라서 텍스트에 사용되는 언어 역시 현실 공간의 언어와 다르다. 이것은 무엇보다도 통신이 모니터 상에서 실시간으로 글을 읽어야 하는 공간이라는 점과 밀접하게 연결되어 있다. 통신에 있어 시간은 곧 돈이다. 짧은 시간에 자신이 원하는 정보(그것이 교훈적이던 쾌락적이던 간에)를 획득하기 위하여 네티즌들은 제목과 첫 페이지에 주목하지 않을 수 없다. 일단 읽기로 결정하고 엔터 키를 누르고 들어간 첫 페이지가 재미없다면 독자는 아무런 미련없이 P 키를 눌러 읽던 텍스트에서 빠져나온다. 더구나 종이와는 달리 모니터 상의 비트화된 텍스트는 집중해서 읽기에 불리한 시각 환경을 갖고 있다. 따라서 작가들은 독자들의 관심을 텍스트 끝까지 지속시키며, 집중과 정독이 힘든 시각 환경을 극복하기 위하여 통신만의 독특한 언어를 계발해내지 않을 수 없다.

---

10) '덩달이 시리즈'나 '만득이 시리즈'같은 가벼운 시리즈물 일색이었던 통신 공간 상의 유머를 장편화·허구화시킨 공로는 유영욱(승빈, Seungbin), 양진호(버터빵, ifindit), 김민아(미나리, imacreep), 황의숙(황덕, N7922) 이 네 사람에게 돌아가야 할 것이다. 한가지 재밌는 사실은 이들 네 사람이 모두 필명을 사용하고 있다는 것인데, 화면 상에서 글을 읽을 때, 아이디보다는 글의 제목에 눈이 먼저 가는 통신의 속성을 적절히 이용하고 있는 것으로 해석된다.

유머 서사물이 계발해낸 통신 언어의 언어적 특징으로 먼저 **회화 언어의 빈번한 사용**을 들 수 있다.

> - prologue -
> "넌 요즘 뭐하니?"
> "응. 요즘엔 Lion King이야."
> "잉? 그게 뭔데?"
> "백수의 왕. -_-;"
> 두둥~~
>
>                        - 양진호(ifindit) '혼자서도 잘 놀아요' 중에서

> 아빠 : 심은하? 새로 나왔나?
> 오빠 : 나온지 꽤 오래됐어요…
> 아빠 : 으음… 그래? 근데 꼭 처음 보는 것 같네… 아주 예쁘구만.
> 엄마 : O_o
> 오빠 : @_@
> 나   : *_*
>
>                        - 김민아(imacreep) '부녀지간' 중에서

위에 인용문에 사용된 '-_-;', 'O_o', '@_@', '*_*' 모두 자판에 있는 문자들을 조립하여 만들어낸 회화 언어들이다. 회화 언어들은 모니터 상이라는 불리한 독서 환경을 극복하고 문자 언어를 대체하기 위하여 만들어진 통신 언어로써 등장 인물의 심리 상태를 간단 명료하게 표현하는데 효과적으로 이용된다.

두 번째는 **맞춤법의 의도적 무시와 비속어의 사용**이다.

> 그어떤 것도 배겨날수 엄써떤 거시다.
> 치사뽕한 울엄니는 이사실을 울아부지께 꼬발렀고..

어느날 저녁 울아부지가 조용히 날 부르는 거시어따.
그리고는 마른하늘에 날벼락 떠러지는 소리를 하는 거시어따.
- rodman96(허주송) '할배와의 전쟁' 중에서

이 인용문에서 작가는 의도적으로 소리나는 대로 발음을 적고 있다. 마지막 종결 어미를 '거시어따'로 통일시킴으로써 리듬감을 주고, 독자들이 읽기 편하게 하기 위한 맞춤법의 의도적 무시는 통신 공간의 글쓰기에서 흔히 볼 수 있는 현상이기도 하다. 이같은 문법 파괴 현상은 통신 언어가 '구술성'에 영향을 받고 있음을 드러내 준다. 통신 언어는 기본적으로는 아스키 코드로 표시되는 '문자성'에 기반을 두고 있지만 실시간으로 글을 읽어야함으로 해서 '읽는다'는 느낌보다는 '듣는다'라는 인상을 더 강하게 받는다. 특히 유머 서사물은 그 장르 특성상 '구술성'을 강조할 수밖에 없으며, 이것이 맞춤법 무시와 같은 문법 파괴 현상으로 이어지는 것이다.

비속어의 사용은 통신 언어의 '일탈성'이 극대화된 경우이다. 유머 서사물에서 일반적으로 쓰이고 있는 '돋데', '돋나게', '돋됐다' 등은 비속어 '좃'에서 파생된 언어이지만, 화면 상에서 읽을 때에는 비속하다는 느낌보다는 등장 인물의 감정 상태를 솔직하게 표현해 주며 웃음을 유발시키는 효과를 주고 있다. 현실 공간에서는 특수한 경우가 아니면 문학 텍스트에 차용되기 꺼려지는 비속어가 유머 서사물에서는 텍스트의 긴장 이완과 등장 인물의 내적 심리 상태를 효과적으로 표현하기 위한 일종의 양념 언어로 사용되고 있는 것이다.

마지막으로 문장과 문장 사이의 **여백을 통한 반전의 문체**이다.

과언니 : 미나라...
미나리 : 언니...나 꿔줄 돈 없는데...믿어줘! 부탁이야~!

> 과언니 : 누가 돈 빌려달랬어? -_-;;
> 미나리 : 으음...? 그럼 왜?
> 과언니 : 너 오늘 시간있냐?
> 미나리 : 아암..졸려~ 집에 가서 자야지...언니, 안녕~!
> 과언니 : 이런...오늘 미팅 인원이 하나 부족한데!
> 미나리 : 사람은 자고로 낮엔 놀고 밤에 자야돼!
> 과언니 : ..-_-;;...미나라....그럼 오늘 미팅 나가는거다..알찌?
> 미나리 : 언니, 고마워...돈 빌려줄까?
> — 김민아(imacreep) '잊을 수 없는 미팅' 중에서

대화체로 이루어진 위 인용문에서 작가는 상황 설명이나 개입을 자제하고, 문장과 문장 사이의 여백을 독자 스스로 메꿈으로써 상황의 반전이 주는 쾌감을 배가할 수 있도록 도와주고 있다. 유머 서사물의 대화체에서 빈번하게 사용되고 있는 '반전'은 지루한 설명이나 묘사를 통해 독자들의 텍스트에 대한 관심도를 저하시키지 않으려는 작가의 의도된 전략이다.

유머 서사물의 언어적 특징은 한마디로 규정하면 **<휘발성 언어>**라 할 수 있다. 읽는 그 순간 바로 독자에게 의미 또는 의도가 분명하게 전달되어야 하며, 독자와 텍스트가 마주 대하고 있는 실시간 내에 웃기거나 감동을 주어야 한다.[11] 결국 유머 서사물의 언어는 통신 공간 안에서만 유효하며, 바로 이 점이 유모 서사물이 통신 공간의 고유한 문학 장르로 그 정체성을 확고히 하며 자리매김할 수 있는 언어적 기반이 되고 있는 것이다.

---

11) 실제로 필자가 유머란에서 아주 재밋게 읽은 작품을 찬찬히 다시 읽기 위하여 프린터해서 보았을 때, 모니터로 읽었을 때만큼의 재미가 없음을 깨달을 수 있었다. 회화언어나 단축어, 비속어들은 종이로 활자화되어 찍혀나오자 오히려 문맥을 이해하는데 방해가 되었으며, 실시간으로 읽을 때 텍스트와 독자사이에 존재하였던 긴장감이 사라져 밋밋한 글 읽기가 되어 버렸다.

## 5. 네티즌들의 문학적 기호와 유머 서사물

왜 통신 공간에서 유머 서사물은 폭발적인 인기를 누리고 있는가? 이 질문에 답하기 위해서는 무엇보다도 유머 서사물을 창작하고 소비하는 네티즌들의 정체성을 확인해야만 할 것이다.

한국PC통신이 조사한 바에 따르면, **네티즌의 36.5%가 20대이며, 계층 별로는 학생이 전체의 33.2%를 차지**하고 있다.[12] 네티즌의 1/3 이상을 차지하는 70년대 이후 세대들의 세대론적 감수성은 그 전시대의 그것과 분명하게 갈라진다. 이들은 문학보다는 영화나 만화에 더 친화력을 갖고 있는 영상 세대들이다. 무겁고 진지함보다는 가볍고 경쾌한 통속성에 더 관심을 두고 있으며, 이것은 통신 공간 안에서 주되게 창작되어지고 있는 문학 장르들이 현실 공간에서는 주변부 문학으로 소외받고 있는 추리나 무협, SF 등의 대중문학임을 염두에 두어볼 때 분명해진다.

그리고 이들 네티즌들의 문학적 기호는 현실 공간에서는 가능하지 않았던 새로운 문학 장르의 출현을 가능케 하였는데 유머 서사물이 바로 그것이다. 유머 서사물의 주된 소재는 20대의 젊은이들에게 쉽게 어필할 수 있는 친근한 소재들이 주류를 이루고 있다. 남녀간의 사랑이나 학창 시절의 추억, 미팅에 얽힌 이야기 등 세대론적 공감대를 쉽게 형성할 수 있는 소재의 취사는 작가들이 독자의 취향을 고려하여 작품을 창작한다는 점에서 '독자추수주의'라 비판받을 수 있으나 작가와 독자 사이의 거리가 좁아질 수밖에 없는 통신 공간의 특수성을 이해한다면 오

---

12) HiTEL 소식지 『꿈따라』, 1997년 4월호, p.4. (참조)

히려 작가 독자의 상호 교감의 산물이라고 이해하는 것이 정당할 것이다. 통신 공간에서 활발하게 창작되어지는 다른 여타 장르와는 달리 유머 서사물은 우리 일상의 평범한 소재에 주목하고 있다는 점에서 현실 공간의 문학적 상상력과 맞닿아 있다. 그러나 그 소재를 형상화나가는 데 있어 **무거움보다는 가벼움을, 진지함보다는 경쾌함을, 순수성보다는 통속성을 지향**한다는 점에서 갈라지며, 이는 통신 공간의 문학적 기호가 어떠한 방향으로 나아가고 있는지를 분명하게 보여준다.

## 6. 유머 서사물의 문제점과 가능성

물론 유머 서사물이 완성된 문학 장르로 자리잡기에는 몇 가지 문제점을 안고 있음을 부정할 수는 없다. 웃음의 유발이라는 목적에 너무 집착한 나머지 우연성의 남발과 문맥의 통일성을 헤치는 상황의 과장, 습작 수준에 불과한 조악한 구성과 서투른 문체 등은 유머 서사물을 문학으로 판단내리기는 아직 빠르다는 인식을 가져다 준다.

그러나 유머 서사물의 주된 작가층과 독자층이 10대에서 20대 중반까지의 젊은 세대들이라는 점은 **유머 서사물이 미래형이며 끊임없는 자기 갱신력을 통해 발전해 나가리라는 전망**을 가능케 해 준다. 21세기의 문학은 바로 그들에 의해 주도될 것이며, 오늘 밤에도 수많은 네티즌들이 새로운 웃음과 감동을 주기위해 또는 찾아서 유머란을 기웃거릴 것임에 틀림없기 때문이다. 그리고 무엇보다도 그들이 대가나 보상을 바라지 않는 순수 아마추어들이라는 점이 유머 서사물의 건강성을 대변해 주고 있다. **아마추어리즘이 만들어낸 새로운 문학 장르, 우리가** 유머 서사물에 주목해야 할 가장 중요한 이유가 바로 여기에 있다.

통신 공간은 분명 현실 공간과는 다른 문학적 지형도를 형성해 나가고 있다. 아직 진행중이며 마침내 어떤 지형도가 그려질지는 아무도 단언할 수 없다. 그러나 그 지형도에 유머 서사물이 새로운 영역으로 표시될 것이라는 판단은 그리 성급한 것만은 아닐 것이다. 세대론적 공감대를 쉽게 형성할 수 있는 소재의 취사와 회화언어나 여백을 이용한 반전 문체같은 새로운 감각의 언어 사용, 맞춤법 무시나 비속어 사용에서 오는 일탈의 즐거움을 통해 유머 서사물은 통신 공간의 독특한 그리고 유력한 문학 장르로 자리잡을 것이다.

# 사이버문학 논의에 대한 비판적 점검
## – 발언 공간을 축으로 한 시각 차이를 중심으로 –

> 패러다임의 새로운 후보는 당초에는 지지자도 거의 없고 지지자의
> 동기도 의심스러운 경우가 많다. 그럼에도 불구하고, 지지자들이 유
> 능한 경우에는 패러다임을 개량하고, 그 가능성을 탐구하고, 그것에
> 의해 인도되는 과학자 사회가 어떤 것이 되는가를 보여주게 된다.
> 그리고 그러한 일이 진행됨에 따라, 만일 패러다임이 투쟁에서 승리
> 를 거둘 운명이라면, 설득력 있는 논증들의 수효와 강도가 증강될
> 것이다. 그에 따라 보다 많은 과학자들이 개종하게 될 것이고, 새
> 패러다임의 탐사 작업이 계속될 것이다. 그 패러다임에 기초한 실
> 험, 기기, 논문, 그리고 서적 등의 수효가 점차 불어날 것이다.
> — 토마스 S. 쿤 {과학혁명의 구조} 중에서

## 1. 글을 시작하며

최근 비평계 일각에서 <사이버문학(Cyber Literature)>에 대한 논의가
활발하게 이루어지고 있다. 그러나 활발함과는 별개로 논의의 수준은
대체로 <사이버문학>에 대한 자의적인 이해의 차원에 머물거나, 용
어의 적확성 여부를 주목하는데서 비롯되는 불필요한 오해나 논쟁의

차원에 한정되고 있는 듯이 보인다. 이는 <사이버문학>이 새로운 시대 환경으로 자리잡은 '정보화사회'와 필연적인 관련을 맺고 있다 했을 때, 사회의 총체적인 문화 제현상에 대한 우리의 이해가 아직은 치밀하지 못할뿐만 아니라, <사이버문학> 역시 이제 막 논의가 시작된 진행형의 문학 패러다임이기 때문이다.

따라서 <사이버문학>의 개념은 논자에 따라 그리고 사용되는 구체적인 맥락에 따라 그 내용과 성격을 조금씩 달리하며 나타난다. 용어에 대한 접근, 이해의 차원, 나아가 새로운 문학 환경으로 자리잡은 '가상공간'에 대한 다양한 인식이 <사이버문학>에 대한 논의를 집중시키기보다는 분산시키고 있는 것이다.[1) 필자가 주목하고자 하는 것은 바로 이 '분산'이라는 현상이다. '분산'이야말로 <사이버문학>이 다양한 발언 앞에 열려있는 문학 패러다임이며 무한한 발전 가능성을 갖고 있음을 역설적으로 반증해 준다.

이 글은 지금까지 이루어진 <사이버문학> 논의를 비판적으로 검토해보고자 하는 목적을 갖고 쓰여질 것이다. 동시에 이 글의 문면(文面)에는 두 가지 의도가 내재해 있는데, 하나는 분산을 가능케한 <사이버문학> 논의의 출발선을 분명하게 그리고자 함이며, 다른 하나는 이 글을 계기로 더욱더 치열하고 생산적인 논의가 이루어지기를 바램이다.

검토의 방법론으로 필자는 논의 영역을 통신 공간 '안'에서의 발언과 통신 공간 '밖'에서의 발언으로 나누어 살펴보고자 한다. 이 구분은 발언 공간의 차이와 유관하게 <사이버문학>에 대한 시각이 분명하게

---

1) 특히 <통신문학>이든 <PC통신문학>이든 <사이버문학>이든 그것이 지시하는 대상이 하나라면, 용어의 통일은 좀더 발전적인 논의 전개를 위해 현단계 사이버문학 논의에 있어 가장 시급한 과제이다.

변별되고 있다는 판단에 따른 것으로, 영역 구분의 정당성은 검토해 나가는 과정을 통해 자연스레 입증될 것이다.


## 2. 현단계 사이버문학 논의의 지형도


<사이버문학>에 대한 기왕의 논의를 거시적으로 살펴보면, <사이버문학>을 부정하거나, 또는 <사이버문학>과 <통신 문학>을 동일하게 파악하고자 하는 두 개의 입장으로 나눌 수 있을 것이다. 그리고 이같은 시각 차이는 다시 <사이버문학>에 대한 '전면적인 비판'과 '부분적 동의'로 이어진다.

<사이버문학>에 대해 비판적인 논자들은 "대체 사이버문학이라고 규정할 수 있는 작품이 무엇인가?"라고 회의하면서 대상 텍스트가 없는 문학 패러다임은 아무 의미도 없다고 비난한다. <사이버문학>은 전형적인 텍스트를 생산해내지 못한 공허한 이념적 지향태에 불과하며, 이론 역시 기왕의 문예 이론들에 빚을 지고 있어 결코 새로운 문학 패러다임이 될 수 없다는 것이다. 따라서 이들은 <사이버문학>이라는 용어 대신에 <통신 문학>이라는 용어를 사용할 것을 주장하며, 이때의 <통신 문학>은 가상공간에서 쓰여지고 읽혀지는 문학으로 그 범주가 한정된다.

이와는 반대로 부분적으로 동의하는 논자들은 <사이버문학>이 <통신 문학>과 동의어이거나, <본격 문학>의 서자(庶子)라는 판단 하에서, 그 범주를 주변부 장르나 소재주의적인 작품으로 한정시키고 있다.

이것은 <사이버문학>이, 상상력이나 창작 방법론에 있어, <통신 문학>이나 <본격 문학>과의 변별점을 명확하게 드러내주지 못하고 있다는 인식에 기초하고 있다.

이 지점에서 주목해야 할 것은, 비판적인 논자들이 통신 공간을 그들의 발언 공간으로 삼고 있는데 반해, 부분적으로 동의하는 논자들의 발언은 대부분 현실 공간에서 이루어지고 있다는 점이다. 필자는 공간과 발언 사이의 이같은 관련이 <문학>에 대한 근본적인 인식 차이에서 비롯되었다고 판단한다.

통신 공간이 그동안 견고하게 유지되어오던 문학의 신성성을 여지없이 훼손시키고 있다는 것을 부정할 수 없을 것이다. 탈권위적인 통신 공간의 속성과 맞물려 익명성과 검열 기제의 부재는 통신 공간을 아마추어 작가들의 천국으로 만들어 버렸다. 마셜 맥루한이 "구텐베르크는 모든 사람들을 독자로 만들었고, 제록스 복사기는 모든 사람을 출판업자로 만들었다"라고 지적하였듯이 이제 통신 공간은 모든 사람을 작가로 만들어낸 것이다. 그리고 이때의 '작가(author)'는 전통적인 문학의 가치관으로 볼 때 치명적으로 훼손된 모습일 수밖에 없다. 누구나 글을 올릴 수 있음으로 해서 작가의 권위는 추락하였고, 실시간성과 쌍방향 소통이라는 공간적 맥락과 조회수라는 장치는 독자들의 입지를 강화시켜 주었다. 통신 공간 안에서의 작가란 '아이디ID'를 갖고 있는 한 사람에 불과해져 버리며, 문학의 진정성은 아마추어리즘과 나르시즘적인 자기 만족이라는 형태로 현현하고 있는 것이다.

통신 공간 안에서 이루어지고 있는 이같은 <문학>의 신성성 훼손에 대해, 그 공간에서 직접 문학 행위에 참여하고 있는 사람들은 별로 심각하게 받아들이지 않는다. 그들은 이미 공간적 특수성에 동화되어 있으며 통신 공간의 문학은 의당 그러한 특성을 가져야한다고 확신하고 있기 때문이다. 따라서 그들은 <사이버문학>이 공간적 특수성을 지우고 통신 공간의 문학을 현실 공간으로 끌어냄으로써 그 생기와 탄력성을 잃게한다고 비난한다. 그들에게 문학은 직접 실천한다는 실시간 쌍방향의 소통성에 무게 중심이 놓여져 있는 것이다.

반면에 현실 공간에서 문학의 신성성을 수호하고자 하는 이들에게 통신 공간의 문학은 위험하면서도 불길하다. '작가', '독자', '비평가'는 각각의 책임과 역할이 따로 있으며, '텍스트'는 그 자체로 미적인 완결성을 갖추어야 한다고 믿는 사람들에게 작가이며 독자이며 동시에 비평가인 통신 공간의 'ID'들과 그들의 문학을 <문학>이라는 이름으로 감싸안기에는 너무도 낯설기 때문이다. 그러나 그들이 낯설다는 이유로 외면하기에는 통신 공간의 영향력은 급속도록 확산되고 있다. 여론 형성이나 수렴의 공간으로 통신 공간이 영향력을 행사하기 시작한 것은 이미 익숙한 현상이며, 네티즌들의 연령 분포는 본격 문학의 주요한 독자층이거나 잠재 독자층인 10대 후반에서 30대 초반에 집중되어 있다. 따라서 그들은 어떤 방식으로든 통신 공간의 문학을 감싸안아야 하는 딜레마에 빠져 있으며, <사이버문학>에 대한 그들의 부분적 동의의 이유가 여기에 있다. <사이버문학>을 아마추어리즘과 주변부 장르에 대한 돌출로 재단하고, <문학>이라는 전통적인 카테고리 안으로 끌어들여 계몽시키고 훈육함으로써 궁극적으로 통신 공간의 문학을 현실 공간의 문학으로 진입하기 위한 과정으로 그 의미를 축소시키는 것이, 문학의 신성성을 훼손하지 않으면서 동시에 통신 공간의 문학을 감싸안기 위한 최선의 대안인 것이다.

현단계 <사이버문학> 논의의 윤곽은 이정도로 정리하고, 이제 두 공간 안에서 이루어진 논의들을 미시적으로 검토해 보기로 하자. 검토를 시작하기 전에 먼저 밝혀둘 것은, 지면은 한정돼 있고 다루어야 할 논자들은 많아 부득히 각각의 논자들의 <사이버문학>에 대한 논의중 가장 최근 발언만을 검토 대상으로 삼을 수밖에 없었다는 점이다. 발언 전체를 대상으로 한 더욱더 치밀한 검토는 다음 기회로 넘기고자 한다.

## 3. 통신 공간, '부정'을 통한 자기 반성과 발전적 논의의 가능성 – 김흥년, 김재인, 신민식의 논의를 중심으로

통신 공간 안에서의 논의는 크게 <사이버문학>이라는 개념 대신에 <통신 문학>을 주장하거나(김흥년), "<사이버문학>은 없다"고 주장하거나(김재인), <사이버문학>과 <통신 문학> 둘 다 부정하는 주장(신민식)으로 목록화할 수 있다. 그러나 이같은 차이와 무관하게 통신 공간 문학의 가능성에 대해선 암묵적으로 합의하고 있으며, <사이버문학>에 대한 비판적인 시각은 자기 반성과 발전적 논의의 가능성으로 이어진다.

우리가 말하는 '통신 문학'이야 지금 현재 진행형이고 그 실체를 누구도 부인하지 않는다. - 중략 - 소위 '사이버문학론'이란 것이 나왔을 때, 필자 외에도 여러 사람이 그 '사이버문학'의 비평 대상 작품을 제시해 보라고 제일 먼저 요구했다. 그러나 위에서 필자가 언급하고 설명한 바대로라면 '하이퍼 픽션'을 제시해야 옳았는데, 지금도 그 대표적인 입론자의 한 사람이 거론하고 있는 작품은 고작해야 컴퓨터 통신망 상에 게시되어 있다가 종이 책이 되기만을 기다리는 '테크노

소설'에 불과할 뿐이고, 그는 아직 대부분은 종이 책으로 나온 작품들
만 거론하며 '사이버' 운운하고 있는 실정이다.[2]

<사이버문학>이 갖는 용어의 부적합성을 강조하며 <통신 문학>
을 주장하는 대표적인 논자인 김홍년님의 논의에서 치명적인 한계는,
그 자신 역시 <통신 문학>의 비평 대상 작품을 제시할 수 없다는데
있다. 문학 이론이 그 이론틀로 치밀한 분석이 가능한 대상 텍스트를
갖고 있어야 더욱더 정당해질 수 있다는 점은 인정하지만, 문학 이론
이 전형적인 텍스트와 동시에 발전하지 못하고 있다해서 이론 자체를
부정한다는 것은 나무만을 보고 숲은 보지 못하는 오류에 다름 아니
디. 1930년대 카프 문학은 이론의 융성함이 전형적인 텍스트를 이끌어
내었고, 보르헤스의 작품은 포스트 모더니즘 이론 형성에 지대한 공헌
을 하였지만 이는 작품이 이론보다 선행한 경우이다. 필자는 이미 <사
이버문학>이 이념적 지향태로 기능해야 한다고 주장한바 있으며, 김
영하나 송경아 같은 통신 공간에서 현실 공간으로 자리를 옮긴 작가들
의 작품을 <사이버문학>이라는 카테고리 안으로 끌어들여 분석한 것
은 그들의 작품이 전형적인 <사이버문학>임을 주장하려는 의도가 아
니라, 통신 공간이 그 안에서 문학적 상상력을 키운 작가들의 세계관
과 창작 방법론에 어떤 영향을 주었는가를 규명하기 위해서였다. 지금
까지 김홍년님이 통신 상에 올린 많은 글들은 <사이버문학>이라는
용어의 불합리성만을 지적하는데 그쳤을 뿐, 자신이 내세우고자하는
<통신 문학>은 어떻게 이론화될 수 있으며, 어떤 작품들이 대상 텍스
트로 수용될 수 있는지에 대한 논의는 빠져있다. 김홍년님의 논리대로

---

2) 김홍년(850706), 「통신 문학과 그 발전 방향」, 하이텔 문학관, 1997. 4. 3.
   (통신 상에 올려진 글은 페이지 번호라는 개념이 모호함으로, 인용문은 그 출처
   와 게시판 등록 날자만을 밝히고자 한다.)

<통신 문학>이 '사이버'에서 '테크노' 그리고 '하이퍼'로 이행하는 방식으로 발전해야 한다면 지금 현단계 <통신 문학>이 어느 수준에 도달해 있으며 그 양상은 어떠한지에 대한 논의는 주장을 펴기위한 중요한 과정으로 꼭 필요할 것이다.[3)]

김홍년님이 용어에 주목한다면 김재인님은 새로운 '매체'에 주목하고 있다. 그리고 매체의 특성상 문자 언어로 현현하지 않는다면, 문학이라고 명명하기 보다 예술 일반으로 보아야 한다고 주장한다.

> 디지탈 텍스트, 멀티미디어 텍스트, 하이퍼 텍스트는 기존의 어떤 매체와도 다른 그야말로 새로운 매체인 것이다. - 중략 - 나는 사이버 문학 논쟁이 많은 부분 문학 중심주의에서 비롯되었다고 생각한다. 왜 다른 매체를 통한 예술에까지 문학이란 이름을 붙여야 하는가? 거기에 걸맞는 다른 이름을 부여하는 것이 온당한 일이 아닐까? 이제는 문학으로부터 자유로울 필요가 있다.[4)]

김재인님 주장의 핵심은 문학은 문자 기반적인 예술 행위이며, 통신 공간 안에서의 문학 행위가 새로운 매체의 영향으로 상당 부분 '문학' 너머로 이동하고 있음으로해서, <사이버문학>이 아니라 <사이버 예술>이라 명명하는 것이 타당하다는 것이다. 그러나 이 주장은 두 가지 면에서 설득력이 부족하다. 첫째, 디지털 텍스트나 하이퍼 텍스트가 문자 기반적이 아니라는 논거의 부적절함이다. 김재인님이 새로운 매체라고 주장한 디지털 텍스트나 하이퍼 텍스트는 비트(bit)로 표시되

---

3) 물론 김홍년님의 <사이버문학> 개념에 대한 비판이 논의의 전개와 활성화에 많은 도움을 준 점은 인정해야 할 것이다. 또 <사이버문학>이라는 용어가 불합리하다면 당연히 새로운 용어로 대체하여야 한다. 통신 공간이 열려있는 소통의 공간인데, 그 공간을 모태로 하고 있는 <사이버문학>이 용어에 집착하는 권력적인 담론이 되어서는 안되기 때문이다.
4) 김재인, 「사이버예술의 도전」, 하이텔 내 작은 모임 '이다', 1997. 5. 24.

어 있을 뿐 컴퓨터 모니터 상에서는 문자 언어로 우리에게 지각된다. 고대 이집트의 상형 문자나 중국의 갑골 문자가 '문자'라는 명사를 획득하고 있는 것은, 그것들이 당시 유력한 언어로 기능했기 때문이다. 마찬가지로 정보화시대 진보한 기술 체계는 전(前) 시대의 유력한 문자 언어였던 활자 언어 대신에 디지털 텍스트나 하이퍼 텍스트같은 전자 언어를 문자 소통의 주요 수단으로 채택하고 있으며, 문자를 기본 매질로 삼는 문학이 전자 언어로 그 현현 수단을 변경하는 것은 당연하다. 디지털 텍스트나 하이퍼 텍스트가 문자 기반적이 아니라는 김재인님의 주장은 활자 언어에 대한 심한 강박 관념을 노출시켜 준다. 두 번째는, 과연 현 단계 통신 공간 안에서의 문학 행위가 새로운 매체의 영향으로 '문학' 너머로 이동하고 있는가에 대한 의문이다. 국내에서 가장 많은 네티즌을 확보하고 있는 하이텔이나 천리안같은 대형 BBS들은 기본적으로 텍스트 위주의 통신 환경을 갖고 있다. 따라서 그 공간 안에서 실천되고 있는 문학 행위는 기본적으로 비트화된 텍스트를 통해 재현되고 있을 뿐이다. '문학' 너머로 이동하고 있다는 김재인님의 판단이 어떠한 텍스트를 염두에 둔 발언인지는 모르나 지극히 미래 추론적이라는 혐의에서 벗어날 수 없는 것이다. 물론 월드 와이드 웹(WWW)을 기본 환경으로 삼는 인터넷(internet)은 문자와 소리, 그림, 동영상 등이 복합된 멀티미디어적인 통신 환경을 제공하고 있다. 그러나 인터넷 역시 문학 텍스트들은 기본적으로 HTML 방식의 텍스트 문서이며, 몇몇 전위적인 작가들에 의해 실험적으로 멀티미디어 텍스트들이 시도되고 있을 뿐 구체화되거나 대중화되기엔 아직 미흡하다. 김재인님의 <사이버 '문학'>이 아니라 <'사이버' 문학>이라는 무게 중심의 이동은 정당하나, 그래서 문학이라기보다 예술 일반으로 환원시키자는 주장은 오히려 논자 스스로가 전통적인 <문학>으로부터 자유롭지 못함을 말해준다.

마지막으로 살펴볼 신민식님은 발언은 통신 공간의 문학에 대한 나름의 인식의 기반으로 하고 있다는 점에서 주목할만 하다. 그는 컴퓨터 통신망에 올라오는 글과 장르가 너무 많고 다양하여 체계적인 비평 작업이 어렵다는 점, 일정 수준의 문장력과 문학성을 갖춘 작가가 적다는 점, 통신 상에 활동하는 작가들 사이에 상호 소통이 안된다는 점 등을 문제점으로 들면서, 통신 공간에서 이루어지고 있는 문화 현상에 대한 정치한 분석이 선행된 후에야 비로서 사이버문학 논의가 가능할 수 있다고 주장한다.5) 문제점으로 지적한 것은 이미 제기된 문제들을 확인한 수준에 머물고 있지만, 주목할만한 것은 현실 공간과 다른 통신 공간만의 독특한 문화 현상에 대한 폭넓은 이해가 <사이버문학>의 정체성을 규명하는 단초가 될 것이라는 지적이다. <사이버 문화>와 <사이버문학>의 관계에 대한 지적은 기존의 논자들이 간과하고 있는 맥점을 적확하게 짚어나고 있는 것으로 읽힌다.

지금까지 살펴본 세 사람 이외에도 통신 게시판에는 <사이버문학>에 대한 다양한 의견들이 올려지고 있다.6) 네티즌들의 조금은 거칠고 심정적인 수준의 글들을 통해 필자는 <사이버문학>에 대한 희망적인 징후들을 발견한다. 드디어 통신 공간의 문학에 대해 그 당사자들이며 주체인 리티즌(Litizen)들이 발언하기 시작했다는 점에서 그러하며, 조금씩 리티즌들 스스로 통신 공간 상의 문학에 대한 인식의 지평을 넓혀

---

5) 신민식, 「통신문학, 사이버문학 둘다 아니다!」, 하이텔 문학관 심포지움, 1997. 5. 31. (부분 요약)

6) 하이텔(HiTEL)의 사이버문학비평그룹 버전업(go sg86) 게시판, '하이텔문학관 심포지움(go sym)' 게시판, '하이텔 문학관(go liter)', 나우누리(NOWNURI)의 '나도 비평가(go author 4)' 등에서 <사이버문학>에 대한 다양한 발언들을 접할 수 있다.

가고 있음을 체감하게 된다. <사이버문학>은 리티즌들에 의해 주도적으로 그 논의의 확장이 이루어져야 하며, 발언자의 확장 뿐만 아니라 발언 수준의 확장까지로 이어져 능동적이며 주체적인 발전의 가능성을 획득하기를 기대한다.


## 4. 현실 공간, 계몽주의로의 침몰과 성급한 절충주의
### – 우찬제, 황순재의 논의를 중심으로


통신 공간에서의 논의가 조금은 심정적인 차원에서 논리의 비약이나 어수선함이 보여지는데 비해, 현실 공간에서의 논의는 현학적이고 나름의 객관적 논리를 획득하고 있다. 통신 공간 글쓰기는 현실 공간에 비해 즉흥성과 익명성에 의지할 수밖에 없음으로해서 자유로운 발언을 가능하나 논리적인 수준은 상대적으로 약할 수밖에 없기 때문이다.

현실 공간의 논자들이 <사이버문학>을 어떻게 바라보는가는 우찬제님의 발언을 통해 단적으로 확인해 볼 수 있다. 우찬제님은 <PC통신문학>이라는 용어를 사용하면서 다음과 같이 그 개념을 정의내리고 있다.

컴퓨터와 더불어 상상하며 새로운 사이버 스페이스, 혹은 하이퍼 리얼리티의 세계를 이전의 문학 경향과는 달리 전위적으로 실험할 수 있으며, 그런 문학 내용과 형식들을 작가와 독자의 열린 소통 체계 속

에서 형성해나가는 문학이라고 하면 어떨까.[7]

그리고 이같은 인식 하에 공동 창작의 가능성과 하이퍼 픽션의 등장까지도 예상하고 있다. 이 발언만을 놓고 본다면 'PC통신문학'은 기왕의 문학과는 분명하게 변별되는 '새로움'의 문학인 셈이다. 그러나 이 새로운 문학을 지향해 나가는데 있어 우찬제님이 주목하고 있는 것은 또다시 기왕의 문학에서 중요시되고 있는 '진정성'이나 '인문학적 교양'같은 <계몽의 도그마>에 갇혀 버린다.

　　문학의 전문성과 진정성에 대한 고려가 배제되면 'PC통신문학'의 장점을 제대로 살리지 못할 것이다.

　　이를 위해서는 통신 공간의 작가들이 디지털 시대의 진정한 교양을 지닐 수 있어야 한다. 참을 수 없는 표현 욕망에 버금갈만한 신구의 교양을 갖춘다면 PC통신문학, 사이버문학의 새로운 가능성이 결코 가능성에만 그치지는 않을 것이다.

　　그 지혜를 위해서라고 문학은 창조적 긴장을 계속해야 한다. 이점 PC통신문학도 마찬가지이다. 아니, 바로 여기에 PC통신문학의 새로운 가능성이 있을 것이다.[8]

'전문성'이나 '진정성', '신구의 교양', '창조적 긴장'은 전혀 새롭지 않은 문학의 계몽주의적 발상이다. 우찬제님은 진정한 자유주의를 위해서라면 진정한 계몽주의는 필요하다고 역설하고 있지만, 그러나 과

---

7) 우찬제, 「디지털 시대의 새로운 감각과 'PC통신문학'의 가능성」, 하이텔문학관 심포지움, 1997. 5. 15.
8) 우찬제, 같은 글.

연 통신 공간과 디지털 시대의 새로운 감각을 계몽하고 훈육하는 것이 진정한 자유주의일까? 그리고 그것이 가능할 수 있는 것일까? 오히려 어수선하고 무질서하며 일견 거칠어보이는 라이브한 생명력이 'PC통신문학'의 진정한 정체성은 아닐까?

통신 공간은 우찬제님도 동의하였듯이 익명성의 보호 하에 조회수가 강조되는 공간이며, 누구나 작가가 될 수 있는 문학의 민주화가 이루어지고 있는 현장이다. 하루에도 수백편에 이르는 창작물들이 문학 관련 게시판을 뒤덮고 있는 상황에서 '전문성'이나 '진정성', '신구의 교양', '창조적 긴장'을 기대한다는 것은 지극히 이상주의적인 발상이며, 기존 문학의 틀로 'PC통신문학'을 재단하려는 시도로밖에 이해할 수 없다.

우찬제님의 시각이 계몽주의적 발상이라면, 황순재님의 발언은 지극히 절충주의적이다. 황순재님은 「사이버공간에서 환상적 글쓰기」(『오늘의 문예비평』, 1996년 겨울호)에서 <통신 문학>과 <사이버문학>의 절충을 시도하였지만, <사이버문학>의 개념을 잘못 이해하고 있음으로해서 문맥 상의 혼란을 초래하였다.

> 이것은 분명 사이버문학가들의 예상되는 자폐와 그로 인한 정체성의 파탄과 다르지 않다. 현실공간과의 공유접촉 영역을 통해 끊임없이 소통하면서, '새로운' 문학의 하나로 인정하는 통신문학적 글쓰기를 배타적으로 부정할 때 성립될 수 있는 이 사이버문학론은 철저히 닫힌 세계만을 추구한다. 다만 열려 있다면, 그것은 닫혀 있는 사이버 공간 내에서이다.
> 아울러 활자문학가이든 통신문학가이든 문학이 인간을 위한 것이어야 한다는 글쓰기의 패러다임이 지금도 유효하다면, 매체의 차이를 넘어 생명과 자유의 세계를 회복하기 위해 역동적인 상호교섭을 이루어야 할 때이다.[9]

황순재님이 주장하는 역동적인 상호 교섭은 통신 공간의 글쓰기와 현실 공간의 글쓰기가 문학이 재현해야할 세계에 있어 상호 소통해야 한다는 절충주의적인 입장을 기반으로 하고 있다. 물론 통신 공간과 현실 공간 사이의 역동적인 상호 교섭은 의당 이루어져야 한다. 그러나 <사이버문학>이 현실 공간과의 공유 접촉 영역을 무시하고, 철저히 독립적인 제3의 세계로서 사이버 공간을 인정하고 수용함으로써 상호 교섭의 통로를 차단하고 있다는 판단은 옳지 못하다. 이는 아마도 <사이버문학>이 그 재현 영역을 시뮬라크르한 참조물로 국한하고 있으며, 텍스트를 바라보는 시각에 있어 가상공간과 현실 공간 사이의 간텍스트성을 도외시하고 있다고 판단한데서 온 오해인 듯 하다. 그러나 <사이버문학>은 가상 현실이 부인할 수 없는 또 하나의 실재(實在)로 다가오는 정보화사회의 총체성을 담아내기 위한 상상력의 확장을 요구하는 문학 패러다임이지, 결코 가상 현실의 세계만을 구축해야한다고 주장하지 않는다. 또 가상 현실을 형상화시킨 텍스트라 할지라도, 그 안에서 현실 공간의 숨겨진 알레고리를 읽어낼 수 있어야하며 오히려 가상과 현실의 역동적인 상호 교섭을 중시한다. 조지 오웰의 『1984』나 헉슬리의 『멋진 신세계』, 보르헤스의 『틀뢴. 우크바르. 오르비스 테르티우스』에서 보여지고 있는 세계가 가상 현실이라고해서 현실 공간과의 공유 접촉 영역을 무시하고 있다고 할 수 없으며, 필자가 이들 작품을 <사이버문학>이 그려내야할 가상 현실의 예로 든 이유도 여기에 있다. 우찬제님이 본격 문학의 인식소를 가지고 <사이버문학>을 계몽하고자 하는 오류를 범하였다면, 황순재님은 <통신 문학>과 <사이버문학>, <본격 문학> 모두를 포용하고자 개념의 치밀한 검토없이 성급한 절충주의를 시도한 것이다.

---

9) 황순재, 「사이버공간에서의 환상적 글쓰기」, 『오늘의 문예비평』, 1996년 겨울호, p.78.

## 5. 결론을 대신하여

지금까지 발언 공간을 축으로하여 기왕의 <사이버문학> 논의를 개괄적으로 살펴보았다. 그리고 분명한 시각 차이가 있음을 확인할 수 있었다. <문학>에 대한 근본적인 인식 차이에서 비롯된 <사이버문학>에 대한 이같은 상이한 판단은, 그러나 양자 모두 가장 중요한 것을 간과하고 있다는 지적을 면하기 어려울 것이다. 정보화시대가 가속화될수록 현실 공간과 통신 공간의 경계가 무너질 것이며, 사회의 반영하는 예술 제장르인 문학 역시 '현실 공간의 문학'과 '통신 공간의 문학'이라는 이분법적 구분이 무의미해질 것이라는 사실이다. 통신 공간의 논자들이 우려하는 비트의 아톰화는 공간의 생기와 탄력성을 잃게하기 보다는 통신 상의 문학 행위의 공유 영역을 현실 공간까지 확대시키는 역할을 담당할 것이며, 현실 공간의 논자들이 불안해하는 문학의 신성성 훼손은 '훼손'이 아니라 문학의 새로운 의식 전환으로 자리매김할 것이다.

그러나 그 전에 <사이버문학>이 풀어야할 과제는 산재해 있다. 용어의 통일에서부터, 정보화사회의 정체성과 통신 공간의 문학사회학적 맥락을 규명해내고, 전형적인 대상 텍스트를 이끌어낼 수 있는 치밀한 이론화 작업에 이르기까지, 해결한 과제보다 해결하지 못한 과제가 더 많다. <사이버문학>은 진행형이며, 그 진행의 속도는 기왕의 '사이버문학론'을 어떻게 버전업시키느냐에 달려있는 것이다.

# 사이버 스페이스 안에서 비트로 문학하기
## – '비트 시(bits poem)'의 다양한 형식 실험을 중심으로 –

## 1. 글을 시작하며

정보화 시대, 새로운 문명의 이기인 컴퓨터가 삶을 영위하는데 있어 유력한 도구로 자리잡기 시작하면서 우리의 일상에 많은 변화들이 일어나고 있다. 이 변화는 '컴퓨터'를 창작 도구로 채택하는 예술, 특히 글쓰기와 소통의 도구로 사용하는 문학에서도 예외없이 발견되며, 우리의 예상을 뛰어넘는 파격적인 형태로 가시화되고 있다. 물적 도구인 '컴퓨터'가 의식적 도구인 '문학'의 형질을 변화시키고 있는 것이다.

컴퓨터와 컴퓨터 사이의 거미줄 같은 네트워크(network)로 구축되어진 '사이버 스페이스'라는 실시간 쌍방향의 소통 공간은 '비트'라는 전자언어를 매개로 하여 우리가 지금까지 경험해보지 못했던 새로운 문학의 세계를 열어놓았다. 문자와 음향, 동영상이 함께 어울려 멀티미디어 텍스트를 구성하는 인터랙티브 픽션(Interactive fiction)이나 독자들의 참여에 의해 다양한 줄거리를 만들어내는 하이퍼 픽션(Hyper fiction) 등이 새로운 문학의 외연이라면[1], '통신 공간(Cyber space)'이 문학을 실

---

1) 물론 이같은 문학의 형질 변화를 실제로 경험하기에는 쉽지 않다. 월드 와이드 웹(WWW)을 기반으로 하여 멀티미디어 환경을 구현하고 있는 인터넷 상에서도 아직은 전위적인 몇몇 작가들에 의해 시도되고 있을 뿐이며, 국내에서는 대형

천하는 열려있는 창작 공간으로 기능함으로써 초래되고 있는 '일상 작가'의 탄생과 '소통 구조의 수평화' 현상은 문학의 내연을 변화시키고 있는 새로운 양상이다.[2] 그리고 정보화사회로의 진입이 가속화될수록 이같은 변화들이 문학 자체의 근본적인 가치 체계들을 전복시키거나 수정하리라는 예상이 가능해진다.

이 글은 사이버 스페이스 안에서, 컴퓨터와 문학이 창작 주체인 네티즌(netizen)과 전자 언어를 매개로 하여 만날 때 가능할 수 있는 다양한 형식 실험들을 점검해보고자 하는 목적을 갖고 있다. 그리고 단지 '점검'에 머무르는 것이 아니라, 문자 언어의 도그마에 갇혀있는 시가 전자 언어를 매개로 하여 펼쳐나갈 수 있는 새로운 가능성과 그 의미까지 짚어보고자 한다. 장르를 '시(詩)'로 국한시킨 것은, 형식 실험의 다양한 가능성이 소설보다는 시에 더 열려있다고 판단하였기 때문이다.[3]

---

에 컴퓨터의 다양한 멀티미디어 기능을 문학과 접목시키는 작업이 활발히 이루어지지 못하고 있기 때문이다.

2) 통신 공간 안에서 아이디(ID)를 갖고 있는 네티즌들은 누구나 자신의 욕망에 따라 글을 올릴 수 있음으로해서 글쓰기가 특별한 재능이나 작가 의식을 필요로 하지 않는 일상이 돼버렸다. 현실 공간에서 요구하는 제도적인 등단 장치는 통신 공간 안에서 전혀 그 기능을 수행하지 못하며, 작가와 독자가 텍스트를 사이에 놓고 수평적인 소통 구조를 실시간으로 형성하고 있다.

3) 사이버 스페이스 안에서 '소설'은 형식 실험보다는 상상력의 형질 변화라는 측면이 더욱 강하게 나타난다. 이는 현실을 직접 재현하는 소설의 장르적 특성이 사이버 스페이스라는 새로운 현실에 적응하고자 할 때 필연적으로 작가의 세계관에 가해지는 조작에 영향을 주기 때문일 것이다.

## 2. 비트와 사이버 스페이스, 그리고 문학

사이버 스페이스 안에서 이루어지고 있는 시의 다양한 형식 실험들을 점검해보기 전에, 먼저 사이버 스페이스의 공간적 맥락과 문학이 어떤 지점에서 만나고 있으며, 현실 공간과의 문학과 어떻게 다른가를 살펴볼 필요가 있다.

우리가 가상공간, 또는 통신공간이라고 부르는 사이버 스페이스는 정보화사회의 새로운 일상 공간이다. 모든 것이 물질로 표시되며 아날로그로 현현되는 현실 공간과는 달리 사이버 스페이스는 탈물질적이고 비트화된 사회로 구현되어 있다. '정보화사회', '후기산업사회', '대중소비사회' 등 다양한 고유명사들로 특징지울 수 있는 현실 공간과는 달리, 가상공간은 그 특징을 '비트사회'라는 단 하나의 고유명사로 환원될 수 있을 것이다. 모뎀과 전화선이 만들어낸 가상공간은 가장 완벽하게 비트화된 공간이다. 그 안에는 자신의 정체성을 비트(bits)로 표시하는 구성원(netizen)들이 있으며, 그들이 영위하는 일상의 다양한 제 양상들 역시 0과 1이라는 비트로 환원되어 텍스트화 된다. 모든 욕망이 비트로 표시되는 '비트사회(bits society)'가 지금 우리 앞에 펼쳐진 '사이버 스페이스'라는 새로운 소통 공간의 또 다른 이름인 것이다.

이 새로운 사회는 누구나 아이디(ID)를 만들면 시민이 될 수 있고 동시에 아무 때고 원하면 시민의 권리를 포기할 수 있는 철저히 개인의 의사가 존중되는 사회이며, 따라서 일체의 책임이나 의무의 수행에서 자유로운 탈영역화된 공간이다. 현실 공간과 다른 이같은 사회 구조의 개인주의적이며 탈권위적인 성격은 그 안에서 이루어지는 문학 행위에도 영향을 끼쳐 크게 두 지점에서 기왕의 문학과의 변별성을 이끌어낸다.

먼저 문학을 발현시키는 심리 기제에 있어 창작심리로서의 <노출증>과 독서심리로서의 <관음증>이 주요한 욕망으로 작용한다. 현실 공간의 문학이 '작가성'을 존중하며 자신이 쓴 글에 대한 책임을 작가에게 부과하는 반면, 사이버 스페이스에서 작가는 언제든 자신의 글을 자의적으로 지울 수 있음으로해서 최소한의 책임으로부터도 벗어나 있다. 또 검열 기제의 부재가 초래한 사이버 스페이스의 탈권위적인 공간 특수성은 기왕의 문학이 지녔던 신성성을 전복시키며 문학의 금기 위반을 부추기거나 구체화시켜준다. 이와는 다른 층위에서 비록 비트로 표시되지만 문자 텍스트 환경으로 구현되고 있는 사이버 스페이스에서, 언어 예술이라는 장르적 특징을 갖는 문학이 가장 대중적인 예술로 자리잡고 있는 점 역시 사이버 스페이스의 공간적 맥락과 문학이 만나고 있는 지점이다.


## 3. 공간적 맥락과 '비트 시'의 형식 실험


심리기제로서의 노출증과 관음증, 공간의 탈권위적인 속성, 그리고 문자 텍스트 환경인 사이버 스페이스와 언어 예술로서의 문학의 만남은 아무도 예상하지 못했을 만큼 완벽한 욕망의 삼각형을 이루며 네티즌들의 창작 욕구를 북돋웠고, 하루에도 수백편의 비트로 현현된 문학이 시나 소설, 에세이라는 이름으로 비트사회의 문학 게시판을 뒤덮고 있다. 그러나 양적인 범람은 반대급부로 질적인 면에서 실망스러운 결과를 초래하였다. 이것은 노출증이라는 개인적인 욕망과 가상공간이 확보하고 있는 자유분방함이라는 특징이 과잉되어, 문학이라고 했을때 견지해야할 미학적 수준과 불균형을 이룸으로써 야기된 현상으로, 결국 비트사회의 문학이 현실사회의 문학보다 미적 가치가 떨어진다는 일반적인 통념으로 이어졌다.

그러나 질적 수준의 저하라는 부정적인 현상 이면에 숨겨져 있는 상상력과 형식 실험의 새로운 가능성에 주목해야할 필요성이 있다. 이제 막 걸음을 내딛은 <사이버문학>[4]이 정보화사회의 문학 패러다임으로 자리매김할 것이라는 판단이 정당하기 위해서는 그 가능성이 어떻게 구체화될 수 있는가를 규명해내는 것이 중요한 관건이 되기 때문이다.

이제 '비트 시'[5]가 시도하고 있는 다양한 형식 실험들을 사이버 스페이스라는 공간적 맥락과 연결지어 점검하면서 가능성의 구체적인 가시물들을 고찰해보도록 하겠다.

## 3-1  노출증과 관음증의 긴장미 : 간장르(inter - Genre) 실험

사이버 스페이스 안에서도 현실 공간과 마찬가지로 다양한 욕망들이 충돌한다. 그러나 그 욕망들은 지극히 개인적인 차원에 머물러 있

---

4) <사이버문학>은 그동안 'PC통신문학', '컴퓨터문학', '온라인문학' 등 구체적인 의미 규정없이 무분별하게 사용되던 사이버 스페이스 상의 문학을 지시하기 위해 필자가 제안한 용어이다. <사이버문학>의 개념과 특징에 대한 구체적인 논의는 졸저 『사이버문학의 도전』(토마토, 1996)을 참조할 수 있다.

5) 현실 공간에서 문자 언어를 매개로 하는 시와 가상공간 안에서 창작되어지고 향유되어지는 시를 변별하기 위하여 '비트 시'라는 새로운 용어를 제안하고자 한다. '비트 시'는 사이버 스페이스 안에서 아스키 코드로 언어화된 일체의 시를 군락화한 용어로써, 문자 언어로 현현하는 '시'와 달리 탈물질성과 비확정성, 양적 팽창과 아마추어리즘의 소산이라는 특징을 갖는다.

다. 현실 사회에서 우리는 공동체 안에 속해있는 '개인'이지만, 비트 사회에서 우리는 탈영역화된 공동체를 자의적으로 무시할 수도 있는 '개인'이기 때문이다. 욕망의 지향점이 집단이 아닌 개인적인 층위로 좁혀질 때, 가장 먼저 발현될 수 있는 욕망이 자신을 드러내고 싶은 노출증이다. 집단의 욕망은 다수의 욕망을 총체화한 것이기에 개인의 욕망과 일치하지 않을 수도 있으나, 집단이 권력을 갖지 못하는 비트사회에서 일차적으로 모든 욕망은 개인적인 수준에서 출발한다. 지극히 개인적인 공간에서 개인적인 욕망을 해소하고자 하는 창작 심리로서의 <노출증>과 그것이 타자화된 <관음증>이 새로운 문학을 생산해내는 중요한 심리 기제인 것이다.

이같은 노출증과 관음증이 텍스트에 직접적으로 투사되어 나타나는 형식 실험이 '간장르 실험'이다. 이때의 간(間)은 작가(作家)와 독자(讀者) 사이의 상호 소통을 통해 시(詩)와 평(評)이라는 이질적인 장르 사이의 넘나듦이다. 사이버 스페이스는 실시간과 쌍방향이라는 특징으로 인해 작가와 독자 사이의 소통이 현실 공간에 비해 직접적이며 용이하다. 따라서 텍스트에 대한 독자의 간섭이 작가의 창작에 구체적으로 영향을 끼친다. 자신의 글을 타자에게 내보이고 싶은 노출증과 타자의 글을 훔쳐보고 싶은 관음증이 텍스트 안으로 모여져 긴장 관계를 형성하면서 텍스트의 끊임없는 '이어쓰기'와 '고쳐쓰기'를 요구하고 있는 것이다.6)

하이텔 내 '바른통신모임'의 문예창작 게시판에 가보면 간장르 실험의 구체적인 형태를 찾아볼 수 있다. 'HanSaul(작가)'은 'sword0(독자)'와

---

6) 비트 사회의 문학 게시판에 가보면 다른 사람의 시를 읽고 나름대로 올린 시평 (詩評)을 쉽게 볼 수 있다. 물론 현실 공간에서도 시에 대한 평은 존재하나, 사이버 스페이스에서의 그것은 개별적인 문(文)의 형태로서가 아닌 상호 영향 관계를 주고 받는다는 점에서 분명한 차이가 있다.

의7) 소통을 통해 자신의 시를 두 번 고쳐쓴다. 이때 고쳐써진 시는 처음 쓰여진 시를 모태로 하지만, 독자의 평에 대한 작가의 반응이 텍스트에 녹아 들어가면서 시와 평이 한데 어우러진 전혀 새로운 텍스트로 재구성되었다. 시와 평이 상호 중첩과 침투의 과정을 통해 다시 하나의 텍스트로 합일되는 간장르 실험은 장르의 해체뿐만 아니라 작가와 독자의 구분까지도 희미하게 함으로써 전통적인 문학의 경계를 무너뜨리고 있는 것이다.

간장르 실험은 작가와 독자가 실시간 쌍방향으로 만날 수 있는 사이버 스페이스 안에서만 가능한 형식 실험으로, 그동안 그 영역을 침범당하지 않았던 '작가성'에 대한 도전이며, 텍스트의 완결성을 부정하고 끊임없이 고쳐 써질 수 있는 가능성을 구체화시키는 작업이라는 점에서 그 의의가 있을 것이다.8)


## 3-2  탈권위적인 공간 특수성 : 부분 복사, 혹은 원본의 해체


문학이 개인적인 노출증에서부터 출발하여 집단의 관음증을 충족시켜주는 것이라면, 사이버 스페이스야말로 가장 이상적인 예술공간일 수 있다. 사이버 스페이스가 가져다주는 익명성의 보장과 책임감의 부재는 노출증적인 창작욕을 검열기제없이 자유롭게 발현할 수 있도록

---

7) 이 글에서는 작가의 실명 대신에 아이디만을 밝히기로 하겠다. 사이버 스페이스에서는 아이디가 그 사람의 이름을 대신하기 때문이다.

8) HanSaul은 고쳐 써진 자신의 시의 제목으로 'ver 1' 'ver 2' 'ver 3'이라는 기호를 사용하였다. 이같은 버전(version) 표시는 작가 스스로 자신의 시가 이어써지고 고쳐써졌음을 인식하고 있다는 것을 나타내주며, 독자의 평에 영향을 받았음을 시인하고 있음을 알려준다.

도와준다. 소아병적이고 무의미한 창작욕망일지라도 아무도 그것에 대해 제재할 수 없는 공간, 집단의 관음증이 조회수로 표시되는 공간, 사이버 스페이스는 개인이 자신의 창작 욕망을 거침없이 발휘할 수 있도록 공간적 환경을 조성한다. 물론 비트사회에서 행해지고 있는 창작활동이 모두 문학이라 명명될 수 있을만큼의 수준을 확보하고 있지는 못하지만, 비트사회의 구성원들은 공간적 특징에 고무되어 그들의 창작 욕망을 확장하고 있다. 그리고 그 욕망 안에는 검열 기제의 부재라는 탈권위적인 공간 특수성에 기대어 기왕의 문학이 지녔던 가치 체계를 전복시키고자 하는 무의식적인 일탈 욕구가 숨어 있다.

이같은 가치 체계의 전복이라는 일탈 욕구가 형식 실험을 통해 극명하게 보여지는 것이 '부분 복사'로 특징화할 수 있는 표절 실험이다. '표절'은 문학의 오래된 금기였다. 남의 글을 베낀다는 것은 작가로서 수치스러운 일로 치부되었으며, 작가의 독창적인 상상력이 언제나 중요시되었다. 그러나 사이버 스페이스는 정보화 사회의 새로운 '자연' 이다. 그 안에서 누구나 동일한 정보를 동등한 자격으로 입수할 수 있을 때, 중요한 것은 그 정보를 어떻게 재창조해낼 수 있는가 하는 것이다.[9] 따라서 표절 실험에서 중요시되는 것은 단순히 남의 글을 베끼는 것에 머물지 않고 그것을 재료로 하여 새로운 텍스트로 확장시켜 나가는 작가의 창의력이다.

고운 수의와 함께 그가 탈색당하다, 1

---

9) 장 프랑수아 리오타르는 『포스트모던의 조건』에서 디지털화된 정보의 데이터베이스를 포스트모던한 시대 사람들의 새로운 자연이라 정의내리고, 여기서는 기존의 상상력과는 다른 상상력이 요구된다고 하였다. 완벽한 정보게임의 경우 최고의 수행성은 부가적 정보를 얻는데 있지 않고 오히려 자료를 새로운 방식으로 배열하는데 달려있다는 것이다.

봉분 위로
무게없는 금을 긋고 지나가는 새 2
남은 자들은
지워진 문장의 틈 속으로 들어가
그를 열람하지만
읽는다는 것, 그것이 그를
다시 매장한다는 것을 아무도 알지 못한다.3

느닷없이 다 풀려버린 실타래를 4
망연자실하던 사람들도
손목 위에서 말라붙는 시간을 털며 5
일어선다, 오늘도 어제완 다르지 않다 6

비상구는 없다 7
사람들이 떠난 곳에서
이 죽음과 전혀 무관한 단 한 사람, 그는 보고 있다 8
추억의 파편들을 무겁게 매어단 채 길을 가야 하는, 9
남아있는 지루함을 견뎌내야 하는, 10
가건물의 세입자들
그들의 주위에 산재한 어둠을 11

그러나 멀리, 다시 물소리가 들린다 12
한 짐을 풀고 또 한 짐을 메는 봉분
그 수의가 다시 나부끼다 13

삶이란 얼마나 수많은 토막들인가? 14

- NINANANA, <죽음에 관하여>

(문장 옆에 숫자 표시는 인용된 시의 번호를 가르키고 있다)


위 인용문은 NINANANA에 의해 시도된 표절 실험의 전문이다.
NINANANA는 문학 게시판에 올려진 시들 중 '죽음'이라는 제목을 가진 10여 편의 시를 골라낸 다음, 각 시에서 한 문장씩을 뽑아 <죽음에 관하여>란 제목의 새로운 시 한 편을 완성해 내었다. 이때 각 문장과 문장은 작가의 의도에 의해 인위적으로 재배열되었으며 그 사이에 NINANANA 자신의 시어가 자리잡고 있다. '죽음'이라는 동일한 제목만을 가진 시를 재료로 하였지만, 그가 창조해낸 세계는 '죽음'에 대한 작가 자신의 상상력이 부분 복사된 문장 위를 뒤덮고 있으며, 그래서 결코 표절에 머물지 않고 있음을 보여준다.

이같은 형식 실험을 통해 작가가 보여주고 있는 것은, 문학의 상상력은 독창적이어야 한다는 신화성에 대한 냉소와 아무도 손댈 수 없다고 믿어왔던 원본에 대한 직접적인 해체작업이다. 사이버 스페이스 안에서 원본이란 존재하지 않는다. '종이'라는 물질화된 텍스트는 그 위에 다시 덧 쒸울 수 없음으로해서 원본의 권위를 인정받았지만, '비트'라는 비물질화된 텍스트는 언제든지 지우고 새롭게 고쳐 쓸 수 있다. 따라서 원본은 그 권리를 뒤에 나온 텍스트에 계속적으로 양도할 수밖에 없으며, 원본의 권위는 작가의 권위와 함께 약화되거나 소멸된다.

사이버 스페이스의 탈권위적인 맥락이 작가의 세계관과 창작방법론에 어떤 조작을 가하고 있으며, 그 조작이 원본과 작가의 권위를 어떻게 훼손하는가를 표절 실험을 통해 확인할 수 있는 것이다.


## 3-3 언어 예술로서의 문학 : 온라인 공동 창작


현재 국내의 사이버 스페이스의 사용자 환경은 문자 텍스트 환경이며, 이것을 기반으로하여 문학이 가장 왕성한 예술 장르로 자리잡고 있다. 비트화하기 힘든 회화나 음악, 무용, 조각 등의 여타 예술 장르와는 달리 문학은 아주 손쉽게 텍스트를 비트화할 수 있기 때문이다. 물론 비트사회가 발전한다면 문학 이외의 여타 예술 장르들도 비트화 될 수 있겠지만, 일단 비트화가 가장 손쉬운 문학에서부터 비트예술은 출발하고 있다. 이것은 비트사회가 텍스트(글)로 이루어져 있음과 무관 하지 않다. 문학은 언어로 이루어진 예술이며, 그림이나 소리보다는 글을 구현하는데 사용자 환경이 집중된 현 비트사회의 기술적 한계가 문학을 다른 예술 장르보다 특화시키고 있는 것이다.

문학이 사이버 스페이스의 유력한 예술 장르로 부각되면서 시도되 고 있는 형식 실험 중 마지막으로 살펴볼 온라인 공동 창작은, 구술성 과 문자성을 동시에 지니고 있는 언어 예술로서의 문학의 장르적 특수 성과 무관하지 않다. 사이버 스페이스의 대화방은 구술성과 문자성이 혼재된 공간을 제공해줌으로써 작가들이 공동 창작을 시도할 수 있는 유리한 조건을 제공해주기 때문이다.[10]

| bluebook | 첫행을? 밥을 먹는다(어때요?) |
| ORPHEE | 그게 맨 첫 행? |
| bluebook | 예. |
| rulrara | 함 해보자 |
| bluebook | 밥을 먹는다. |
| ORPHEE | 파랗게 날뛰는 밥을 삼킨다 |
| bluebook | (멋진 발전이다) |
| ORPHEE | (혹은 '먹는다'로 똑같이) |
| bluebook | '먹는다'가 낫겠어요 |
| rulrara | 저도 |

---

10) 80년대 민중문학에서 시도되어던 집체작이 일관된 흐름을 중요시하며 한사람의 대표 작가가 다른 사람의 의견을 참조하여 창작되었다면, 온라인 공동 창작은 텍스트의 처음부터 끝까지 작가들이 일관된 흐름을 염두에 두지않고 함께 참여 하여 만들어낸다는 점에서 훨씬더 집단적이며 직접적이다.

<br>

| | |
|---|---|
| ORPHEE | 파랗게 날뛰는 밥을 먹는다 |
| ORPHEE | 밥은 그릇에서 쫓겨나 공간으로 변한다 |
| rulrara | 꿈에서 쫓겨난 밥을 먹는다 |
| ORPHEE | 피곤한 꿈은 입을 다물고 있었으므로 |
| bluebook | 꿈이 그 어마어마한 식탐으로 |
| rulrara | 잠들기 위해서도 한 끼 밥의 힘이 필요하다 |
| bluebook | 그 행은 톤의 힘이 빠진 듯 해요. |

밥을 먹는다
파랗게 날뛰는 밥을 먹는다
꿈에서 쫓겨난 밥을 먹는다
피곤한 꿈은 입을 다물고 있었으므로
꿈이 그 어마어마한 식탐으로
내 위장을 점령하고 있다

위 인용문은 온라인 공동 창작을 하기 위해 대화방에 모인 세 명의
작가가 주고받은 대화의 일부분이며, 아래 인용문은 그 작업을 통해
창작되어진 「남의 밥」이라는 시의 맨 앞부분이다. 실시간이라는 여유
없음에도 불구하고 각각의 작가들이 자신의 상상력을 상대방의 그것
과 충돌시키면서 공동 창작 작업을 수행해나가는 과정은 문학을 직접
실천한다는 면에서 그 자체로 큰 의미를 갖는다. 비록 즉흥성과 순발
력이 중요시되기 때문에 진지한 성찰이나 퇴고의 과정을 거칠 수는 없
지만, 온라인 공동 창작은 열려있는 문학 공간으로서의 사이버 스페이
스의 가능성을 가장 확연하게 보여주는 형식실험일 것이다.

## 4. 글을 마치며 – 글쓰기의 최저 낙원에 열린 은밀한 유혹

90대 들어 우리의 글쓰기 환경이 문자언어에서 전자언어로 전이(轉移)했음은 주지의 사실이다. 단순히 생각하자면 펜으로 쓰는 것에서 컴퓨터 자판을 두드린다는 동작의 차이겠지만, 그 이면에는 글쓰기의 권위를 붕괴시키는 혁명적인 의식의 조작이 이루어지고 있다. 이제 대다수의 사람들이 비트로 문학하고 있다. 비트(bits)로 된 문학은 비물질적(非物質的)이고 탈권위적(脫權威的)이며, 정전(正典)을 거부하고, 조작가능(造作可能)하다. 그러나 아톰(atoms)으로 이루어진 문학은 물질적이며, 권위적이고, 정전을 가지며, 조작불가능하다. 비트로 현현(顯現)되는 문학은 사이버 스페이스라는 혁명적인 소통공간과 네티즌이라는 군락화된 집단의 본능적인 창작(노출)욕구와 만나 지금까지 '전통'이라는 이름으로 우리를 구속해 왔던 문학의 근본 가치들을 전복시키거나 훼손하고 있다. 그리고 그 다양한 양상들을 공간 안에서 실제 이루어지고 있는 형식 실험을 통해 확인해 보았다.

사이버 스페이스는 글쓰기의 낙원이다. 누구나 자신의 글을 게시판에 올릴 수 있고, 주목 받을 수 있으며 작가로 인정받는다는 점에서 낙원이다.[11] 아담과 이브는 선악과를 따먹지 말라는 금기 사항을 위반함으로써 에덴동산에서 추방돼 노동과 출산의 고통을 떠안았지만, 그 대신 종족을 번성시키고 문화를 발전시킬 수 있었다. 에덴 동산이 결코 인간에게 낙원일 수 없듯이 전통적인 문학과 그것이 보지(保持)되고 있는 현실 공간 역시 문학을 하고자 하는 사람들을 억압하는 권위적이고

---

11) 그러나 동시에 '최저' 낙원이다. 공신력있는 검열 기제 대신에 철저히 주체의 욕망에 종속돼있는 개인의 의식이 그 역할을 대신하여야 한다는 점에서 그러하다.

폐쇄적인 에덴동산이며, 그래서 글쓰기의 낙원이 될 수 없다.

　사이버 스페이스라는 글쓰기의 최저 낙원에 열려있는 형식 실험의 은밀한 유혹, 그것을 전통적인 문학에 대한 위반이라 여기고 다가가기를 주저한다면 우리는 우리에게 주어진 기회를 스스로 닫아버리는 우를 범하게 될 것이다. 아담과 이브는 에덴동산에서 추방된 것이 아니라 새로운 세계를 찾아 스스로 떠난 것이다.

# 정보화시대의 문학, 그 문학적 상상력의 세 가지 토대
## – 매체적 상상력(imagination of medium)을 중심으로 –

## 1. 들어가는 말 – 이제 문제는 상상력이다

　문학은 현실을 반영하는 예술 제장르이다. 재료로서의 현실은 작가의 상상력에 의해 조작이 가해져 미적 가공물의 형태로 텍스트에 현현(顯現)한다. 작가의 상상력은 일종의 필터(filter)이며 동시에 문학의 자궁이다. <정보화사회>라는 새로운 시대 패러다임이 등장한 세기말에 우리의 문학적 상상력 역시 사회의 물적 토대에 영향을 받지 않을 수 없다. 문학은 궁극적으로 상상력의 예술이며, 상상해야할 세계가 변화하고 있는 지금, 문제는 상상력이다.

　물론 상상력에 대한 문제는 문학이 발생한 이후 끊임없이 논의되어 왔던 과제였고 무수한 연구들이 선학들에 의해 이루어졌다. 따라서 정보화사회의 상상력을 '새로운'이라는 가치 판단으로 이야기하기 위해서는 지금까지 논의되어 왔던 상상력에 대한 접근 방식과 달라져야 할 것이다. 접근 방식이 동일하다면 굳이 '새로운' 상상력이라 명명할 근거가 미약해지기 때문이다. 필자가 정보화사회의 문학적 상상력에 대한 접근 방식으로 취사한 것은 <매체적 상상력(imagination of medium)>이다. 현실을 미적 가공물의 형태로 치환시키는 상상력의 전(후)단계로, 문학이 쓰여지고 읽혀지고 소통되는 매체(medium)[1]의 특수성에 따라 문학적 상상력은 영향을 받으며, 정보화사회 문학이 필연적으로 선택할 수밖에 없는 '컴퓨터'라는 새로운 매체가 그 중심에 있다는 판단에서이다.[2] 그리고 이때 상상력의 전 단계와 후 단계는 뫼비우스의 띠처럼 서로 연결되어 있으며, 끊임없이 긴장 관계 하에서 상호 삼투된다.

이 글은 정보화시대의 문학이 어떤 상상력의 형질 변화를 경험하고 있는가를 <매체적 상상력>이라는 접근 방식을 가지고 규명해 볼 목적으로 쓰여질 것이다. 매체에 의한 상상력의 형질 변화는 지금 진행 중이며, 따라서 실제 작품 분석을 통해 매체적 상상력이 어떻게 작가의 상상력과 만나고 있는가를 규명하는 작업보다는, 상상력의 거시적

---

1) 미디어 또는 그 단수형인 미디움(medium)은 가운데 있는 어떤 것, 즉 어떤 두 사물을 매개하는 것을 일컫는 말이다. 미디어라는 개념에는 따라서 발신자와 수신자라는 두 주체가 관여하는 커뮤니케이션 현상이 이미 전제되어 있다. 기호학적 관점에서 보자면 모든 커뮤니케이션은 일종의 기호현상(semiosis)이다. 기호는 "물질화된 의미, 또는 의미를 지닌 물질"이며, 미디어는 기호의 물질적 기반이다. 따라서 뉴미디어는 커뮤니케이션의 새로운 물질적 기반을 지칭하며, 예컨대 컴퓨터 통신, 케이블 텔레비전, 인공위성 통신, 인터넷 등이 그것이다.
   - 김주환, '정보화사회와 뉴미디어, 어떻게 볼 것인가', 『문화과학』, 1996년 여름호, p.35.(부분 인용)
2) 앨빈 토플러가 제3의 물결이라고 표현한 '정보화혁명'은 컴퓨터라는 새로운 매체의 등장으로 인해 가능해졌으며, 컴퓨터는 모든 것을 빠르게 바꾸어 놓았다. 정보의 작업, 전달, 생산의 모든 수단을 급진적으로 변형시키며, 점차적으로 가치의 체계, 세계관 그리고 인간 자체에 대한, 자신의 존재 의미와 목적에 대한 인간들의 표상을 바꾸면서 간접적으로 역사적 사건의 진행에 점점 더 큰 영향을 미치게 된 것이다. 정보화혁명은 사회 구성의 물질적 기반뿐만 아니라 구성원들의 의식적 기반까지도 흔들어 놓았으며, 의식적 기반을 태생적 모태로 삼는 예술 또한 그 자장권 내에서 자유롭지 못하게 되었다. 특히 물질적 기반과 의식적 기반 모두를 텍스트에 반영하는 재현예술로서의 문학은 정보화사회와 컴퓨터혁명의 영향을 가장 크게 받을 수밖에 없다. 시대와 밀접하지 않고 시대를 사유하지 않는 문학은 존재할 수 없기 때문이다.
   - A. H. 라키토프 저, 이득재 역, 『컴퓨터혁명의 철학』, 문예출판사, 1996, p.28.
    (부분 인용)

인 틀 안에서 매체의 특수성이  어떤 영향을 주고 있는가를 밝혀봄에 주력할 것이다.


## 2. 매체적 상상력의 세 가지 토대


매체적 상상력을 크게 세 가지 방향에서 논의해 보고자 한다. 첫 번째는 문학의 저작 도구로서의 '워드프로세서', 두 번째는 문학의 소통 공간으로서의 '통신 공간', 마지막은 문학이 반영해야할 또 다른 현실로서의 '가상 현실'이다. 이것은 모두 '컴퓨터'라는 새로운 매체가 등장함으로써 가능해진 상상력의 새로운 토대들이다.


### 2-1  전자언어와 글쓰기의 타자화 - 상상력의 비주체성


문학은 크게 두 가지 의미의 '매체'에 의존하여 존재하는 인간 삶의 표현 양식이라고 할 수 있다. 그 하나는 제도로서의 언어라는 느슨하게 결합된 요소들로서 아직 문장의 형식을 갖추지 않은 상태의 어휘이고, 다른 하나는 이 어휘들의 견고한 결합 구조인 문장이라는 형식이 유포되는 대중 매체이다. 작가에 의한 문학작품의 창작이나 이 작품이 독자나 시청자들에 의해 이해되는 과정은 언어 매체의 공통된 축적을 전제로 하고, 이 작품이 대중에게 도달하기 위해서는 활자를 이용한 인쇄매체나 금세기에 발명된 전파 매체를 필요로 한다. 여기서 우리가 직시해야 할 사실은 후자인 유포 매체에 있어서, 새로운 매체의 등장은 우리를 새로운 방식을 통해 새로운 세계로 이끌고, 우리의 환경을 변화시킨다는 점이다.3) 창작 매체인 '언어'는 지금까지 견고하게 그 지위를 누려왔으나 유포 매체는 기술의 발전에 따라 끊임없이 변화를 거듭해 왔다. 거북의 등껍질에서 점토판, 양피지에서 종이로, 그리고 이제 워드프로세서를 이용한 전자언어로 그 매질을 달리하면서 글쓰기 환경 자체를 변화시켜 온 것이다.4)

그리고 컴퓨터 프로그램의 일종인 워드프로세서라는 저작 도구가 글쓰기 환경에 미친 영향은 이전과는 비교할 수 없을 정도로 그 진폭이 넓다. 글쓰기에 미친 영향을 이야기할 때, 누구나 손쉽게 글을 쓸 수 있다는 '글쓰기의 편리함'을 먼저 들 수 있을 것이다. <전자언어>가 주는 손쉬운 글쓰기 방식은, 펜과 원고지에 의지해 글을 쓰던 시대와는 달리 글쓰기에 대한 일반인들의 손쉬운 접근을 허용하였다. 동일한 매수를 쓰는 데 있어서 펜으로 쓰는 것보다는 키보드를 두드리는 것이 훨씬 더 능률적이고 피로감도 덜 오며 프로그램 자체 내에 한자사전이나 영한사전 같은 사전류가 내장돼 있음으로 해서, 고등교육을 받지 않은 사람들도 편하게 한문이나 영어를 사용할 수 있게 되었다.

---

3) 김성재, '문학과 멀티미디어', 『문학정신』, 1994년 5월호, p.10.
4) 텍스트의 디지털화는 필연적으로 책과 운명을 같이하던 문학의 형질 변화를 초래할 것이다. 오늘날 문학의 가장 중요한 장르라면 시, 희곡, 소설일텐데 이들 장르들은 문학이 구어에 머무르지 않고 문어로 생산되면서 나타난 것이라고 할 수 있다. 문어로의 전환은 글이라는 새로운 테크놀로지를 익히는 엘리트화 과정을 의미하며, 고대에서 문학을 의미하던 시와 희곡의 생산과 소비가 그래서 소수에 국한되었다. 이런 상황은 소설이 대중화되는 근대에 들어오면서 크게 달라지지만 이 변화 또한 문자 해독 능력의 확산이라고 하는 문어적 상황이 작용한 결과이다. 구어 대신 문어가 문학생산의 주요한 수단이 됨으로써 문학에 커다란 형질 변화가 발생했다는 점을 감안한다면 지면에서 화면으로의 텍스트 거처 이동이 문학의 또다른 형질변화를 초래하리라는 예상이 충분히 가능하다.
  - 강내희, 「디지털시대의 문학하기」, 『문화과학』 1996년 봄호, p.76. (부분 요약)

또 문장을 몇 번이나 고쳐 쓰는 것은 물론, 문장의 첨가나 복사 및 삭제가 손쉽기 때문에 텍스트의 퇴고와 교정을 원활하게 할 수 있다.

두 번째, 보관이 편리해졌으며, 하나의 텍스트를 원하는 만큼 복사할 수 있게 되었다. 물론 물리적인 요인으로 인해 쓴 글을 송두리째 잃어버릴 수 있는 위험성은 문자언어보다 높아졌지만, 책 한 권 분량을 단 한 장의 디스켓에, 그것도 무한대로 복사해 저장할 수 있음은 <전자언어>의 효용성을 단적으로 보여준다.

세 번째, 워드프로세서는 개개인의 고유한 필체 대신에 다양하면서 미려한 서체를 제공해 줌으로써 글쓴이로 하여금 자신의 글에 대한 심리적 안도감을 느끼게 해 주었다. 그것은 자신이 전자언어라는 사회적 약속 안에서 글쓰기를 하였다는 안도감이며, 동시에 정돈되고 규칙적인 문장의 배열이 무의식적으로 텍스트 자체의 객관성이나 논리의 일목요연함으로 인식되기 때문이다.[5]

그렇다면 워드프로세서를 이용하여 문서를 작성하는 '디지털적 사고'는 펜으로 종이에 글을 쓰는 '아날로그적 사고'에 비해 어떠한 무의식적 특징을 갖는가? 컴퓨터라는 매체가 가능케 해준 전자언어가 문학적 상상력과 맺고 있는 관계를 설명하기 위해서는 먼저 이 부분을 짚고 넘어가야 할 것이다.

먼저, 사고의 분절(分節)과 단편성을 들 수 있을 것이다. 워드프로세서로 글쓰기 작업을 하게되면 자신도 모르는 사이에 키보드의 타이핑 속도감에 의식이 따라감으로써 미처 다듬지 못했던 사고들이 그대로 입력된다. 한가지 생각을 오랫동안 머리 속에 머물게 하기에는 디지털

---

5) 워드프로세서로 인쇄된 문서와 아무렇게나 갈겨쓴 문서를 각기 받아놓고 느낌을 물었을 때, 워드프로세서로 인쇄된 문서에 대해서는 논리성이 높고, 정중하며, 정리가 잘 되어 있는 반면, 차갑고 마음이 깃들어 있지 않다는 평가를 내렸다고 한다. - 한국정보문화센터 편, 『전자미디어사회』, 1994, p.54.

적 사고가 아날로그적 사고에 비해 불리하다. 따라서 전자언어로 쓰여진 텍스트는 문장이 거칠고 길이가 짧아진다. 모니터 화면 안이라는 제한된 시각 탓에 텍스트 전체의 폭넓은 통찰이 어려워지고, 단어와 문장의 교체가 손쉬워짐으로써 오히려 문맥의 내적 연관성을 훼손시킬 위험이 높다.

두 번째, 전자언어로 글쓰기 작업을 할 때, 자신만의 독창적인 필체나 규칙 대신에 일관된 .글자체, 좌우 여백, 들여 쓰기, 행간과 자간 등을 사용함으로써 자신만의 개성을 텍스트에 담아내었다고 생각하기 힘들다. 개성의 표현에 있어, 디지털적 사고는 아날로그적 사고에 비해 둔감할 수밖에 없으며 전자 언어 텍스트의 문제점으로 지적되는 문체의 몰개성화 또는 평준화 현상 또한 여기에서 출발하고 있다.

세 번째, 디지털적 사고는 기억력을 단기간에 그러나 매우 집중적으로 활성화시켜주는 대신에 아날로그적 사고에 비해 기억력을 오랫동안 간직할 수 없다. 펜으로 글을 쓸 때는 글쓰기 작업 전에 초고를 작성하거나 메모가 가능해 언제든지 기억을 복원할 수 있지만, 디지털적 사고는 모니터 앞에 키보드를 사이에 두고 앉는 순간부터 작업을 마치고 일어서기 직전까지만 자신이 쓰고자 하는 글에 대한 기억이 임시적으로 그러나 활발하게 저장할 뿐이다. 초고를 작성하거나 메모가 용이치 않으며, 자신이 써놓았던 글이나 남이 쓴 글을 컴퓨터에 저장해놓고 필요할 때마다 불러올 수 있지만 그것 역시 자신이 기억하고 있는 것이 아니라 컴퓨터가 대신 기억해 주고 있는 것에 불과하다. 실제로 전자 언어로 오랫동안 글쓰기 작업을 해온 사람들 중에는 컴퓨터 앞에 앉지 않으면 단 한 줄도 쓸 수 없다고 말하는 사람들이 많다.

네 번째로, 디지털적 사고는 완결감이나 성취감을 주지 않는 대신에 텍스트를 지속적으로 고쳐 써나가고자 하는 책임감을 가져다준다. 문자언어는 초고가 있고, 퇴고 과정을 거친 원본이 있음으로서 한 편의 글을 완성하였다는 성취감을 맛보게 해 주지만, 전자언어는 비물질적이며 언제든지 손쉽게 고칠 수 있고 수정과 삽입이 용이하다는 특성상 원본을 만들어낼 수 없다. 따라서 텍스트를 완성하였다는 성취감은 소멸된다. 그러나 언제든지 자신의 컴퓨터에서 특정한 텍스트를 불러내 고쳐 쓰기와 이어 쓰기 작업을 할 수 있으며, [ALT-S]를 눌러 저장한 텍스트는 다시 [ALT-S]를 누르기 전까지 일시적 원본으로 기능 한다. 성취감은 약화되지만 연속적인 글쓰기에 있어 디지털적 사고는 아날로그적 사고에 비해 친밀감을 갖는다.

전자언어의 디지털적 사고가 갖는 <사고의 분절과 단편성>, <몰개성화>, <단기간의 기억>, <성취감의 소멸> 등은 근본적으로 글쓰기 자체에서 '주체'를 소외시킨다. 글쓰기는 타자화되며, 전자언어 글쓰기의 영향하에서 글쓰기의 주인으로서의 작가의 '주체성'은 심각한 훼손을 경험한다.

일차적으로 글을 쓰는 과정에서, 글쓰는 이는 자신의 생각을 문자로 표현하면서도 다시 그것을 쉽게 수정하거나 삭제할 수 있다. 따라서 작가는 그것이 공간적으로 가변적이며 시간적으로 동시적이란 의미에서 정신의 내용이나 구어와 아주 유사한 재현물과 마주치게 된다. 작가와 글, 주체와 객체는 서로 근접하여 동일하게 되는데(정체성의 시뮬레이션 묘사), 이는 세계가 정신과는 아주 다른 존재인 <물체(res extensa)>(세계는 물(物)이 기계적으로 연장된 결과로서, 정신의 영역과는 독립된 실체라는 개념)로 구성된다는 데카르트적인 주체의 기대를 뒤엎는 것이다. 따라서 객체인 화면과 주체인 글쓰기는 단일의 가변적인 모사물로 합체되면서,[6] '작가'의 정체성마저 위태롭게 된다. 이차적으로 글을 읽

---

6) 마크 포스터 저, 김성기 역, 『뉴미디어의 철학』, 민음사, 1994, pp.210-211.

는 과정에서는, 독자가 자유분방하게 텍스트에 접근할 수 있음으로 해서, 텍스트의 가역성을 작가의 의도와는 무관하게 확인시켜 주게되고, 텍스트의 생산자라는 작가의 권위는 독자에 의해 심각한 도전을 받게 된다. 독자가 한 작가의 전자언어로 쓰여진 작품을 고스란히 자기 컴퓨터에 저장해 놓고, 전자언어를 통해 스토리나 플롯을 자의적으로 변경할 수도 있다고 할 때, 이제 '작가'와 '독자'의 구별은 더 이상 유효하지 않다.7)

이같은 글쓰기의 타자화와 작가의 주체성 훼손은 문학적 상상력에 있어서 작가 고유의 독창적인 상상력 대신에 기왕의 상상력에 의존하여 주어진 정보를 문맥에 맞게 재배치하거나 익숙한 상상력을 차용하는 등 상상력의 비주체성을 자연스럽게 발현시킨다.

장 프랑수아 리오타르는 『포스트모던의 조건』에서 디지털화된 정보의 데이터베이스를 '포스트모던한 시대 사람들의 새로운 자연'이라 정의 내리고, 여기서는 기존의 상상력과는 다른 상상력이 요구된다고 하였다. 완벽한 정보게임의 경우 최고의 수행성은 부가적 정보를 얻는데 있지 않고 오히려 자료를 새로운 방식으로 배열하는데 달려있다는 것이다. 한 아마추어 작가가 하루끼의 소설을 열광적으로 탐독하면서 그

---

7) M. Heim은 전자언어로 이루어진 디지털 텍스트가 책의 틀을 대신함으로써 야기되는 탈주체성을 다음과 같이 설명하고 있다.
"그것은 다루기 어려운 물질에 대한 장인의 주의를 자동화된 조작으로 대치하며, 사적인 표현보다는 알고리즘적 절차라는 더 일반적인 논리 쪽으로 주의를 돌리며, 관조적인 관념의 확고한 공식화를 여러 가지 역동적인 가능성들로 바꾸며, 내성적인 읽기와 쓰기에서의 사적인 고독을 공적인 네트워크로 바꾸는데, 이 공적인 연계망에서는 원저자에게 필요했던 사적인 상징적 틀이 인간적 표현의 전체적인 텍스트성과 연결되어 그 정체성을 위협받는다."
(M. Heim, 『Electric Language』 : A Philosophical Study of Word Processing』, New Haven, Yale University Press, 1987, p.191.)
- 마크 포스터 저, 김성기 역, 『뉴미디어의 철학』, 민음사, 1994, p.211.(재인용)

의 모든 소설을 자신의 컴퓨터에 전자언어로 저장해 놓았다고 생각해 보자. 그는 워드프로세서가 제공하는 다양한 기능을 통하여 두 개의 작품을 하나로 합칠 수도 있고, 빈번하게 사용된 부사나 관용어를 뽑아낼 수도, 맘에 드는 문장만 오려내 따로 보관할 수도 있다. 그리고 그가 소설을 쓴다 했을 때, 그는 하루끼의 문체나 표현뿐만 아니라 상상력까지도 자연스럽게 자신의 것으로 체득하며, 궁극적으로는 하루끼와는 전혀 다른 작품 세계를 창조해낼 수 있다.[8]

최근 젊은 작가들의 소설을 읽다보면 이미 어디서 읽은 듯한 느낌을 받는 경우가 있다. 독서 행위 내내 작가의 상상력이 독창적이기보다는 이미 익숙한 상상력이라 판단되며, 텍스트에 녹아있는 상상력은 기시감을 동반한다. 이같은 상상력의 기시감은 두 가지 경우에 나타난다. 하나는 실제로 작가가 기왕의 상상력을 차용해 온 경우이며, 다른 하나는 글쓰기의 타자화와 작가의 주체성 훼손이 독자에게 뚜렷이 인지돼 실제로 전에 읽어본 적이 없음에도 불구하고 읽었던 것처럼 인식되는 경우이다. 두 경우 모두 상상력의 비주체성을 보여주는 것으로 워드프로세서로 창작 작업을 하는 젊은 작가들의 상상력이 어떻게 타자화되고 있나를 잘 드러내준다.

따라서 전자언어 글쓰기는 글쓰는 주체를 새롭게 구성한다고 할 수 있다. 주체는 분산과 복수화, 탈중심화를 통한 경계 지대에서 새로운 글쓰기를 체험한다. 주체는 무수히 분산된 복수 자아들과 타자들, 그리고 컴퓨터라는 '큰 타자'와 상호작용 하면서, 혹은 경쟁하면서 메시지들을 생산해낸다.[9] 결국 글쓰기의 타자화와 작가의 주체성 훼손은

---

8) 문자언어시대 작가 지망생들에게 가장 일반적인 습작 훈련은 자신이 좋아하는 작가의 소설을 그대로 베껴보는 것이었다. 그러나 전자언어시대의 작가 지망생들은 단순히 베끼는데 머무는 것이 아니라 임의적으로 변형과 조작을 가함으로써 상상력의 훈련 자체를 '타자화'에서부터 출발시키고 있는 것이다.

주체의 소멸이라는 부정적인 측면이 아니라, 오히려 역동적인 복수 주체의 다성적인 글쓰기라는 긍정적인 측면으로 이해되어야 하며, 비주체적인 상상력 또한 - 포스트모더니스트들이 주장하는 "태양아래 더 이상 새로운 것은 없다"라는 진술과는 다른 층위에서 - 컴퓨터라는 매체 자체가 갖는 비주체성과 밀접한 연관을 맺고 있는 것이다. 컴퓨터는 그 스스로 사고할 수 없으며, 정보화사회 인간은 컴퓨터 없이 일상을 영위할 수 없다. 결국 워드프로세서라는 저작 도구를 통한 창작 작업은 필연적으로 컴퓨터라는 '타자'와 작가라는 '타자' 사이에서, 상상력의 비주체성을 동반할 수밖에 없는 것이다.

## 2-2  통신 공간과 소통 공간의 탈중심화 - 상상력의 탈중심성

정보화사회의 새로운 소통 환경인 통신 공간은 '쌍방향 소통', '광역 소통', '실시간 소통'으로 특징 지워질 수 있는 탈중심화된 공간이다. 이때의 '탈중심화'는 현실 공간과 달리 물리적인 힘을 지닌 권력 구조도, 억압적인 검열 기제도, 명확한 가치 판단이나 준거 틀도 없는, <중심>으로부터의 '벗어남'이다.

'통신 공간'이라는 새로운 소통 공간이 글쓰기에 끼친 영향은, 탈중심화를 기점으로 하여 크게 네 가지로 목록화할 수 있을 것이다. 첫 번째, 공간의 개방성과 익명성이 가져다준 창작담당층의 확대이며, 두 번째 실시간 쌍방향성으로 인한 작가와 독자 사이의 자유로운 소통과 경계의 무너짐, 세 번째는 권위 있는 검열기제의 부재로 인한 자유로

---

9) 우찬제, 「정보화시대의 문학」, 『정보예술의 미래』, 한국정보문화센터, 1995, p.57.

운 상상력, 또는 일탈적인 상상력의 특화(特化), 마지막으로 일상(日常)으로서의 글쓰기가 가능해졌다는 것 등이다. 이 영향 관계에서 주목할 만한 것은 자유로운 상상력, 또는 상상력의 탈중심성이 현실 공간에 비해 두드러지게 나타난다는 점이다.

통신 공간은 철저히 '탈중심화'된 공간이다. 통신 공간 내에서는 국가, 가족, 교회, 학교라는 집단적이고 권위적인 영역 대신에 동호회, 자료실, 채팅방 같은 개인적이고 느슨하게 통합된 영역만이 존재한다. 네티즌들은 자신이 원하면 아주 다양한 수십 개의 동호회에 동시에 가입할 수도 있으며, 또 동시에 탈퇴할 수도 있다. 실제 공간에서 우리가 소속되어 있는 국가나 학교, 가족 같은 중심 영역들은 주체적으로 선택할 수도 없을 뿐 아니라 일단 한번 주어진 이상에는 임의적인 가입, 탈퇴가 불가능하다는 점을 생각해 보면 통신 공간이 갖는 '탈중심화'의 성격은 뚜렷해진다. 책임과 의무라는 사회적 약속보다는 개인의 자의적인 의사가 더 존중되는 공간이다.

글쓰기에 있어서도 마찬가지이다. 물리적 억압을 가할 수 있는 권위나 검열 기제가 제대로 그 힘을 발휘하지 못하면서, 자연스럽게 글쓰기는 가장 일차적인 표현 욕망인 '노출증'에서부터 출발한다. 탈중심화는 권위가 부정된다는 점 말고도 익명성을 보장해주는 역할도 동시에 수행한다. 중심화된 관계 망에서 개인의 정체성을 숨기기는 어려운 일이지만, 통신 공간 안에서는 자신이 '치는'대로 매번 새로운 '나'가 만들어질 수 있다. 제도화된 영역이 주는 도덕 관념이나 책임감, 의무감 또한 희박해질 수밖에 없으며, 이것이 문학 행위에서 '노출증'을 극화시킨 상상력의 탈중심성을 부추겨 주었다.

개인주의 시대의 신화에 속하는 '문학'은 무시되기는커녕 오히려 새 문명이 공략할 가장 효용가치가 높은 분야가 된다. 그것은 새 문명이 얼마나 개인들의 행복을 위해 존재하는지를 선명하게 가리켜 보여주는 증거인 것이다. 바로 여기에서 새 문명은 개인을 말소시키는 것이 아니라, '은폐'한다는 그 사회학적 특성이 어김없이 나타난다. 새 문명은 익명성 위에서 성장하는 것이 아니라, 저마다 개인성의 욕망으로 들끓는 동색의 바다, 즉 익명화된 광장성 위에 확대재생산된다. 그리고 문학은 바로 그러한 새 문명의 사회적 전략을 가장 잘 엄호해줄 지원화기로서 발탁되는 것이다.[10]

통신 공간(새 문명)에서 문학은 자신을 드러내고 싶은 '노출증'을 가장 효과적으로 무마시켜주는 장치이며, 이때 '노출증'은 주요한 창작 심리 기제가 된다. 노출증을 창작 심리 기제로 삼을 때 상상력은 어떻게 하면 많은 사람들의 이목을 집중시킬 수 있는지에 몰입하게 된다. 통신 공간의 문학이 SF나 추리, 무협같은 주변부 장르들에 호의적인 이유도 여기에 있다. 현실 공간에서 주변부 장르의 문학적 상상력은 발표 지면도 협소할 뿐만 아니라 통속문학이라는 편견 탓에 활성화되지 못하였다. 현실 공간 문학의 중심화된 정체성이 상상력의 일부분을 제한하고 있는 것이다. 그러나 통신 공간은 오히려 많은 사람의 관심을 끌 수 있다는 점에서 그같은 주변부 문학의 상상력이 전략적으로 이용된다. 상상력의 탈중심성은 주변부 장르에서뿐만 아니라 기존 장르에서도 뚜렷이 나타난다. 노출증을 충족시키고 사람들의 호기심을 자극하고자 현실 공간에서는 취사할 수 없었던 성적 소재들이 아무런 제약 없이 소재화돼 습작되고, 문학이 견지해야할 최소한의 내적 연관성도 무시한 채 단지 자기만족으로서의 형식 실험이 자연스럽게 이루어진다.

---

10) 정과리, 「문학의 크메르루지즘」, 『문학동네』, 1995년 봄호, p.27.

이같은 상상력의 탈중심성은 하이텔문학관에서 펴낸 이용자문학 우수 작품집 『비트시대』(토마토, 1996)에 실린 작품의 면면을 보면 뚜렷이 알 수 있다. 하이텔 문학관에 투고된 소설들중 선정해 묶은 이 단편집 안에는 전통적인 서사 문법을 의도적으로 뒤틀거나 압축한 형식 실험이나, 만화적 상상력을 문학의 소재 영역 안으로 끌어드린 경우, 독자의 기대지평을 의식하지 않은 채 오히려 자유분방한 상상력으로 배반하는 식의 다양한 작품들을 만날 수 있다. 통신 공간이 주는 상상력의 자유분방함이 어떻게 텍스트화될 수 있는가에 대한 해답을 찾을 수 있는 것이다.

통신 공간에서 문학 행위를 하고 있는 리티즌들의 연령층은 10대 후반에서 20대 중반까지의 영상 세대들에 집중되어 있다. 그들은 신데렐라를 동화책으로 읽는 대신에 만화 영화를 통해 만난 세대이며, 이문열의 『우리들의 일그러진 영웅』의 주인공을 엄석대보다는 홍경인으로 기억하고 있는 세대들이다. 따라서 그들의 문학적 감수성은 기성 세대들과 다를 수밖에 없으며, 판이하게 다른 문학적 감수성이 통신 공간이라는 익명화된 광장 안에서 일탈된 상상력으로 구체화되고 있는 것이다.

이와 함께 실시간성 쌍방향성을 인해 작가와 독자의 경계가 희미해지고, 창작과 비평이 서로 넘나든다면, 타자의 간섭과 개입으로 작가의 상상력이 오히려 위축될 수도 있지 않은가라는 의구심이 뒤따를 수 있다. 그러나 그것은 문학적 상상력의 위축이라기 보다는 타자와의 소통 속에서 더욱 자극되고 촉발되고 교호되는 상상력의 확장이라고 보아야 할 것이다. 타자와의 '소통'은 '주체'의 상상력을 간주체적, 혹은 탈주체적인 상상력으로 형질 전이시키며, 상상력의 탈중심성은 이 지점에서도 목격된다.

### 3-3  가상 현실과 시뮬라크르 – 비물질적 상상력

정보화사회는 우리에게 의사 체험의 공간인 가상 현실의 세계를 활짝 열어주었다. 현실 세계가 물질적인 공간이라면 가상 현실의 세계는 비물질적인 공간이다. 지금까지 우리들은 오직 '볼 수 있는 것'만을 보아 왔다. 그러나 가상현실(Virtial Reality)로 대표되는 정보화의 진전에 의해, 현실세계에서 보는 것과는 구별되는 또 하나의 방식(컴퓨터를 통해 본다고 하는)이 동시에 성립할 수 있게 되었다. 이것은 인간의 인지와 이해에 커다란 영향을 미친다.[11] 현실 공간에서 볼 수 있는 것과 컴퓨터를 통한 비현실 공간에서 볼 수 있는 것이 모두 '보고 있다'라고 우리에게 인지된다 했을 때, 당연히 현실에서 '보는 것'과 비현실에서 '보는 것'의 거리만큼 '보여질 수 있는' 상상의 세계 또한 분명히 달라진다. '이전부터 존재해 왔던 일상세계'와 '가상 현실로 구성되는 새로운 일상세계'가 공존하고 있는 지금, '보는 것'을 토대로 '보여질 수 있는' 세계를 구현하고자 하는 문학의 상상력은 기왕의 일상세계와 새로운 일상세계가 어떤 공간적 특성을 갖고 있는가에 따라 그 형질 변화가 수반될 수밖에 없는 것이다.

현실 공간은 물질적인 공간이다. 우리는 실제로 그 공간 안에서 걷고 말하고 먹는다. 물질 안에서 물질을 통해 물질과 함께 삶을 영위하고 있는 것이다. 그러나 가상공간은 비물질적인 공간이다. 그 안에서는 아무 것도 실재하지 않으며, 사물이 갖는 물질성은 0과 1이라는 비트의 조합으로 환치된다. 가상공간은 인간의 의식으로만 경험할 수 있는 시뮬라크르한 공간인 것이다.

---

11) 『정보교류의 사회학』, 한국정보문화센터, 1995, pp.177-178.(재인용)

현실 공간의 물질성과 가상공간의 비물질성으로 인해 우리는 두 공간에서 '보는 것'부터 다르다. 현실 공간에서 우리가 보는 것은 실재하고 손으로 만질 수 있는 물체(物體)이지만, 가상공간에서는 직접 보는 것이 아니라 보고 있는 것처럼 의식할 수 있을 뿐이다. 가상공간에서의 일상성은 철저히 개인의 의식 세계 안에서만 체험된다. 따라서 물질적 상상력은 비물질적 상상력으로 전이되고 만다.

현실 공간을 반영하고자 할 때 그것은 물질적 상상력에 의지하게 된다. 가스통 바슐라르의 진술에 의하면 상상력은 "자연 속에 깊이 자리잡을 필요가 있"으며, 물질적 상상력은 대상의 형태가 아니라 실체를 파악하고 그것과 공존하는 것처럼 느끼는 것이다. 물체로서의 얼음 덩어리는 희고 투명하고 번쩍이는 굳은 형태를 갖고 있지만 인간의 상상력 안에서 물질로서 나타나는 얼음 덩어리의 이미지는 물로도 수증기로도 변화한다. 물질적 상상력은 이처럼 외계의 대상의 이미지를 받아들여 그것을 스스로 궁극적인 것 즉 이상적인 것으로 삼고 있는 상태로 독자적이며 역동적으로 변화시켜 나가는 것이다.[12]

그러나 비물질적 상상력은 '자연 속에 깊이 자리잡을 필요가 없'다. 가상공간은 인간이 만들어낸 인공 자연이며, 바슐라르가 물질적 상상력의 4원소로 제시한 물, 불, 공기, 땅 또한 존재하지 않는다. 얼음이 물이 되고 수증기도 될 수 있는 공간이 현실 공간이라면, 가상공간은 '얼음'도 '물'도 '수증기'도 모두 아스키 코드로 표시하는 비트의 조합으로밖에 재현될 수 없다.

물질적 상상력과 비물질적 상상력을 보다 분명하게 대비하기 위해서 '집'을 예로 들어보자. 바슐라르에 있어 '집(house)'은 인간에게 안정의 근거와 그 환상을 주는 이미지들의 집적체이다.[13] 집은 내부이며

---

12) 곽광수·김현 공저, 『바슐라르 연구』, 민음사, 1978, pp.30-31.(부분 인용)

바깥세계(외부)로부터 인간을 보호해 주는 피난처이다. '집'이 피난처로서의 이미지를 갖는 것은, 문(門)이라는 것을 통해 내부와 외부가 분명하게 경계지워져 있기 때문이며, 문이 닫혔을 때, 인간은 외부로부터 격리되었다고 의식할 수 있다. '집'과 '문' 모두 물질성을 갖고 있음으로 해서 안정의 근거가 명확해진다. 그러나 가상공간에서의 '집(site)'은 안정적인 공간도 피난처도 아니다. 현실 공간의 '집'은 개인적인 공간이지만 가상공간상에 자리잡고 있는 많은 '집'들은 다수의 사람들과 공유해야하는 집단적인 공간이다. '문'은 외부와 내부를 경계지워주기 보다는 누구나에게 열려있음으로 해서 지금부터 '집' 안에 들어선다는 상징적인 의미만을 갖는다. 가상공간에서 '문'은 비물질성으로 인하여 결코 닫혀질 수 없으며, 닫혀질 수 없는 '문'을 갖고 있는 '집'은 그래서 확정적이기보다는 유동적이며 안정적이기보다는 불안하다. 우리는 '집'을 결코 볼 수도 만질 수도 없으며, 다만 집안에 들어와 있다고 느낄 뿐이다.

가상공간 상에서의 '집'이 안정적이거나 피난처로서의 이미지를 갖지 못하는 대신에 비물질성이 주는 유동성은 주체에 의해 끊임없이 '집'이 변화하고 발전할 수 있다는 열린 공간으로서의 이미지를 갖는다.

> 유체(流體)구조는 그 형태가 보는 사람의 이해관계에 따라 변하는 구조이다. - 중략 - 그것은 문이나 복도가 없는 구조로, 다음 방은 늘 내가 필요로 하는 그 자리에 있으며 또한 내가 필요로 하는 것으로 존재한다. 유체구조는 유체도시를 만드는데, 그 도시들은 가치의 변화에 따라 변하는 곳으로, 다른 배경을 지닌 방문객들의 눈에는 다른 이정표가 보이고, 공통의 생각들에 따라 이웃들이 바뀌고, 그 생각들이 성숙하거나 사라짐에 따라 발전하는 곳이다.[14]

---

13) 가스통 바슐라르 저, 곽광수 역, 『공간의 시학』, 민음사, 1990, p.132.

 가상공간 내에 위치한 각각의 집(site)들을 유체(流體)구조라 명명하면서, 그 공간들이 철저히 주체의 필요에 의해서만 존재하며, 주체의 발전을 도와줌으로써 그 자체로 발전하는 공간이라 주장하는 마코스 노박의 진술은 바슐라르의 물질적인 '집'과 가상공간에서의 비물질적인 '집'이 각기 어떠한 상이한 이미지를 갖고 있는가를 드러내 준다.

 따라서 가상 현실의 세계가 보편화되거나 현실 세계와 동등한 비중을 지니게될 때, 문학적 상상력은 지금까지 우리가 생각지도 못했던 전혀 새로운 형질을 갖게될 것임은 자명하다. 정보화시대 문학의 <매체적 상상력>은 마지막으로 상상력의 비물질성을 그 토대로 가지며, 새로운 세대들의 문학적 감수성과 맞물려 재현 대상인 가상 현실의 비물질성을 다양한 방식으로 상상력의 자궁 안에 끌어들이게 될 것이다.


## 4. 나오는 말 – 바빌론의 창녀


 컴퓨터라는 새로운 매체가 문학을 어떻게 변화시킬지 아직 아무도 단언할 수 없다. 종이 책이 사라지고 그 자리를 아스키 코드화된 데이터베이스나 CD BOOK이 대신할는지도 모른다. 인터넷 상에서 실천되고 있는 하이퍼 텍스트가 미래 문학의 유력한 형식이 될 수도 있고, 텍스트와 음악, 동영상이 어우러진 인터랙티브 픽션이 문학의 자리를 대

---

14) Marcos Novak, 'Liquid Architecture in Cyberspace', in Benedikt, 『Cyberspace』, 1991, pp.250-251.
　 - 줄리안 스탤러브라스 저, 설준규 역, '사이버스페이스의 탐험', 『창작과비평』 1996년 봄호.(재인용)

신할 수도 있다. 그러나 점토판에 새겨졌던, 종이 책에 담기든, 디스켓에 저장되든 문학은 문학일 수밖에 없다.

Leon Zeldis의 SF소설 『The Whore of Babylon』에 보면 레이첼이라는 창녀가 성인식을 치르기 위해 자신을 찾아온 존에게 다음과 같이 이야기한다.

> "자, 지금부터 우리가 무얼 할거냐 하면요, 나는 여기 있는 책 가운데 한 권을 자기한테 읽어줄 거예요. 그 다음엔 읽은 부분에 대해 서로 이야기를 나누는 거예요. 부끄러워할 필요 없어요. 책이란 것은 한때 존중받는 대상이었어요. 물론 지금이야 모두들 책이란 것을 추악한 물건으로 여기고 있지만 말예요."

이 작품에서 Leon Zeldis가 보여주고자 하는 것은, 권력의 지배 메커니즘 하에 일방적인 복종만을 강요당하며 아무것도 주체적으로 사고할 수 없는 인간의 미래상에 대한 음울한 경고이다. 그리고 그 경고 메시지를 '책'을 읽어 주는 창녀라는 극적인 상황을 통해 은유하고 있다.

우리가 책을 읽는 것을 포기하는 그 순간, 우리의 의식은 수동적이고 정적이며 타율적인 사고 안으로 매몰되고 말 것이다. 우리는 문학을 통해 의식을 확장시켜 왔고, 세상을 이해하는 방법을 배워 왔으며, 삶에 대한 진지한 통찰이 가능케 되었다. 문학이 어떠한 물적 형식으로 현현하던 간에 이것만큼은 결코 변하지 않을 것이며, 그래서 문학의 미래는 문학의 과거가 그러했고 현재가 또 그렇듯이 가장 인간다운 예술로 살아남을 것이다. 전자언어로 쓰여지고, 통신 공간에서 소통되고, 가상 현실을 반영하게될지라도 문학의 형질 변화가 문학 본령의 진정성까지 변화시킬 수는 없는 것이다.

# 거짓 정보들과 전복된 기대지평

## – 김설의 『게임오버』에 대한 이유 있는 비판 –

## 1. 글을 시작하며 : 낯선 미로 앞에 서서

텍스트라는 미로를 여행하기에 앞서 그 문 앞에 세워진 여러 가지 기호들은 여행(해석)자에게 필요한 정보를 제공해 주면서, 동시에 '이 작품은 아마 이러이러할 것이다'라는 일종의 기대지평을 형성시켜 준다.1) 그리고 이같은 텍스트 외적 기호에 대한 여행자의 관심은 쉽고 빠른 독서과정을 수행하고자 하는 무의식적인 정보 습득의 욕구에서 기인된다.

김설의 『게임오버』 역시 그 문 앞에는 여행자의 탐험을 도와줄 몇 개의 기호가 서 있다. 『게임오버』라는 조금은 장난기 어린 제목, 맥도날드 햄버거를 중심으로 어지럽게 헝클어진 미로가 촌스럽게 배치된 표지(아마도 의도적인 것으로 읽히는데, 그 미로는 닫혀있었다), <문학과 지성사>라는 출판사가 주는 권위적인 아우라, 「미로 게임, 즐기며 깨트리기」라는 유쾌한 제목의 김병익의 해설, 학교에서 배운 것이 아무 것도 없다고 당당하게 주장하는 70년생 김설의 장난기 어린 표정 등

---

1) 문 앞에 세워진 기호의 설정은 여행자의 기호에 따라 조금씩 다르겠지만 필자의 경우에는 소설의 제목, 겉 표지, 책 맨 뒤에 실린 해설, 심지어는 출판사의 이름과 작가의 사진, 약력까지도 포함된다.

『게임오버』가 제공하는 정보는 폭넓고 아주 흥미로웠다.

그리고 주어진 텍스트 외적 정보를 통해 형성된 기대지평을 크게 세 가지였다.

첫 번째, 『게임오버』는 70년생의 반짝거리는 세대론적 감수성이 만들어낸 상상력으로 인해 아주 재미있을 것이다. "이 소설은 문자적이기보다는 영상적이고 사유적이기보다는 즉흥적이며 실천적이기보다는 유희적이다"(p.259)라고 판단한 김병익의 해설에서 단서를 얻은 이 기대지평은 "글쓰는 일은'내 유일한 마음의 똥누는 행위"라고 건방지게(?) 떠들어댄 김설의 치기를 대하는 순간 확고부동해졌다. 신성한 창작 행위를 감히 똥누는 행위에 비유한 그 불경스러움이 신세대의 재기 발랄함으로 읽혀졌고, 영화 제목에 광고 카피의 패러디 등 톡톡 튀는 장 계목들은 김설의 상상력 또한 재기 발랄할 것이라 확신하게 되었다.

두 번째, 『게임오버』는 미로처럼 얽혀있으며 그 헝클어진 출구를 찾아내는 임무는 해석자에게 주어졌을 것이다. 그리고 그 미로를 향한 탐색은 아주 흥미롭고 의미 있는 작업이 될 것이다. 이 기대지평은 책 표지로 사용된 촌스런 미로에서 출발한다. 출구 쪽에서 가보고 역으로 뒤집어 가보아도 분명 그 미로는 닫혀있었다. 요즘 같은 영상 이미지 우위 시대에서 문자 이미지로 가득 차 있는 소설책의 유일한 영상 이미지인 책표지를 허술히 만들 <문학과지성사>는 결코 아닐 것이다. 그렇다면 촌스런 그러나 닫혀있는 미로는 분명 중요한 의미를 담고 있으리라는 추론이 가능해졌고, '미로 게임, 즐기며 깨트리기'를 실천한 김병익을 본받아 그 미로를 즐기며 깨트리고 싶은 욕망이 기대지평을 통해 확대 생산되었다.

세 번째, 『게임오버』는 탄탄한 구성과 안정된 문체로 이루어졌을 것이다. 이는 <문학과지성사>라는 출판사의 아우라와 직접적인 연관이 있다. '문지'의 창작집들이 한국문학에 끼친 영향은 부정할 수 없을 만큼 지대하다. 최근 들어 조금 실망스럽긴 했지만 '문지'가 선택한 신인 작가(사실 김설은 『게임오버』 이전까지는 무명에 가까웠다)의 전작장편소설이라면 그만큼의 질적 수준을 '문지'에서 담보해 낸 것이라 믿었다.

이 세 가지 기대지평을 갖고 독서 행위 과정에 들어가면서 잠정적으로 내린 결론은, 『게임오버』는 사이버문학의 전형적인 텍스트가 빈약한 상황에서 훌륭히 그 역할을 담당할 수 있을 것이라는 즐거운 확신이었다. 그리고 지금 돌이켜 생각해보면 『게임오버』의 독서 수행 과정 중 그때가 가장 행복하였다.,

## 2. 첫 번째 기대지평의 전복 – 안이한 상상력과 인위적인 선택

『게임오버』를 읽는데 소비한 시간은 텍스트 외적 기호를 가지고 기대지평을 구성해내는데 든 시간보다도 짧았다. 아주 빠르게 읽힌 텍스트, 『게임오버』의 서사 진행을 목록화해보면 다음과 같다

　㉠ 천수로, 화장실에서 낯선 여자에게 심부름을 부탁 받는다
　㉡ 심부름을 하기 위해 간 호텔 방안에서 살인을 목격한다
　㉢ 천수로는 우연찮게 마약 밀매 조직의 분쟁에 휘말린다
　㉣ 천수로, 도심지 한복판에서 쫓고 쫓기는 추격전 끝에 '마돈나'라
　　고 스스로 이름을 부친 마약 밀매 조직원을 데리고 자신의 집으
　　로 숨는다

㉤ 경찰에 자진 출두하여 무혐의로 풀려난 천수로, 맥도날드 햄버거
　　가게에서 아르바이트를 하며 평범한 삶을 시작한다

　텍스트의 서사진행을 목록화한다는 것은 쉬운 작업이 아니다. 더구
나 원고지 1000매 이상의 장편 소설에 시점이 3인칭 전지적 시점인 경
우에는 더더욱 그러하다. 등장 인물도 다양할 뿐 아니라, 작가의 관심
이 어느 한 사람에게 집중되기보다는 그가 장악하고 있는 모든 인물들
에 분산되며 사건이 진행되기 때문에 서사진행의 중심축을 잡아내기
가 쉽지 않다. 그러나『게임오버』는 원고지 1000매 이상에 3인칭 전지
적 시점임에도 불구하고 아주 간단하게 서사진행을 목록화할 수 있다.
3인칭 전지적 시점이면서도(물론 1장은 예외적으로 1인칭 시점이다) 중
심적인 초점화자는 천수로 한사람뿐인 탓도 있겠지만, 실제『게임오
버』의 줄거리는 원고지 1000매 이상이 어떻게 가능할 수 있을까 의구
심이 들만큼 극히 단순하며 빈약하다. 단순하고 빈약하다보니『게임오
버』에는 서사진행에 갈등이 개입할 여지가 없다. 소설이 세계와 자아
사이의 갈등을 통해 구현된다는 전통적인 가치가 김설에게 별 지시력
을 발휘하지 못했다고 이해하려 해도, 너무도 당연히 자신의 갈 길을
선택하고 그것에 대해 하등의 갈등을 겪지 않는 천수로는 "해체의 시
대가 낳은 적자"(p.258)가 아니라 삶에 대한 안이한 세계관에 갇힌 무
책임한 주체에 불과하다. 천수로는 자신의 행동에 대해 아무런 책임을
지지 않으며, 질 필요성도 느끼지 못한다. 마약 밀매 조직의 분쟁에 휘
말렸다는 사실 자체가 수로에겐 자신의 선택의 결과가 아니라 우연의
소산이며, 그래서 그후 계속되는 우연의 남발 속에서 무책임한 선택을
반복한다.
　안이한 상상력으로 빈약한 줄거리를 채우고 그것을 장편소설로 만

들려다보니 초점화자 천수로가 결정의 순간에 주저 없이 선택하는 양자택일 중 한쪽은 이야기를 늘려 원고 매수를 늘인다는 의미 그 이상도 이하도 아니다. "그녀는 다른 우연을 선택할 가능성들을 얼마든지 가질 수 있었다. 가령 그녀는 정체 모를 여자의 부탁을 거절할 수도 있었고 그 여자의 죽음에서 달아날 수도 있었으며 호텔방의 살인 사건을 보고 경찰에 신고할 수도 있었고 이런 일련의 사건들로부터 아주 도망칠 수도 있었다"(pp.261-262) 그러나 천수로는 그렇게 하지 않는다. 자신에게 주어진 우연을 아주 당연히 받아들이며 스스로 그 우연을 재생산해 낸다. 천수로가 선택하지 않은 다른 한 쪽은 'GAME OVER'로 가는 지름길이며 이때 'GAME OVER'는 소설의 끝을 의미한다. 따라서 'GAME OVER'를 비켜가며 우연을 재상산해내는 천수로의 선택은 원고 매수를 늘이기 위한 인위적인 선택에 불과한 것이다.[2]

천수로 뿐만 아니라 그녀를 창조해낸 김설 역시 안이하긴 마찬가지다. 그녀가 『게임오버』에 펼쳐놓은 상상력은 이미 그 시효가 지난, 비디오가게 한 구석에서 먼지를 뒤집어쓰고 있는 80년대식 홍콩 누와르 영화의 고리타분한 상상력에 다름 아니며, 너무 뻔해 그 다음은 안 봐도 환히 알 수 있는 70년대 한국멜로영화의 틀에 활극이라는 덧옷을

---

2) 빈약한 줄거리를 가지고 장편소설로 몸집을 부풀리기 위해 김설이 고안해낸 방식을 '복합줄거리소설'(p.260)이라는 용어로 접근한 것은 용어에 대한 철저한 '오버'이다. '복합줄거리소설(Hyper Text)'은 동일한 비중을 갖고 독자의 선택에 따라 다양한 줄거리가 만들어지는 방식이지, 한 쪽을 'GAME OVER'라 선언하고 나머지 한 쪽에서 다시 이야기가 출발하는 방식은 결코 아니다. "이야기는 계속된다; 그래서 이런 결과를 낳았을 것이다라고 먼저 서술한다; 그러나 그 결과는 너무 상투적이거나 부자연스럽거나 하다; 그리고 작가는 '게임오버'를 선언하고 다시 시작한다; 그래서 다른 결과가 만들어지고 그 결과에서 새로운 이야기가 시작된다"(p.260)가 아니라 "이야기는 계속된다; 두 개 이상의 선택이 놓여진다; 각각에 선택에 따라 각각의 줄거리가 진행된다; 다음 단계, 또 다른 두 개 이상의 선택이 놓여있다; …… 이야기는 끝없이 진행된다"가 <복합줄거리소설>의 서사 전략이다.

입힌 것에 불과하다. 마약밀매 조직간의 암투, 엉겁결에 그 분쟁의 한 가운데 뛰어든 평범한 여인을 기본 재료로 준다면 히로뽕인줄 알았더니 밀가루고, 가방에 가득 든 돈 다발은 전부 위조지폐고, 자신을 잡으려는 킬러와 사랑에 빠진다는 내용 전개는 홍콩 영화 세 편만 보면 누구나 만들어낼 수 있는, 상상력이 아니라 상식이다. 『게임오버』를 읽으면서 <랜섬>과 <중경삼림>을 떠올리고 "한 편의 비디오를 읽는 듯한 느낌"(p.259)을 받은 독자가 있다면 그는 정말 텍스트를 '오버'한 것이다.

70년대생의 반짝거리는 상상력을 기대했던 기대지평은 너무도 어이없이 무너져 버렸다. 김설이 보여준 것은 한 쪽은 닫고 한 쪽은 열어놓는 선택을 통해 흔한 3류 홍콩 영화의 시나리오에 형식적 재치를 발휘한 것에 불과하다. 더구나 그 형식적 재치라는 것마저 빈약한 줄거리를 늘이려는 안쓰러움으로 읽힘으로써 『게임오버』는 작가 스스로 고백한대로 텍스트에 똥을 누는, 안이한 상상력의 배설에 머물고 말았다.

## 3. 두 번째 기대지평의 전복 – 조작된 미로

낯선 여자의 부탁을 거절했다면, 호텔 방의 살인 사건을 경찰에 곧바로 신고했다면 등등 수로가 선택하지 않은 나머지 다른 쪽은 곧바로 김설에 의해 서사의 끝으로 치닫거나 막을 내려버린다. 두 개의 선택은 항상 작가에 의해 무엇을 선택할 것인가가 미리 정해져 있으며 그 사이에 독자가 개입할 틈은 존재하지 않는다. 독자는 'GAME OVER'

가 커서처럼 깜박이는 지점에 와서야 좀 전에 자신이 읽은 선택이 작가에 의해 폐기처분 되어졌음을 깨닫는다. 작가는 자신이 폐기 처분할 선택을 미리 내보인 후 "봐라. 이것을 선택하니 얼마나 시시하고 재미없느냐. 그러나 나는 이것을 선택하지 않는다."라고 강변한다. 얼핏 미로처럼 보이지만 처음부터 끝까지 『게임오버』의 미로는 작가에 의해 그 길이 닦여져 있었다. 여행자는 작가의 선택이 얼마나 탁월했는지를 시종일관 따라가며 확인하고 그것을 인정하기를 강요받는다.

두 번째 기대지평도 잘못된 예상이었음이 확인되면 곧바로 한 가지 의문이 뒤따른다. 왜 김병익은 『게임오버』를 '미로게임'이라 명명했을까? 미로의 사전적 의미는 "어지럽게 갈래가 져 섞갈리기 쉬운 길"이다.3) 그러나 『게임오버』 텍스트는 결코 어지럽게 갈래가 지지도, 섞갈리기 쉬운 길도 아니다. 단 두 개의 길중 한 쪽은 닫혀 있고 한 쪽만 열려있는데 그것이 어떻게 미로가 될 수 있는가? 만약 『게임오버』가 진정 미로게임이라면 독자들은 결코 천수로의 뒤를 따라가서는 안된다. 천수로가 어느 길로 갔는지 궁금해하며 넓은 텍스트 안을 그녀가 남긴 흔적을 찾아 여행하여야 한다. 그러나 화장실에서 맥도날드 햄버거 가게까지 독자들은 천수로의 뒤를 얌전히 따라갔다. 그래서 『게임오버』는 아주 빨리 읽힌다. 섞갈리기 쉬운 길에서나 길을 잃지 너무 뻔한 여로를 여행하면서 중간에 쉴 필요는 없는 것이다.

그렇다면 텍스트 문 밖에 세워진 '미로게임'이라는 정보는 어떻게 된 것인가? 불행히도 그 정보는 한 해설자에 의해 조작된 거짓 정보였다. 제 1장에서 "단 3분만이라도 인생의 미로 게임에 영웅이 되고 싶다."(p.11)고 갈망하던 '나'를 너무도 대견스러워 했던 김병익은 예정된 선택에 따라 탄탄대로를 은하철도 999를 중얼거리며 달리는 천수로를

---

3) 한글 우리말 큰사전 ver1.0, 한글과 컴퓨터, 1995. 참조

미로게임의 영웅으로 만들고 싶어했던 것이다. "실제로 수로는 이 소설 속에서 수없이 '막다른 골목'을 거쳐가는 미로 게임을 하고 있다. 그녀의 겹쳐오는 우연들 만에서가 아니다. 바로 이 소설 자체가 '미로'라는 큰 모티브 속에서 정교하게 진행되고 있다."(pp.266-267)고 해석하였지만 『게임오버』에서 정교하게 진행된 것이라고는 원고지 매수 늘이는 일 밖엔 없다.4)

'막다른 골목'에서 되돌아오는 것은 분명 미로게임이지만, 그것이 막다른 골목인줄 알고 아예 선택하지도 않았다면 결코 미로게임이 아니다.

> 그러나 수로는 얼굴을 붉히며 망설이다가 얼떨결에 받아들었다
> (p.21)
> 그러나 수로는 호텔을 힐끔 올려다보고는 백사장으로 내려갔다
> (p.26)
> 그러나 수로는 경찰에 신고하지 않았다 (p.39)

텍스트 처음부터 차례로 인용한 인용문에서도 알 수 있듯이 천수로는 막다른 골목을 결코 선택하지 않았다. 그 골목을 들어갔다 나온 것은 작가 김설이며, 그녀 역시 미로게임을 즐긴 것이 아니었다. 시시한 선택임을 독자들에게 확인시켜주기 위해 서둘러 그곳을 막다른 골목으로 만들어버리고 되돌아온 것뿐이다.

결국 김병익의 해설만을 믿었던 어리석은 여행자의 기대지평은 "미로 따윈 없어. 미로라는 말이 틀어박힌 네 머리 속이야말로 미로야. 미로를 벗어나고 싶다고? 그러면 니 머리통을 깨부수고 시작해!"(p.254)라

---

4) 13장부터 15장까지 수로와 마돈나의 동거는 매수 늘이려는 노력 이외에 다른 어떠한 의미로도 해석될 수 없다.

고 외치는 천수로 앞에서 산산조각 나고 말았다. 애당초 미로는 없었고, 여행자는 조작된 정보에 멋지게 속아넘어간 것이다.


## 4. 세 번째 기대지평의 전복
### – '신세대 바이러스'에 감염된 문학과지성사


탄탄한 구성과 안정된 문체라는 세 번째 기대지평은 텍스트에 들어선 지 얼마 되지 않아 가장 먼저 깨져버렸다. 우연성의 남발은 "실제로 우리는 얼마나 숱한 우연의 중첩 속에 살고 있는가! 세계란 자연의 질서를 벗어나면 벗어날수록 우연을 그만큼 많이, 자주 만나야 하는 것이고, 그런 현대를 살아야 할 운명에 던져진 우리는 그것들이 숱한 곁가지 치기를 하며 만든 우연을 필연인 것처럼 받아들여 살아가야 하는 것이다."(pp.262-263)라는 비장한 김병익의 해석을 십분 수용한다 하더라도(물론 우연성의 남발을 미학적 한계로 비판받고 있는 고소설이나 신소설의 경우에도 이 해석이 그대로 적용되어야 한다는 전제하에서이다), 중간중간 튀어나오는 사투리에 '토요일 밤 남포동 거리에는, 막 동남아 순회 공연을 성공리에 마치고 돌아온 서커스단이 특별쇼를 열고 있었다. 어릿광대 천수로, 그외 기타 등등 출연'(p.135)같은 작가의 뜬금없는 개입은 가득이나 단문 위주의 무미건조한 문체에 지루해하는 독자들을 더욱 곤혹스럽게 만든다. 김설은 정말 똥을 누듯이 진지함이라고는 전혀 찾아볼 수 없이 장난처럼 소설 한편을 늘여 짜냈다.

사실 『게임오버』를 다 읽고 난 후 가장 먼저 들었던 생각은 왜 이

소설을 <문학과지성사>에서 출간했을까 하는 것이었다. 역사와 전통을 자랑하며 자타가 공인하는 문단사관학교에서 도대체 가치를 인정해 줄 것이라고는 아무 것도 없는 한 신인작가의 전작 장편소설을 출간한 이유는 무엇일까? 어떤 출판사든 신인작가의 전작장편소설을 출간한다는 것을 대단한 모험이다. 더구나 요즘 같은 출판계 불황에서 판매 부수가 불투명함에도 불구하고 투자를 했다면 분명한 이유가 있을 것이라 생각했다.

기발한 상상력도 아니고 탄탄한 구성이나 안정된 문체도 아니라면 텍스트 내적 요소 중에는 '문지'가 김설을 선택할 아무런 이유도 없다. 결국 내릴 수 있는 결론은 텍스트 외적 요인에 의해 김설을 선택했다고 밖에 볼 수 없다. 그게 무엇일까?

최근 몇 년간 '문지' 소설선을 보면 젊은 작가들이 유독 많이 눈에 띈다. 박청호, 배수아, 한강, 이응준, 백민석, 김연경 등 20대 중반에서 30대 초반까지의 젊은 작가들이 '문지'를 통해 등단했거나 첫 장편 소설을 상재하였다. 출판사에서 젊은 작가들을 끌어 모으는 이유는 단 한가지 뿐이다. 나름의 작가군을 형성하여 그것을 통해 당장은 아니더라도 문단의 중심에 그 영향력을 행사하려는 의도. 더구나 <문학과지성사>같이 문단의 중심에 위치해 있다고 자부하는 출판사로서는 그 권력을 계속 유지하려는 욕구가 더더욱 강할 수밖에 없다. 이제 몇 년 안 있으면 21세기가 열린다. 벌써부터 한국문단은 세대 교체바람이 거세게 불고 있으면 2-30대의 젊은 작가들이 향후 한국문학을 이끌어나갈 것임은 자명한 이치이다. 그것을 준비하고자 하는 '문지'의 노력이 그들이 형성해 놓은 젊은 작가군에 김설이라는 또 한 명의 신인을 끌어들인 것이다.

그러나 문지는 멋지게 속아 넘어갔다. 김설은 기왕의 문지 젊은 작

가들이 이룩해 놓은 문학적 성취를 결코 따라가지 못할 뿐 아니라 그
동안 문지소설선이 애써 쌓아놓은 신뢰감에도 치명적인 상처를 남겼
다. 젊은 작가군의 형성이라는 욕심에 문학적 안목이 멀어버리는 '신
세대 바이러스'에 감염된 <문학과지성사>는 그들의 권력욕을 너무
노골적으로 드러내면서 스스로 함량미달의 작가에게 '문지사단'이라는
꼬리표 하나를 부쳐주는 우를 범하고 만 것이다.


## 5. 글을 미치며


　김설의 『게임오버』가 사이버문학의 전형적인 텍스트가 아닐까 했던
기대지평은 너무 허무하게 무너져 내렸다.
　사이버문학은, 재현해야할 세계가 변화함으로 해서 당연히 그것을
문학 텍스트 안에 끌어들일 상상력 또한 형질 변화를 수반하여야 한다
는 명제를 전제로 하고 있다. 그리고 그 형질 변화에 대한 판단은 작가
의 상상력이 전대의 그것과 갈라지는 변별적 자질은 무엇이고, 텍스트
에 형상화된 새로운 상상력이 정보화사회라는 변화한 현실을 재현하
고자 하는 작가의 능동적인 대응인지 아니면 본질에 다가가지 못한 채
수동적 수용에 머물고 있는지에 따라 판단내릴 수 있다. 김설의 『게임
오버』는 겉으로는 새로운 형식 기법의 도입과 독특한 상황 설정으로
인해 사이버문학이 지향하는 새로운 상상력으로 읽히지만, 그 심층에
상상력의 자궁이 되는 변화한 현실에 대한 작가의 치밀한 접근과 문제
의식이 부재함으로 해서 능동적 대응을 기대했던 독자들에게 실망을

안겨주었다.

정보화 시대 독서 주체들의 감수성에 가장 잘 호소할 수 있는 문학은 혁명적인 글쓰기 저작도구의 발전이 가져다준 텍스트의 형질이나 형식 실험에 좌우되기보다는, 오히려 독서 주체들의 문화적 공감대와 문학적 기호를 충족시켜줄 수 있는 작가의 상상력에 한층 더 의존하게 될 것이다. 전자매체 시대 텍스트 짜기의 유력한 형식으로 제시된 하이퍼텍스트가 문학하기의 한 방법론은 될 수 있을지언정, 문학 그 자체를 대신할 수는 없는 이유도 여기에 있다. 문학은 기술(skill)이 아니라 예술(art)이기 때문이다. 실제로 인터넷 상에 올려져있는 하이퍼텍스트들을 접해보면 단순히 형식적인 시도 이상의 문학적 감동을 주는 텍스트를 만나기가 쉽지 않다. 비선형적이며 강한 상호텍스트성, 입체적 이미지와 가변적인 다양한 결말이 가능하다는 특징은 분명 하이퍼 텍스트가 문학의 새로운 형식적 가능성을 열어놓은 시도임을 부정할 수 없게 만들지만, 그것만 가지고 문학이라고 명명하기엔 부족하다. 하이퍼 텍스트가 문학이 되기 위해서는 종이책과 마찬가지로 작가의 의식적 상상력이 개입해야만 하며, 그것이 독자의 감수성과 만나 미학적 가치를 획득해야 한다. 물론 문학적 감동이라는 개념이 정보화시대에 그 형질을 달리할는지도 모른다. 그러나 '감동'은 작가의 상상력과 독자의 감수성이 서로 교호하면서 만들어내는 것이지 결코 텍스트의 형질 변화나 형식 실험으로 이끌어내질 수 있는 것이 아니다.

김설이 『게임오버』에서 보여준 초보적인 형태의 <복합줄거리소설>은 한번쯤 시도해 볼만한 재미있는 시도나 형식 실험 정도의 의미밖에는 가질 수 없다. 문제는 '형식의 내용에로의 넘쳐흐름' '내용의 형식에로의 넘쳐흐름'이며, 김설은 그것을 간과하였다.

그러나 『게임오버』에서 한가지는 분명히 확인할 수 있다. 이제 문학에 대해 우리가 '진리'라 단언할 수 있는 것은 아무 것도 남아있지 않다는 사실, 비록 어설픈 배설에 그치고 말았지만 지금 우리 문학은 이렇게 변해가고 있는 것이다.

# 전자언어, 버추얼 리얼리티, 그리고 사이버문학

## – 장은수 평문에 나타난 하나의 오독과 하나의 오류 –

## 1. 글을 시작하며

『문예중앙』 97년 겨울호에 실린 장은수의 평문 '사이버문학 앞날 어떻게 될까?'는 기본적으로 제목과 글의 내용이 일치하지 않는다는 약점을 가지고 있다.[1] 오히려 이 평문은 기왕의 사이버문학 논의를 비판적으로 검토해본 후, 그 논의들에서 간과되고 있다고 판단한 지점을 출발점으로 하여, 필자 스스로 새로운 사이버문학론(굳이 명명하자면

---

[1] 물론 <'사이버 스페이스'의 접속문화가 허구와 현실을 동시에 무너뜨리고 있다>가 제목이라고 생각할 수도 있겠으나, 그것은 문학평론의 제목 달기라 했을 때의 일반적인 상식에 위배되는 것이다.

따라서 내가 보기에 이같은 치명적인 모순은 아마도 두가지 경우수 중에 하나의 결과일 듯 하다. 첫 번째는, 장은수 자신이 제목을 정한 것이 아니라 이미 『문예중앙』 편집 위원들에 의해 정해진 후 청탁이 들어간 경우이다. 이 경우 장은수는 편집진의 의도와 부합하는 글을 쓰지 못했다는 지적을 면하기 어려울 것이다. 두 번째는 장은수의 평문을 <사이버 新세대 작가 중단편 특선>이라는 꼭지 뒤에 배치하면서 나름대로 일관성을 갖추기 위해 편집진들이 제목을 의도적으로 (또는 선정적으로) 뽑았을 경우이다. 이 경우에 글의 성격과 무관한 제목달기라는 비판은 편집진들이 책임져야 한다.

일의 선후 관계와는 무관하게, 두 경우 모두 제목달기와 장은수 본인의 의사와는 아무런 상관이 없다. 사이버문학의 현재형조차 지극히 불투명한 상태에서 앞날이 어떻게 될 것인가에 대해 자신있게 말할 수 있는 사람은 아무도 없으며, 장은수 역시 그러하기 때문이다.

‘버추얼 리얼리티 문학이론’ 정도가 될 듯 한데)을 제시하려는데 그 목적이 있는 듯 하다.

물론 제목과의 모순을 차치해 두고 읽어보면 장은수의 글이 갖는 의의는 충분히 있다. 무엇보다도 사이버문학에 대해 장은수의 관심은 상당히 고무적인 일이다.[2] 비록 기왕의 논의에 대한 비판적 점검이 몇몇 사람에 국한되었다는 한계를 갖고 있기는 하지만, 자신의 관심을 실제 글쓰기 행위로 연결시키고 있다는 점은 높이 살만하다. 또 아직 국내에서 치밀한 논의가 이루어지지 않고 있는 새로운 리얼리티에 대한 접근, 즉 버추얼 리얼리티를 문학과 연결시키려 시도한 점 역시 장은수의 글이 갖고 있는 미덕이라 할 수 있다.

그러나 이 같은 표면적인 미덕으로는 다 가릴 수 없는 논리의 내적 모순이 그의 글 곳곳에서 발견된다. 반론이라고 그 성격을 규정지을 수 있는 이 글을 굳이  쓰고자함은 그같은 논리의 내적 모순들이 자칫 사이버문학에 대한 편견을 일반화시키거나 혹은 부추길 수 있다는 판단 때문이다. 사이버문학에 대한 지금까지의 논의들이 집중적이라기보다는 분산적이며, 총체적이기보다는 분열적이었음을 부인할 수 없다. 이는 사이버문학의 이론적 기반이 그만큼 허약함을 증거해 주는 동시에 사이버문학에 대한 접근방식이 일관성을 갖지 못한채 논자에 따라 다양한 길찾기가 행해지고 있음을 말해준다. 그리고 그 다양한 길찾기가 사이버문학을 더욱더 불확정, 애매모호함의 영역으로 밀어넣고 있다.

장은수의 글 역시 사이버문학으로 다가가는 다양한 루트 중의 하나를 보여주고 있다. 문제는 그 루트가 기존의 루트들이 안고있는 이론

---

2) 동년배 비평가들 중에서 가장 적극적으로 새로운 문학 환경과 그 흐름에 대해 발언하고 있다는 점에서 장은수의 행보는 앞으로도 주목할만 하다.

적 약점을 출발점으로 삼고 있다고 읽혀지면서도, 충분한 설득력을 갖고 비판하지 못함으로써 출발점 자체가 잘못 설정된 것이 아닌가 하는 의구심이 든다는데 있다. 오히려 약점을 오독하고 있으며, 버추얼 리얼리티를 통한 사이버문학에로의 접근 역시 성급한 일반화의 오류를 범하고 말았다.

따라서 이 글은 크게 두 가지 방향에서 장은수에 대한 비판을 시도할 것이다. 첫 번째는 '전자언어'라는 언어 기반에 대한 장은수의 오독을 지적할 것이고, 두 번째는 버추얼 리얼리티와 사이버문학을 연결시키려는 시도가 왜 성급한 오류인가를 밝혀보고자 한다.


## 2. 전자언어를 이야기하는 허망한 오독(誤讀)


장은수는 '사이버를 이야기하는 허망한 말들'이라는 소제목의 글에서 전자언어와 사이버문학의 관계에 대해 비판하고 있다. 그러나 아쉽게도 그 비판은 전자언어의 개념에 대한 오독에서부터 출발하고 있다.

> 그렇지만 사이버문학이 문자 언어가 아니라 전자 언어를 이용하고 있다는 것은 터무니없는 과장이다. '전자언어'는 코블, 포트란, 터보 C, 유닉스 등의 컴퓨터 프로그래밍 언어나 정보의 최소단위인 비트나 바이트를 말한다. 그런데 수식과 알고리즘으로 이루어진 이런 언어로 어떻게 문학이 가능한지 나로서는 도저히 알 수 없다.
>
> (『문예중앙』 97년 겨울호, 218쪽)

위의 진술에서 알 수 있듯이 장은수가 정의 내린 전자언어에는 프로그래밍 언어와 아스키 코드가 한데 묶여져 있다. 그러나 일반적으로 전자언어(Electric Language)는 새로운 글쓰기 도구로 등장한 워드프로세서로 인해 가능해진 언어의 매질(媒質) 변화를 지시한다.

> '전자언어'라는 신조어는, 펜과 원고지에 의지하여 글쓰기 작업을 수행해왔던 작가들이 90년대 들어 급속도로 보급되기 시작한 개인용 컴퓨터의 등장으로 인해 글쓰기 환경 자체를 키보드와 모니터로 전환시키기 시작하였고, 이같은 변화를 특징화시키기 위한 '전자'와 '언어'의 합성어이다.[3]

> 철학적으로 볼 때, 워드프로세서는 기호와 언어 그리고 좀 더 확대해보면 실제와의 새로운 관계를 창출해내고 있다. - 중략 - 이렇게 새로운 전자언어는 이전에는 존재하지 않았던 인스턴트 피드백 고리를 형성한다.[4]

물론 <전자언어>라는 용어 이외에도 '디지털 텍스트(Digital Text)'(강내희)나 '전자 글쓰기(Electronic Writing)'(마크 포스터) 같은 용어들이 사용되기도 한다. 그러나 이들 용어는 모두 워드프로세서가 새로운 글쓰기 도구로 등장함으로서 필연적으로 초래된 텍스트의 형질 변화를 의식하고 있다.

장은수는 <전자언어>를 프로그래밍 언어나 아스키 코드로 인식하면서 문자언어와 전자언어 사이에 분명한 간극이 존재하며, 전자언어

---

3) 졸저, 『사이버문학의 도전』, 토마토, 1996년, p.17.
4) 마이클 하임 저, 이명숙 역, 『가상현실의 철학적 이해』, 책세상, 1997, p.16.
   (특히 마이클 하임은 1987년에 출간된 『전자언어(Electric Language)』라는 저서에서 워드프로세서가 글을 쓰고 심지어는 생각하는 방식에까지 영향을 미치고 있음을 날카롭게 분석해 놓았다.)

가 그 간극을 뛰어넘어 문학어로 기능할 수 없다고 판단하였다. 그러나 내가 정의한 <전자언어>의 개념에서 보면, 두 언어 사이에는 무엇을 도구로 하여 쓰여지느냐의 차이가 있을 뿐 본질적으로 언어행위라는 측면에서는 동일하다. 텍스트가 쓰여지고 현현(顯現)하는 방식이 달라졌을 뿐 두 언어 모두 동일한 사회적 약속을 공유하고 있다. 종이에 글을 쓰든 자판을 두드려 글자를 만들든 우리가 읽어낼 수 있는 것은 '언어'라는 사회적 약속에 두 언어 모두 충실하기 때문이다. 결국 장은수는 내가 사용한 <전자언어>의 개념은 무시한 채 자신이 독단적으로 판단한 개념을 사용하여 내 논리를 비판하는 오류를 범하고 있는 것이다.

<전자언어>에 대한 이 같은 개념 오독은 결국 다음과 같은 무모한 진술로 이어졌다.

> 게다가 통신공간(사이버 스페이스)에서는 실제로 전부 문자로 문학 행위를 하고 있는데, 문학의 재현 코드가 문자 언어에서 전자 언어로 이행하고 있다는 말이 무슨 뜻인지 정말 알 수 없다. (218쪽)

이 진술은 장은수가 의도하지는 않았지만 전자언어 역시 사회적 약속에 충실한 언어임을 역설적으로 드러내준다. 물론 텍스트 방식의 일반 통신공간 뿐만 아니라 WWW(월드와이드웹)을 기반으로 하이퍼 텍스트(Hyper Text) 방식으로 구현된 멀티미디어 환경의 인터넷(Internet) 역시 문자를 기반으로 이루어져 있다. 그러나 그 문자가 통신 공간에 올려져 사람들에게 읽히기 위해서는 먼저 워드프로세서를 이용하여 글쓰기 작업을 수행한 후 아스키 코드(TXT 파일)로 변환시켜야 한다. 통신 공간에서 문학 행위를 하기 위해서는 필수적으로 워드프로세서를 사용할 줄 알아야하며, 더구나 요즘 대부분의 작가들은 펜이나 원고지 대신에 자판과 모니터를 그들의 주된 글쓰기 환경으로 삼고 있다. 문학의 재현 코드가 문자 언어에서 전자 언어로 이행하고 있다는 진술은 이것을 염두에 둔 것이다.5)

장은수는 인쇄미디어와 전자미디어를 구분하면서, 미디어의 차이와 무관하게 문학은 문자로 이루어져 있음으로 문학어는 곧 문자 언어와 동의어라 판단하였다. 그러나 이 판단은 심정적이라는 혐의에서 벗어날 수 없을 것이다. 만약 그의 논리대로 워드프로세서로 작성된 텍스트 역시 문자 언어로 이해해야 한다면, 종이로 쓰여질 때와 워드프로세서로 작성될 때 글쓰기의 과정이나 주체의 의식에서 보여지는 현격한 차이를 규명해 낼 아무런 근거도 가질 수 없다.

<전자언어>에 대한 개념 오독은 장은수의 비판 논리에 치명적인 허점을 노출시켰다. 전자언어에 대한 판단은 입장 차이임으로 강요할 문제는 아니지만 누군가의 논리를 비판하기 위해서는 최소한 그가 용어를 어떤 의미로 사용하고 있는가를 치밀하게 검토해봐야 할 것이다.

'사이버를 이야기하는 허망한 말들'에서 주장하고 있는 장은수의 비판 논리를 한가지만 더 짚고 넘어가 보자. "무정형성 비제도성 다성성은 새로운 문학을 만들어내기 위한 필요충분조건이지만 그것은 모든 좋은 문학의 특성이지 사이버문학의 특성만은 아니다."(p.220)라는 진술은 이해하기 힘들다. '필요충분조건'이 갑자기 '특성'으로 환치(換置)된 것도 이상하지만, 무정형성 비제도성 다성성은 사이버문학의 공간적 지반이 되는 사이버 스페이스의 특성이지 사이버문학의 특성은 결코 아니기 때문이다. 물론 이같은 공간적 특성이 사이버문학의 서사

---

5) 장은수도 『문예중앙』에 발표한 글을 워드프로세서로 작업했을 것이며, 나 역시 그러하다.

전략에도 영향을 끼치고 있음을 간과할 수는 있지만, 이것이 사이버문학만의 특성이라고 강변하기에는 통신 공간 안에서의 문학 성과물들이 아직 미미하다. 위에 세 가지는 문학 행위를 뒷받침해주고 성과물들을 담아내는 공간의 특수성이지 문학의 미학적 특수성이 될 수는 없다. 오히려 사이버문학의 특성은, 작가와 독자의 경계 무너짐이 가져온 초작가(超作家) 초독자(超讀者)의 등장, 이어쓰기와 고쳐쓰기의 용이함으로 인한 원본의 부재와 작가 정체성의 훼손, 비물질적 상상력과 쌍방향 소통구조 등을 들 수 있을 것이다.[6]

어쨌든 장은수도 한가지는 분명하게 인식하고 있다. 사이버문학이 전자미디어를 기반으로 하고 있다는 점, 그러나 그가 여기서 더 이상 나아가지 못하는 것은 <문자언어>에 대한 강박과 함께 통신 공간의 정체성만으로 사이버문학을 읽어내려 했기 때문이다. 사이버문학은 전자언어를 글쓰기의 도구로, 사이버 스페이스를 공간적 기반으로 삼고 있지만 궁극적으로는 정보화시대라는 변화하는 사회 패러다임을 담아내기 위한 문학의 자기변신이다. 이 변신의 미래태에 대한 우리의 불안이 지금 사이버문학을 정체불명의 괴물로 만들어가고 있는 것이다.

---

6) 사이버문학의 미학적 특수성에 대해서는 『사이버문학의 도전』을 출발점으로 하여 '끝없이 갈라지는 길들이 있는 정원의 상상력'(『버전업』 1996년 겨울호), '사이버문학, 그 신대륙으로 가는 몇 가지 방식'(『문학사상』 1997년 6월호), '정보화시대의 문학, 그 문학적 상상력의 세 가지 토대'(『문학정신』 1997년 가을호) 등에서 지속적으로 언급하였다.

## 3. 사이버문학과 버추얼 리얼리티, 그 성급한 일반화의 오류(誤謬)

기왕의 논의에 대한 비판적 점검이 오독에 근거하고 있다면, '사이 버문학과 버추얼 리얼리티'라는 소제목으로 장은수가 자신 있게 펼쳐 보이고 있는 버추얼 리얼리티 이론은 아쉽게도 성급한 일반화의 오류 에 노출되어 있다. 나름대로 사이버문학 이론을 세우려 했던 시도는, 그러나 논리의 모순, 무모한 연결, 근거 없는 추론만을 보여준다.

> ㉠ 사이버문학에 대한 논의에서 대부분의 필자들이 빠뜨리고 있는
> 것은 비추얼 리얼리티에 대한 것이다.                    (226쪽)
> ㉡ 사이버문학이 만약 버추얼 리얼리티를 만들어내는 것이라면 그
> 것은 픽션을 쓰면서 픽션의 역사를 변화시키는 동시에 역사를
> 다시 쓰면서 역사를 변화시키고 있는 것과 마찬가지이다.
>                                                      (227쪽)
> ㉢ 소설을 만들어낸 상상력은 여전히 버추얼 리얼리티를 작동시키
> 는 데에도 유효하며, 사이버문학이 가능하다면 아마 이러한 사
> 실로부터 출발해야 할 것이다.                          (229쪽)
> ㉣ 굳이 버추얼 리얼리티가 문학과 관련을 맺는다면, 문학 앞에 사
> 이렌의 목소리처럼 놓인 "허구와 현실의 문턱이 이처럼 희미해
> 질 때 문학은 과연 무엇일 수 있으며, 무엇이어야 하는가"라는
> 질문을 통해서이다. 이 질문이 문학을 죽음으로 이끌지 아니면
> 세계의 무서운 비밀을 보여줄지는 알 수 없다.      (233-234쪽)

위 인용문들은 본문에 쓰여진 순서대로 나열한 것이다. 맨 처음 장 은수는 사이버문학을 이야기한 논자들이 '버추얼 리얼리티'라는 부분 을 간과하고 있다고 지적하였다. 그 다음에는 '만약'이라는 가정 하에 사이버문학이 버추얼 리얼리티를 담아낼 수 있다면 중요한 의의를 가

질 것이라 하였다. ㉢에서는 사이버문학이 현실적으로 가능하기 위해서는 버추얼 리얼리티를 그려낼 수 있어야 한다고 주장한다. 그러나 정작 결론 부분에 오면 '굳이'라는 부사어를 사용하여 한발 물러선 다음, 버추얼 리얼리티를(지금까지 사이버문학과 연결시켜온 것과는 달리) 문학 일반의 문제로 확대하면서 문학의 미래에 대한 진부한 추론으로 끝을 맺고 있다. 더구나 소설에서 허구와 현실의 문턱이 희미해지는 것은, 컴퓨터가 만들어내는 몰입적이고 상호작용적인 경험(p.227)인 버추얼 리얼리티만의 특성이 아니라 '메타 픽션'이나 '자전 소설'에서도 익히 보여지고 있는 현상임으로 질문 자체가 성립될 수 없다.

위 네 인용문은 ㉠만 제외하고는 모두 "만들어 내는 것이라면", "가능하다면", "관계를 맺는다면"과 같이 가정법을 사용하고 있다. 이것은 버추얼 리얼리티를 문학 이론으로 끌어들이기에 장은수 스스로도 자신 없어 하고 있음을 말해준다. 그렇기 때문에 그는 버추얼 리얼리티와 문학을 이야기하면서도 단 한 편의 문학텍스트도 예로 들 수 없었다. 장은수가 버추얼 리얼리티의 좋은 예라고 들고 있는 것은 '포레스트 검프', '엠마뉴엘 7' 같은 영화이거나 비행 시뮬레이터 뿐이다. 물론 조지 오웰의 『1984』를 언급하고는 있지만 그것은 버추얼 리얼리티 시스템이 가져올 수도 있는 우울한 디스토피아의 세계를 설명하기 위해서이지 결코 『1984』에서 그려지고 있는 세계가 버추얼 리얼리티의 세계라는 이야기는 아니다.

'사이버문학과 버추얼 리얼리티'라는 장에서 왜 단 한 편의 문학 텍스트도 분석되지 못하는가? 이는 버추얼 리얼리티가 그만큼 문학에서 구현되기가 어려움을 말해주는 동시에 사이버문학을 논의하면서 대부분의 논자들이 버추얼 리얼리티를 언급하지 않은 이유이기도 하다. 영화나 시뮬레이션 게임은 시각뿐만 아니라 청각까지도 충족시켜주는

입체적인 텍스트이다. 따라서 몰입이나 상호 작용적 경험이 시각, 그
것도 문자에만 의지하는 문학 텍스트보다 훨씬 용이함은 당연하다. 그
러나 문학에서 버추얼 리얼리티가 구현되기 위해서는 텍스트의 형질
자체가 쌍방향의 멀티미디어 환경으로 변화하여야 한다. 문학 텍스트
에서 버추얼 리얼리티 구현의 어려움은 장은수가 직접 번역한 마리로
르 라이언의 논문 「버추얼 리얼리티 문학이론」의 결론 부분에도 잘 나
타나 있다.

> 그러므로 텍스트 상호작용의 최고 몰입 형태는 언어의 서술적인 활
> 용을 통해 창조를 수행하는 텍스트라기보다는 사용자들이 픽션 세계
> 의 인물들과 대화적이고 생생한 상호작용을 하고 있다고 느끼는 텍스
> 트들이다. 나는 그 예로 아이들의 역할 놀이게임과 사용자들에게 등장
> 인물의 역할을 수행할 것을 권유하는 상호 작용적인 하이퍼 텍스트
> 시스템을 들고 싶다. 그러나 이러한 상호 작용 양식은 디자인 문제를
> 해결하여야 하며, 그와 동시에 몰입과 상호 작용 사이의 대립을 해결
> 할 수 있는 방식을 제시하여야 한다. 그러니까 언어를 연극 행위 또는
> 세계 안의 육체적 존재 양식의 표현으로 전화시키는 방식 말이다.[7]

마이클 하임은 1993년에 쓴 『가상현실의 철학적 의미』(책세상, 1997)
라는 저서에서 버추얼 리얼리티의 개념을 '시뮬레이션', '상호작용',
'인공성', '몰입' '원격현전', '온몸몰입', '망으로 연결된 커뮤니케이션'
등 일곱 가지를 들었다. 라이언은 1994년에 「버추얼 리얼리티 문학이
론」이라는 논문을 쓰면서 일곱 가지 개념 중 문학에 적용될 수 있다고
판단한 '몰입'과 '상호작용'만을 선택하여 장황하고 현학적인 이론을
전개하다가 결론에 가서는 아직 버추얼 리얼리티를 문학에서 구현하

---

7) 장은수 역, 마리로르 라이언 저, 「버추얼 리얼리티 문학이론」, 『포에티카』 1997
   년 봄호(민음사), p.187.

기에는 기술적으로 해결해야할 여러 가지 문제가 있음을 고백하였다. 그리고 그 라이언의 논문을 번역한 장은수는 기술적인 한계 고백을 '초보적 형태로 구현되고 있다'(p.232)라고 의도적으로 축소시킨 후 '몰입'과 '상호 작용적 경험'을 무모하게 문학이론에 끌어들이고 말았다.

라이언은 몰입을 이론화하면서 "감각의 모든 채널들을 언어가 대체할 수 있기 때문에 버추얼 리얼리티와 같은 멀티 미디어 커뮤니케이션 양식과 문학을 비교하는 것은 정당한 것이다."라고 하였고, 장은수는 "소설은 버추얼 리얼리티만큼이나 강한 몰입 경험을 창조해낸다."(p.229)라고 하였다. 그러나 내가 보기엔 두 사람 모두 성급한 일반화의 오류를 범하고 있다. 라이언도 밝혔듯이 독자들은 화자가 보여 주는 것을 보거나 듣거나 냄새맡을 수 있을 뿐이다. 화자의 감각을 언어가 대신하여 독자에게 전해주지만 그 과정은 버추얼 리얼리티가 사용자에게 주고, 다시 받는 쌍방향 소통이 아니라 일방적이다. 소설 속의 독자는 주인공에게 권력을 행사하거나 플롯의 진행에 뛰어들 수 없으나, 삼국지 게임 유저(user)는 스스로가 주인공이 되어 게임을 할 때마다 매번 새로운 줄거리를 만들어낼 수 있다. 문학은 감각의 모든 채널이 언어로만 대체될 수 있을 뿐이지만, 버추얼 리얼리티는 그 채널이 육체와 직접 연결된다. 우리의 몸이 곧 우리의 인터페이스가 되는 것이다. 그런데 어떻게 문학과 멀티미디어 커뮤니케이션 양식을 동일 선상에 놓고 '몰입'이라는 의식적 수준으로 비교할 수 있는가? '몰입 경험' 역시 문학과 버추얼 리얼리티는 그 층위가 다르다. 문학의 몰입은 단기간의 기억에 의존하며 점강(漸降)적이지만, 버추얼 리얼리티의 몰입은 지우지 않는 한 장기간 보존되는 컴퓨터의 기억에 의존하며 그 세계 안으로 뛰어들 때마다 항상 새로운 몰입을 경험할 수 있다. 나관중의 『삼국지』를 읽을 때 독자들이 경험하는 몰입은 바로 그 직전에 읽은 내용을 기억함으로써 가능하며, 그 기억은 책을 덮는 순간 사라진다. 또 동일한 책을 다시 읽을 때마다 몰입의 강도는 현저하게 약해진다. 작중 화자가 보여주는 것이 항상 동일하기 때문이다. 그러나 시뮬레이션 게임 「삼국지」는 유저가 게임 도중에 그만두게 되면 다음에 게임을 할 때까지 컴퓨터가 대신 기억하고 있다가 고스란히 유저에게 복원시켜 준다. 동일한 게임을 다시 시작해도 누구를 플레이어로 선택하느냐에 따라 몰입은 매번 새로워진다. 소설이 버추얼 리얼리티만큼이나 강한 몰입 경험을 창조해내기 위해서는 인공 지능형의 하이퍼 텍스트가 요구되는데 기술적으로 아직 현실화되지 못한 상태에서 장은수의 진술은 설득력을 가질 수 없다.

'상호 작용적 경험'을 하이퍼 텍스트와 연결시켜 문학 안에 끌어들이려는 시도 역시 버추얼 리얼리티가 갖는 '상호 작용적 경험'이라는 특징을 자의적으로 해석하여 무모하게 일반화시킨 결과이다. 버추얼 리얼리티에서 이야기하는 상호 작용적 경험은 컴퓨터 안에 설치된 소프트웨어와의 상호 작용을 의미한다. 예를 들어 윈95 바탕 화면에 액세서리로 단축 아이콘이 만들어져 있는 휴지통은 실재하는 휴지통은 아니지만 사용자로 하여금 쓸모 없는 파일을 버릴 수 있는 유용한 휴지통으로 인식하게 만든다. 이때 사용자와 소프트웨어인 휴지통 사이에 이루어지는 교감이 상호 작용이다.[8] 그러나 장은수는 하이퍼 텍스트에서 독자가 자의적으로 노드를 선택할 수 있음이 텍스트와 독자 사이에 이루어지는 상호 작용적 경험이라고 이야기하고 있다. 하이퍼 텍스트에서 모든 독서 과정이 새로운 텍스트를 창조해내고, 독자가 이러한 텍스트 쓰기에서 능동적인 역할을 수행한다면 상호 작용적 경험이 가능하겠지만, 지금 우리가 만날 수 있는 하이퍼 텍스트는 작가가 만

---

8) 마이클 하임, 같은 책, pp.182-183 부분 요약.

들어놓은 수많은 노드 중에서 임의로 선택하여 이미 구축된 많은 줄거리 중에 하나를 내 것으로 가질 수 있을 뿐 작가의 설계를 뛰어넘는 새로운 줄거리를 창조해낼 수 없다. 버추얼 리얼리티에서 이야기하는 상호 작용적 경험이 문학에 적용되기 위해서는 하이퍼 텍스트가 소프트웨어이어야 한다. 그러나 하이퍼 텍스트는 소포트웨어가 아니라 소프트웨어가 만들어낸 전자언어일 따름이다.

이같은 성급한 일반화의 오류의 연장 선상에서, 장은수가 송경아, 김영하, 백민석의 소설을 주목하고 있으며, 그들 소설에서 보여지고 있는 현실과 허구의 관계를 버추얼 리얼리티 문학이론으로 분석하는 작업을 준비중에 있음을 내비친 것 역시 매우 무모한 발상이다. 허구의 유혹을 받아 흔들리는 현실의 흔적을 따라가거나(김영하), 허구 자체가 현실화해서 현실 속에서 움직여 나가는 모습을 그리거나(송경아), 현실과 허구가 서로 완벽하게 뒤섞여 서로에게 간섭하는 모습을 보이는 것(백민석)은 정보화사회가 작가들에게 요구하고 있는 리얼리티의 확장으로 이해해야지 결코 버추얼 리얼리티로 분석 가능하지 않다. 그들 세 작가 모두 감각의 모든 채널을 언어로 대체할 수 있을 뿐 독자의 육체와 직접 연결시키지는 못하며, 여전히 독자는 화자가 보여주는 것만을 보고 듣고 냄새맡을 수 있기 때문이다.


## 4. 글을 마치며


<사이버문학>이라는 신조어가 등장한지 3년이 되어가지만 이론 면

에서는 아직 괄목할만한 성과물들을 내놓고 있지 못하다. 많은 논자들이 이야기하고는 있지만 '장님 코끼리 만지기'식의 자기주장이나 심정적인 옹호 또는 비판에 머물고 있다. 이 지점에서 장은수의 글은 분명 의미가 있다. 비록 오독과 오류로 엿보이긴 하지만 공감할 부분 역시 적지 않다. 이 글의 성격상 공감을 표시할 수는 없었으나 장은수의 글이 사이버문학의 이론화에 작은 이정표를 세웠음을 부정하고 싶지는 않다. 다만 한가지 덧붙이고 싶은 것은 사이버문학은 현단계 우리의 문학 좌표에 걸 맞는 수준에서 자생적인 이론이 되어야 한다는 점이다. 아직 제대로 된 하이퍼 픽션 하나 없는 국내 상황에서 외국의 하이퍼 픽션 이론을 이야기해봐야 사이버문학에 대한 개념 혼란만 가중시킬 따름이다.

지금까지 현대문학이론은 거의 전부 외국에서 수입하여 왔다. 문학은 보편성만큼이나 특수성도 중요함에도 불구하고, 이제껏 우리는 민족 문학의 특수성을 서구 문예이론이라는 보편성으로 재단해 왔다. 만약 우리가 '번역'이라는 안이한 방식으로 사이버문학을 이론화하고자 한다면 결국 이론과 창작 사이에 괴리가 생겨날 것이며, 포스트모더니즘이 그러했듯이 이론만 요란하다 유야 무야 사라지는 낯선 자들의 문학이론으로 전락하고 말 것이다.[9] <눈높이 이론>이 사이버문학이 지향해야할 방법론적 모색이 되어야 한다.

사이버문학에 대한 젊은 비평가들의 관심이 절실히 요구되는 것도 이 때문이다. 러쉬코프의 말처럼 우리에게는 정보화사회라는 새로운 사회 패러다임에 적응해 진화할 것인가 아니면 도태될 것인가라는 양

---

9) 『사이버문학의 도전』이 가장 비판받는 부분 역시 무분별한 외국 이론의 차용이며, 나도 충분히 인정하는 바이다. 그 책을 쓴 96년에는 통신 공간과 그 안에서 자생적으로 발생한 문학에 대해 참고할만한 논문이나 저서가 국내에 빈약한 탓도 있었지만, 너무 안이하게 출발하였음을 반성한다.

자택일의 선택이 남아 있을 뿐이다. 항상 구태의연함에 대한 도전과 새로운 패러다임의 구축은 젊은 세대의 몫이요 과제였다. 우리는 우리뿐만 아니라 문학도 진화시킬 책임이 있는 것이다.

# 가상공간(Cyber Space)과 문학적 글쓰기
## – 공간 정체성과 <사이버문학>의 문학 행위 주체 이론을 중심으로 –

## 1. 글을 시작하며

90년대 들어 글쓰기의 환경 또한 많이 달라졌다. 글쓰기의 매질(媒質) 면에서는, 원고지와 펜에 의지하던 '문자언어'에서 모니터와 키보드를 사용하는 '전자언어'로 바뀌었고, 글쓰기의 소통 공간에 있어서는 현실 세계와는 전혀 다른 비물질적 토대 위에 자리잡은 가상공간이 등장함으로써 문학 성과물들을 담아낼 수 있는 공간과 소통 통로의 확장을 가져왔다. 워드프로세서라는 새로운 글쓰기 도구가 글쓰기에 끼친 영향에 대해서는 이미 상당한 연구가 이루어졌다.[1]

---

1) 워드프로세서가 글쓰기에 미치는 영향에 대해 참고할 만한 논문 중 국내에 번역이 되었거나 국내 논자들에 의해 쓰여진 것으로는 다음과 같은 글들이 있다.
   - 장경렬, '컴퓨터로 글쓰기, 무엇이 문제인가?', 『현대비평과이론』 1992년 가을 겨울 합병호.
   - 한국정보문화센터 편, 『전자미디어사회』, 한국정보문화센터, 1994.
   - 마크 포스터 저, 김성기 역, 『뉴미디어의 철학』 중 '데리다와 전자 글쓰기', 민음사, 1994.
   - 월터 J. 옹 저, 이기우 임명진 공역, 『구술문화와 문자문화』, 문예출판사, 1995.
   - 로베르 에스카르피 저, 김광현 역, 『정보와 커뮤니케이션』, 민음사, 1996.
   - 마이클 하임 저, 이명숙 역, 『가상현실의 철학적 이해』, 책세상, 1997.
   - 이용욱, '정보화시대의 문학, 그 문학적 상상력의 세 가지 토대', 『문학정신』 1997년 가을호.

그러나 상대적으로 가상공간이 글쓰기에 미치는 영향에 대한 논의는 빈약하다. 이는 아마도 두 가지 측면에서 그 원인을 찾아볼 수 있을 것이다. 먼저, 워드프로세서는 개인용 컴퓨터의 대중화에 힘입어 광범위하게 사용됨으로써 펜을 밀어내고 유력한 글쓰기 도구로 자리잡았지만 가상공간은(비록 폭발적으로 네티즌의 수가 증가한다고는 하지만) 아직 현실 공간을 대체할만한 입지를 구축하지 못했다는 점이다. 학문적 관심의 출발점이 개인의 미적 체험과 일정부분 연관을 맺는다 했을 때, 자신이 경험하지 못한 새로운 공간이 글쓰기에 어떤 영향을 미칠 것인가를 연구하기란 수월하지 않다. 두 번째는, 가상공간 안에서 생산되고 있는 문학 성과물들이 소재주의와 선정성, 아마추어리즘에 빠져있다는 인식이 연구자들 사이에 팽배해 있음으로 해서 본격적인 논의에 뛰어들기를 주저하게 만든 것이다. 물론 질적으로 함량 미달의 작품들이 가상공간 문학 게시판을 뒤덮고 있는 것은 사실이나, 가상공간과 문학적 글쓰기의 관계를 논의함에 있어서 중요한 핵심은 질적인 수준의 문제가 아니라 공간적 맥락이 글쓰기에 어떤 영향을 주고 있는가를 파악하는 것이다. 우리의 일상에서 가상공간의 비중이 점점 높아가고 있음을 염두에 둘 때, 대중성의 문제와 질적 수준에 집착하여 가상공간과 글쓰기의 역학 관계에 대한 연구를 등한시(等閑視) 한다면, 정보화사회라는 새로운 시대 정신과 조응(調應)하려는 문학의 자기 갱신력을 연구함에 있어 중요한 부분을 간과하는 결과를 초래할 것이다.

이 글은 가상공간과 문학적 글쓰기의 역학 관계를 분석해봄을 목적으로 하고 있다. 가상공간과 문학적 글쓰기의 관계에 대해 논의한다 할 때 그 연구 범위는 크게 네 가지 정도로 목록화될 수 있을 것이다. 첫 번째는 익명성과 탈영역 탈권력의 속성을 지닌 가상공간이 자신을 드러내고자 하는 본능의 산물인 글쓰기에 있어 주체의 의식에 어떠한 영향을 주느냐에 대한 논의이다. 두 번째는 가상공간이 비물질적 토대 위에 구축된 시뮬라크르한 참조물이라 했을 때 현실을 반영하는 문학적 상상력이 그 안에서 어떠한 형질 변화를 경험하는가 하는 점이다. 세 번째는 문학 텍스트를 매개로 하여 소통이 이루어지고 있는 가상공간 안에서 실시간 쌍방향 광역소통 등 현실 공간과는 다른 특징들이 작가와 독자의 관계에 미치는 영향이다. 네 번째는 아스키 코드로 쓰여지고 수많은 링크(link)로 연결돼 있으며 실시간으로 조회수가 표시되는 가상공간이 만들어낸 독특한 문학 장르는 무엇이고 왜 그런 장르가 발생하게 되었는가 하는 것이다.

이 글에서는 네 가지 목록 중 첫 번째와 세 번째에 주목하여 공간 정체성과 글쓰기의 관계, 가상공간 안에서 '작가'와 '독자'라는 행위 주체들의 위상 변화에 대해 논의해 보도록 하겠다.[2]

## 2. 가상공간의 정체성 – 두 가지 성격장애

모든 사회는 자체의 독특한 병리 형태를 발전시키는데 이는 그 사회의 저변에 있는 성격 구조를 과장된 형태로 표시하기 때문이다. 자본

---

2) 이것은 내가 계획하고 있는 일련의 글쓰기 과정과 밀접한 관련이 있다. 가상공간의 비물질적 상상력에 대한 논의는 '끝없이 갈라지는 길들이 있는 정원의 상상력'(『버전업』 1996년 겨울호), '사이버문학, 그 신대륙으로 가는 몇가지 방식'(『문학사상』, 1997년 6월호), '정보화시대의 문학, 그 문학적 상상력의 세 가지 토대'(『문학정신』 1997년 가을호) 등의 평문을 통해 나름대로 이론화 시켰고, 가상공간만의 독특한 문학 장르에 대해서는 '새로운 문학적 기호와 그 수용에 다른 경계 해체'(『문학사상』 1997년 4월호)와 '유머 서사물의 가능성'(『버전업』, 1997년 여름호)에서 미흡하나마 언급했다.

주의 사회는 '상호 경쟁'과 '잉여가치 생산'이라는 히스테리와 강박신경증이 관련된 성격 특질(소유욕, 일에 대한 광적인 몰두, 그리고 관음의 맹렬한 억제)을 극단으로 몰고 갔으며[3], 경제 공동체 안에서 자신의 입지를 보장받기 위해 개인적인 성향을 억누르고 집단의 성향에 굴복하는 매저키즘(masochism)이 돌출되었다.

그러나 컴퓨터와 네트워크가 거미줄처럼 촘촘히 연결되어 만들어낸 가상 공동체와 그 안에서 형성되고 있는 사이버 문화는 현실 공간과는 판이하게 다른 성격 구조를 형성하고 있다. 우리 사회가 자본주의사회에서 정보화사회로 생산 양식이 이동하면서 등장한 이 새로운 공간은 전통의 부재와 권위의 훼손, '영역화'된 사회 제도의 해체 등이 두드러지게 보여지면서 나르시시즘(narcissism)과 새디즘(sadism)이라는 성격 장애를 사이버 문화 저변의 성격 구조로 형성시키고 있는 것이다.

이 장에서는 가상공간이 열려있는 글쓰기의 광장으로서 기능을 수행하는데 중추적 역할을 담당하고 있는 '게시판 문화'를 중심으로 나르시시즘과 새디즘이 주체의 글쓰기에 미치는 영향에 대해 살펴보고자 한다.


## 2-1  글쓰기와 나르시시즘


'나르시시즘(자아도취)'이 게시판 문화의 독특한 병리 형태로 발전된 데에는 가상공간만이 갖고 있는 공간적 특질이 작용하고 있다.

가상공간은 개인 대 집단이라는 일방향 소통방식이 아닌 개인 대 개

---

3) 크리스토퍼 라쉬 저, 최경도 역, 『나르시시즘의 문화』, 문학과지성사, 1989, pp. 61-62.

인의 쌍방향소통 방식으로 그 매개적 특성을 변화시킴으로써, 전통적인 사회 공동체를 와해시키며 주체의 권리를 강화시켜 주었다. 사회적인 '연속'은 곧바로 개인용 컴퓨터의 영역 안에 저장됨으로써 개인적인 '단절'의 단위로 변경되며, 현실 공간의 영역화된 사회화 기관의 도움 없이도 개인은 자신의 컴퓨터를 통해 스스로 사회화를 경험할 수 있게 되었다. 전통적인 사회화 기관이었던 가정, 학교, 교회 대신에 컴퓨터를 통한 개인 대 개인의 관계가 그 역할을 대신함으로써 사회화 수행 과정에서의 주체의 역할이 커지게 되고 이것이 나르시시즘으로 연결된다.

컴퓨터가 제공하는 세련되고 안락한 세계를 실제 경험하고 있는 것처럼 스스로를 시뮬라시웅함으로써 가상공간의 개별 주체들은 공동체의 붕괴에 따른 불안감을 개인적으로 극복하려 한다. 어디에도 소속되어 있지 않다는 집단 의식의 부재는 곧장 <사회적 동물로서의 인간>이라는 정체성에 대한 '불안감'으로 연결되며, 이것을 무화시키고 위해서는, 자기 자신을 가장 확실하고 정당한 존재로 생각하는 나르시시즘적인 소속감으로 해소시킬 수밖에 없는 것이다.

가상공간의 나르시시즘적인 성격 장애는 자신의 글을 올릴 수 있는 게시판을 보면 확연히 알 수 있다. 사이버 문화는 게시판 문화라 할 수 있을 만큼 가상공간은 그 자체가 쓰여질 수 있는 거대한 게시판이다. 게시판에 글을 쓴다는 행위는 누군가에게 자신을 보여주고 싶은 노출증의 소산이며, 가상공간의 게시판은 조회수라는 장치로 그것을 부추긴다. 하루에 수십 편을 글을 동일한 게시판에 올리거나, 자신이 글을 쓸 수 있는 모든 게시판에 올리는 행위는 가상공간에서 그리 낯선 일이 아닌데, 그 이면에는 자신을 드러내고 싶은 나르시시즘이 숨어있는 것이다.4) 게시판 문화에서 문제시되고 있는 위악적이거나 선정적인 글

제목은 좀 더 많은 사람들에게 자신을 읽히고 싶어하는 네티즌들의 나르시시즘이 왜곡된 글쓰기의 형태로 드러나고 있음을 보여준다.

## 2-2 글쓰기와 새디즘

가상공간은 철저히 '탈영역화'된 공간이다. 가상공간 내에서는 국가, 가족, 교회, 학교라는 집단적이고 권위적인 영역 대신에 동호회, 자료실, 채팅방 같은 개인적이고 통합적인 영역만이 존재한다. 네티즌들은 자신이 원하면 아주 다양한 수십 개의 동호회에 동시에 가입할 수도 있으며, 또 동시에 탈퇴할 수도 있다. 자신과 전혀 다른 정체성을 가진 사람들과 밤새워 대화를 주고 받을 수도 있지만 개인 의지에 따라 그 한번으로 만남을 종결지을 수도, 지속적인 관계를 유지할 수도 있다. 실제 공간에서 우리가 소속되어 있는 국가나 학교, 가족같은 영역들은 일단 한번 주어진 이상에는 임의적인 가입, 탈퇴가 불가능하며 그 영역 안에서 맺어진 인간 관계 또한 자신의 의지와 무관하게 지속되어진다는 점을 생각해 보면 가상공간이 갖는 '탈영역화'의 성격은 뚜렷해진다.

따라서 기존의 권위는 통용되지 않으며, 어떠한 소속감이나 책임감도 불필요한 자유 공간이다. 이곳에서는 수직적인 모든 관계망들, 예를 들어 선생님과 제자라는 관계도, 상사와 부하직원이라는 관계도, 연장자와 연소자라는 관계도 그 자체로 아무 의미가 없어져 버린다.

---

4) 나르시시즘과 연관지어 생각할 수 있는 것이 노출증과 관음증이다. '노출증'이 자기 과시적인 나르시시즘적 글쓰기라면, '관음증'은 자기 동일시를 수반한 나르시시즘적 글읽기가 된다. 항상 즉각적인 반응을 요구하는 나르시스트들의 욕망은 가상공간 게시판의 조회수 제도를 통해 그 결핍이 충족된다.

모두가 같은 네티즌들일 뿐이며, 따라서 네트즌들은 대화방에서 상대방의 직업, 연령, 성별과 관계없이 '님'이라는 호칭으로 서로를 부르며, 이때 '님'이라는 지시어는 모든 관계틀을 수평적 관계로 무화시키는 권력 언어의 기능을 수행한다. 실제 공간에서는 '님'이 존칭어의 기능을 하지만 가상공간 안에서는 단지 일반적인 호칭에 불과할 따름이다.5)

탈영역화는 권위가 부정된다는 점 말고도, 익명성을 보장해주는 역할도 동시에 수행한다. 영역화된 관계망에서 개인의 정체성을 숨기기는 어려운 일이지만, 통신 공간 안에서는 자신이 '치는'대로 매번 새로운 '나'가 만들어질 수 있다. 제도화된 영역이 주는 도덕 관념이나 책임감, 의무감 또한 희박해질 수밖에 없으며, 이것이 글쓰기에 있어 새디즘적 성향으로 표면화된다.

가상공간은 글쓰기에 관한 한 현실 공간과는 달리 물리적인 제재를 가할 수도 없고, 법적인 구속력을 행사하지도 못한다. 유일한 제재가 아이디 정지지만 그 역시 아이디를 새로 만들거나 다른 사람의 아이디를 빌어 가상공간에 복귀할 수 있음으로 별다른 구속력을 가질 수 없다. 따라서 자신의 글은 자신이 책임질 수밖에 없으나, 가상공간의 탈영역화와 익명성 보장은 글에 대한 책임보다 글을 쓴다는 행위 자체에 더 탐닉하도록 네티즌을 유도한다. 무엇보다도 자신의 글을 스스로 지울 수 있음으로 해서 새디즘적 글쓰기는 심리적으로 보장된다. 현실 공간에서 인쇄매체로 글을 발표하는 경우, 그 글이 다른 사람에 의해 비판을 받는다거나 논리에 오류가 발견된다고 해서 전부 폐기처분 하거나 원점으로 돌릴 수 없으나, 가상공간에서는 언제든 자신이 마음 내키면 게시판에 올린 글을 즉시 삭제할 수 있다. 따라서 글에 대한 책

---

5) 졸저, 『사이버문학의 도전』, 토마토, 1996년, pp.110-111(재인용).

임감이 희박해질 수밖에 없으며 책임감의 부재가 공격성을 부추기는 것이다.

가상공간 게시판에서 문학적 논쟁이 벌어질 경우 대부분 인신공격이나 심정비판에 머무를 뿐 생산적인 논의의 장으로 발전하기는 어렵다. 이는 글을 쓰는 주체들이 자신을 드러내고 싶은 나르시시즘적인 성향과 아울러, 타자에 의해 상처받고 싶지 않은 연약함이 반대 급부로 돌출된 이드적인 공격성을 함께 갖고 있기 때문이다.6) 가상공간의 새디즘적인 성향은 현실 공간의 매저키즘적 억압이 그만큼 견고하다는 것을 말해주는 것으로, 물론 부정적인 측면을 간과할 수는 없으나, 나르시시즘과 함께 가상공간 글쓰기의 성격을 형성해주는 주요한 토대가 되는 것이다.

## 2-3  나르시시즘과 새디즘을 넘어

네티즌들은 항상 즉각적인 만족을 요구하고, 안주하지 못하며, 영원히 채워지지 않는 결핍된 욕망의 상태에서 가상의 삶을 영위한다. 그들은 충족되어지지 못하는 욕망을 끊임없이 자신을 드러내거나 이드적 공격성을 표출하는 글쓰기를 통해 해소하려 하고 있으며, 이것이 현실 공간과는 다른 가상공간 글쓰기를 이해하는데 주요한 단서가 됨

---

6) 가상공간 글쓰기의 새디즘적인 성격은 하이텔과 나우누리의 **PLAZA** 란이나 천리안의 'WORD' 게시판을 모니터링 해보면 분명히 알 수 있다. 많은 네티즌들이 자신의 의견과 다르다는 이유만으로 다른 사람을 맹목적으로 비난하고, 심한 경우 인신 공격까지 서슴치 않는다. 정치나 경제의 민감한 이슈에 대한 네티즌들의 반응 역시 차분함이나 논리정연함보다는 지극히 본능적이며 가학적인 공격성을 드러내는데 그치고 있다.

을 확인하였다.

가상공간의 게시판 문화를 부정적으로 보는 많은 사람들이, 그 안에서는 진지한 토론이 이루어질 수 없다고 비난한다. 그리고 그 근거로, 자신의 글에 대한 책임감 상실, 검열 기재의 부재로 인한 이드적 공격성의 무분별한 표출, 노출증적인 글쓰기가 초래한 감각적 자극으로의 몰입을 든다. 그러나 이같은 비판이 간과하고 있는 것이 있다. 현실 공간과는 달리 가상공간은 억압적이고 권위적인 기제들을 거부함으로써 주체의 자유로운 개성을 펼칠 수 있도록 도와주며, 이것이 미학적 상상력으로 연결될 때 문학은 더욱더 풍요로운 토양을 갖게 된다는 점이다. 가상공간 글쓰기의 부정적인 부분을 긍정적인 요소로 형질 전화시키는 작업이 이루어질 때, 소재주의, 선정성, 아마추어리즘 등 가상공간 글쓰기에 대한 비판적인 인식은 그 지시력을 상실할 것이며 그 작업의 성패 여부가 사이버문학의 미래를 가늠케 해주는 시금석이 될 것이다.


## 3. 가상공간과 문학 행위 주체 이론


작가(author)와 독자(reader)라는 개념은 문학이 발생한 이후 지금까지 끊임없이 수정되고 고쳐 써진 용어이다. 특히 20세기에 들어와 작가와 독자의 지위·역할에 대한 논의는 현대 문학 이론의 전개에 매우 중요한 주제로 작용하였다.

전통적인 관점에서 보면, 작가는 작품을 쓰는 사람이고 독자는 쓰여진 작품을 읽는 사람이다. 따라서 '주고' '받는' 관계라는 일방향적 소통 체계는 자연스레 작가의 권위를 부각시켜 주었고, 독자는 작가가 텍스트 안에 숨겨 놓은 의미들을 또한 작가가 만들어 놓은 표시를 따라 읽어 내는 수동적인 역할 밖에는 수행하지 못하였다. 텍스트 안에서 작가는 신처럼 군림하였고, 독자는 신의 말씀을 듣고 감동 받아야 하는 나약한 존재였다. 이같은 전통적인 작가관은 18세기 낭만주의자들에 의해 최정점에 다다르는데, 그들은 작가(예술가)를 진리를 구현하기 위해 신에 의해 선택된 특권적 존재로 생각하였다.

그러나 이같은 작가와 독자의 '쓰는 자'와 '읽는 자'라는 전통적인 역할 분담은, 정보화 사회로 들어선 지금, 가상공간 안에서 혁명적으로 전복되기 시작한다.

## 3-1 작가와 독자

롤랑 바르트는 텍스트를 작가에 의한 오염으로부터 분리해 내기 위해 '작가의 죽음'을 선언한다. 바르트에 의하면 '작가'라는 말은 한 자율적 주체가 하나의 텍스트적 환경으로부터 끌어내려는 요구들(심리적 일관성, 의미, 동일성)을 뜻한다. 작가의 죽음의 결과로서 바르트는 문학(文學)을 스스로가 자신을 활성화시킨 글이라는 게임의 효과로서, 독자(또는 바르트가 지칭하는 용어로 '스크립터') 이외에는 그 어떤 작가도 배제되는, 늘 그 자체의 법칙 끝에 이르는 논변적인 게임이라는 새로운 정의로 접근한다.

그러나 같은 후기구조주의자인 미셸 푸코는 바르트의 '작가의 죽음'을 다시 고쳐 쓴다. 바르트의 『작가의 죽음』이라는 책보다 1년 뒤에 나온 『작가란 무엇인가?』라는 논쟁적인 제목의 에세이에서 바르트와는 달리 푸코는 행위자로서의 작가를 부정하는 후기구조주의자들의 해설 그 내에 작가가 하나의 기능으로 그대로 남아 있음을 지적한다. 푸코에게 있어 작가란 논변적 실제에서 따로 떨어져 존재하는 개인도 아니고, 그 어떤 특정한 실제 내에서 행동하는 주체도 아닌, '주체화시키는' 기능이라고 불릴 만한 것이다. 그 어떤 특정한 실제 내에서의 규칙들을 인정하는 자로서, 그것들 사이의 관계들을 이루게 하는 기능으로서의 작가는, 푸코에게 있어 그 어떤 문화적 주체도 그 안에서 행동할 수 있는 모든 다양한 상황들을 감독하고 관리하는 <근원적 작가>가 된다.[7] 그러나 푸코의 <근원적 작가> 개념은 이미 '작가'라는 용어 안에 들어 있는 '권위적인 모습'이라는 딜레마를 완전히 해결하지 못한 채 다시 원점으로 돌아가 버리고 만다.

'작가의 죽음'의 연장선상에서 롤랑 바르트는 자연스레 독자의 역할에 관심을 갖는다. 구조주의자들은 텍스트가 무엇을 하느냐 하는 문제에 관심을 집중하였지만 바르트는 텍스트의 의미를 다원화하여 독자를 의미 해석에 참여하게 하였다. 그러나 바르트의 '독자 이론'은 텍스트의 통일성을 목적지로 상정함으로써 그것이 가능하든 가능하지 않던 간에, 텍스트를 해석의 다성적인 공간이라 제시한 자신의 논리에 모순된다는 비판을 면하기 어렵다.

독자수용이론이나 후기구조주의이론의 가장 큰 오독은 작가에 의해서 쓰여지고, 독자에 의해 읽혀지는 모든 텍스트가 그 자체로 원본(原本)이라는 문자언어 시대의 강박 관념에서 자유롭지 못하다는 점에 있다. 텍스트는 물질적인 것이며, 따라서 작가도 독자도 그 물질성을 훼

---

7) 프랭크 랜트리키아 외 공편, 정정호 외 공역, 『문학연구를 위한 비평용어』, 한신문화사, 1994, pp.138-139. (부분인용)

손시킬 수 없다는 것은, 그것이 '작가의 죽음'으로 연결되든, '독자의 지위 상승'으로 이어지든 간에 정보화시대의 문학을 지시하기에는 그 유효성을 상실하게 된다. 무엇보다도 전자언어로 이루어진 텍스트는 비물질적인 토대를 갖고 있기 때문이다.[8]

가상공간 안에서 이루어지는 문학은 작가와 독자가 실시간·쌍방향적으로 소통함으로 해서 두 영역 사이의 경계가 희미해진다. 더구나 문자 텍스트의 확정성과는 달리 디지털 텍스트는 이어 쓰거나 고쳐 쓰여질 수 있는 비물질성을 갖는다. 따라서 사이버문학에 오면 '원본'은 사라지고, '텍스트'의 물질성은 소멸된다. 텍스트는 끊임없이 고쳐 써지는 열린 공간이며, 그 '고쳐 씀'은 작가와 독자가 동시에 수행해 나가는 작업이 된다. 기존 문학에서 작가들에 의해 이루어지는 개작(改作)이 원본을 인정한 채 이루어지는 것과는 달리, 사이버문학은 작가와 독자의 원활한 쌍방향소통구조로 인하여 실시간적으로 개작의 가능성이 열리며, 이때 전(前) 텍스트는 그 물질성을 소멸함으로 해서 원본의 지위를 새롭게 고쳐 써진 텍스트에게 넘긴다. 그리고 그 고쳐 써진 텍스트 역시 '의미 구축 작업'에 독자의 참여를 다시 받아들임으로써 언제든지 원본으로서의 지위를 상실한 개연성을 스스로 떠 안고 있다.

따라서 전통적인 쓰는 자로서의 '작가'와 읽는 자로서의 '독자'라는 용어는 이제 그 지시력을 상실하며, 새로운 용어가 그 자리를 대신하여야만 한다.

---

8) 이 부분에 대한 자세한 논의로는 강내희의 '디지털시대의 문학하기'(『문화과학』 1996년 여름호, 문화과학사)를 참고할 수 있다.

## 3-2 초작가와 초독자

사이버문학은 '작가'와 '독자'라는 용어 대신에 초작가(超作家)와 초독자(超讀者)라는 용어를 제안하고자 한다.

'초작가'는 자신의 작가로서의 권위를 주장하지는 않지만, 일차적으로 텍스트를 고쳐 써야 하는 책임을 갖고 있다. 텍스트의 고정된 의미를 독자들에게 주장하지 않고, 독자들이 자신의 텍스트 안에서 마음놓고 '의미 구축 작업'을 할 수 있도록 텍스트의 개방성을 최대한으로 보장한다는 점에서는 '작가'를 초월하지만, 끊임없이 자신이 만들어낸 텍스트를 고쳐 쓸 의무가 있다는 점에서는 또한 '작가'이다. 웨인 부우드의 '내포 작가' 개념이 동일한 작가의 각각의 개별 텍스트에 또한 각각의 작가상이 존재하고 있음을 의미한다 할 때, '초작가' 개념은 끊임없이 고쳐 쓰여지는 개별 텍스트에 각각 다른 모습으로 현현(顯現)한다는 점에서는 '내포 작가' 개념을 이어 쓴 것이지만, 그 '현현'이 독자와의 상호 소통에 의해 영향을 받는다는 부분에서는 고쳐 써지고 있다.

'초독자'는 텍스트의 의미 구축 작업에 직접 참여하면서, 동시에 작가에게 끊임없이 '고쳐 쓸' 것을 요구하는 독자이다. 단순히 읽는다는 의미에서의 '독자'와 텍스트의 의미를 재생산한다는 의미에서의 '독자' 개념을 초월하고 있는 부분이 바로 '요구하는 독자'라는 부분이다. 지금까지의 현대 문학 이론에서 독자의 역할은 읽거나, 또는 텍스트의 의미를 재생산할 수는 있어도, 자신의 독서 경험을 근거로 작가에게 무언가를 질문하거나 요구할 수는 없었다. 이저의 '내포독자' 개념 역시 받아들이는 독자의 모습이지 요구하는 독자의 모습은 아니었다. 그러나 사이버문학에 오면 독자는 텍스트의 의미 구축 작업에 작가와 같이 참여하며, 그 결과를 작가에게 당당히 이야기하거나 요구할 수 있다.

실시간성과 쌍방향소통구조가 가져다 준 이같은 변화는 작가의 권위를 손상시키지도(후기구조주의), 독자에게 해석의 책임을 전가시키지도(독자수용이론) 않는다. 쓰는 자(작가)와 읽는 자(독자)라는 기본적인 구도 위에서 끊임없이 새롭게 고쳐 쓰는 작가(초작가)와 그것을 요구하는 독자(초독자)야말로, 문학이 우리 삶에 뛰어든 이래 가장 능동적이고 역동적인 '문학 행위 주체관'이 될 것이다.

## 3-3  초작가와 초독자의 만남 - 하재봉의 「갱스터 파라다이스」

사이버문학의 초작가, 초독자가 어떻게 작품 형성에 영향을 주는 받는가에 대한 명백한 실례를 하재봉의 「갱스터 파라다이스」(『버전업』 1997년 봄호)에서 단적으로 확인할 수 있다. 하이텔 내 문학 소모임인 '사이버문학 비평그룹 버전업'에서 <작가X 이벤트>[9]로 소개된 「갱스터 파라다이스」는 연재 도중 독자들의 긍정적, 또는 부정적인 반응에 따라 작가가 자신의 글쓰기를 조율하는 과정과 초작가와 초독자가 어떻게 만나며, 그것이 텍스트에 어떤 영향을 미치는가를 잘 보여준다.

아래 목록은 이벤트가 진행되는 동안 게시판에 올라왔던 글들의 제목이다.

---

9) <작가X 이벤트>란, 작가가 누구인지 알려지지 않은 상태에서 독자들이 단지 텍스트만 보고 작가가 누구인지 알아맞추는 일종의 게임이다. 물론 이 이벤트의 숨은 의도는 작가가 누구인지보다는, 독자로 하여금 작가의 권위와 억압에서 자유롭게 벗어나 마음껏 텍스트를 바라보고 분석할 수 있도록 유도하는데 있다.

| 번호 | 이름 | ID | 날짜 | 조회 | Pg | 제 목 |
|---|---|---|---|---|---|---|
| 260 | 이승휘 | simba2 | 02/24 | 190 | 5 | [작가X] 하재봉 작가님 실로 대단하십니다 |
| 258 | 하개헌 | HKH1016 | 02/24 | 186 | 2 | [작가X] 하..재..봉...-_-; |
| 257 | 하재봉 | cooljazz | 02/24 | 248 | 10 | [작가X] X로부터의 편지(끝) |
| 256 | 이태직 | craven | 02/24 | 131 | 1 | 작가 X는... |
| 252 | 안병률 | lyric70 | 02/21 | 106 | 2 | [작가X] 또하나의 패러디 |
| 251 | 김홍년 | 850706 | 02/20 | 118 | 1 | [작가X] 쌍방향 소통의 개념? |
| 250 | 황규원 | h8809 | 02/20 | 105 | 1 | [작가X] 안춘헌님 글... |
| 249 | 이승휘 | simba2 | 02/20 | 135 | 14 | [작가x] 자~ 이제 전쟁이다. 도발이다.. |
| 248 | 황규원 | h8809 | 02/20 | 87 | 2 | [작가X] 한국식 쌍방향 소통에 관하여.. |
| 247 | 김홍년 | 850706 | 02/20 | 90 | 20 | [작가X] 참고용 퍼온 글:안춘헌님 글[시론] |
| 246 | 임 순 | ImSi | 02/20 | 107 | 4 | [작가X] 말발에 편자, 쌍방향 소통 |
| 245 | 김홍년 | 850706 | 02/20 | 133 | 4 | [작가X] '새우깡이 부추긴 잡담' |
| 244 | 황규원 | h8809 | 02/20 | 103 | 4 | [작가X] 예전에 경험했던 '쌍방향 소통' |
| 243 | 조은미 | Athena0 | 02/20 | 146 | 2 | [작가X이벤트]의 시방 돌아가는 판. |
| 242 | 유종윤 | EtrangeR | 02/20 | 117 | 1 | [작가X] 일련의 글들을 읽으며 |
| 241 | 임 순 | ImSi | 02/19 | 141 | 1 | [작가X관련] 김홍년님의 239글. |
| 239 | 김홍년 | 850706 | 02/19 | 124 | 1 | [작가X] 재미있게 읽었습니다. |
| 238 | 박경범 | muma | 02/19 | 102 | 2 | [작가X] 관음증보다는 야뇨증.. |
| 236 | 임 순 | ImSi | 02/19 | 181 | 6 | [작가X] <참고> 깡패와 글나부랭이나 쓰는 |
| 235 | 김홍년 | 850706 | 02/19 | 149 | 1 | [작가X] 작가X편지 보내지 마세요... |
| 234 | 이승휘 | simba2 | 02/19 | 157 | 10 | [작가X] 너무 흥분하지 마세요... |
| 233 | 전사섭 | mrjss | 02/19 | 159 | 2 | [작가X] X로부터의 편지(4) |
| 232 | 전사섭 | mrjss | 02/19 | 159 | 3 | [작가X] X로부터의 편지(3) |
| 231 | 이승휘 | simba2 | 02/19 | 162 | 5 | [작가Cx] 유상욱 혹은 이영수 혹은 김영하( |
| 230 | 전사섭 | mrjss | 02/19 | 154 | 2 | [작가X] X로부터의 편지(2) |
| 229 | 전사섭 | mrjss | 02/18 | 169 | 17 | [작가X] 갱스터스 파라다이스 3-3/3(완결) |
| 228 | 김홍년 | 850706 | 02/17 | 101 | 3 | [작가X]우두머리들...에 대해 |
| 227 | 김홍년 | 850706 | 02/17 | 90 | 2 | [작가X] ggangpae, kangpae에 대해 |
| 226 | 전사섭 | mrjss | 02/17 | 182 | 2 | [작가X] X로부터의 편지(1) |
| 225 | 김홍년 | 850706 | 02/17 | 92 | 2 | [작가X] xman, gang에 대해 |
| 223 | 전사섭 | mrjss | 02/17 | 143 | 25 | [작가X] 갱스터스 파라다이스 3-2/3 |
| 222 | 유종윤 | EtrangeR | 02/16 | 147 | 8 | [작가X] 작품 3-1/3을 읽고 |
| 217 | 전사섭 | mrjss | 02/16 | 177 | 18 | [작가X] 갱스터스 파라다이스 3-1/3 |
| 216 | 안병률 | lyric70 | 02/16 | 130 | 4 | [작가X] 블랙코메디 |
| 215 | 정민수 | EKDDNL | 02/15 | 90 | 1 | [작가X] 생각하기로는... |
| 212 | 황경신 | thePAPER | 02/11 | 154 | 1 | [작가X] 순전히 저의 편견이지만 |
| 211 | 전사섭 | mrjss | 02/09 | 224 | 15 | [작가X] 갱스터스 파라다이스 2/3 |

| 210 | 황규원 | h8809 | 02/09 | 65 | 3 | [작가X] 코리아 느누아르 |
| 209 | 전사섭 | mrjss | 02/04 | 191 | 1 | [작가X] 연재 일정. |
| 203 | 전사섭 | mrjss | 02/03 | 274 | 13 | [작가X] 갱스터스 파라다이스 1/3 |
| 202 | 전사섭 | mrjss | 02/03 | 243 | 1 | 제 3회 [작가X] |

올라온 글들의 제목만 보아도 알 수 있듯이, 작가와 독자는 텍스트를 사이에 놓고 서로 긴밀하게 소통하고 있다. 작가와 독자들이 서로 주고 받은 영향 관계는 작가 하재봉이 독자들에게 보낸 편지를 읽어보면 확연히 드러난다.

처음, 청탁받았을 때의 원고 매수가 6, 70매 정도였는데 결국, 200매 정도의 분량이 게시판에 올려지게 되었습니다. 더구나 그것도, 시차를 두고 게재되어서, 죄송하게 생각합니다. 원고 청탁을 받고도, X 이벤트가 뭔지 잘 모르고 차일피일 시간을 허비하다가, 독촉 전화를 받고서야 글을 쓰기 시작해서, 분재라는 형식을 취하게 되었습니다.

하지만, 정말 재미있는 경험이었습니다. 3-4년전, 하이텔 대화방을 통해, 온라인 상에서의 동시 집단창작실험을 해본 바 있는데, 그 이후로 글쓰기의 방법론적 측면에서 제가 경험한 가장 짜릿한 순간이었습니다. 작품을 분재해서 올리는 동안, 주변부 형상화에 대한 황규원님의, 사회적으로 소외된 자들에 대한 형상화라는 유종윤님의 지적과, 특히, 블랙 코메디에 대해서 적어 주신 안병률님의 글은, 저에게 적지 않은 영향을 주었다고 생각합니다.

문학과 대중매체간의 쟝르경계를 해체하고 있다는 안병률님의 지적은, 평소 제가 해오던 작업의 연장선상에 있는 것으로서, 적확한 것이었다고 볼 수 있겠습니다. 물론 결과적으로 한국 근대사의 피지배층에 대한 우화의 한 방식이 되긴 하겠지만, 저도 갱스터스 파라다이스가 단순한 우화로 읽히기보다는, 우화를 뛰어넘는 재미와 표현력을 획득할 수 있기를 기대하며 글을 썼습니다. 다만, 지적인 방법을 동원하지 않는, 갱의 사회적 의미를 배제한 작품이라는 데는, 동의할 수 없습니다. 물론 글이 써나가는 도중의 지적이긴 하지만, 작품이 완결된 지금, <갱스터스 파라다이스> 전체가 한 덩어리로서, 지금까지 제외

된 것처럼 보이던 지적, 정신적인 의식의 날을 독자들에게 주고 있다
고는 생각하지 않으십니까?

- 하재봉 <작가X로부터의 편지 2> 전문

작가의 편지에서 우리가 주목해야 할 것은, 6-70매를 예상했던 작가
가 200매 이상으로 매수를 늘이게 되었다는 고백한 것과 분재 형식을
취했다는 부분이다. 이것은 작가가 글쓰기의 진행 과정 안으로 독자의
틈입을 허용했으며, 이로 인하여 처음 의도와는 달리 독자들의 간섭과
요구를 받아들이면서 자연스레 매수가 늘어났고 서사 진행에도 영향
을 받았음을 짐작케 해 준다. <갱스터 파라다이스>의 작가는 하재봉
인 동시에 그에게 간섭하고 요구했던 독자 모두인 셈이며, 작가와 독
자의 상호 교호(相互 交互)야 말로 현실 공간 글쓰기가 갖지 못하는 가
상공간 글쓰기만의 중요한 미덕이다.


## 4. 글을 마치며


가상공간과 문학적 글쓰기의 만남은 그 역사가 불과 10년도 채 되
지 않았다. 그러나 그 공간 자체가 우리의 일상에 가져다줄 혁명적인
변혁의 가능성은 문학에도 역시 동일하게 열려져 있다. 이제 우리가
해야 할 일은 그 변혁의 가능성을 하나하나 점검해보면서 정보화시대
에 맞게 자기 갱신력을 획득할 문학의 미래태를 예상하고 준비하는 일
이다. 이 글은 변혁의 가능성을 점검하는 쪽에 주안점을 두었으며, 미
래태를 예상하는 작업은 추후의 과제로 남기고자 한다.

# 사이버문학과 페미니즘

## – 사이버 에고와 젠더적 글쓰기를 중심으로 –

## 1. 들어가는 말

이 글은 사이버문학과 페미니즘의 관계를 고찰해보고자 하는 목적
으로 씌어질 것이다. 이렇게 방향 설정을 할 때 한가지 문제가 제기되
는데, <사이버문학>과 <페미니즘>이 과연 동일선상에 놓고 논의될
수 있는 분명한 '가족 유사성'을 갖고 있는가 하는 점이다. 페미니즘을
여타 패러다임과 연결짓고자 하는 논의는 후기구조주의와 페미니즘의
관계[1] 또는 포스트모더니즘과 페미니즘의 상호 관련성 연구가[2] 주류
를 이루었다. 이때 논자들이 주목한 것은 이들이 비록 개별적인 패러
다임이지만 이성중심주의의 전복, 또는 해체라는 동일한 지적 기반을

---

1) 크리스 위든은 『포스트구조주의와 페미니즘 비평』(이화 영미문학회 역, 한신문화
   사, 1994)에서, 페미니즘이란 효과적으로 사용되기 위해 이론과 실천의 동맹에
   의존하는 전략이며, 후기구조주의야말로 페미니즘을 가장 잘 설명하며, 실천적인
   관련성도 있는 이론이라고 주장한다.

2) 포스트모더니즘과 페미니즘의 상호 관련성 연구에 대한 개괄적인 이론서로는 이
   소영, 정정호가 공편한 『페미니즘과 포스트모더니즘』(한신문화사, 1992)이 있다.
   이 책의 책머리에는 페미니즘과 포스트모더니즘은 새로운 시대의 문화정치학으
   로 목표나 전략을 공유하기도 하고 어떤 면에서는 서로 배치되는 면도 있지만,
   두 패러다임간의 제휴가능성을 좀더 적극적으로 모색해보고자 한다는 편역 의도
   가 밝혀져 있다.

공유하고 있다는 점이었다.

그러나 <사이버문학>과 <페미니즘>은 어떠한 공유영역도 없어 보인다. 사이버문학이 정보화사회라는 새로운 사회 구조 하에서 컴퓨터가 유력한 글쓰기 저작 도구로 자리잡으면서 등장하였다면, 페미니즘의 발생은 후기자본주의사회가 가속화시킨 이분법적 세계관의 붕괴와 괘를 같이하는 인식 전환의 결과임으로 그 배경부터가 다르다. 더구나 <사이버문학>은 그 범위가 문학이라는 특정 예술 장르에 국한된 반면, <페미니즘>은 문학은 포함하여 문화 전반에 영향을 끼치는 일종의 정치적 운동이다.

유일한 가족 유사성이라면 두 패러다임 모두 기존의 권위와 질서에 저항하는 실천적 행위라는 점뿐이다. 그러나 단지 실천적 행위라는 부분만으로 서로 다른 지점을 향하고 있는 두 패러다임을 동일 선상에 놓을 수는 없다. 모든 예술 패러다임은 실천적 행위를 전경화 또는 후경화시키고 있기 때문이다.

그렇다면 <사이버문학>과 <페미니즘>의 관계를 고찰해보고자 하는 이 글은 그 전제부터가 잘못된 것인가? 여기서 하나의 가정을 해보자. 만약 두 패러다임의 실천적 행위가 동일한 공간에서 이루어질 수 있거나 혹은 이루어지고 있다고 가정하면 어떨까? 이때의 동일한 공간은 물론 .'가상공간'이다. 이 글의 방법론은 이 가정으로부터 출발하여 가상공간과 페미니즘의 관계를 구체화시킴으로써 역으로 가정의 당위성을 확인하고자 하는 것이다. 이때 논의의 무게중심은 가상공간 안에서 주체의 욕망이 어떻게 형성되고 있으며, 새로운 에고의 출현이 가능케 해준 페미니즘적 글쓰기의 양상을 분석하는데 두어질 것이다. 그리고 이 방법론의 궁극적인 지향점은 사이버문학 안으로 페미니즘의 글쓰기 전략들을 끌어들여 사이버문학의 외연을 넓히는데 있다.

## 2. 가상공간의 양면성

가상공간의 사회학적 특징은 탈권위, 탈영역, 탈구조 등으로 목록화할 수 있다. 현실공간과 달리 구속력 있는 검열기제가 부재하거나 한시적으로 작동함으로 탈권위적이고,[3] 현실 공간의 영역 구분이 전혀 통용되지 않는 탈영역의 공간이며[4], 동호회·게시판·대화실·자료실 등의 공간 마디(site)는 GO 명령어로 순식간에 이동할 수 있기에 공간 자체의 거리감이 인식되지 못하는 탈구조적 성향을 띤다.[5]

현실 공간의 권위, 영역, 구조가 남근중심주의 또는 가부장제를 완강하게 지지하거나 지탱해주고 있는 이데올로기라 한다면, 그것을 거부하는 가상공간은 페미니즘이 제대로 발현할 수 있는 사회학적 조건

---

3) 가상공간 게시판에 가보면 사용자측과 이용자측의 지루한 줄다리기를 자주 볼 수 있다. 게시판 사용 규칙에 위배되는 글을 올리는 이용자와 그것을 삭제하는 사용자, 문제는 이용자들이 삭제할 수 있는 권한을 가진 사용자의 권위를 인정하지 않는다는 점이다. 삭제하면 다시 올리면 되고, 아이디가 해지되면 다른 아이디로 접속하면 되는 공간에서 검열기제란 장식 효과에 불과하다.

4) 가상공간의 탈영역성은 영역에 대한 책임감이나 집단적 유대감을 훼손시킨다. 현실공간의 제영역들은 선천적으로 소속되어야 하거나(가족,국가), 한번 소속되면 탈퇴하기가 어려운(학교, 직장) 강제성을 띠는 반면에, 가상공간의 제영역들은 가입과 탈퇴가 전적으로 개인 의지에 좌우됨으로써, 현실공간에 비해 상대적으로 책임감이나 소속감으로부터 자유롭다. 물론 그 이면에는 현실 공간과는 달리 가상공간의 제영역들이 경제적인 이익을 창출해내기 보다는 오히려 경제적 이익을 소비하는 공간이라는 네티즌들의 인식이 짙게 깔려있다.

5) 탈구조적인 특성은 시간과 공간에 대한 개념을 현실공간과 다르게 작동시킨다. 현실공간에서 공간은 2차원적인 좌표 위에 선(길)으로 이어진 흩어진 점이지만, 가상공간에서는 3차원적인 좌표 위에서 주체가 현재 머물고 있는 공간을 중심으로 모든 공간들이 주체를 에워싸고 있는 규칙적인 점으로 표시된다. 따라서 시간 개념도 현실 공간의 그것이 거리(distance)를 염두에 둔 2차원적인 시간성이라면, 가상공간의 시간은 동일한 거리가 무한히 반복되는 3차원적인 개념이다.

들을 갖추고 있다고 보아야 할 것이다. 더구나 가상공간은 생물학적 성 구분이 전경화될 수 없는 공간이다. 가상공간의 시민임을 표시해주는 일종의 기표인 아이디(ID)만으로는 남성과 여성의 판단이 불가능하며, 생물학적 성별 판단은 전적으로 주체의 글쓰기에 의지할 수밖에 없다. 현실 공간에서 독자는 이미 작가의 성(性)이 무엇인지 알고있는 상태에서 텍스트를 대하지만, 가상공간의 독자들은 작가에 대한 정보가 부재한 상황에서 텍스트만으로 성별을 판단해야 한다. 따라서 페미니즘 문학비평에서 이야기하는 여성적 글쓰기가 생물학적 성 구분의 억압에서 벗어날 때 가능한 것이라면, 가상공간이야말로 가장 완벽한 여성적 글쓰기의 여백이 될 수 있다. 그 여백 위에 어떻게 글을 쓰느냐의 실천의 문제만이 남을 뿐이다.

그러나 가상공간의 상황은 페미니스트들에게 그렇게 낙관적이지 못하다. 컴퓨터 관련 정보생활실태에 대한 조사 결과를 보더라도 가상공간은 현실 공간과 마찬가지로 남성성이 우세한 공간임을 알 수 있다.

| 항목 성별 | 남(있다) | 여(있다) |
| --- | --- | --- |
| 컴퓨터 이용 여부 | 48.39% | 32.89% |
| 컴퓨터통신 이용 여부 | 18.63% | 8.75% |
| 인터넷 이용 여부 | 10.59% | 4.77% |
| S/W 구입 여부 | 23.99% | 13.53% |
| 컴퓨터 교육경험 여부 | 49.20% | 41.51% |

위 표6)에서 보듯이 컴퓨터라는 물적 도구에 대한 친숙도에 있어 남성이 여성보다 모든 항목에서 앞서있고, 가상공간의 이용자 성 분포만 보더라도 남성이 여성보다 두 배 이상 많다. 실제로 국내 대표적인 통

---

6) '정보사회 인식 및 실태 조사'(한국정보문화센터, 1997.10), 재인용.

신 서비스 업체인 하이텔의 경우 전체 이용자중 여성이 차지하는 비율은 30% 미만이다. 이용자 수에서 압도적으로 남성이 많다보니 언어를 통한 성 폭력, 음란 대화방, 호기심을 자극하는 성담론의 횡행 등 반페미니즘적인 모습들이 가상공간 문화의 부정적인 모습으로 부각되고 있다.7)

생물학적 성구별이 무의미해야 할 공간임에도 불구하고 오히려 현실 공간과 다름없는 폭력적인 남성적 질서가 만들어지고 있는 것이다. 그리고 그 근본적인 원인은 단지 이용자수가 남성에 비해 열세라는 수적인 측면이 아니라 여성들 스스로의 수동적인 자세에서 찾아볼 수 있다. 무엇보다도 여성은 기계나 기술을 잘 익히지 못한다는 생각이 남성뿐만 아니라 여성들 스스로도 팽배해 있어 컴퓨터를 다루는데 망설이게 하고 있다. 컴퓨터를 이용하는데 있어서도 프로그레밍같은 적극적인 활용은 남성들의 몫이고 여성들은 텍스트 입력이나 교정같은 단순작업에 치중하고 있는 현실이 더불어 가상공간 안에서의 성비 불균형을 가져온 것이다.

그렇다면 생물학적 성 구별이 무의미해야 할 공간, 그러나 오히려 남성성이 우세하게 작동한다는 양면성 하에서 주체의 욕망은 어떻게 구성되는가? 이 질문에 대한 접근의 키워드로 라캉의 욕망이론인 상상적 질서와 상징적 질서를 가상공간 안으로 끌어 들여보자.

---

7) 얼마전에는 대화실에서 성적 수치심을 유발시키는 언어 폭력을 당한 한 여중생이 자살하는 사건까지 벌어졌었다.

## 3. 가상공간과 라캉의 거울 이론

생물학적 성 구별이 무의미하다는 것은 곧 가상공간 안에서 주체의 에고가 자신의 실재 육체와 동일시될 필요가 없다는 것을 의미한다. 가상공간은 철저히 관념화된, 물질이 아닌 의식의 공간이지만, 우리들은 그 공간 안에서 이곳저곳을 돌아다니고, 자신을 표현하기 위해 글을 쓰기도 하며, 심지어는 타자들과 이야기를 나누기도 한다. 가상공간 안에서 우리는 현실 공간의 물리적인 육체와는 다른 새로운 대체 육체를 부여받는 것이다. 이때 '다르다'라는 의미망 안에는 <대체 육체>가 실재하지 않는 상상의 육체라는 것뿐만 아니라, 생물학적 성이 전혀 주체의 욕망에 영향을 미칠 수 없다는 점이 포함된다.

라캉에 의하면, 인간은 누구나 상상적 단계를 거쳐 상징적 단계로 진입한다. 갓 태어난 아이는 6개월이 되기 전까지 자기 몸을 서로 연관 없이 따로 떨어져 있는 것처럼 느끼다가, 6개월에서 24개월 사이에 이른바 '거울 단계'를 거치면서 몸을 하나의 전체로 인식하게 된다.

거울 속에 비친 모습을 통해 아이는 비로소 자기 몸의 전체성을 지각하고, 그 모습을 자기 자신으로 인식함으로써 신체를 하나의 통일된 것으로 체험한다는 것이다. 거울 단계는 자아가 선험적으로 존재하는 실체가 아니라 동일시 과정을 거쳐 형성된 결과물임을 보여준다. 자아는 그 자체로 존재하는 어떤 근원적인 명증성이 아니라 구성된 존재라는 것이다. 라캉은 인간의 자아가 상상적 단계에 머무르는 것이 아니라 언어와 문화로 형성된 보편적 질서의 세계인 상징적 단계로 진입할 때 비로소 형성된다고 보았다. 상징적 단계에서 자아는 상징적 질서를 습득하게 되는데, 상징적 질서는 의미의 세계를 가능하게 하고, 구분을 지으며, 상품과 가치의 교환을 조정하고, 가족 관계의 규칙을 제정한다. 아이는 상징적 질서에 들어옴으로써 비로소 이름을 얻고, 그 이름을 통해 가족과 사회의 관계 그물 속에서 일정한 자리를 얻게 된다.8)

여기서 중요한 것은 상징적 질서가 언어적 질서로 유지된다는 점이다. 언어적 질서는 언어를 통해 매개되는 금지와 명령, 욕망과 기대, 의무와 가치 판단 등의 체계를 뜻한다. 이때 언어는 아버지의 언어이며, 결국 상징적 질서는 남근중심주의의 또 다른 이름이다.

그렇다면 가상공간은 상상적 질서의 공간인가, 아니면 상징적 질서의 공간인가? 그 해답은 네티즌들이 가상공간을 어떻게 바라보느냐의 문제에 달려있다. 가상공간은 현실 공간의 거울이다. 현실 공간과 가상공간이 물질/비물질적 지반이라는 차이와 무관하게 주체와 타자와의 관계로 이루어진 공동체라는 점에서 그러하다.

만약 주체가 가상공간에 투영된 자신의 자아를 현실 공간의 그것과 동일시한다면 가상공간은 현실 공간과 다를 바 없는 상징적 질서의 공간이 된다. 그러나 현실 공간의 자아와 가상공간의 자아를 별개로 생각한다면 문제는 달라진다. 현실 공간의 상징적 질서를 유지하는 기본 축은 남과 여라는 '성별'이다. 그러나 가상공간의 질서를 유지하는 기본 축은 주체와 타자 사이에 이루어지는 시선의 '차이'이다. 타자가 곧 나의 욕망을 일으키고 나의 욕망에 일정한 내용을 부여한다는 라캉은 판단은 전적으로 옳다. 문제는 '타자'가 갖는 의미이다. 현실 공간에서의 타자는 주체를 바라보는 억압의 시선으로 드러나며 타자의 욕망을

---

8) 강연안, '자크 라캉 : 언어와 욕망', 『포스트모더니즘과 포스트구조주의』(현암사, 1991), p.200. 부분 요약.(이 글에서 라캉 이론에 대한 진술은 모두 이 논문에서 부분 인용한 것이다)

주체가 대속해 준다.

그러나 가상공간에서는 자신을 쳐다보아 주었으면 하는 주체의 욕망을 대속해 주는 존재로 타자의 위치가 역전된다. 가상공간 안에서는 타자의 시선이 억압이 아니라 오히려 주체에 대한 관심으로 환치되어 버리며, 타자가 주체를 바라보는 것이 아니라 주체가 타자를 바라본다. 거울 속에 비친 자신의 모습을 타자의 모습으로 오해하고 만지려고 하는 상상 단계의 어린아이처럼 가상공간 안에서 주체는 끊임없이 자신을 드러냄(노출증적인 글쓰기와 관음증적인 글읽기)으로써 자신을 만지려 한다.

가상공간의 공간적 맥락인 탈권위, 탈구조, 탈영역이 주체에게 주는 심리적 메카니즘은 '에고'로부터의 일탈이다. 현실 공간에서는 거울에 비친 상의 동일시를 통해 주체가 자아를 형성해 나가지만(그리고 그 동일시는 외디푸스 콤플렉스 같은 외부의 억압에 의해 이루어지지만), 가상공간에서는 동일시에 대한 어떠한 억압으로부터도 자유롭다. 따라서 가상공간에서 대체 육체는 현실 공간의 실재 육체와 다른 새로운 에고를 체득(體得)하게 된다.

가상공간 안에서 주체가 타자를 바라보면서 형성되는 새로운 에고를 우리는 사이버 에고(Cyber ego)라 명명할 수 있다. 네티즌들이 가상공간이라는 상상적 질서 안으로 들어오면서 갖게 되는 이름인 아이디(ID)가 본능을 표시하는 포르이트의 용어인 이드와 동일한 철자로 표시되는 것은 매우 의미심장하다. 사이버 에고는 현실 공간의 리얼 에고와 비동일시되면서, 상징적 질서의 세계로부터의 일탈이 가져다주는 이드적 속성을 강하게 갖기 때문이다.

무의식의 세계도 언어처럼 구조되어 있다고 믿은 라캉이 미처 생각하지 못했던 것은 과학기술의 발달로 인해 상징적 질서의 세계가 그 안에 다시 상상적 질서의 세계를 만들어낼 것이라는 예측이다. 정보화 사회는 우리에게 두 번의 거울 단계를 요구하고 있다. 첫 번째 거울 단계에서 주체는 상상적 질서에서 상징적 질서로 진입하지만, 두 번째 거울 단계에서는 상징적 질서에서 다시 상상적 질서로 진입한다. 전자의 경우 주체는 상상적 질서의 세계를 완전히 기억에서 지워버리지만, 후자의 경우에는 상징적 질서를 고스란히 기억하면서 상상적 질서를 만나게 된다. 이때 주체가 두 질서 모두를 동일한 에고로 파악한다면 실재 육체는 상징적 질서 안에 있고, 대체 육체는 상상적 질서 안에 있다는 괴리감에서 벗어나기 어렵다. 양쪽 질서 중 어느 한 쪽에서는 소외될 수밖에 없으며, 결국 평형 감각을 회복하기 위해서는 각각의 질서에 각각의 에고를 가져야 한다.

사이버 에고의 출현으로 우리는 가상공간의 상상적 질서와 현실 공간의 상징적 질서 사이의 괴리를 메울 수 있으며, 나아가 새로운 에고가 창출해낸 가상공간만의 독특한 글쓰기 전략을 목도하게 된다. <젠더적 글쓰기>라 명명할 수 있는 이 새로운 글쓰기 전략은 사이버문학과 페미니즘의 관계를 설명해 줄 수 있는 중요한 키워드이다.

## 4. 사이버 에고와 젠더적 글쓰기

우리는 흔히 문체를 이야기할 때 남성적 문체/여성적 문체라는 관용어를 사용한다. 이때 '남성적'이라는 의미에는 "활달하다, 거침없다, 강인하다"라는 뉘앙스가, '여성적'이라는 의미에는 "부드럽다, 낭만적이다, 화려하다"라는 뉘앙스가 내포되어 있다. 그리고 그 기저에는 남성성과 여성성에 대한 우리의 편견이 후경화되어 있다. 그러나 젠더적 글쓰기에서는 생물학적 성 구분과 무관하게 후천적으로 습득되고 확립된 세계관과 가치관이 전경화된다. 따라서 '남성적 문체'나 '여성적 문체'라는 용어는 그 지시력을 상실한다.

페미니즘 문학비평에서는 성(Sex)이라는 용어보다는 젠더(Gender)라는 용어가 지지된다. 텍스트를 '젠더'의 관점에서 분석할 때 내재되는 논법은 성의 정체성은 "반드시 성과 상관관계"를 맺고 있지 않다는 것이다. 페미니즘의 관점에서 볼 때, 생물학적인 성은 관습적으로 그것과 연관되는 특징들을 직접적으로 또는 전혀 생성해내지 않는다. 문화, 사회, 역사가 젠더의 정의를 결정하는 것이지 자연은 결코 아니라는 것이다.[9] 결국 'Sex'가 선천적인 성별(性別)이라면, 'Gender'는 후천적인 차이(差異)에 근거한다. 가상공간에서 이루어지고 있는 젠더적 글쓰기의 전형적인 예로 다음 두 편의 시를 들 수 있다.

사랑하였던 당신, 그 날 강가의 풀숲에 누워 별들을 바라볼 때에
귀를 통하여 불어 넣었던 것은 무엇이었던가요.
숨이 막히면서 귀를 멍멍하게 하여 아무 소리도 듣지 못하게 하였
던 것은 무엇을 위한 마음이었나요.
어머니, 어머니, 나의 어머니, 굽은 골목 우리 집. 그 집의 채송화
물은 누가 주고 있나요. 동생인가요. 오빠인가요. 이 남자인가요.
그 때 누구의 무슨 시간을 보여 주었나요. 저의 것인가요. 당신의
것인가요.
아니면 당신의 옛 여자의 구겨진 것이었나요.[10]

---

9) 이소영·정정호 공편, 『페미니즘과 포스트모더니즘』, 한신문화사, 1992, p.480. (부분 인용)
10) 김연신, '강가의 풀숲에 우리가 누워', 『버전업』(1996년 가을호, pp.216-219), 부

　　위에 인용한 시(詩)는 가상공간의 글쓰기가 생물학적 성 구분과 무관함을 단적으로 보여준다. 이 시의 시적 화자는 분명 여성이지만, 실제 작가는 40대 중반의 남성이다.11) 그러나 게시판에서 이 글을 읽은 대부분의 독자들은 당연히 작가가 여성이리라 판단한다. '오빠'나 '당신의 옛여자' 같은 시어나 '-요'로 끝나는 종결어미의 선택은 전적으로 작가의 '젠더'에 의지하고 있을 뿐이다. 그렇다고 김연신의 다른 작품들이 모두 여성을 시적 화자로 등장시키고 있는 것은 아니다. 젠더는 생물학적 성처럼 고정적이라기 보다는 유동적이기 때문이다. 김연신의 작품과 달리 박세라의 시는 여성인 작가가 여성인 시적 화자를 등장시켰지만, 결코 여성적이지 않다.

> 어머니와 그의 자매들은
> 아침에 모여 기도회를 가진다
> 열기 찬 목소리와 낮은 흐느낌과
> 무를 썰어 넣은 따스한 고깃국 끓는 냄새가 가득한 거실에서
> 간밤
> 길다란 전화 수다로 욕을 퍼부어대던 그 같은 고향의 시집 잘 간
> 영숙이
> 첩질하는 남편 욕에 입이 찢어지는 줄도 모르던 그들은
> 이제
> 고개를 숙이고 기도를 드리고 다시 말끔해진 마음으로
> 수다스런 점심상을 차리고
> 화장실 가고 싶고

---

분 인용(계간 『버전업』에 실린 모든 문학 창작물은 이미 가상공간의 게시판에 올려졌던 작품들을 재수록한 것이다)
11) 이것은 한용운류의 여성스러움과는 그 괘를 달리한다. 최소한 한용운은 '오빠'나 '당신의 옛 여자'라는 식의 생물학적 성을 직접적으로 드러내는 시어는 사용하지 않았다.

> 배고프고
> 머리 아프고, 시끄러워 잠 깨서 짜증스럽고
> 그래서,
> 요즘 날 질질 싸게 하는 모라는 남자를 생각하며
> 몇 번이고 딸을 잡았다
> 예스를 크게 틀어놓고, 헐떡이는 소리가 틈틈이 비어져나오게
> 피가 날 만큼[12]

어머니(자매)라는 여성성을 희화화시켜 냉소하고, 이 사회가 여성에게 강요하고 있는 성적 욕망에 대한 은폐, 또는 수동성을 적극적으로 거부하고 있는 이 시는 소재나 취사된 시어, 문장의 배열 면에서 여성이 썼다고 믿기 어려울 만큼 직설적이고 공격적이다. 그리고 이렇게 자신의 시적 욕망을 솔직하게 드러낼 수 있도록 작가를 부추긴 것은 자신의 생물학적인 성을 드러낼 필요도 그것에 구애받을 필요도 없는, 가상공간의 익명성이 마련해 준 사이버 에고이다.[13]

김연신과 박세라의 시를 나란히 읽을 수 있다는 점에서 가상공간은 젠더적 글쓰기를 이해하기 위한 주요한 지반임에 분명하다. 사이버 에고는 필연적으로 그 성적 정체성이 젠더일 수밖에 없다. '젠더'라는 용어는, 비평이 새로운 문제점을 제출함으로써 새로운 수준의 해석법을 발견하게 하듯이, 비평에 권한을 부여할 수 있다.[14]

우리는 텍스트를 해석함에 있어 이제 더 이상 작가의 생물학적 성에 관심을 가질 필요가 없다. 젠더적 글쓰기는 젠더적 글읽기를 필연적으로 요구하며, 사이버문학에서의 비평 행위는 기본적으로 '사이버 에고'

---

12) 박세라, '발광기도회', 『버전업』 97년 겨울호, p.127.
13) 실제로 박세라가 여성인지 남성인지에 대한 설왕설래가 가상공간에서 벌어졌었다.
14) 이소영·정정호 공편, 같은 책, p.494.

를 통한 '젠더'를 전경화시켜야 한다는 점에서 페미니즘의 그것과 동일하다.


## 5. 나오는 말


가상공간의 문화는 현실 공간의 문화와 전혀 무관하게 형성되는 것이 아니라, 그것을 새롭게 수용하고 해석하면서 문화의 원본을 형질 변화시킨다. 그리고 이 새로운 수용과 해석은 사이버 에고를 통해 가능해진다. 문학 역시 그러하다. 현실 공간의 문학을 새롭게 형질 변화시키려는 사이버 에고의 출현이 사이버문학의 등장을 가능하게 하였다. 그렇다면 사이버 에고의 출현이 페미니즘 문학과 어떤 관련을 맺고 있는가?

사이버 에고가 현실 공간의 상징적 질서를 거부하고 가상공간의 상상적 질서 안에서 펼쳐지는 자아 정체성의 또 다른 이름이라 할 때, '여성적 글쓰기'를 상징계(the Symbolic)에서 벗어나 상상계(the Imaginary)로 들어가는 과정이라고 파악한 엘렌느 씩쑤의 주장은 시사하는 바가 크다.

씩쑤에게 상징계는 어머니와의 합일이 깨지고 '아버지의 법칙'에 종속되게 되는 남성중심적인 세계이다. 반면에 상상계는 아이가 어머니와의 일체감을 느끼고 자체의 차이에 대한 감각을 가지지 않는, 감지에 의해 지배되는 개인적인 성장과 이해의 언어가 있는 모성의 세계이다.15)

따라서 여성적 글쓰기는 성차를 인지하지 않으며 어머니와의 합일이 이루어지는 상상계로의 복귀를 통해서 이루어질 수 있다. 그러나 현실 공간에서 다시 상상계로 복귀하기란 쉽지가 않다. 많은 페미니즘 이론가들이 글쓰기에 대한 여성적 실천을 나름대로 이론화하였지만 그 결과물에 대해 실망한 것은 여성적 글쓰기와 현실 공간의 상징적 질서 사이의 심각한 모순 때문이다.

> 글쓰기에 관한 여성적 실천을 규정하기는 불가능하며, 이것은 계속 남게 될 불가능성이다. 왜냐하면 이 실행은 결코 이론화되거나 어디에 넣어지게 되거나 기호화될 수 있는 것이 아니기 때문이다. 그러나 이 사실이 글쓰기의 여성적 실천이 존재하지 않는다는 것을 뜻하지는 않는다. 글쓰기의 여성적 실천은 남근적 체계를 규정하는 담론을 언제나 넘어서게 될 것이다. 그것은 철학적 이론적 지배에 종속된 영역이 아닌 다른 영역에서 생겨나고 또, 생겨날 것이다. 그것은 자동적 행위의 파괴자인 주체의 의해서, 즉 어떤 권력도 결코 그를 종속시킬 수 없는 주변적 인물에 의해서만 오직 생각될 수 있다.16)

> 씩쑤의 지적대로, 글쓰기에 관한 여성적 실천을 이론적으로 규정하기는 어렵다. 여성의 무/의식과 (역사와 현실의) 상황이 너무 복잡하고 다원적이며 중층적이기 때문에, 남성들이 지금까지 구축해 놓고 사용하는 남성중심의 담론양식이나 서술기술, 또는 수사전략으로는 여성을 제대로 재현하기가 부적절하기 때문이다. 그러므로 여성성에 대한 이론을 정립하기 위해서는 남성중심주의에 오염되지 않은 새로운 언어 사용과 재현전략으로써 담론미학과 문화정치학을 창출해내어야 한다는 것이다.17)

---

15) 정정호, '성차와 <여성적 글쓰기>의 탈근대 문화정치윤리학', 『탈근대 인식론과 생태학적 상상력』, 한신문화사, 1997, pp.338-339.(부분 인용)
16) 크리스 위든 저, 이화영문학회 역, 『포스트구조주의와 페미니즘 비평』, 한신문화사, 1994, p.89.(재인용)

여기서 주목해야 할 것은 씩쑤가 여성적 글쓰기를 가능케할 조건으로 파악한 철학적 이론적 지배에 종속된 영역이 아닌 전혀 다른 영역이라는 공간 조건과 자동적 행위의 파괴자인 주변적 인물이라는 인물 조건이다. 가상공간이야말로 상상적 질서로 유지되며, 철학적 이론적 지배에 종속되지 않는 영역이며, 어떤 권력도 그를 지배할 수 없는 주변적 인물들을 시민으로 삼고 있지 않는가.[18)

가상공간은 페미니즘 문학이 무의미한 이론으로서가 아니라 실제 실천적 행위로 가시화될 수 있는 최적의 공간이다. 상징적 질서를 거부하는 사이버 에고를 세계관으로, 젠더적 글쓰기를 창작 방법론으로, 여성의 육체를 상징하는 키보드를 글쓰기 도구로 삼는 이 공간에서 페미니즘은 사이버문학과 만나 진정 새로운 여성적 글쓰기를 창출해내려는 시도를 지금, 시작하여야 한다.

---

17) 정정호, 같은 책, p.332.

18) 가상공간의 시민 중에는 보수적인 남근중심주의자들 뿐만 아니라 급진적인 페미니스트들도 함께 공존한다. 『창녀론』을 게시판에 올려 물의를 일으킨 감완섭과 남자들이 '자궁세'를 내야한다고 주장했던 신정모라를 동시에 만날 수 있는 가상공간은 상징적 질서(철학적 이론적 지배에 종속된 영역)가 아니라 상상적 질서의 공간이다. 씩쑤가 요구한 어떠한 권력도 그를 종속시킬 수 없는 주변적 인물은 바로 사이버 에고가 전경화된 가상공간의 시민들이다.

# 사이버문학에 대한 두 개의 편견과 세 개의 오해

**|1|**

<사이버문학>이라는 새로운 문학 패러다임이 한국 문학사에 등장한지 3년이 지났다. 비록 지나간 시간에 비하면 문학적 성과물은 미흡하지만, 문학에 대해 조금이라도 관심이 있는 사람이라면 이제 '사이버문학'이란 용어를 낯설게 생각하지는 않을 것이다. 그러나 '낯설지 않다는 것'이 '익숙하다는 것'과 동의어는 아니다. 아직도 많은 사람들이 사이버문학을 불편해 하거나 어려워하고 있다. 낯설지는 않지만 선뜻 다가가기는 어려운, 문학이라는 거대한 성(城) 안에서 사이버문학은 노틀담의 꼽추가 되어가고 있는 것이다.

**|2|**

사이버문학을 불편하거나 어렵게 생각하는 사람들이 견지하고 있는 시선은 사이버문학이 컴퓨터를 잘 다룰 줄 알고 가상공간을 경험하고 있는 사람들만의 문학이라는 것이다. 따라서 컴퓨터와 가상공간에 대한 친밀도가 부족한 사람들에게 사이버문학은 이방인들의 문학일 수밖에 없다. 물론 사이버문학이 컴퓨터를 계열 축으로, 가상공간을 계기 축으로 상정하고 있는 것은 부인할 수 없다. 그리고 여기서 계기 축과 계열 축은 문학을 감싸 안고 있는 상상력의 발화 지점을 지시하는 것이며, 사이버문학만의 독특한 존재론적 기반임에는 틀림없다. 컴퓨터라는 저작도구가 우리의 글쓰기에 미친 심리적 메카니즘이 문자언어 시대의 그것과 다르다는 것에서부터 사이버문학은 출발하였고, 정보화사회가 마련해 준 또 하나의 일상인 가상공간이 주요한 소통 공간으로 부상하면서 문학의 전통적 지반을 흔들고 있다는 인식에서 사이버문학은 기왕의 문학과 변별성을 획득하였다. 그리고 이 컴퓨터와 가상공간이라는 새로운 의미소들이 문학의 상상력을 어떻게 변화시키고 있는가를 보여주기 위해 사이버문학은 달리고 있다.

그러나 만약 사이버문학의 리얼리티가 특정 공간에서만 확보되고 이해되어질 수 있다는 생각이 정당성을 확보하려면 현실공간과 가상공간 사이에 명확한 경계선이 그어져야 하며, 각각의 공간에서 정체성을 획득하고 있는 구성원들 역시 개별적인 존재들이어야 한다. 그러나 실제 우리에게 다가오고 있는 가상공간은 현실공간의 거울이거나 그 뒷면이다. 좀 더 직접적으로 말하자면 또 하나의 일상(日常)이지 결코 분리된 세계가 아니다. 또 하나의 일상에서 발현되고 있는 문학에 대해 기존의 문학과 태생이 다르다고 해서 '사이비(似而非)' 문학으로 폄하하거나, 그 문학성 자체에 대해 회의한다면 그것은 문학이 근본적으로 상상력의 예술이라는 지점에 대한 폄하나 회의와 다를 게 없다.

이 같은 공간에 대한 편견말고도 사이버문학을 어렵게 만드는 또 하나의 편견은 사이버문학의 유력한 장르가 기존의 문학에서는 주변부나 하위 장르로 치부되고 있는 SF나 환타지, 무협, 추리 등의 하위 장르들이라는 인식이다. 실제로 인터넷을 경험하고 있지 않은 사람과 사이버문학에 대해 대화를 나눠보면, 이 같은 인식이 얼마나 고착화되어 있는가를 확인할 수 있다. 여기서 '인터넷을 경험하고 있지 않은'이라는 전제에 주목할 필요가 있다. 많은 사람들이 사이버문학을 제대로 이해하고 있기보다는 신문이나 잡지에서 과장하고 비틀어 보여준 한 단면만을 보고 장님 코끼리 다리 만지듯 사이버문학을 이해하고 있다. 그래서 마치 여우가 자신의 손에 미치지 않는 포도송이를 올려다보면서 저건 분명 신포도일거야 라고 애써 자신을 위로하는 것처럼 스스로 사이버문학과 선을 긋고 마는 것이다. 그러나 사이버문학의 장르 스펙트럼은 기존의 문학과 크게 다르지 않으며, 또 실제로 다양한 장르의 작품들이 가상공간 안에서 창작되고 올려지고 읽혀지고 있다. 더구나 SF나 환타지소설이 문학의 신포도는 아니지 않는가. 90년대 후반 들어 독자들의 문학적 기호나 독서 취향이 분명 변화하고 있으며, 가상공간에서 그것이 실시간적으로 그리고 확연하게 드러나고 있는 것뿐이다. 사이버문학의 본격문학과 변별되는 것은 장르의 차이가 아니라 상상력의 차이임을 분명하게 인식하여야 한다.

지금 우리는 자본주의사회에서 정보화사회로 이행되어 가고 있는 과도기에 서 있다. 정보화사회가 진행될수록 현실공간과 가상공간의 경계가 더욱 더 희미해져 갈 것임에 분명하다. 사이버문학이 이방인의 문학이라는 편견을 가진 사람들은 지금 우리 사회가 어느 방향으로 나아가고 있는가에 대해 눈과 귀를 막고 있는 사람들이다.


# |3|


사이버문학에 대한 가장 일반적인 오해는, 통신문학의 또 다른 이름이거나 포괄적인 범주라는 시각이다. 사이버문학을 다루는 대부분의 활자담론들이 이같은 오해를 기반으로 하고 있다. 일례로『21세기문학』97년 가을호에 실린 염무웅과 송재학 사이의 대담 '세기말인가 신세계인가'를 읽어보면 대담자들이 통신문학과 사이버문학을 구분하지 않은채 혼용하여 쓰고 있음을 볼 수 있다. 이같은 혼용은 비단 현실공간의 문제만은 아니다. 통신 공간 안에서 자생적으로 생산되고 있는 디지털 담론들 역시 구분하지 않기는 마찬가지이다. 천리안 문단작가들 모임인 '주옥촌'에서 발행하고 있는 계간지의 이름은『사이버문학』이지만, 발간 목적으로 내세운 명분은 통신문학의 가능성을 널리 알리기 위함이라고 명시함으로써 역시 용어의 변별성을 인식하지 못하고 있다.

그러나 사이버문학과 통신문학은 분명한 변별점을 가지고 있다. 통신문학이 가상공간과 문학적 글쓰기가 만나 만들어내고 있는 성과물을 지시한다면, 사이버문학은 정보화사회라는 변화한 시대 패러다임을 문학 안으로 끌어들이려는 우리의 의식적 실천 행위라고 할 수 있다. 통신문학이 명사형이라면, 사이버문학은 동사형인 것이다. 사이버문학의 미학적 특징으로 작가 독자의 전통적인 역할 분담의 해체, 가상 현실까지도 담아내고자 하는 상상력의 확장과 비물질적 상상력으로의 형질 변화, 인터넷이라는 소통공간과 컴퓨터라는 저작도구가 만나 창출해낸 파격적인 문학 형식(하이퍼텍스트나 인터랙티브 픽션)의 등장 등을 들 수 있는데, 이 같은 특징은 모두 우리의 의식적인 문학 실천 행위를 통해서만 가능한 현상이다. 그리고 이때 우리의 의식에 영향을 끼치는 것은 <정보화사회>라는 시대정신과 <가상공간>이라는 일상조건이다. 통신문학이 소통 공간에 무게중심을 두고 있는 공간 지시적인 용어라며, 사이버문학은 시대와 조응하고자 하는 세계관과 창작 방법론의 변화를 염두에 두고 있는 새로운 문학 패러다임의 이름인 것이다.

두 번째 오해는 사이버문학의 위치와 전망에 있어, 결국 기존 문학 페러다임 안으로 편입될 것이라는 시각이다. 그리고 그 근거로 가상공간 안에서 창작되어지고 있는 문학 텍스트들의 상상력이 본격문학의 그것과 별반 다르지 않다는 점을 들고 있다. 이 오해는 사이버문학을 명사형으로 바라보는 첫 번째 오해의 연장선상에서 문학 성과물들의 질적인 문제에 주목한 결과이다. 그러나 우리가 사이버문학에서 주목해야 할 것은 완성된 텍스트가 아니라 그 텍스트가 만들어지는 과정이다. 누구든 글을 올릴 수 있는 열린 광장에서 개별 주체들이 어떻게 작가로서의 정체성을 획득해 나가며, 텍스트를 사이에 두고 작가와 독자의 긴장 관계가 어떤 방식으로 형성되는가 라는 지점에서부터 사이버문학의 미적 특수성은 출발한다. 가상공간 독자들이 원하는 서사 문법이 현실 공간의 문법과 어떻게 다르며, 작가들이 그것을 어떻게 내면화시키는가에 주목해본다면 사이버문학과 본격문학은 전혀 상이한 지반 위에 서 있음을 알 수 있다. 사이버문학의 질적인 부분은 사이버문학이 동사형에서 명사형으로 완전히 자리를 잡은 그 이후에 논의하여야 할 문제이다.

마지막 오해는 사이버문학이 <하이퍼텍스트>나 <인터랙티브 픽션> 같은 기술형 문학 형식을 통해서만이 가장 확실하게 정체성을 드러낼 수 있는데, 이 같은 형식 실험들이 아직 제대로 이루어지지 못하고 있는 현 상황에서 사이버문학을 이야기하는 것은 시기상조라는 판단이다. 물론 기술형 문학 형식은 테크놀로지의 발전 속도와 밀접한 관련을 맺을 수밖에 없으며, 아직은 해결해야할 기술적인 문제들이 산재해 있음은 분명하다. 그러나 중요한 것은 이제 우리가 문학을 단순히 평면적인 활자 텍스트로 표현하는 것이라는 생각을 버리기 시작했다는 점이며, 기술형 문학 형식은 형식 자체의 문제가 아니라 우리의 의식적 문학 행위의 영역 안에 놓여있는 실천의 문제이다.

기술형(技術型) 문학 형식은 텍스트의 표현 방식이 활자에서 비트로, 평면에서 입체로, 상상력 중심에서 기술력 중심으로 전이된 새로운 형태의 텍스트를 일컫는다. 인간의 상상력과 컴퓨터의 기술력이 결합된 이 파격적인 문학 형식은 기왕의 문학에서 중요시되던 몇몇 질서를 무시하거나 해체시킨다. 그 동안 문학은 작가 개인의 독창적인 작업이었고 또 응당 그렇게 되어야 한다고 믿어왔지만, 기술형 문학 형식은 작가와 기술자가 함께 참여하는 공동작업을 통해서만 가능해질 수 있으므로 텍스트에 대한 작가의 장악력이 상당부분 약화될 수밖에 없다. 인터렉티브 픽션에서 중요한 것은 작가가 아니라 오히려 전체 과정을 총괄 지휘하는 디렉터의 역할이다. 디렉터는 텍스트를 정하고, 거기에 맞는 음악과 동영상, 나아가 다른 텍스트와의 링크화까지를 포괄하는 일련의 과정을 책임지며, 이때 작가는 한 파트를 담당할 뿐이다.

플롯과 스토리의 진행에 대한 우리의 상식적인 관념 역시 기술형 문학 형식에서는 전복된다. 전통적인 문학 형식에서 플롯과 스토리는 작가에 의해 일관성과 통일성, 완결성까지 이미 갖춘 채 독자들과 만난다. 그러나 하이퍼텍스트 같은 기술형 문학 형식은 <단순형 플롯>의 곳곳에 마디를 만들어 그곳에서 다시 시작되는 또 하나의 플롯을 준비해둘 수 있다. 플롯을 만들어내는 것은 상상력이지만, 준비해두는 것은 기술력이다.

평면적인 활자 텍스트로는 이야기의 진행에 있어 다양한 마디들을 만들고 각각의 마디마다 또 다른 이야기를 연결하는 <미로형 플롯>을 구현할 수 없다. 오른쪽에서 왼쪽으로 넘겨가며 페이지 번호에 따라 텍스트를 읽어 가는 전통적인 독서 방식으로는 <미로형 플롯>의 독특한 미적 체험을 실감할 수 없다. 그러나 WWW(월드 와이드 웹) 방식으로 구현된 인터넷은 그 자체가 수많은 마디로 이루어진 거대한 하이퍼텍스트이며, 우리는 가볍게 마우스 버튼을 클릭 함으로써 아주 손쉽게 텍스트에 마련된 마디를 찾아 또 다른 마디로 이동할 수 있다. 하이퍼텍스트는 기술력이 예술의 상상력을 선도하는 전형적인 방식을 보여주고 있다.

기술형 문학 형식은 아직 우리에게 익숙하지 않다. 소수의 전위적인 예술가들에 의해 인터넷상에서 실험되고 있을 뿐이다. 그러나 컴퓨터라는 저작 도구와 인터넷이라는 일상 공간이 만나 이 새로운 문학 형식을 '만들어'내고 있다는 점에 주목하여야 한다. 사이버문학은 동사형이며, 기술형 문학 형식은 사이버문학이 새로운 문학 패러다임을 구축하기 위해 실험하고 있는 다양한 시도 중의 하나인 것이다. 따라서 <하이퍼 픽션>이나 <인터랙티브 픽션>과 같이 새로운 문학으로 다가가고자 사이버문학이 시도하고 있는 실천의 한 과정이 전체로 오인되는 것 역시 사이버문학을 명사형으로 바라본 데서 기인하고 있는 것이다.

사이버문학이 궁극적으로 지향하는 것은 본격문학을 유지시켜 왔던 기왕의 규범들과 질서를 해체시키고 정보화시대라는 새로운 사회패러다임에 탄력있게 적응하고자 하는 문학의 자기 갱신력을 획득하는 것이다. 따라서 사이버문학은 일종의 과도기적 용어일 수 있다. 자기갱신력을 획득하고 동사형에서 명사형으로 완전히 자리를 잡았을 때 사이버문학은 전혀 다른 용어로 대체될 것이다. 그때 우리가 본격문학이라는 용어를 다시 사용한다 해도 전혀 이상할 것이 없다. 동일한 용어이지만 자본주의 시대의 문학에 비해 내용이나 형식, 상상력, 문학 주체간의 역학 관계가 이미 전혀 새로운 미학적 가치를 획득할 것이기 때문이다.

# 네버랜드의 문학, 환타지소설

## 1. 글을 시작하며

최근 들어 환타지 문학에 대한 관심이 높아지고 있다. 이 관심은 비단 독자층에만 국한된 것이 아니라, 문학 집단의 나머지 두 축을 이루는 출판사와 비평가 집단에까지 확산되고 있다. 출판사들은 통신 공간 상에 인기 있는 환타지 물들을 경쟁적으로 출판하고 있고, 비평가들 역시 그 동안 주변부 장르 또는 본격문학에 대한 하위 개념으로 이해해 왔던 환타지 문학에 대한 자신들의 안목을 드러내기 위해 급급하고 있다. 그리고 이 기묘한 현상은 불과 1-2년 사이에 일어났다.

90년대 문학의 흐름은 특정한 주류를 형성해 그것에 의지하고 있기보다는 다양한 마이너들이 충돌하면서 생성되는 신선한 에너지에 의해 유지되고 있는 듯 하다. 『퇴마록』의 상업적 성공에 자극 받은 통신 소설, 『드래곤 라자』를 앞세운 환타지 소설, 『남과 북』이 보여주는 전쟁 소설 등 다양한 장르의 소설들이 90년대 문학 지형도에 나름의 위치를 차지하고 있다.[1] 그리고 이 신선한 에너지의 생성 공간은 통신

---

[1] '통신 소설'이란 통신 공간 상에서 인기를 얻은 작품을 출판사들이 활자 매체로 현실 공간에 소개한 소설들을 지시하는 용어이다. 최근 1-2년 사이에 현실 공간의 독자들에게 소개된 환타지 소설 대부분이 통신 소설인데, 굳이 두 용어를 함께 사용한 이유는 통신 소설은 창작의 시발점에 주목한 공간 구분이고 환타지 소설은 장르 구분이기 때문이다.

공간이며, 주체의 핵에는 80년대 이후에 출생한 영상세대들이 자리잡고 있다. 이제 바야흐로 문학의 거대한 세대 교체가 이루어지고 있는 것이다.

이 글은 통신 소설 중 환타지 소설에 집중하여 다음 세 가지 질문을 던져보고 그것에 대한 나름의 해답을 구하는 것으로 펼쳐질 것이다.

첫째, 왜 많은 통신 소설 중에서 환타지 소설이 특히 돌출되어 현실 공간에 소개되고 있는가? 이 질문에는 통신 공간의 정체성과 환타지 소설의 상관성에 대한 질문도 포함되어 있다. 둘째, 환타지 문학이 급속토록 독서 시장을 잠식하면서 비판적으로 제기되고 있는 지적들은 어떤 오류를 범하고 있으며 무엇을 간과하고 있는가? 마지막으로, 현 단계 환타지문학의 한계는 무엇이고, 앞으로 나아가야 할 방향은 어디인가?

아직 국내에는 제대로 된 환타지문학론이 전무한 실정이다. 이론보다 작품이 선행한 탓도 있겠지만, 문학 연구자들 사이에 여전히 '중심'과 '주변'이라는 이분법적 사고 틀이 견고하기 때문이다. 이 글이 환타지문학에 대한 논의에 적절한 출발점이 되기를 기대한다.


## 2. 환타지소설의 돌출과 그 배경


통신 공간 상 문학 게시판을 돌아 다녀보면 하루에도 몇 백 편씩 쏟아지는 엄청난 양에 놀라게 되고, 다음에 그 양적인 풍요에 비해 상대적으로 떨어지는 질적인 빈곤에 놀라게 된다. 이것이 현실 공간의 논자들이 통신 문학을 미학적으로 폄하하는데 대해 통신문학론자들이 적절히 대응할 수 없는 이유이기도 하다. 저예산으로 고수익을 얻고자 하는 벤처 출판사(?)들이 통신 공간을 기웃거리며 사냥한 대부분의 작품들 역시 이 같은 인식을 되풀이해 확인시켜 주었고, 통신 소설은 자신의 작품을 활자화 해 보고픈 아마추어 작가들의 욕망과 그것을 이용하여 투자의 부담 없이 이익을 얻고자하는 출판사의 이해관계가 얽혀 만들어낸 통속 소설 정도로 치부되어 버리고 말았다.

그래서 통신 소설은 자체 장르 개념을 갖지 못하고, 창작 공간의 구분으로만 영역화 되어 왔다. 그러나 작년부터 창작 공간이라는 폭넓은 구분에서 벗어나, 본격적으로 통신 소설만의 독자적인 장르를 확립하게 되는데, 그것이 바로 환타지 소설이다. 물론 시각에 따라서는 통신 소설만의 독자적인 장르라는 판단에 이의를 제기할 수도 있다. 환타지 소설은 이미 1950년대 JRR 톨킨의 『반지전쟁』에서부터 장르가 형성되었고, 국내에서도 소수의 매니아 층이 통신 공간과는 무관하게 이미 형성되어 왔었기 때문이다. 그러나 지금까지 출간된 국내 환타지 소설들을 살펴보면 전부 통신 공간에서 인기를 얻은 작품들이 활자화되었고, 작가들 역시 통신 공간을 통해 글쓰기를 시작하였다는 점에 비추어볼 때 환타지 소설을 통신 소설의 독자적인 장르로 보아도 무방할 것이다.

1996년 김근우의 『바람의 마도사』(무당미디어, 1996)를 시작으로 한 한국환타지문학의 계보는 이영도의 『드래곤 라자』(황금가지, 1998), 방지나의 『마왕의 육아일기』(자음과모음, 1998), 김예리의 『용의 신전』(자음과모음, 1998), 이수영의 『귀환병 이야기』(황금가지, 1998) 등으로 이어지면서 확고한 자리를 잡게 되었다.[2]

---

[2] 『바람의 마도사』 이전까지 한국에서 환타지 문학은 소수의 독자층을 형성하고는 있었지만, 단지 외국 환타지 소설의 소비에 불과했다. 톨킨의 『반지전쟁』은 환타

『바람의 마도사』가 번역물 일색이었던 환타지문학계에 국내 작가에 의해 쓰여진 최초의 환타지 소설이라는 의의를 갖는다면 『드래곤 라자』는 엄청난 상업적 성공을 거두면서 이후 이어지는 환타지문학 붐을 이끌어 냈다.3) 두 작품 모두 통신 공간 게시판에 처음 소개되었으며, 네티즌들의 폭발적인 성원(『드래곤 라자』의 경우 6개월간 누적 조회수가 90여만 회에 이른다)을 등에 업고 유수의 출판사에 의해 책으로 출간되었다.

그렇다면 왜 환타지 소설이 통신 소설의 적자로 부상하게 되었는가? 먼저 네티즌들의 주요 연령층이 10대 후반에서 20대 중반의 신세대라는 점을 염두에 두어보아야 할 것이다. 그들은 어렸을 적부터 일본의 환타지 만화들을 자연스럽게 접하면서 감수성을 키워왔고, '디아블로' 같은 RPG(역할 분담 게임) 게임을 통해 환타지의 세계에 매료된 세대이다.4) 더구나 신세대들은 현실의 냉혹함에 익숙해 있기보다는 동화적인 세계, 낭만적인 사랑, 선과 악의 대결 구도와 휴머니티 등 조금은 유치할 수 있는 감수성을 아직 잃지 않고 있는 세대들이다. 그리고 환타지 소설은 이 모든 것을 제공해 준다.

> 왜 지금 판타지 문학을 읽는가. 그 선풍은 영상 세대 독자들이 불러왔다. 그것은 만화, 애니메이션, 컴퓨터 게임에 심취하고 현실과 가상 현실을 넘나드는 신세대의 감수성과 맞아 떨어진다.
> - 조선일보 98년 7월 23일 자 기사 부분 인용

---

지 매니아들 사이에 필독서였고, 미즈노 료의 『마계마인전』이나 다나카 요시키의 『창룡전』 등 일본의 환타지 소설들도 꾸준히 번역되어 매니아들의 관심을 끌었다.

3) 12권으로 완간된 『드래곤 라자』는 출간 후 1달 동안 모두 25만부가 팔려나간 것으로 집계되었다.

4) 90년대 들어 국내 TV 만화영화에 '세일러문' '빨간망토 차차', '마법소녀 리나' 등 일본의 환타지 만화들이 대거 소개되었다는 것도 환타지 문학 붐을 이해하는 데 단서가 될 것이다.

> 순수문학에 익숙했던 독자에게는 낯설기만 한 판타지문학의 주독
> 자층은 컴퓨터와 PC게임에 익숙한 사이버 세대들. 특히 일본의 PC게
> 임에 열광해 온 젊은이들에게 큰 인기를 얻고 있는 장르다.
>                   - 경향신문 98년 11월 16일 자 기사 부분 인용

위 인용문에서도 지적되었듯이 통신소설로서의 환타지 소설의 돌출
은 신세대 독자들의 세대론적 감수성이 뒷받침하고 있다. 컴퓨터를 잘
다루고 통신을 하는 신세대들과 그렇지 않은 신세대들은 환타지 소설
에 대한 친화력에 있어 분명한 차이가 있는데, 이는 신세대 네티즌들
의 문학적 감수성이 애니메이션과 컴퓨터 오락에 의해 형성되고 있음
을 보여주는 단서이다.

네티즌들은 애니메이션과 컴퓨터 게임을 통해 감수성을 획득하였다.
그렇다면 그들이 문학적 상상력을 발휘하고자 할 때 가장 먼저, 그리
고 쉽게 떠올릴 수 있는 이미지는 무엇일까? 이제 문학은 더 이상 독
창적인 상상력의 산물이 아니다. 상상력은 주체를 둘러싸고 있는 다양
한 문화적 기호들과 상호 텍스트성을 갖는다. 애니메이션과 컴퓨터 게
임의 상상력이 문학이라는 예술 형식으로 구체화됨, 그것이 환타지 소
설이다.5)

두 번째로 생각해볼 수 있는 것이, 통신 공간이 자유분방한 글쓰기
의 낙원이라는 점이다. 검열기제의 부재, 언제든지 지울 수 있는 책임
으로부터의 해방, 조회 수를 통해 즉각적으로 확인되는 반응 등 통신
공간만이 갖는 특질들은 네티즌들이 다양한 장르의 글쓰기와 글읽기
에 관심을 가지도록 유도한다. 처음에는 선정적인 제목의 글이나 본격

---

5) 『드래곤 라자』에 등장하는 전사, 성직자, 도둑, 마법사 등 네 가지 직업은 롤 플
레잉 게임에 가장 일반적인 직업 구분과 일치하며, 역할 분담을 통한 임무 완수
역시 롤 플레잉의 게임 방식을 고스란히 따온 것이다.

문학과 유사한 상상력의 소설들이 인기를 끌었으나 차츰 네티즌들의 문학적 기호가 변화해가기 시작하였다. 현실 공간에서는 접할 수 없는, 자신이 접속하고 있는 통신 공간상에서만 읽을 수 있는 무언가 색다른 글읽기에 목말라 하기 시작했고, 그래서 현실 공간에서는 주변부 장르나 하위 장르로 천대받았던 무협, SF, 환타지, 공포 소설들이 인기를 얻게 되었다.

그렇다면 이런 통신 소설의 다양한 장르들 중 왜 유독 환타지 소설이 돌출적으로 현실 공간에 소개되었을까? 이는 출판사들의 상업적인 전략과 맞물려 있다. 무협소설은 현실공간에도 많은 무협작가들이 존재하고 있고 또 그만큼의 작품들이 쏟아져 나옴으로 굳이 통신 공간을 주목할 필요가 없다. SF 소설은 역사가 짧은 우리 나라에 비해 상대적으로 오랜 전통을 갖고 있는 서구의 뛰어난 소설들이 많이 번역 소개되어 독자들의 수준이 높아져 있는 상태에서, 문학성이 점검되지 않은 통신 공간상의 SF 소설들이 주목받기란 쉬운 일이 아니다.6) 공포 소설은 아직 문학 장르로 자리매김도 하지 못한 상태이고 현실 공간에 제대로 독자층도 형성되어 있지 못하다. 그러나 환타지 소설은 다르다. 무협소설처럼 현실 공간에서도 쉽게 접할 수 있는 장르도 아니고, SF처럼 뛰어난 번역 작품들이 많이 소개된 것도 아니다. 그렇다고 공포 소설처럼 장르로 구체화되지 않았거나 독자층들이 없는 것도 아니다. 애니메이션이나 컴퓨터 게임을 통해 환타지 세계에 매혹될만한 충분한 감수성의 세례를 받은 잠재 독자층들을 실제 독자층으로 끌어들이고 포섭하고 인적 자원을 확보하기에 통신 공간은 최적의 장소이다.

---

6) 물론 듀나 일당은 예외이다. 아쉬운 것은 듀나 일당과 함께 시너지 효과를 창출해낼 수 있는 역량 있는 SF 작가들을 통신 공간에서 찾아보기가 쉽지 않다는 것이다.

통신 소설 장르 중에서 가장 경쟁력 있고 상품가치가 높다고 출판사들이 판단한 장르가 바로 환타지 소설이며, 그 이면에는 통신 공간이 네티즌들에게 가져다준 자유분방한 글쓰기와 글읽기가 전재되어 있다.

세 번째로 환타지 소설이 통신 공간 글읽기에 가장 적합한 '연재'와 '구분'이라는 방식으로 네티즌들과 조우했다는 점이다. 환타지 소설들은 분량이 방대한데 『드래곤 라자』는 단행본으로 12권이며, 가장 짧은 『귀환병 이야기』가 4권으로 출간됐다. 대하소설 이외에 출판 시장에서 2권 이상의 단행본으로 소설이 출간되기란 쉬운 일이 아니다. 더구나 독자들의 독서 호흡이 점점 짧아져가고 있는 상황에서 12권 짜리 단행본을 출간한다는 것은 커다란 모험이었을 것이다. 그러나 『드래곤 라자』는 성공했다. 그것은 이 소설이 연재의 형태로 게시판에 올려졌던 것과 관련이 있을 것이다. 통신 연재의 묘미는 "다음엔 어떻게 이야기가 진행될까?"라는 독자의 호기심을 최대로 부추기면서 독자들이 온라인 상에서 읽기에 알맞은 분량의 글을 정기적으로 제공해 주는데 있다. 『드래곤 라자』는 이 두 가지를 가장 전략적으로 사용하여 네티즌들의 폭발적인 반응을 이끌어낸 경우이다. 활자본 『드래곤 라자』는 비록 12권의 장편 소설의 형식을 취하고 있지만 내용은 연작의 형태이다. 후치 네드발 일행이 드래곤 라자를 드래곤에게 데려가 주는 중심축에 모험 도중에 겪는 다양한 사건들을 장으로 구별지어 독립된 이야기로 구성되어 있다. '연재'와 '구분'이라는 통신 글쓰기의 형태를 고스란히 간직하고 있는 것이다.

환타지 소설이 통신 소설의 적자로 부상하게 결정적인 계기는 네티즌들의 독특한 세대론적 감수성과 출판사들의 상업적인 전략, '연재'와 '구분'이라는 온라인 상에서 적합한 글읽기 방식의 채택이다. 그러나 여기서 우리가 간과해서는 안될 것은, 계기와는 무관하게, 환타지 소설의 대중적인 성공에 우리의 의지가 개입되어 있다는 사실이다. 우리는 문학에게 변화하라고 요구하고 있으며, 환타지 문학은 우리의 요구에 대한 문학의 표면적인 반응인 셈이다.


## 3. 환타지소설에 대한 잘못된 문제 제기


환타지 문학이 상업적인 성공을 거두면서, 그 역작용으로 비판도 만만치 않게 제기되고 있다. 환타지 문학에 대한 비판은 크게 세 가지 정도로 목록화 할 수 있는데 환타지문학이 일시적인 유행에 지나지 않을 것이며 대중성에 침몰돼 문학성이 결여돼 있고, 환타지소설 열풍이 젊은 독자층을 잠식하여 그나마 위축돼 있는 순수문학시장을 위협하지 않을까 하는 우려 등이다.

먼저, 환타지 문학이 일시적인 유행에 지나지 않을 것이라는 비판의 근거로 논자들이 드는 예가 『퇴마록』 신드롬이다. 영화로까지 만들어지고 수백만부가 팔렸다는 『퇴마록』은 국내에서는 처음으로 귀신과 싸우는 인간이라는 독특한 소재를 가지고 상업적인 성공을 거두었지만, 그 성공을 이어가고 독창적인 문학 장르로 확립시켜 줄 후속작품이 나오지 않음으로 해서 '퇴마 이야기'는 일시적인 현상에 머물고 말았다. 환타지 소설 역시 소재의 독특함 때문에 현재는 독자들의 관심을 끌고 있지만, 소재의 독특함만으로 문학적 생명력을 갖고 확고한 소설 장르로 자리 매김 하기에는 부족하며, 결국 특정한 시기의 유행에 지나지 않게 될 것이라는 지적이다. 그러나 이 주장은 두 가지 중요한 부분을 간과하는 오류를 범하고 있는데, 환타지 소설이 국내에 독자층을 형성한 것이, 물론 저변을 확대시키는데 일익을 담당하기는 했지만, 통신 공간의 탄생과 무관하다는 것과, 환타지 소설이 대중적 인기를 얻고 있는 것은 소재의 독특함이 아니라 신세대의 문학 취향에 부합하는 독특한 내러티브 방식에서 그 이유를 찾아야 한다는 점이다. '말하기' 보다는 '보여주기'를 통한 시각 이미지의 강조, 독자들의 짧은 호흡을 감안한 간결한 문장과 연작 형식, 흥미 유발을 위한 반전의 문체, 만화적 상상력과 게임 시나리오의 결합을 통한 신세대 독자층과의 감수성의 교감 등이 환타지 소설이 인기를 끌고 있는 이유이다. 따라서 일시적 유행이라기 보다는 10-20대 신세대들이 한국 문학의 주요 독자층을 완전히 자리잡게 되면, 오히려 지금보다도 훨씬 더 환타지 소설의 문학적 영향력이 커지게 되리라는 추론이 더 논리적이다.

문학성이 결여되어 있다는 지적 역시 정당하지 못하다. 환타지 문학의 문학성을 본격문학의 문학성으로 재단하고, 결여되어 있다고 비판하는 것은 물고기를 잡는 그물로 참새를 잡으면서 왜 한 마리도 안잡히냐고 투덜대는 것과 마찬가지이다. 환타지 소설의 문학성은 감동이 아니라 재미이며, 갈등을 통한 자아와 세계의 충돌과 거기에서 기인하는 비극성이 아니라, 대립을 통한 자아와 세계의 충돌과 궁극적인 승리가 독자에게 제공해주는 쾌락적 환기이다. 문학성이 고정되고 불변한 고유명사가 아니라면, 당연히 환타지 소설의 문학성은 여타 소설의 문학성과 달라야 옳다. 지금 10대들이 『토지』나 『장길산』을 읽고 느낄 답답함과 40대들이 『드래곤 라자』나 『용의 신전』을 읽고 느낄 황당함 사이에 존재하는 분명한 문학적 거리를 우리는 인정하여야 한다.

가뜩이나 위축된 순수문학시장을 환타지 소설들이 잠식해 들어간다는 우려는 논의할 가치조차 없는 한심한 지적이다. 파이가 커지면 그만큼 분배의 크기도 커질 것이다. 우리가 정작 우려해야 할 것은 독서 시장의 위축이지 순수문학시장의 위축이 아니다. 더구나 순수문학시장이 위축된 것은 문학이 응당 갖추어야 할 시대 조응력과 응전력을 본격문학이 도외시한 당연한 결과일 뿐 환타지문학의 성공과는 아무런 관련이 없다.

환타지 소설이 너무 지나친 서구 지향적인 요소를 갖고 있다는 비판 역시 환타지 소설을 제대로 이해하지 못한 심정적인 비난에 불과하다. 대부분의 환타지 소설의 주인공들은 물론이거니와, 마법의 이름, 무기나 방어구의 이름, 지명까지 모두 외우기도 힘든 외래어 일색이다. 배경이나 상황은 중세 유럽을 연상시키며, 서구의 신화가 소설의 주요한 모티브로 기능하고 있다. 이는 환타지 소설의 전통이 서구에서 시작되었고, 국내뿐만 아니라 서구에서도 막강한 영향력을 갖고 있는 톨킨의 『반지전쟁』이 작가들에게 일종의 억압적 메타 텍스트로 작용한 당연한 결과로 이해할 수 있다. 또 서양에 '환타지'라는 장르가 있다면 동양에는 '무협'이라는 장르가 있는데, 배경이나 상황, 아이템이나 지명을 한국적인 것으로 바꿀 경우 무협지와 별반 차이가 없게된다는 점도 작가들이 서구 지향적일 수밖에 없는 원인이기도 하다. 환타지 문학은 이제 막 출발하였고, 출발을 위한 준비물들을 서구로부터 빌려왔다. 왜 빌려왔냐고 질책할 것이 아니라, 한국적인 환타지 소설로 나아가기 위한 순차적인 단계로 이해하는 것이 바람직할 것이다.

환타지 소설에 대한 이 같은 잘못된 문제 제기들이 본격문학 계간지와 막강한 문학권력인 일간신문의 문학 지면을 통해 생산되고 있음은 현실 공간의 문학 집단들이 여전히 편협하고 폐쇄적이며 배타적임을 보여준다. 그래서 환타지 소설이 통신 공간에서 탄생되었는지도 모를 일이다.

## 5. 나오는 말

피터팬이 아이들을 이끌고 날라간 네버랜드는 환상의 세계이다. 그곳에서 아이들은 상징계의 질서 대신에 상상계의 일탈을 마음껏 향유한다. 상징계의 질서를 대변하는 후크 선장이 시간을 상징하는 똑딱악어를 무서워하는 것은, 네버랜드의 시공간이 선형적이고 연속적이 아니라 반복적이고 단절적임을 의미한다. 그래서 아이들은 네버랜드에서 돌아오자 어른이 되고 만다.

통신 공간은 그 자체가 거대한 네버랜드이다. 통신 공간 안에서 네티즌들은 현실 공간의 억압적 질서에서 놓여나 익명의 세계가 주는 자유로움에 빠져 상상적 일탈을 경험하며, 현실공간과는 다른 언어로, 다른 감수성으로, 다른 자아를 가진 채 이곳 저것을 떠돌아 다닌다. 그리고 이들 피터팬들이 선택한 네버랜드의 문학이 바로 환타지 소설이다. 실재하지 않는 환상의 세계를 다루는 환타지 소설이, 실재하지는 않지만 실재하는 것보다 더 실재같은 시뮬라크르한 참조물 안에서 창작되어지고 읽혀지고 소통된다는 사실은 지극히 상징적이다.

우리가 환타지 소설을 읽는 이유는 무엇일까? 답답하고 궁색하고 진부한 현실의 일상에서 벗어나, 우리의 빈약한 상상력을 자극하는 원대한 스케일 안에서 위대한 영웅을 만나고 낭만적인 로맨스를 대리 경험하면서 어린 시절 한번쯤 상상해 봄직한 동심의 세계의 흔적을 찾아보기 위함이 아닐까? 일상과 다른 일상을 우리에게 마련해준 통신 공간, 그 공간이 우리에게 제공해주고 있는 비일상의 상상력, 그리도 다시 일상 공간에서 우리와 만나는 환타지 소설, 지극히 순환적인 연결 고리를 따라 지금 우리는 여행하고 있는 것이다.

# 이제 문제는 사이버리즘이다

**| 1 |**

정보화사회는 학문하는 자세에 있어서도 지식공동체와 그 구성원들에게 변화를 요구하고 있다. 최근 들어 제기되기 시작하고 있는 인문학의 위기는 그 동안 한국의 인문학이 타학문과의 상호 교류를 통한 지평의 확대를 시도하지 못한 채 안이하게 안주해 왔음을 반성적으로 돌아보게 하는 계기가 되고 있다. 사회의 제 영역들의 경계가 해체되며 통합과 공존의 논리로 새롭게 탈바꿈하고 있는 현 상황에서 인문학이 나아가야 할 길은 적극적으로 정보화사회라는 변화한 환경에 뛰어들어 인문학의 시대 응전력을 형성하는 일이다. 정보화사회에서 문학은 분명 변화하고 있다. 그 변화를 부정할 수 없다면, 변화의 방향과 의의, 그 미래태를 점검하고 구체화하며 확립하는 작업을 당연히 시작하여야 한다

정보화사회의 주요한 토대인 컴퓨터와 인터넷이 문학을 변화시킬 것이라는 테제는 이제 더 이상 낯설지 않다. 1990년대 중반 이후 표면 위로 부상하기 시작한 컴퓨터와 인터넷, 문학이라는 새로운 트라이앵글에 대한 학문적 관심은 '문학의 위기설'과 맞물리면서 변화에 대한 다양한 논의들을 이끌어 내었다.

그러나 아직도 우리는 '변화시킬 것이다'에 머물러 있을 뿐, '어떻게

변화하고 있다'라는 구체적인 논의에는 다가서지 못하고 있다. 5, 6년
째 계속 '변화시킬 것이다'라는 말만 되풀이하고 있을 뿐 변화의 구체
적인 형태와 그 미학적 의미는 제시하지 못하고 있는 것이다. 다양한
논의들이 생산적인 담론으로 결집되지 못하는 이유는 무엇일까? 혹시
그동안 정보화사회의 문학 패러다임에 대한 우리의 접근방식이 잘못
되었던 것은 아닐까?

## |2|

현재 국내에서 컴퓨터·가상공간·네티즌이라는 새로운 문학 조건
은 아직 뚜렷한 미학적 성과물로 구체화되지 못한 채 다양하고 실험적
인 실천적 형태로만 존재하고 있다. 정보화사회의 문학 패러다임을 확
립하기 위해서는 먼저 이 실천적인 형태의 문학 흐름에 미학적인 가치
부여를 해 주어야 한다. 그러나 지금까지 우리의 접근방식은 구체적인
성과물에 급급한 나머지, 실천적인 형태에 대한 진지한 성찰의 필요성
을 간과하는 오류를 범해왔다. '변화하고 있다'의 무게중심이 현재형
에 두어져 있는 반면, '변화시킬 것이다'라는 문맥은 미래추론형이다.
따라서 구체적인 성과물이 부재한 상태에서 '변화시킬 것이다'라는 발
언은 공허할 뿐이며 '변화하고 있다'에 주목하는 새로운 접근방식이
요구된다.

지금까지 이루어져 왔던 사이버문학론은 <사이버문학>이라는 용
어 자체가 명사적인 성격을 강하게 띠고 있는 탓에, 전형적인 작품이
부재한 상황에서 펼쳐지는 이론 위주의 공허한 발언으로 오해받아 왔
으며, 그 명사적인 성격 규명조차 논자들의 시각에 따라 현격한 시각

차를 드러내며 개별 담론으로 분산되고 말았다.

지금 우리는 자본주의사회에서 정보화사회로 넘어가는 과도기에 위치해 있다. 모든 예술 패러다임들이 새로운 모색을 하고 있으며 문학 역시 예외는 아니다. 그러나 과도기에 위치해 있기 때문에 이 모색의 정체성은 동사형이라는 실천적 성격을 띠고 있다. 따라서 사이버문학이란 용어가 생래적으로 떠안고 있는 결과론적인 부담으로는 실천적인 성격을 명확하게 문맥화 시킬 수 없다는 판단 하에 필자는 <사이버리즘>이란 새로운 용어를 제안하고자 한다.[1]

사이버리즘(cyberism)은 Cyber(인공, 가상)와 ism(주의, 경향)의 합성어로, 사전적 의미로는 '인공주의' 또는 '가상주의'로 번역될 수 있다. 그러나 사이버리즘의 함의는 리얼리즘, 모더니즘과 마찬가지로 하나의 단일한 개념이 아닌 다양한 개체적 의미들의 복합적 실체로 보아야 한다. 리얼리즘을 비판적 리얼리즘, 사회주의 리얼리즘, 변증법적 리얼리즘 등으로, 모더니즘을 표현주의, 초현실주의, 다다이즘, 미래파, 이미지즘 등의 총체적 복합적 실태의 함의로 보듯, 사이버리즘 역시 포괄적인 용어다. 사이버리즘은 정보화사회 변화한 문학 환경이 문학에 요구하고 있는 다양한 자기 갱신력의 실천적 양상을 포괄하는 일련의 문학 흐름을 지시한다. 필자가 사이버리즘을 <문학 흐름>으로 그 범위를 한정지은 것은, 하나의 문예사조로서 사이버리즘을 맥락화 시키기에는 몇 가지 한계가 있기 때문이다. 우리 사회는 자본주의사회에서 정보화사회로 이행되어 가는 과도기에 위치해 있으며, 사이버리즘은 정보화사회가 완전히 정착되어진 다음에야 문학 패러다임으로써 논의

---

1) <사이버문학>이라는 용어에 대한 비판의 상당 부분은 96년에 나온 『사이버문학의 도전』(토마토)에서 필자가 주장했던 내용을 메타 텍스트로 삼고 이루어지고 있다. 사이버문학에 대한 비판은 필자가 필자 스스로에게 가하는 인식론적 오류의 인정과 자기반성의 결과이다.

될 수 있을 것이다. '이즘'이라는 접미사를 달기 위해서는 그것의 모태가 되는 사회의 정치, 경제, 사회, 문화, 종교 등 다양한 구성 요소들에 대한 총체적인 시각 형성과 이론을 객관화시킬 수 있는 전형적인 텍스트가 요구된다. 따라서 아직 사회 패러다임조차 완벽하게 자리잡지 못한 상황에서 <사이버리즘>이라는 용어를 문예사조의 층위에서 사용할 수는 없으며, 단지 동사적인 개념으로 문학 운동을 지시하는 것으로 그 범위를 축소시키는 것이 정당하다. 결국 현 단계에서 <사이버리즘>은 컴퓨터와 가상공간이라는 새로운 문학 환경을 자궁으로 하여, 우리가 보여주고, 보여줄 수 있는 전위적인 문학 실천 운동이며 동시에 그것을 지지해주는 미학적인 가치 판단이라고 정의되어질 수 있다.

자본주의 시대는 리얼리즘·모더니즘·포스트모더니즘의 순으로 예술 패러다임이 변화해 왔다. 흔히 후기산업사회로 일컬어지는 자본주의의 막바지에 등장한 포스트모더니즘은 이성에 대한 심각한 회의를 인식론적 기반으로 하여 이전 패러다임의 주체성, 리얼리티, 상상력의 틀을 전복시켰다. 사이버리즘은 포스트모더니즘의 연장선상이다. 포스트모더니즘이 모더니즘을 이어 쓰고 고쳐 썼듯이, 사이버리즘 역시 포스트모더니즘을 이어 쓰고 고쳐 쓴다. 사이버리즘은 정보화사회에 조응하려는 예술의 자기 갱신력을 지시한다. 주체의 분열, 리얼리티의 확장, 소통구조의 변화 등 문학이 정보화사회라는 변화한 사회 패러다임 안에서 보여주고 있는 실천적 양상들을 계열화하고 그 의미를 보여줌으로써, 자본주의사회와 정보화사회 사이의 과도기적 상황을 이해하는 준거 틀로 기능한다. 변화한 현실에 대한 작가 독자의 새로운 상황 인식의 범주가 사이버리즘 안에서 통합되며 결국 사이버문학은 잠정적으로 사이버리즘을 전형적으로 보여주고 있는 작품으로 정의 내릴 수 있을 것이다.

# |3|

내러티브의 붕괴와 마디적 구성을 보여주고 있는 하이퍼 픽션, RPG (Role Playing Game)나 애니메이션에서 상상력을 부분 복사하고 있는 환타지 소설, 온라인 공동창작과 모자이크 텍스트, 멀티미디어 제작 소프트웨어를 사용한 멀티 텍스트, 비트 시의 형식 실험, 사이버 에고를 강조하는 젠더적 글쓰기 등 우리가 가상공간 안에서 목도하고 있는 실천적 흐름들은 아주 다양하다. 이 일련의 흐름들은 주체성과 리얼리티, 소통구조 지점에서 기존의 문학 패러다임으로는 설명할 수 없는 새로운 양상을 보여주고 있다.

가상공간 안에서 주체는 더 이상 합리적 이성이나 계몽의 도구도 아니며, 타자의 시선 안에 갇혀있는 차이와 흔적뿐인 탈주체도 아니다. 현실 공간이 슈퍼 에고와 에고의 지배를 받는 공간이라면, 가상공간은 이드의 지배를 받는 시뮬라크르한 공간이다. 그리고 그 이드는 주체가 어떤 타자와 접속하느냐에 따라 무수하게 분열된 형태로 다시 재조합되면서 우리의 주체를 다성적으로 매개한다. 탈주체가 주체는 단일하며 선험적으로 이미 존재하고 있다는 전제하에서 주체의 억압과 시선으로부터 벗어나고자 하는 의식적인 노력을 지시하는 용어라면, 복수 주체는 결코 단일하거나 견고할 수 없으며, 하나의 육체 안에 두개 이상의 이질적인 정체성(正體性)이 존재할 수 있음을 전제한다. 정보화사회는 우리에게 육체가 경험하는 물리적인 세계 이외에도 의식적인 흐름만으로 경험할 수 있는 세계를 가능케 해 주었다. 육체와 무관한 의식의 세계 안에서 우리의 주체성은 상황이나 의지에 따라 쪼개지거나 분열된다. 복수 주체는 바로 이같이 쪼개지거나 분열된 우리의 정체성을 지시해 준다.

리얼리티 역시 변한다. 문학의 생명력은 새로운 시대에 맞춰 새로운 리얼리티를 창출해내는 데 있으며 그 전위에는 항상 도전적이고 진보적인 새로운 세대들이 위치해 있다. 작가 상호간의 단절감은 새로운 문학의 형성을 위한 일종의 과도기적 통과의례로 이해할 수 있으며, 더구나 문학 생산 메카니즘의 가장 주요한 위치를 점하고 있는 독자들의 소비적 기호가 변화하고 있는 상황에서 그 거리는 새로운 리얼리티의 수용이라는 방향으로 자연스레 해소될 것이다. 필자는 여기서 기존의 리얼리티 개념이 변화하는 사회 현실을 담아내기에 한계가 있다고 판단하여, <메타 리얼리티>라는 용어를 새로이 제안하고자 한다.

메타 리얼리티라는 용어는 메타픽션이라는 용어의 개념을 차용한 것이다. 문학 텍스트가 텍스트 밖에 존재하는 다른 세계를 반영하거나 재현하는 것이 아니라 텍스트 그 자체를 반영하는, 창작 과정 자체를 중요한 주제로 다루는 자기반영적인 소설을 메타픽션이라고 한다. 메타 리얼리티는 현실의 세계를 반영하는 것이 아니라 작가의 의식 또는 무의식적인 세계 안에 자리잡고 있는 시뮬라크르한 세계를 반영한다. 메타픽션이 글쓰기 행위 자체에 주목한다면, 메타 리얼리티는 리얼리티를 만들어내는 우리의 상상력과 그 구조에 주목한다.

리얼리티가 현실 세계를 모사 하거나 참조하여 텍스트 안에 재현하고자 하는 의식적인 실천의 층위라면, <메타 리얼리티>는 리얼리티의 지시 영역을 물리적인 세계가 아니라 우리의 상상력 안에 두고 있는 미적인 층위이다. 보드리야르의 시뮬라크르 개념이 실재하지 않지만 실재하는 것보다 더 실재처럼 인식되는 것이라면, 메타 리얼리티는 시뮬라크르한 세계를 문학 텍스트 안으로 끌어들였을 때 미학적으로 확대되고 확장되는 세계를 지시해준다. 메타 리얼리티는 다시 현실 세계가 아니라 가상 세계 안에서 펼쳐지는 인간의 삶이나 경험을 그려내는 <버추얼 리얼리티>와 우리의 무의식 깊숙이 자리 잡고 있는 문화적 기호들이 만들어 내는 <이미지 리얼리티>로 나눌 수 있다. 이제 우리는 6상상하는 모든 것이 리얼한 시대에 살고 있는 것이다.

현실공간이 아날로그적 소통 구조라면 가상공간은 디지털 커뮤니케이션의 공간이다. 쌍방향성, 수시성과 속보성, 네트워크화, 의사환경, 시각화라는 특성을 갖고 있는 디지털 커뮤니케이션은 기존 문학의 소통 구조에서 보였던 작가-텍스트-독자의 고정적 지위와 위치를 혁명적으로 전복시킨다. 작가(초작가)↔텍스트(디지털 텍스트)↔독자(초독자)라는 소통 구조는 지금까지 작가와 텍스트가 누려왔던 특권적 지위를 박탈하고, 그 일부를 독자에게 부여함으로써 독서 취향의 변화를 통한 새로운 대중문학의 출현을 예고하고 있다.

# |4|

사이버문학론이, 그리고 지금까지 <정보화사회와 문학>이라는 주제에 대한 우리의 접근 방식이 구체적인 성과물에 연연하는 결과론적 도그마에 빠져 '변화시킬 것이다'라는 가정에서 한 발짝도 나아가지 못했음을 자성하면서, 주체성이 변화하고 리얼리티가 변화하고 소통구조가 변화하고 있는 현상황을 실천적이고 생산적으로 풀어나갈 수 있는 힘, 이제 문제는 사이버리즘인 것이다.[2]

---

2) 사이버리즘은 '복수주체', '메타 리얼리티', '디지털 커뮤니케이션'을 문학적으로 설명해 주고 미학적으로 지지해 줄 수 있어야 한다. 이 부분에 대한 좀더 자세한 논의는 지면이 한정된 관계로 다음 기회로 미룬다.

# 새로운 매체와 문학
## - 문학 환경의 변화와 '주체'의 상관성을 중심으로 -

## 1. 문제 제기

정보화 시대에 새로운 문명의 이기인 컴퓨터가 삶을 영위하는데 있어 필요충분조건으로 자리잡기 시작하면서 우리의 일상에 많은 변화들이 일어나고 있다. 이 변화는 컴퓨터를 창작 도구로 채택하는 예술, 그 중에서 창작과 소통의 도구로 사용하는 문학에서도 예외 없이 발견되며, 우리의 예상을 뛰어넘는 파격적인 형태로 가시화되고 있다. 물적 도구인 컴퓨터가 의식적 산물인 문학의 형질을 변화시키고 있는 것이다.

<정보화사회>란 용어는 사회 기본 구조를 지시해줄 뿐만 아니라 이데올로기까지 함의하고 있다. 우리는 지금 문학에 자신을 관련시키는 '방식'이 변화하고 있음을 인정하고 있다. 그 방식이 사회 이데올로기와 밀접한 관련을 맺고 있음도 분명하다. 그렇다면 이 새로운 방식을 해석해낼 수 있는 문학 이론의 생성은 시대적인 요구이다. 포스트모더니즘이 분명 영향력 있고 아직도 유효할 수 있는 예술 패러다임이지만 정보화사회의 핵심이라 할 수 있는 컴퓨터와 인터넷이 예술이 미칠 영향까지 규명하기에는 한계가 있다. 포스트모더니즘은 정보화사회

에서 다시 고쳐 쓰여져야 한다.

새로운 사회 형태는 새로운 성격 형태, 새로운 사회화의 방법, 새로운 경험 조직화의 방식 등을 필요로 한다. 정보화사회가 새로운 사회 형태라면, 가상공간 또한 정보화사회가 만들어 낸 또 하나의 사회 형태이다. 그리고 두 사회 형태 모두 대중매체와 멀티미디어를 통한 개인적인 사회화 과정과 경험 조직화의 방식을 통해 주체의 조작을 노정하고 있다는 점에서 동일하다. 우리가 당면한 과제는 이런 새로운 사회 형태를 반영하는 문학에서 주체의 문제를 어떻게 수용하는가 하는 것이다. 이 글은 정보화사회 변화한 문학환경이 '문학 주체'에 구체적으로 어떤 영향을 끼치고 있는가를 살펴볼 목적으로 씌어질 것이다.

## 2. 주체, 탈주체, 복수주체

후기 자본주의 사회로 접어들면서 전통의 단절과 권위의 붕괴, 영역화된 사회 제도의 해체로 인하여 칸트적인 의미에서의 주체는 심각한 도전을 받게 된다. 하버마스는 귀족 헤게모니에 저항하는 부르조아의 투쟁기까지 거슬러 올라가면서 공공 영역과 소통 합리성이 출현하는 지점을 탐색한다. 초기 저작인 『공공 영역의 구조적 이행』(1962)에서 그는 찻집, 살롱, 여관에서 공공 영역이 탄생하는 과정을 신문이라는 인쇄 문화의 확산과 관련시켜 탐구한다. 이러한 사회적 공간에서 다음과 같은 특징을 가진 공적 발화의 한 유형이 정립된다. 첫째, 신분에 대한 무관심, 둘째 공통의 관심사라는 새로운 영역의 문제화, 셋째, 포함의 원리, 즉 원하는 자는 누구라도 참여할 수 있다는 원리. 하버마스는 이러한 공공 영역의 기본 조건으로 부르주아의 가족 문화를 제시한다. 가정이라는 새롭게 구축된 사생활 속에서 찻집이라는 <공공 영역>으로 옮겨오면서 새로운 주체가 나타났다는 것이다. 가정 내에서 부르주아는 편안하고 안락하며 도덕적으로 흠집이 없는 인간이라고 느낀다. 이를 기반으로 부르주아들은 일단 찻집으로 들어오기만 하면 스스로를 자율적이고 비판적이고 자유로운 주체로 구성하기 시작한다. 그러나 부르주아의 공공 영역을 보편화하려는 하버마스의 시도는 모더니티의 문제와 계몽의 기획에 뿌리를 둔 것일 뿐이다. 하버마스에 있어 주체는 미리 주어져 있는 것, 언어 이전의 것이다. 하버마스는 문화적 또는 상징적 상호 작용을 소통 행위로만 한정시켰으며, 더 나아가 타당성 요청이라는 <합리성>으로 한정시켰다. 그에게 주체는 합리적인 이성이며, 계몽의 도구이다. 하버마스에게 영화관에 가고, 라디오를 듣고, 컴퓨터나 팩스로 메시지를 보내고, 전화를 이용하는 것 등이 모두 소통 합리성의 퇴화, 다시 말해 시스템이 생활 세계를 식민지화하는 예에 지나지 않는다. 소통 합리성 이론의 가장 큰 한계는 그것이 합리성이라는 것의 결핍만을 강조함으로써 전자적으로 매개된 커뮤니케이션이 가지고 있는 언어적 차이를 설명할 수 없다는 것이다.[1]

정보화사회에서 하버마스가 제시한 공공 영역은 점차 그 역할이 감소하고 있다. 가정, 학교, 교회 같은 전통적인 재사회화 기관들은 그 기능의 일부를 가상공간 안으로 이동시키고 있으며, 찻집이나 살롱이 했던 역할을 대화방이나 게시판 같은 가상공간의 비물질적 영역이 대체하고 있다. 새로운 공공 영역이 출현하고 있는 것이다. 그러나 하버마스에게 가상공간의 공공 영역은 생활 세계를 식민지화하는 시스템

---

1) 마크 포스터, 『제 2 미디어 시대』, 민음사, 1999, pp.78-81.(부분 요약)

에 불과할 뿐이다. 왜냐하면 그 공간 안에서 주체는 더 이상 합리적인 이성도 계몽의 도구도 아니기 때문이다. 대중 매체(신문, 잡지, 텔레비전)가 가져다주는 공동체 의식은 자신이 어느 집단에 소속되어 있다는 소속감을 일깨워주기는 하나, 그것이 책임감으로까지 연결되지는 않는다. 더구나 정보화사회는 대중 매체들이 쌍방향소통 방식으로 그 매체적 특성을 변화시킴으로써, 사회 공동체의 소속감마저도 희석시키고 있다. 매체 특성의 변화와 탈영역화 현상의 심화로 인한 공동체 의식의 붕괴는 사회 구조의 가장 기본이 되는 가족공동체에도 영향을 미쳐, 핵가족 제도가 자본주의 체제의 근간으로 기본적인 경제 단위의 역할과 일차 사회화 기관의 기능을 수행한데 비해, 정보화사회에서는 가족의 의미가 일차적인 사회화 기관으로서의 기능보다는 개별적이고 일시적인 결합의 형태로 전락한다. 전통적인 사회화 기관이었던 가정, 학교, 교회 대신에 대중 매체와 컴퓨터를 통한 개인 대 사회의 관계만이 그 역할을 대신함으로써 사회화 수행 과정에서의 개인의 역할이 커지게 되고 이것이 주체의 조작으로 연결된다.

공공 영역의 제도화, 즉 민주주의의 확장문제에 천착함으로써 계몽의 자유주의적 전통을 계승하고자 했던 하버마스에게 가상공간은 공공 영역의 해체를 공공연하게 드러내주는 우울한 그림자로 드리워진다.

하버마스와 달리 후기 구조주의자들은 언어가 사실 확인적이고 재현적이며 단성적인 것 이상의 것임을 드러내고자 했으며, 말과 사물의 관계가 영원히 고정되어 굳어진 것이 아니라는 사실을 보여주었다. 이러한 비판 작업은 그러한 고정성 뒤에 있는 주체의 모습을 드러내 보여주는 것이며, 그것의 근거를 제공하는 매개체/대상과 같은 주체의 이원적 형이상학을 폭로한다. 그들은 하버마스가 주체와 언어의 관계를 재개념화하는데 실패했으며, 언어가 주체를 서로 다른 수많은 형태로 구성하는 방식을 인식하지 못했다고 주장한다.

데리다는 주체를 가두는 가장 견고한 형식인 문자의 합리성에 회의를 가졌다. 그의 저서 『문자와 차이』에서 데리다는 에드몽 자베스의 "너는 쓰는 자이고 동시에 씌어지는 자이다"라는 말을 패러디하여, "우리는 씀으로서 씌어진다"라고 고쳐 읽는다. 단적으로 글을 쓰는 주체가 존재할 수 없음을 주장한 것이다. 하버마스가 합리적인 이성이며 계몽의 도구로 파악했던 주체는 데리다에게 있어 단지 '우리'라는 복수 안에 흔적처럼 존재할 뿐이다.

데리다의 문자학에서 주체는 자율적인 존재가 아니라 하나의 문자로서 타자나 타인에로 향한 주체의 분열이나 모호한 욕망이다. 왜냐하면 현존적 자기 향유나 자기의 즐거움은 신화요 환상이며, 현존으로서의 주체는 없고, 차연으로서의 주체가 있을 뿐이기 때문이다. 주체는 이 세상에 살아가기 위하여 남들과 말을 해야 하고 교제를 해야 하며 그런 가운데서 자기 자신을 언제나 되새긴다. 주체는 말을 하든 침묵하든 그 자신 속에 차이를 잉태할 수밖에 없다. 주체가 언제나 스스로에게 물음을 제기할 수밖에 없는 존재라면, 주체가 합리적인 이성이라는 진술은 환상에 불과해진다. 주체는 다른 주체와의 단순한 차이이며 흔적에 지나지 않기 때문이다. 그럼 점에서 '나'나 '그대'는 단순한 현존의 기쁨이나 향유가 아니며 단지 문자(흔적)이다. 주체가 글을 쓴다는 것은 많은 다른 흔적들과의 차연적 공동의존에 의해서 주고받는 놀이의 반복이 낳은 체계에 의해서 가능하다. 그래서 데리다는 '나'는 씌어진다고 말할 수밖에 없다. '나'는 글을 씀과 씌어짐의 파르마콘이다. 그러므로 '나'와 '그대'는 현존적 부름과 응답의 그런 성실성의 관계가 아니고 분열이나 별리의 순간이다.

데리다에게 문자는 정원에 살지 않고 사막을 헤매는 인간이 자기 자리를 상주시킬 수 없기에 자리를 벗어나야 하는 운명을 상징한다. 자기의 울타리를 벗어나기 위하여 타자와의 관계를 통해 자기를 보아야 한다. 이때에 타자는 꼭 타인의 존재일 필요는 없다. 모든 흔적이면 족하다. 흔적은 타자를 암시하는 암호요 은유이며, 흔적을 남긴다는 것은 쓰는 것이다. 흔적을 남김은 저자의 부재와 같다.[2]

데리다에 의하면 우리는 기억과 지각에 의해 글을 쓴다. 기억은 뉴런의 틈 사이에 생기는 차이, 즉 흔적의 차이이다. 순수 현존으로서의 기억의 단순성은 어디에도 없다. 지각도 마찬가지다.

> 순수한 지각은 없다. 언제나 이미 지각을 감시하는 우리 안에 있는 심급(審級)에 의하여 글을 쓰면서도 우리는 씌여진다. (……) 문자의 주체는 심적인 것, 사회와 세계 등의 기층들 사이에 있는 관계의 한 체계이다. 그런 무대의 내부에 고전적 주체인 점과 같은 주체는 발견할 수 없다.[3]

데리다가 말한 문자나 원문자는 결국 현존, 현재, 주체, 고유성, 고유명사의 지움과 다르지 않다. 하버마스가 공공 영역 안으로 끌어들여 복원시키려 했던 칸트적 주체는 데리다에 이르러 다시금 지워진다.

그러나 데리다의 주체도 정보화사회의 주체관을 설명하는데는 적절치 못하다. 무엇보다도 가상공간 안에서는 <주체는 다른 주체와의 단순한 차이이며 흔적에 지나지 않는다>라는 데리다의 주장이 유효하지 않기 때문이다. 현실 공간에서는 타자의 시선을 분명하게 인식할 수 있기 때문에 그 차이와 흔적에 주체를 가둬둘 수 있지만, 가상공간은 수없이 많은 타자들이 모여있다고 단지 추측할 수 있을 뿐, 궁극적으

---

2) 김형효, 『데리다의 해체철학』, 민음사, 1993, pp.160-166. (부분 요약)
3) J. Derrida, 『L'Ectiture et la difference』, 1967, Paris, Seuli, p.335.

로는 언제나 혼자이다. 현실 공간에서는 '나'가 쳐다보기 전에 '그'가 쳐다보지만, 가상공간에서는 '나'가 쳐다보기 전에는 절대로 '그'가 '나'를 쳐다보지 않는다. 오히려 가상공간 안에서의 주체는 타자와의 관계 속에서 획득되어지는 것이 아니라 주체 안의 무수한 주체와의 상호 작용을 통해서 계속 새로운 주체가 만들어진다. '나'는 '그'와 대화하는 것이 아니라 '나'와 대화할 따름이다. 데리다가 하버마스의 주체를 탈주체화 하였다면, 가상공간은 데리다의 탈주체를 복수 주체로 다시 변화시킨다. 가상공간에서 우리의 자아는 이제 더 이상 순수하게 외적 현실이 그것에 대해 확실한 연속성을 가지기 때문에 일관되며 연속적인 것이라는 환상 안에 갇혀 있길 거부한다. 이제 주체는 어떤 내적인 연속적 자아성도 가지고 있지 않으며, 강한 휘발성을 띤 무수히 쪼개진 형태로 현존한다. 프로이트의 용어 <동일시>는 타자의 특성들을 취하는 것을 포함하여 일종의 복종을 의미했다. 그러나 가상공간에서 타자와 '동일시한다'는 것은 자아의 영역에 타자를 가상적으로 동화시키면서, 그 타자성을 무효화하는 것이다. 예컨대 우리는 컴퓨터 게임을 할 때마다 매번 그 게임이 요구하는 새로운 자아를 동일시를 통해 획득하지만, 그 게임을 끝내는 순간 만들어진 자아는 소멸되고 만다.

정보화사회는 언어의 근본적 재구성을 불러일으키며 이성적, 자율적 개인이라는 형식 바깥에서 주체를 다시 구축한다. 친숙했던 자본주의 시대의 주체는 복수화되고, 분산되고, 탈중심화되고, 여기저기로 계속 호명되는 주체를 선호하는 정보 양식에 의해 불안정한 정체성을 가진 주체로 대체된다. 가상공간은 주체와 타자 사이의 거리에 대한 다양한 해석을 허용한다. 주체와 타자 사이의 엄청난 공간적 확장은[4] 자기 동

---

4) 인터넷을 떠올려보자. 그 공간 안에서 우리는 이제 더 이상 물리적 시공간의 거

일적 주체가 그 틈에 접근하지 못하도록 막아온 것들을 뒤엎어버린다. 디지털 커뮤니케이션이 만들어내는, 엄청난 거리와 시간성의 즉각적인 결합은 주체와 타자를 떼어놓기도 하고 그들을 서로에게 데려가기도 한다. 아날로그 커뮤니케이션과 대립되는 이러한 경향들은 개인의 위치를 철저하게 재배치하기 때문에, 시공간적으로 고착되고 주변의 대상들을 인식론적으로 통제할 수 있는 자아의 모습은 더 이상 유지될 수 없다. 언어는 리얼리티를 재현하지 않으며, 주체의 도구적 합리성을 강화시키는 중립적인 도구가 아니다. 언어는 리얼리티 자체가 되거나 리얼리티를 좀더 잘 재구성한다. 그렇게 함으로써 주체는 언어를 통해 호명되며, 그러한 호명에서 쉽게 벗어날 수 없다. 디지털 커뮤니케이션은 모더니티 이론에서 본질적으로 고착된 지점, 근거, 토대들을 체계적으로 제거한다.

컴퓨터와 가상공간으로 상징되는 정보 양식은 사회 형태를 변화시킬 뿐만 아니라 우리가 주체에 대해 생각하는 방식까지를 변화시켰다. 정보 양식은 개인들이 불안정한 정체성을 갖도록 만들고, 그들을 복수 정체성 구성의 지속적인 관계로 밀어 넣는다. 정보 양식은 주체 구성의 과정에서 언어의 역할에 초점을 맞추는 이론들, 읽는 사람과 쓰는 사람을 비평가와 저자라는 안정된 지점에서 바라보는 관점을 해체하는 이론들을 조장한다. 인쇄가 주체에 대해 이해를 매개할 때, 언어는 재현적인 것으로, 즉 대상을 지시하기 위해 사유자들이 환기시키는 기호들의 자의적인 체계로 이해된다. 이러한 체계 속에 자리잡고 있는 한, 주체는 시공간적으로 안정적인 위치에 머물게 된다. 디지털 커뮤니케이션이 주체에 대한 이해의 한 요소가 될 때, 언어는 수행적이고

---

리를 느끼지 못한 채 무수히 많은 타자들을, 그들의 흔적을 경험할 수 있게 되었다.

수사학적인 것으로, 즉 주체에 대한 능동적인 형상화와 자리잡기로 치환된다. 이러한 커뮤니케이션 체제가 널리 퍼져나가게 되면 주체는 단지 부분적으로만 안정된 것으로, 시공간의 다양한 지점들에서 반복적으로 재구성되며, 각기 동일적이지 않고 항상 부분적으로만 타자로 이해된다.[5]

가상공간 안에서 주체는 더 이상 합리적 이성이나 계몽의 도구도 아니며, 타자의 시선 안에 갇혀있는 차이와 흔적뿐인 탈주체도 아니다. 현실 공간이 슈퍼 에고와 에고의 지배를 받는 공간이라면, 가상공간은 이드의 지배를 받는 시뮬라크르한 공간이다. 그리고 그 이드는 주체가 어떤 타자와 접속하느냐에 따라 무수하게 분열된 형태로 다시 재조합되면서 우리의 주체를 다성적으로 매개한다. 탈주체가 주체는 단일하며 선험적으로 이미 존재하고 있다는 전제하에서 주체의 억압과 시선으로부터 벗어나고자 하는 의식적인 노력을 지시하는 용어라면, 복수 주체는 결코 단일하거나 견고할 수 없으며, 하나의 육체 안에 두개 이상의 이질적인 정체성(正體性)이 존재할 수 있음을 전제한다. 정보화사회는 우리에게 육체가 경험하는 물리적인 세계 이외에도 의식적인 흐름만으로 경험할 수 있는 세계를 가능케 해 주었다. 육체와 무관한 의식의 세계 안에서 우리의 주체성은 상황이나 의지에 따라 쪼개지거나 분열된다. 복수 주체는 바로 이같이 쪼개지거나 분열된 우리의 정체성을 지시해 준다.

---

5) 마크 포스터, 『제 2 미디어 시대』, 민음사, 1999, pp.96-97.

## 3. 전자언어의 타자성과 가상공간의 대타성

인간은 항상 언어와 밀접한 관계를 맺어왔다. 의사 표현의 전달에서부터 사고의 확대와 이데올르기의 형성에 이르기까지 언어의 잠재적인 가능성은 무한하며, 그것은 발화자이며, 동시에 수화자인 인간에 의해 가시화되었다. 언어가 의사 전달의 소통 체계로 성립되기 위해서는 사회구성원들의 집단적 동의가 있어야 하며, 사회의 변화에 맞춰 언어 역시 유기적인 틀 안에서 끊임없이 움직인다. 만약 언어가 경험에 의미를 부여한다면, 우리는 언어를 그 안에서 우리의 생각들이 가능하게 되는 체계로 생각해야 한다. 언어는 하나의 개념의 그물망, 하나의 가치체계로서, 그것을 통해 우리는 현실을 경험한다.6) 언어는 사회적 약속이며, 인간(人間)은 언어(言語)를 사용하여 사회(社會)를 반영하고 일상(日常)을 구성한다. 따라서 사회가 변화했다면, 당연히 그 안에서 약속되어진 언어의 양상도 변화할 것이며, 새로운 언어로 소통되는 일상 역시 달라질 수밖에 없다. 사회는 언어를 만들며 언어는 사회를 재현하기 때문이다.

오늘날 컴퓨터를 사용하는 전자 글쓰기는 과거에 종이와 펜을 사용하던 글쓰기와는 여러 가지 점에서 다르다. 우선 전자 글쓰기는 종이 위에 물질적 형태로 고정시키던 이전의 글쓰기와는 달리 키보드를 두들겨 입력한 글자를 전자적 신호 체계로 바꿔 전달하고, 그것을 다시 모니터 상에 빛의 형태로 재현하는 것이다. 이렇게 모니터 상에 나타난 글도 중간 단계와 상관없이 종이 위에 쓰여지던 글과 동일한 모습

---

6) 프랭크 렌트리키아 외 편역, 정정호 외 공역, 『문학연구를 위한 비평용어』, 한신문화사, 1994, p.102.

을 하고 있는 탓에 기호학적인 연구 대상이 될 수 있다. 기호란 말로 우리가 이해하는 것은 바로 소쉬르 적인 기호이다. 물론 그것은 종이 위에 물질적 형태로 나타나는 기호를 일컫는다. 소쉬르에 따르면 이러한 기호는 랑그(langue)와 빠롤(parole)이란 2가지 요소로 나뉘는데, 이때 빠롤은 음성적 실체(substance)로서 기호의 물질적 내용이 된다. 소쉬르에서 비롯한 현대 언어학은 종이 위에 나타나는 기호의 음성적 실체에 대한 연구를 근간으로 하는 음성중심주의를 표방하고 있다. 기호학(semiology)은 기호를 빠롤로 보는 이런 소쉬르의 음성중심주의 언어학에 기반하여 기호의 제 현상을 탐구하는 학문이다. 기호학에선 기호를 소쉬르처럼 랑그와 빠롤로 나누지 않고, 기표(signifiant)와 기의(signifie)로 나누는데, 여기서 기표와 기의는 빠롤이란 음성적 실체의 형식과 내용을 가리킨다. 그런 분석을 토대로 하나의 기호는 그것에 상응하는 하나의 의미(sens)와 동시에 현실 공간에 이 기호의 지시물(referent)을 갖는 의미작용(signification)을 한다고 보는 것이다. 예를 들면 <의자>라는 기호는 현실 공간의 실물인 의자를 지시물로 갖는다는 뜻이다. 이런 기호의 범주에 상징이란 특별한 기호가 있는데, 상징은 여러 가지 이미지(image, 心象)들을 낳는다. 인간의 능력 중에 상징을 사용해서 심상들을 만드는 그런 능력을 상징적 상상력(imagination)이라 하는데, 이때의 심상 역시 각기 하나의 기호로 현현돼 음성적 실체를 가진다. 그런데 가상공간상의 전자 글쓰기는 이런 기호의 개념에 문제를 야기한다. 왜냐하면 가상공간상에 나타난 비트로 표시되는 글은 자체의 공간에 구체적인 지시물을 갖지 못한다는 점 때문이다. 보드리야르는 이것을 기호라는 용어 대신에 시뮬라크르(simulacre)로 부르기를 제안한다. 이 시뮬라크르는 가상공간에서 현실 공간의 기호가 하는 역할과 동일한 역할을 하지만, 그것은 존재 공간인 가상공간 내에 빛으로 현현된 그 자체 외는 어떤 다른 지시물도 갖지 못한다. 따라서 가상공간 상의 시뮬라크르는 현실 공간에서 기호가 수행하는 의미작용(signification)을 하지 못한다. 이것이 해체주의(Destructuralism)라고도 불리는 후기 구조주의의 일군의 기호학자들이 동의한 전자 글쓰기의 특성에 관한 논리이다. 현실 공간을 시뮬라시옹한 가상공간은 바로 그런 시뮬라크르들로 채워질 공간이며, 그 자체로 현실 공간의 시뮬라크르라고도 할 수 있다.[7]

전자언어의 디지털적 사고가 갖는 <사고의 분절과 단편성>, <몰개성화>, <단기간의 기억>, <성취감의 소멸> 등은 근본적으로 글쓰기 자체에서 주체를 소외시킨다. 글쓰기는 타자화되며, 전자언어 글쓰기의 영향하에서 글쓰기의 주인으로서의 작가의 주체성은 심각한 훼손을 경험한다.

일차적으로 글을 쓰는 과정에서, 글쓰는 이는 자신의 생각을 문자로 표현하면서도 다시 그것을 쉽게 수정하거나 삭제할 수 있다. 따라서 작가는 그것이 공간적으로 가변적이며 시간적으로 동시적이란 의미에서 정신의 내용이나 구어와 아주 유사한 재현물과 마주치게 된다. 작가와 글, 주체와 객체는 서로 근접하여 동일하게 되는데(정체성의 시뮬레이션 묘사), 이는 세계가 정신과는 아주 다른 존재인 <물체> - 세계는 물(物)이 기계적으로 연장된 결과로서, 정신의 영역과는 독립된 실체라는 개념-로 구성된다는 데카르트적인 주체의 기대를 뒤엎는 것이다. 따라서 객체인 화면과 주체인 글쓰기는 단일의 가변적인 모사물로 합체되면서,[8] 작가의 정체성마저 위태롭게 된다. 이차적으로 글을 읽는 과정에서는, 독자가 자유분방하게 텍스트에 접근할 수 있음으로 해

---

7) 김홍년, "사이버리즘과 역리적 세계관", 하이텔 사이버문학 비평그룹 [버전업] 게시판.(부분 인용)
8) 마크 포스터 저, 김성기 역, 『뉴미디어의 철학』, 민음사, 1994, pp.210-211.

서, 텍스트의 가역성을 작가의 의도와는 무관하게 확인시켜 주게되고, 따라서 텍스트의 생산자라는 작가의 권위는 독자에 의해 심각한 도전을 받게 된다. 독자가 한 작가의 <전자언어>로 쓰여진 작품을 고스란히 자기 컴퓨터에 저장해 놓고, <전자언어>를 통해 스토리나 플롯을 자의적으로 변경할 수도 있다고 할 때, 이제 '작가'와 '독자'의 구별은 더 이상 유효하지 않을 수 있게 된 것이다.

하임은 전자언어로 이루어진 디지털 텍스트가 책의 틀을 대신함으로써 야기되는 탈주체성을 다음과 같이 설명하고 있다.

> 그것은 다루기 어려운 물질에 대한 장인의 주의를 자동화된 조작으로 대치하며, 사적인 표현보다는 알고리즘적 절차라는 더 일반적인 논리 쪽으로 주의를 돌리며, 관조적인 관념의 확고한 공식화를 여러 가지 역동적인 가능성들로 바꾸며, 내성적인 읽기와 쓰기에서의 사적인 고독을 공적인 네트워크로 바꾸는데, 이 공적인 연계망에서는 원저자에게 필요했던 사적인 상징적 틀이 인간적 표현의 전체적인 텍스트성과 연결되어 그 정체성을 위협받는다.[9]

이 같은 글쓰기의 타자화와 작가의 주체성 훼손은 문학적 상상력에 있어서 작가 고유의 독창적인 상상력 대신에 기왕의 상상력에 의존하여 주어진 정보를 문맥에 맞게 재배치하거나 익숙한 상상력을 차용하는 등 상상력의 비주체성을 자연스럽게 발현시킨다.

장 프랑수아 리오타르는 『포스트모던의 조건』에서 디지털화된 정보의 데이터베이스를 "포스트모던한 시대 사람들의 새로운 자연"이라 정의 내리고, 여기서는 기존의 상상력과는 다른 상상력이 요구된다고

---

9) M. Heim, 『*Electric Language*』 : *A Philosophical Study of Word Processing*』, New Haven, Yale University Press, 1987, p.191.
   - 마크 포스터, 위의 책, p.211.(재인용)

하였다. 완벽한 정보게임의 경우 최고의 수행성은 부가적 정보를 얻는 데 있지 않고 오히려 자료를 새로운 방식으로 배열하는데 달려있다는 것이다.

따라서 전자언어 글쓰기는 글쓰는 주체를 새롭게 구성한다고 할 수 있다. 주체는 분산과 복수화, 탈중심화를 통한 경계 지대에서 새로운 글쓰기를 체험한다. 주체는 무수히 분산된 복수 자아들과 타자들, 그리고 컴퓨터라는 큰 타자와 상호작용 하면서, 혹은 경쟁하면서 메시지들을 생산해낸다.[10] 결국 글쓰기의 타자화와 작가의 주체성 훼손은 주체의 소멸이라는 부정적인 측면이 아니라, 오히려 역동적인 복수 주체의 다성적인 글쓰기라는 긍정적인 측면으로 이해되어야 하며, 비주체적인 상상력 또한 - 포스트모더니스트들이 주장하는 "태양아래 더 이상 새로운 것은 없다"라는 진술과는 다른 층위에서 - 컴퓨터라는 매체 자체가 갖는 비주체성과 밀접한 연관을 맺고 있는 것이다. 컴퓨터는 그 스스로 사고할 수 없으며, 정보화사회 인간은 컴퓨터 없이 일상을 영위할 수 없다. 결국 워드프로세서라는 저작 도구를 통한 창작 작업은 필연적으로 컴퓨터라는 '타자'와 작가라는 '타자' 사이에서, 상상력의 비주체성을 동반할 수밖에 없는 것이다.

전자언어가 타자적인 속성으로 문학적 상상력을 변화시킨다면 가상공간은 대타적인 속성으로 글쓰기의 메커니즘을 변화시키며 상상력을 중심 밖으로 밀어낸다. 가상공간은 개인 대 집단이라는 일방향 소통방식이 아닌 개인 대 개인의 쌍방향소통 방식으로 그 매체적 특성을 변화시킴으로써, 전통적인 사회 공동체를 와해시키며 주체의 권리를 강화시켜 준다. 사회적인 연속은 곧바로 개인용 컴퓨터의 영역 안에 저장됨으로써 개인적인 단절의 단위로 변경되며, 현실 공간의 영역화된

---

10) 우찬제, 「정보화시대의 문학」, 『정보예술의 미래』, 한국정보문화센터, 1995, p.57.

사회화 기관의 도움 없이도 개인은 자신의 컴퓨터를 통해 스스로 사회화를 경험할 수 있게 되었다. 전통적인 사회화 기관이었던 가정, 학교, 교회 대신에 컴퓨터를 통한 개인 대 사회의 관계가 그 역할을 대신함으로써 사회화 수행 과정에서의 개인의 역할이 커지게 되고 이것이 대타성으로 연결된다.

컴퓨터가 제공하는 세련되고 안락한 세계를 실제 경험하고 있는 것처럼 스스로를 시뮬라시옹함으로써 가상공간의 개별 주체들은 공동체의 붕괴에 따른 불안감을 개인적으로 극복하려 한다. 어디에도 속하지 않는다는 소속감의 부재는 곧장 <사회적 동물로서의 인간>이라는 정체성에 대한 불안감으로 연결되며 이것을 무화시키기 위해서는, 자기 자신을 가장 뚜렷한 소속체로 생각하는 대타적인 소속감으로 해소시킬 수밖에 없는 것이다. 가상공간이라는 새로운 소통 공간은 탈중심화와 검열기제의 부재로 인한 자유로운 상상력, 또는 일탈적인 상상력의 특화(特化)가 현실 공간에 비해 두드러지게 나타나고 있다. 글쓰기에 있어서도 마찬가지이다. 물리적 억압을 가할 수 있는 권위나 검열 기제가 제대로 그 힘을 발휘하지 못하면서, 자연스럽게 글쓰기는 가장 일차적인 표현 욕망인 노출증에서부터 출발한다. 탈중심화는 권위가 부정된다는 점 말고도 익명성을 보장해주는 역할도 동시에 수행하며, 이것이 문학 행위에서 노출증을 극화시킨 상상력의 탈중심성을 부추겨 주었다.

개인주의 시대의 신화에 속하는 '문학'은 무시되기는커녕 오히려 새 문명이 공략할 가장 효용가치가 높은 분야가 된다. 그것은 새 문명이 얼마나 개인들의 행복을 위해 존재하는지를 선명하게 가리켜 보여주는 증거인 것이다. 바로 여기에서 새 문명은 개인을 말소시키는 것이 아니라, '은폐'한다는 그 사회학적 특성이 어김없이 나타난다. 새

> 문명은 익명성 위에서 성장하는 것이 아니라, 저마다 개인성의 욕망으
> 로 들 끓는 동색의 바다, 즉 익명화된 광장성 위에 확대 재생산된다.
> 그리고 문학은 바로 그러한 새 문명의 사회적 전략을 가장 잘 엄호해
> 줄 지원화기로서 발탁되는 것이다.[11]

가상공간(새 문명)에서 문학은 자신을 드러내고 싶은 노출증을 가장 효과적으로 무마시켜주는 장치이며 동시에 창작 심리 기제이다. 노출증을 창작 심리 기제로 삼을 때 상상력은 어떻게 하면 많은 사람들의 이목을 집중시킬 수 있는지에 몰입하게 된다. 가상공간의 문학이 SF나 추리, 무협 같은 주변부 장르들에 호의적인 이유도 여기에 있다. 현실 공간에서 주변부 장르의 문학적 상상력은 발표 지면도 협소할 뿐만 아니라 통속문학이라는 편견 탓에 활발하게 창작되어지지 못한다. 현실 공간 문학의 중심화된 정체성이 상상력의 일부분을 제한하고 있는 것이다. 그러나 가상공간은 오히려 많은 사람의 관심을 끌 수 있다는 점에서 그 같은 주변부 문학의 상상력이 전략적으로 이용된다. 상상력의 탈중심성은 주변부 장르에서뿐만 아니라 기존 장르에서도 뚜렷이 나타난다. 노출증을 충족시키고 사람들의 호기심을 자극하고자 현실 공간에서는 취사할 수 없었던 성적 소재들이 아무런 제약 없이 소재화돼 습작되고, 문학이 견지해야할 최소한의 내적 연관성도 무시한 채 단지 자기만족으로서의 형식 실험이 자연스럽게 이루어진다.

실시간성 쌍방향성으로 인해 작가와 독자의 경계가 희미해지고, 창작과 비평이 서로 넘나든다면, 타자의 간섭과 개입으로 작가의 상상력이 오히려 위축될 수도 있지 않은가라는 의구심이 뒤따를 수 있다. 그러나 그것은 문학적 상상력의 위축이라기 보다는 타자와의 소통 속에

---

11) 정과리, 「문학의 크메르루지즘」, 『문학동네』, 1995년 봄호, p.27.

서 더욱 자극되고 촉발되고 교호되는 상상력의 확장이라고 보아야 할 것이다. 타자와의 대타적 소통은 주체의 상상력을 간주체적, 혹은 복수 주체적인 상상력으로 형질 전이시키며 궁극적으로 주체 자체를 변화시킨다.


## 4. 나오는 말


　포스트 모더니즘의 주체성은 <탈주체>이다. 자아와 타자 사이의 긴장감이 극도로 전경화되는 시대에 주체성은 현실공간이라는 물적 토대 위에서 '바라보기'가 아니라 '보여지기'를 통해 주체성이 결정된다. 주체는 더 이상 자아의식의 산물이 아니라 타자와의 관계 속에서 형성되며 결국 주체는 탈주체화된다. 그러나 사이버리즘의 주체성은 포스트 모더니즘의 주체성과는 달리 비물질적인 토대(가상공간) 위에서 형성된다. 가상공간은 주체와 타자의 긴장 관계보다는 주체 안에서 분열되는 다양한 자아의 긴장 관계가 전경화 된다. 가상공간은 확정적이고 불변한 주체성이 아니라 상황에 따라 가변적인 주체성을 옹호한다. 이제 단일한 주체성의 신화는 사라지고 탈주체는 <복수주체>로 전이된다.

　문학이론은 텍스트를 해석하는 방법론을 제시해주는 것뿐만 아니라 그것에 선행하여 작가와 독자의 시각을 넓혀주고 새로운 문학 흐름을 제시하는 선도적인 역할도 아울러 수행하여야 한다. 가시적인 현상과 구체적인 성과물이 나와있지 않기 때문에 문학이론의 선도적인 역할은 더욱 중요해진다. 치밀한 문학 이론은 추상적인 문학의 실천적인 맥락을 구체적인 성과물로 발전시키는 연결 고리로 기능할 수 있다. 정보화사회의 문학을 기존의 문학 패러다임으로 해석해내느냐, 아니면 새로운 문학패러다임의 정립을 통해 선도해나가느냐의 선택에 있어, 무정형적이며 진행 중인 현 단계의 수준은 선택을 폭을 좁혀준다. 무정형성에 질서와 규칙을 부여하여 진행형을 완결형을 선도해나가는 작업이 이루어져야 하는 까닭은, 문학의 몸을 변화하고 있듯이 몸을 바라보는 우리의 시각도 변화해야 하기 때문이다.

이 논문은 문학에 있어 '주체'의 문제에 대한 새로운 시각을 제시해줄 목적으로 씌여졌다. 논리적 한계와 모순, 또는 인식론적 딜레마를 이 글이 안고 있다면 그것을 수정하고 보완할 책임은 이 글을 읽고 있는 바로 우리들의 몫이다.

# 가상공간의 문학적 가능성에 대한 시론
## − 기술형(技術形) 문학 형식을 중심으로 −

## 1. 서 론

　최근 학계에서 활발하게 진행되고 있는 논의들 중 주목할 만한 것
은, 물적 도구인 '컴퓨터'와 '가상공간'이라는 소통 공간이 문학과 접
목됐을 때 과연 문학의 형질에 어떤 변화를 가져올 것인가 하는 문제
이다. 이 논의는 크게 두 가지 방향에서 수행되고 있는데, 하나는 텍스
트에 재현된 문학적 상상력과 리얼리티의 형상화를 문제삼는 세계관
에 대한 접근이고, 다른 하나는 기술의 진보가 문학 형식에 초래하고
있는 형식실험의 미학적 가치를 규명해내는 창작방법론에 대한 논의
이다. 전자의 경우, '상상력'이나 '리얼리티' 개념 자체가 단일한 영역
에 묶이거나 확정적일 수 없는 까닭에 논자들의 시각에 따라 개별적인
문학적 스펙트럼을 형성하면서 다양한 담론이 생산되고 있다.[1] 반면에

---

[1] 지금까지 발표된 관련 평문들을 살펴보면 다음과 같다
　강내희, 「디지털시대의 문학하기」, 『문화과학』, 1996년 여름호.
　김병익, 「컴퓨터는 문학을 어떻게 변화시킬 것인가」, 『동서문학』, 1994년 여름호.
　김성곤, 「멀티미디어 시대와 미래의 문학」, 『문학사상』, 1994년 11월호.
　김성재, 「문학과 멀티미디어」, 『문학정신』, 1994년 5월호.
　김재인, 「사이버예술의 개념 정립을 위한 밑그림」, 『버전업』 1998년 봄호.
　박훈하, 「생산적인 사이버문학론을 위하여」, 『오늘의 문예비평』, 1999년 여름호.

후자의 연구 방향은 '하이퍼 텍스트'라는 특정 형식 실험에 집중되어 가고 있음을 특징으로 한다.[2] 창작 과정에 대한 논의는 중심 바깥으로 움직이려는 원심력을, 창작 결과물에 대한 논의는 특정의 핵을 설정하고 그 중심으로 집중하는 구심력을 각각 갖고 있는 것이다.

정보화사회와 문학의 상관 관계에 대한 학적 연구가 원심력과 구심력을 갖고 활발하게 진행되고 있다는 사실은 분명 고무적인 현상이다. 그러나 두 영역 모두 문학의 실천 맥락에 대한 이해와 해석보다는 이

---

복거일, 「전산통신망 시대의 문학하기」, 『문예중앙』, 1995년 가을호.
여국현, 「전자 시대의 텍스트 짜기」, 『버전업』 1998년 봄호.
이용욱, 「사이버문학의 정체성에 대한 시론」, 『외국문학』, 1996년 겨울호.
＿＿＿, 「새로운 문학적 기호와 그 수용에 따른 경계 해체」, 『문학사상』, 1997년 4월호.
＿＿＿, 「비트 시의 형식 실험」, 『현대시』, 1997년 7월호.
＿＿＿, 「가상공간과 문학적 글쓰기」, 『문학지평』, 1998년 봄호.
＿＿＿, 「네버랜드의 문학, 환타지소설」, 『버전업』, 1999년 봄 여름 합병호.
장경렬, 「컴퓨터로 글쓰기, 무엇이 문제인가?」, 『현대비평과이론』, 1992년 가을 겨울 합병호
장석주, 「글쓰기와 글읽기의 혁명적 전환 - PC통신과 미래의 문학」, 『문학사상』, 1994년 11월호
장은수, 「사이버문학의 앞날」, 『문예중앙』, 1997년 겨울호.
정과리, 「문학의 크메르루지즘 - 컴퓨터문학의 현황」, 『문학동네』, 1995년 봄호.
정정호 외, 「특집 : 사이버문학의 현주소와 미래를 조망한다」, 『문학사상』, 1997년 6월호.
정정호, 「컴퓨터시대의 글쓰기의 명암」, 『소설과사상』, 1994년 봄호.
황순재 외, 「특집 : 네트워크, 컴퓨터, 글쓰기(1)」, 『오늘의 문예비평』, 1997년 여름호
＿＿＿, 「본격문학과 사이버문학의 접점」, 『버전업』 1998년 봄호.
2) 하이퍼 텍스트와 관련된 평문을 살펴보면 다음과 같다
로버트 쿠머, 「하이퍼픽션 : 컴퓨터를 위한 소설들」, 『외국문학』 1995년 겨울호.
추재욱, 「하이퍼텍스트 시학」, 『버전업』 1997년 봄호.
윤미정, 「미래의 소설, 하이퍼픽션」, 『문사상』 1997년 6월호.
박상찬・신정관, 「하이퍼텍스트의 미래와 미디어 기술」, 『디지털시대의 문화예술』, 문학과지성사, 1999.
유현주, 「하이퍼텍스트, 서사방식의 혁명」, 『문학사상』 2000년 4월호.

론 구축이나 소개에만 그치고 있다.3) 이론을 구체화시킬 수 있는 적절한 연결 고리를 보여주지 못함으로써 담론의 객관성을 확보하고 있지 못하고 있는 것이다. 세계관에 무게중심을 두고있는 논의들은 실천적인 텍스트를 제시해주지 못함으로써 창작과의 괴리를 낳고 있으며, 실증적인 텍스트를 바탕으로 이루어져야 할 하이퍼텍스트에 관한 논의 역시 국내 독자들에게는 생소한 외국의 사례만을 들어 설명하고 있어 현실감이 떨어진다. 이론은 창작을 통해 논리적인 설득력을 확보할 수 있으며, 창작은 이론을 매개로 할 때 확고한 정체성을 획득할 수 있다.

이 글은 이 같은 문제 의식에서 출발하여 현재 인터넷 상에서 실천되고 있는 다양한 문학 흐름들을 점검해 보고 그 의미를 규명해보고자 하는 목적으로 씌어질 것이다. 인터넷으로 문학 공간을 한정한 까닭은 '세계관'과 '창작방법론'이라는 두 영역의 제 이론들을 창작으로 연결시키려는 시도가 현실공간에 비해 활발하게 이루어지고 있다는 판단에서이다. 궁극적으로 필자가 의도하는 바는 창작과 이론의 접점을 살펴봄으로써 현 단계 사이버문학의 좌표를 그려보고자 함이다.

---

3) 현 단계 문학 논의가 안고있는 또 하나의 문제점은 세계관에 관한 논의가 국문학 전공자들 사이에서 이루어지고 있는데 비해, 창작방법론에 대한 논의는 영문과와 이공계열 전공자들을 중심으로 이루어지고 있다는 점이다. 학문 제영역간의 변별적 자질을 감안하더라도, 이 같은 편향성은 학문의 균형적인 발전에 저해요소가 될 뿐 아니라, 섹터를 형성하여 배타적인 학문 풍토를 조장할 수 있는 위험성을 내포하고 있다.

# 2. 본 론

### 2-1  서사의 파괴와 미완의 텍스트 :
### 하이퍼 텍스트(http://eos.mct.go.kr)

가상공간은 시간과 공간이 뫼비우스의 띠처럼 연결되어 있는 공간이다. 인터넷이라는 거대한 네트워크 안에서 우리는 수시로 시간과 공간의 제약을 뛰어넘어 자신이 원하는 정보에 접근할 수 있다. 가상공간 안에서 과거란 존재하지 않는다. 모든 기억은 비물질적인 기호인 비트로 표시되어 있으며, 그것은 어느 때고 누군가에 의해 다시 끄집어내어지는 순간 현재가 된다. 독자들이 작가의 작품을 읽을 때 표시되는 조회수는 '현재'를 상징하는 점멸 부호이다. 따라서 현실 공간에서의 서사의 파괴가 과거, 현재, 미래의 순서 바꿈에 의지하고 있다면, 가상공간에서는 끝없는 현재화로 그것이 대체된다. 사진이나 캠코더로 과거를 반영구적으로 보존할 수 있음으로 해서 서사의 파괴가 가능했던 현실 공간과, 비물질적인 시공간 위에서 미끄러지며 진행되는 '현재화'를 통해 서사 파괴를 수행하는 가상공간은 그 존재론적 기반이 다른 것이다. 과거·현재·미래의 시간성과 시간의 거리를 전제로 한 공간성은, 어려운 이론을 배경으로서가 아니라 실제 가상공간 안에서 소통에 참여하고 있는 작가와 독자들에 의해 읽기와 쓰기에 걸쳐 광범위하게 파괴되고 있으며, 이것은 문학적 기호 변화의 한 양상으로 이해할 수 있다. 현실 공간에서 작가들은 인위적으로 서사를 파괴함으로써 텍스트의 미학적 장치로 활용하며 독자 역시 이것을 작가의 의도된 전략으로 이해하는 반면에, 가상공간에서의 서사 파괴는 <하이퍼 링크>라는 공간의 존재론적 지반이 가져다주는 자연스러운 '의식의 전환'이기 때문이다.

현재의 인터넷은 하이퍼텍스트 시스템을 기반한 것이라 할 수 있다. 하이퍼텍스트는 텍스트의 복합체로서 노드(node)로 구성되어 있는데, 이 노드는 기존 텍스트의 페이지, 문단, 장, 권에 해당하는 것으로 링크(link)에 의해 상호 연결 및 변형이 가능해 일방향적 체제에서 다방향적 혹은 쌍방향적인 커뮤니케이션 체제로의 텍스트 구성이 가능하다. 독자가 기존 평면 텍스트를 순차적으로 읽어야 함에 따라 텍스트에 대해 수동적인 반면, 하이퍼텍스트의 경우에 독자는 읽을 노드를 계속 선택한다는 측면에서 텍스트를 구성하고 창조하고 있다고 볼 수 있다. 따라서 하이퍼텍스트는 독자와 작가의 경계가 흐려져 텍스트가 텍스트 자체 이상의 효과를 지닌다고 말한 롤랑 바르트의 텍스트 개념보다 훨씬 확장된 의미를 갖게된다.[4]

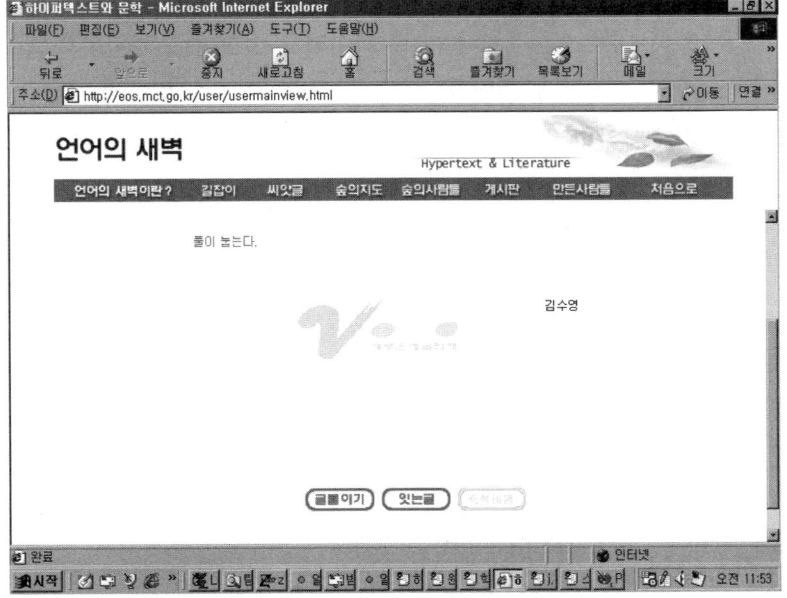


---

4) 추재욱, 「하이퍼텍스트시학」, 『버전업』 1997년 봄호, p.135.

위 화면은 '2000년 새로운 예술의 해 문학분과 위원회'에서 주관하고 있는 하이퍼텍스트 홈페이지의 메인 메뉴이다. 하이퍼텍스트라는 기술형 형식을 기성작가들에 의해 우리문학에 적용한 최초의 사례로 평가될 이 홈페이지는 김수영의 '풀'을 씨앗글로 하여 155명의 기성작가와 일반 네티즌들이 참여하여 작가와 독자 사이의 경계를 해체하면서 무한대로 뻗어나가는 유기체적인 디지털 작품 세계를 보여주고 있다.

기존 텍스트가 선형적이고 평면적인데 반하여 하이퍼텍스트는 평면을 뚫고 지나 새로운 텍스트를 지속적으로 만날 수 있는 비선형 구조를 가지고 있으며 공간과 시간의 전후통로가 개방되어 있어 인간의 의식 구조와 유사하다. 평면텍스트는 텍스트를 페이지 순서대로 순차적으로 읽어 나감에 따라 몰입의 상태에 빠지게 되는데 이 때, 독자 자신은 텍스트에 대해 수동적이다. 반면 라이언의 설명대로, 하이퍼텍스트는 독자가 텍스트 속에 들어가 그 환경을 변화시킬 수 있는 텍스트 환경과의 상호제휴성 및 상호활동성을 내포하고 있기[5] 때문에 그 텍스트는 인간의 상상과 하이퍼 상상이 합일되는 무한한 상상공간을 제공한다.

---

5) Marie-Laure, 『Ryan,Immersion vs. Interactivity: Virtual Reality and Literary Theory』, Postmodern culture v.5 n.1(Semtember, 1994), 참조. 접속 인터넷 주소는 pmc@unity.ncsu.edu이다.

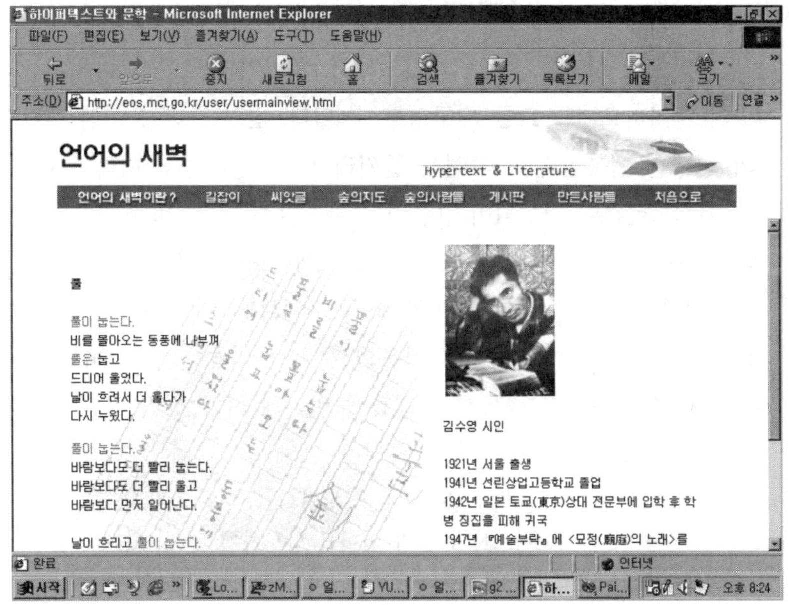



<씨앗글>이라는 메뉴를 클릭하면 김수영의 「풀」 첫 행이 화면에 뜬다. 참여자는 '풀이'와 '눕는다'라는 두 시구 중 하나를 선택해 <글붙이기> 메뉴를 통해 그 다음 행을 임의적으로 창작할 수 있으며, 그 글은 다시 다른 사람에 의해 이어져 나간다. 사이트가 폐쇄되지 않는 한 김수영의 「풀」은 시공간의 물리적 거리를 초월하여 불특정 다수의 작가/독자에 의해 다시 고쳐 써지고 이어 써지면서 결코 완결되지 않는 미완의 텍스트로 끝없이 그 가지를 펼쳐나갈 것이다.6)

하이퍼텍스트는 작가가 만들어놓은 수많은 서사의 경우 수를 독자가 임의적으로 취사 선택하여 서사를 재구할 수 있도록 짜여진 열려있

---

6) 4월 10일 이후 6월 15일까지 <언어의 숲>에는 11438명이 접속했고 478명이 글을 남겼다.

는 텍스트이며,[7] 새로운 쓰기와 읽기를 가능케 하는 텍스트이다. 독자는 임의적으로 링크를 클릭 함으로 해서, 이야기의 흐름을 바꾸어 자신만의 줄거리로 텍스트를 재구성할 수 있다. 만약 중간에 어떤 한 링크의 선택을 번복한다면, 당연히 줄거리 또한 달라진다. 따라서 하이퍼텍스트는 끝없이 연속되어지며 결코 완결될 수 없는 미완 구조를 지닌다. 미완 구조 역시 현실 공간의 텍스트에서도 찾아볼 수 있는 형식 미학이지만, 그것이 독자의 의도에 따라 구체화된다는 점에서 현실 공간의 그것과는 다르다. 이제 독자들의 문학적 기호는 읽고 따라가는 독서에서 쓰고 참여하는 독서로 새롭게 변화해 나가고 있는 것이다.

　　직관적인 느낌과 동적인 움직임으로 독자의 감각을 즉각적으로 반응케 하는 이 하이퍼텍스트가 문자 언어를 압도하게 될 지 아니면 문자 언어와 행복한 협력 관계를 유지할 지에 대해서는 속단할 수 없습니다만, 이 새로운 복합 매체가 인류의 아주 중요한 소통 수단 및 미학적 실험의 장소가 되리라는 것은 의심의 여지가 없어 보입니다. 이에 우리는 문학과 하이퍼텍스트가 만날 수 있는 가능성을 타진해보는 실험을 해보고자 합니다.

　　이 실험의 기본적인 의도는 동영상 음향을 주된 매질로 하고 감각적 반응 시간을 최대한도로 단축하는 하이퍼텍스트를 순수한 문자 언어로만 구성하여 감각적 반응 시간을 가능한 한 지연시키고 그 사이에 사유와 상상이 개입될 여백을 열어놓음으로써, 문자 언어 특히 문

---

7) 하이퍼텍스트는 다음과 같은 특징들을 갖는다. 첫째, 적극적 독자를 전제한다. 둘째, 하이퍼텍스트는 유동적, 중층적이지 고정되거나 단일하지 않다. 셋째, 하이퍼텍스트는 시작이나 종결이, 중심과 주변이, 안과 바깥이 없다. 넷째, 하이퍼텍스트는 다중심적이고 한없이 재중심화할 수 있다. 다섯째, 하이퍼텍스트는 망을 이루는 텍스트이다. 여섯째, 하이퍼텍스트는 합동적이다. 일곱째, 하이퍼텍스트는 반위계적이고 민주적이다.
- 강내희, 「디지털시대의 문학하기」, 『문화과학』, 1996년 여름호, pp.77-79.(부분 인용)

학의 고유한 본성인 반성적 활동을 하이퍼텍스트에 심어보고자 하는 것입니다.

　아직 하이퍼텍스트와 문자 언어 사이의 관계가 명료하게 인식되지 않고 있고, 그 관계의 학문적인 규명도 초보 단계에 있기 때문에 우리의 실험도 어둠 속을 더듬거리는 수준에 겨우 있습니다. 그러나, 이 모색이 지속적으로 쌓여 나가는 가운데 하이퍼텍스트와 문자 언어 그리고 문학 언어의 관계가 올바르게 인식되고 이 매체들이 상호 보완적으로 활동할 수 있는 가능성이 열리리라 확신한다.[8]

<언어의 새벽이란?> 메뉴에 실려있는 취지문은 이 작업이 하이퍼텍스트를 문학의 영역 안으로 끌어들이려는 의도를 갖고 있음을 분명하게 보여주고 있다. 아직 시험 단계이기는 하나 그동안 외국의 사례들을 통해서만 접해왔던 하이퍼텍스트 문학을 우리 방식으로 실천하고 그 가능성을 보여주고 있다는 점에서 <언어의 새벽> 홈페이지에서 펼쳐지고 있는 일련의 작업은 중요한 문학적 의미를 갖고 있는 것이다.

## 2-2　초작가와 초독자의 만남 :

릴레이 소설(http://story.inje.ac.kr)

　문학에 있어 '작가성'과 '독자성'은 각각 '독자'와 '작가'라는 타자를 필요충분조건으로 갖는다. 자신의 글을 읽는 독자의 시선을 느껴야만 작가는 '작가성'을 확보할 수 있고, 자신에게 글을 들려주는 작가의 존재를 인정함으로써 독자는 '독자성'을 통한 독서행위에 몰입할 수 있다.

　그러나 인터넷은 타자의 시선을 직접적으로 느낄 수 없는 공간이다.

---

8) http://eos.mct.go.kr/user/usermainview.html(부분 인용)

현실공간은 타자의 시선 안에서 자유로울 수 없는 집단의 영역이지만, 인터넷은 자신이 판단하고 선택할 수밖에 없는 철저하게 개인화된 공간이다. 오히려 타자성은 주체 내에 내재하고 있으며, 그래서 우리의 주체는 복수주체화 된다. 가상공간 안에서 주체는 더 이상 합리적 이성이나 계몽의 도구도 아니며, 타자의 시선 안에 갇혀있는 차이와 흔적뿐인 탈주체도 아니다. 현실 공간이 슈퍼 에고와 에고의 지배를 받는 공간이라면, 가상공간은 이드의 지배를 받는 시뮬라크르한 공간이다. 그리고 그 이드는 주체가 어떤 사이트에 접속하느냐에 따라 무수하게 분열된 형태로 다시 재조합되면서 우리의 주체를 다성적으로 매개한다. 탈주체가 주체는 단일하며 선험적으로 이미 존재하고 있다는 전제하에서 주체의 억압과 시선으로부터 벗어나고자 하는 의식적인 노력을 지시하는 용어라면, 복수 주체는 결코 단일하거나 견고할 수 없으며, 하나의 육체 안에 두개 이상의 이질적인 정체성(正體性)이 존재할 수 있음을 전제한다. 정보화사회는 우리에게 육체가 경험하는 물리적인 세계 이외에도 의식적인 흐름만으로 경험할 수 있는 세계를 가능케 해 주었다. 육체와 무관한 의식의 세계 안에서 우리의 주체성은 상황이나 의지에 따라 쪼개지거나 분열된다. 복수 주체는 바로 이같이 쪼개지거나 분열된 우리의 정체성을 지시해 준다.

컴퓨터와 가상공간으로 상징되는 정보 양식은 사회 형태를 변화시킬 뿐만 아니라 우리가 주체에 대해 생각하는 방식까지를 변화시켰다. 정보 양식은 개인들이 불안정한 정체성을 갖도록 만들고, 그들을 복수 정체성 구성의 지속적인 관계로 밀어 넣는다. 정보 양식은 주체 구성의 과정에서 언어의 역할에 초점을 맞추는 이론들, 읽는 사람과 쓰는 사람을 비평가와 저자라는 안정된 지점에서 바라보는 관점을 해체하는 이론들을 조장한다. 인쇄가 주체에 대해 이해를 매개할 때, 언어는 재현적인 것으로, 즉 대상을 지시하기 위해 사유자들이 환기시키는 기호들의 자의적인 체계로 이해된다. 이러한 체계 속에 자리잡고 있는 한, 주체는 시공간적으로 안정적인 위치에 머물게 된다. 디지털 커뮤니케이션이 주체에 대한 이해의 한 요소가 될 때, 언어는 수행적이고 수사학적인 것으로, 즉 주체에 대한 능동적인 형상화와 자리잡기로 치환된다. 이러한 커뮤니케이션 체제가 널리 퍼져나가게 되면 주체는 단지 부분적으로만 안정된 것으로, 시공간의 다양한 지점들에서 반복적으로 재구성되며, 각기 동일적이지 않고 항상 부분적으로만 타자로 이해된다.9)

'작가성'과 '독자성'이 타자의 시선을 전제한 용어라면, 타자의 시선이 배제된 인터넷에서는 다른 용어로 대체되어야 한다.10) '초작가', '초독자'라는 용어는 한 주체 안에 '작가성'과 '독자성'을 모두 갖고

---

9) 마크 포스터, 『제 2 미디어 시대』, 민음사, 1999, pp.96-97.

10) <초작가>는 자신의 작가로서의 권위를 주장하지는 않지만, 일차적으로 텍스트를 고쳐 써야하는 책임을 갖고 있다. 텍스트의 고정된 의미를 독자들에게 주장하지 않고, 독자들이 자신의 텍스트 안에서 마음놓고 의미 구축 작업을 할 수 있도록 텍스트의 개방성을 최대한으로 보장한다는 점에서는 작가를 초월하지만, 끊임없이 자신이 만들어낸 텍스트를 고쳐 쓸 의무가 있다는 점에서는 또한 작가이다. 웨인 부우드의 내포작가 개념이 동일한 작가의 각각의 개별 텍스트에 또한 각각의 작가상이 존재하고 있음을 의미한다 할 때, <초작가> 개념은 끊임없이 고쳐 쓰여지는 개별 텍스트에 각각 다른 모습으로 현현한다는 점에서는 내포작가 개념을 이어 쓴 것이지만, 그 현현이 독자와의 상호 소통에 의해 영향을 받는다는 부분에서는 고쳐 쓰지고 있다. <초독자>는 텍스트의 의미 구축 작업에 직접 참여하면서, 동시에 작가에게 끊임없이 '고쳐 쓸' 것을 요구하는 독자이다. 단순히 읽는다는 의미에서의 독자와 텍스트의 의미를 재생산한다는 의미에서의 독자 개념을 초월하고 있는 부분이 바로 '요구하는 독자'라는 부분이다. 지금까지의 현대 문학 이론에서 독자의 역할은 읽거나, 또는 텍스트의 의미를 재생산할 수는 있어도, 자신의 독서 경험을 근거로 작가에게 무언가를 질문하거나 요구할 수는 없었다. 이저의 내포독자 개념 역시 받아들이는 독자의 모습이지 요구하는 독자의 모습은 아니었다. 그러나 사이버리즘에 오면 독자는 텍스트의 의미 구축 작업에 작가와 같이 참여하며, 그 결과를 작가에게 당당히 이야기하거나 요구할 수 있다.

있는 문학 행위자의 복수 주체 이론으로, 인터넷 상에서 행해지고 있
는 릴레이 소설을 통해 그 실천적 양상을 확인해 볼 수 있다.

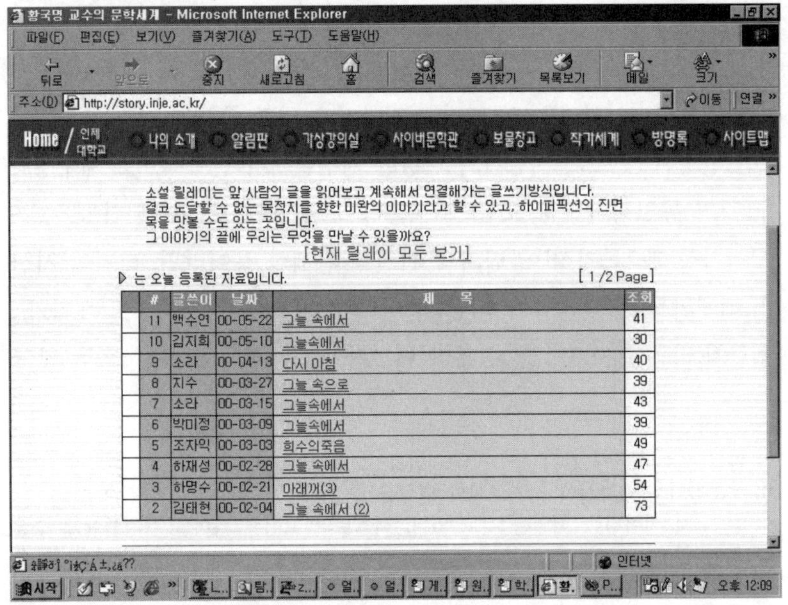


| # | 글쓴이 | 날짜 | 제 목 | 조회 |
|---|---|---|---|---|
| 11 | 백수연 | 00-05-22 | 그늘 속에서 | 41 |
| 10 | 김지희 | 00-05-10 | 그늘속에서 | 30 |
| 9 | 소라 | 00-04-13 | 다시 아침 | 40 |
| 8 | 지수 | 00-03-27 | 그늘 속으로 | 39 |
| 7 | 소라 | 00-03-15 | 그늘속에서 | 43 |
| 6 | 박미정 | 00-03-09 | 그늘속에서 | 39 |
| 5 | 조자익 | 00-03-03 | 희수의죽음 | 49 |
| 4 | 하재성 | 00-02-28 | 그늘 속에서 | 47 |
| 3 | 하명수 | 00-02-21 | 아래꺼(3) | 54 |
| 2 | 김태현 | 00-02-04 | 그늘 속에서 (2) | 73 |

위 화면은 현역 국문과 교수가 운영하는 <황국명 교수의 문학세계>
홈페이지에 <릴레이소설> 화면을 캡쳐한 것이다.11) 9명의 작가/독자
가 관리자가 올린 씨앗글을 모태로 하여 10편의 릴레이 소설을 진행시
키고 있다. 릴레이 소설은 서사 진행이 비연속적이며 단절적인 하이퍼

---

11) 릴레이 소설은, 인터넷 문학 동호회 게시판에서 자주 볼 수 있는 글쓰기 방식이
다. 80년대 집단창작과 외형적으로는 유사하지만, 실시간으로 글이 올려진다는
점과 텍스트의 진행 방향에 암묵적인 합의를 토대로 이루어졌던 집단창작과 달
리 불특정 다수의 접속자에게 자유로운 접근을 허용한다는 점에서 변별성을 가
진다.

텍스트와는 달리 일정한 서사 동선을 따라 연속적으로 진행된다. 릴레이 소설의 작가는 먼저 앞에 쓴 글을 읽는 독자가 되어야 한다. 그러나 글을 읽는 독자로서의 마인드만으로는 텍스트의 뒤를 이어 글쓰기를 할 수 없다. 그(그녀)는 글을 읽는 과정 내내 서사를 진행시켜야 한다는 작가로서의 책임감도 함께 가져야 한다. 작가와 독자의 자리바꿈의 과정이 릴레이 소설을 진행시키는 추진력인 것이다. 현실공간에서는 타자가 자신과의 물리적 거리가 존재하는 작가/독자이지만, 인터넷에서는 자신이 곧 타자가 된다.

<릴레이 소설> 게시판에 접속한 네티즌은 다른 사람의 글을 읽는 독자이기도 하지만, '글쓰기' 버튼을 누르는 순간 작가가 된다. 글읽기와 글쓰기가 동시에 이루어지면서 텍스트는 누구나 개입할 수 있는 '공유영역'으로 개방된다. 이것은 인터넷이 '하이퍼텍스트'라는 독특한 구조로 이루어져 있기 때문에 가능하다. '인터미디어'라는 하이퍼텍스트 시스템을 개발한 반담의 다음 진술은 텍스트의 개방성을 이해하는 데 주요한 단서를 제공한다.

> 저자의 도구이면서 독자의 매체인 하이퍼텍스트 문서 시스템은 한 명 또는 여러 명의 저자들이 정보를 이을 수 있도록 하며, 관련된 자료들 전체를 통과하는 경로들을 산출할 수 있도록 하며, 기존의 텍스트에 해설을 붙일 수 있도록 하며, 문헌 정보나 참조된 텍스트 본문을 독자들에게 알려주는 주석을 만들 수 있도록 한다. - 중략 - 독자는 이어지고, 서로 참조되고, 해설이 달려있는 텍스트들을 차례차례, 그러나 비순차적인 방법으로 찾아나갈 수 있다.[12]

물론 이 같은 텍스트의 개방성이 작가와 독자의 경계가 희미해지고,

---

12) 배식한, 『인터넷, 하이퍼텍스트 그리고 책의 종말』, 책세상, 2000, pp.104-105. (재인용)

작가가 텍스트에 단일한 힘을 행사하지 못함으로써 텍스트 전체의 연결고리가 느슨해지며, 상상력이 오히려 위축될 수도 있지 않은가라는 우려를 가져다 줄 수 있다. 그러나 텍스트의 개방성은 문학적 상상력의 위축이라기 보다는 자신(타자)과의 적극적인 소통 속에서 더욱 자극되고 촉발되고 교호되는 상상력의 확장이라고 보아야 할 것이다. 릴레이 소설은 그동안 문학을 구조지워 왔던 작가/독자라는 경계가 인터넷에서 어떻게 해체되고 새롭게 재생산되는가를 보여주는 의미 있는 문학 형식인 것이다.

### 2-3  멀티미디어 형식 실험 :
멀티 픽션(http://www.200x.co.kr/html/200x2.html)

인터넷은 거대한 멀티미디어 환경이다. 현실공간에서는 산과 강, 나무와 풀이 우리의 삶을 둘러싸고 있는 자연이지만, 인터넷은 산의 웅장함을 묘사한 문자, 강물이 흘러가는 동영상, 나무 위에서 지저귀는 새 소리, 드넓은 초원의 사진 등으로 대체된 인공 자연이 우리를 맞이한다. 문자와 동영상, 음향, 사진이라는 개별적인 이미지들이 모여 인터넷이라는 인공 자연을 형성하고 있는 것이다. 현실공간에서 문학은 '책'이라고 하는 문자 환경 안에서만 가능하였다. 물론 삽화나 사진이 문학 텍스트 안에 삽입되는 경우도 있었지만 보편적인 현상이 아니었을 뿐더러 문자의 보조적인 역할에 머물렀다.

그렇다면 인터넷이라는 멀티 미디어 환경에 문학이 담겨질 때, 텍스트의 형질은 어떻게 변화할 것인가? 그 해답을 '멀티 픽션'이라는 새로운 장르를 통해 찾아낼 수 있다.

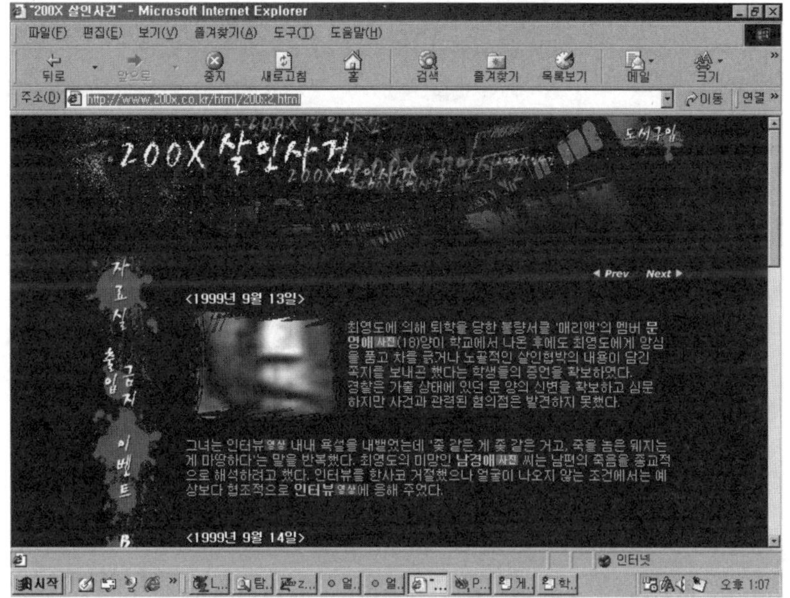

위 그림은 <200X 살인사건>이라는 멀티 픽션의 한 페이지를 캡쳐한 것이다.13) 멀티 픽션은 페이지 개념부터 종이 책과는 다르다. 종이 책은 1페이지부터 연속적인 숫자의 가산으로 페이지가 설정되지만, 멀티 픽션은 'Prev'(또는 Back)와 'Next'라는 아이콘이 화면 상단이나 하단에 위치해 있어 독자는 그 두 개의 아이콘을 이용하여 페이지를 이동한다. 따라서 모니터 크기에 따라 페이지가 분활 됨으로서 독서 과정이 연속적인 느낌을 주기보다는 단절적이고 된다. 텍스트에 대한 장악

---

13) <200X 살인사건>은 『200X 살인사건』(자작나무, 2000)이라는 동명의 문자 책의 인터넷 버전이다. 문자 책으로 보여줄 수 없는 다양한 자료(사진, 동영상)들을 링크로 연결시킴으로써 독자들에게 흥미를 유발시킬 뿐 아니라 독서과정에 입체감을 부여하였다. 이는 종이 책과 멀티 픽션을 동시에 출판함으로써 독자층을 확대하겠다는 전략으로 읽힌다.

력은 문자 책에 비해 현저하게 떨어지는 대신에 한 화면에 대한 집중력은 오히려 강화된다.

> 최영도에 의해 퇴학을 당한 불량서클 '매리앤'의 멤버 문영애(사진) 양이 학교에서 나온 후에도 최영도에게 앙심을 품고 차를 긁거나 노골적인 살인협박의 내용이 담긴 쪽지를 보내곤 했다는 학생들의 증언을 확보하였다. 경찰은 가출 상태에 있던 문 양의 신변을 확보하고 심문하지만 사건과 관련된 혐의점은 발견하지 못했다.
> 그녀는 인터뷰(동영상) 내내 욕설을 내뱉었는데 '좆 같은 게 좆 같은 거고, 죽을 놈은 뒈지는 게 마땅하다'는 말을 반복했다. 최영도의 미망인 남경애(사진)씨는 남편의 죽음을 종교적으로 해석하려고 했다. 인터뷰를 한사코 거절했으나 얼굴이 나오지 않는 조건에서는 예상보다 협조적으로 인터뷰에 응해 주었다.

멀티 픽션의 특징은 링크를 사용하여 문자 이외에 다양한 공감각 이미지들을 무한대로 텍스트 안에 숨겨둘 수 있다는 것이다. 위 예문에서 보여지듯 독자는 링크가 걸려있는 문자를 마우스로 클릭하여 문자 이면에 연결되어 있는 사진이나 동영상을 독서 과정 내에 끌어들인다. 종이 책이 페이지를 넘기는 수동적인 독서로 독자의 역할을 한정하는 데 비해, 멀티 픽션은 마우스를 '클릭'한다는 적극적인 독서 방식을 독자에게 요구한다. 그러나 이 적극적인 방식은 독서 과정에서 이루어질 뿐 독서 행위에서는 역으로 기능한다. 문자가 주는 이미지를 자신의 상상력 안으로 끌어들여 상황을 재현하는 종이 책과는 달리 멀티 픽션은 상황을 친절하게 보여줌으로써 문자가 주는 상상력의 여백을 메워준다. 종이 책이 '읽고 상상하는' 독서라면, 멀티 픽션은 '보고 이해하는' 독서인 것이다.[14]

---

14) 멀티 픽션의 하위 장르로 장경기가 시도하고 있는 멀티 포엠도(http://www.x-

멀티 픽션이 문학의 한 장르로 자리잡기에는 여러 가지 문제점이 있다. 무엇보다도 텍스트의 중심 매질이 문자에서 벗어났을 때도 과연 문학이라고 할 수 있는가 하는 비판이 제기된다. 이 비판은 비단 멀티 픽션뿐만 아니라 인터넷에서 실천되고 있는 다양한 형식 실험들에도 (진폭의 차이는 있을 수 있어도) 공히 적용되는 문제이다. 이 부분은 앞으로 문학 연구자들이 해결해야할 난제이기도 하다. 문학의 정체성에 대한 인식론적인 난제를 우리가 떠 안고 있다는 사실만으로도 인터넷이 문학에 미친 영향이 결코 과소평가 할 수 있는 성질의 것이 아님이 분명해 진다.

## 3. 결 론

지금까지 인터넷이라는 새로운 문학 환경에서 실제 구현되고 있는 기술형 문학 형식들을 살펴보고 그 문학적 의의를 점검해 보았다.[15] 기술형 문학 형식은 테크놀로지의 발전 속도와 밀접한 관련을 맺을 수밖에 없으며, 아직은 해결해야할 기술적인 문제들이 산재해 있음은 분명하다. 그러나 중요한 것은 이제 우리가 문학을 단순히 평면적인 활자 텍스트로 표현하는 것이라는 생각을 버리기 시작했다는 점이며, 기

---

zine.com/wg/gi/gi1.html) 주목해 볼 만하다.

15) 기술형(技術型) 문학 형식은 텍스트의 표현 방식이 활자에서 비트로, 평면에서 입체로, 상상력 중심에서 기술력 중심으로 전이된 새로운 형태의 텍스트를 일컬으며, 하이퍼텍스트나 멀티 픽션, 인터랙티브 픽션이 대표적인 장르이다.

술형 문학 형식은 형식 자체의 문제가 아니라 우리의 의식적 문학 행위의 영역 안에 놓여있는 실천의 문제로 부상하고 있다.

　인간의 상상력과 컴퓨터의 기술력이 결합된 이 파격적인 문학 형식은 기왕의 문학에서 중요시되던 몇몇 질서를 무시하거나 해체시킨다. 그 동안 문학은 작가 개인의 독창적인 작업이었고 또 응당 그렇게 되어야 한다고 믿어왔지만, 기술형 문학 형식은 작가와 기술자가 함께 참여하는 공동작업을 통해서만 가능해질 수 있으므로 텍스트에 대한 작가의 장악력이 상당부분 약화될 수밖에 없다. 멀티 픽션에서 중요한 것은 작가가 아니라 오히려 전체 과정을 총괄 지휘하는 디렉터의 역할이다. 디렉터는 텍스트를 정하고, 거기에 맞는 음악과 동영상, 나아가 다른 텍스트와의 링크화까지를 포괄하는 일련의 과정을 책임지며, 이때 작가는 한 파트를 담당할 뿐이다.

　플롯과 스토리의 진행에 대한 우리의 상식적인 관념 역시 기술형 문학 형식에서는 전복된다. 전통적인 문학 형식에서 플롯과 스토리는 작가에 의해 일관성과 통일성, 완결성까지 이미 갖춘 채 독자들과 만난다. 그러나 하이퍼텍스트 같은 기술형 문학 형식은 <단순형 플롯>의 곳곳에 마디를 만들어 그곳에서 다시 시작되는 또 하나의 플롯을 준비해둘 수 있다. 플롯을 만들어내는 것은 상상력이지만, 준비해두는 것은 기술력이다.

　평면적인 활자 텍스트로는 이야기의 진행에 있어 다양한 마디들을 만들고 각각의 마디마다 또 다른 이야기를 연결하는 <미로형 플롯>을 구현할 수 없다. 오른쪽에서 왼쪽으로 넘겨가며 페이지 번호에 따라 텍스트를 읽어 가는 전통적인 독서 방식으로는 <미로형 플롯>의 독특한 미적 체험을 실감할 수 없다. 그러나 WWW(월드 와이드 웹) 방식으로 구현된 인터넷은 그 자체가 수많은 마디로 이루어진 거대한 하이퍼텍스트이며, 우리는 가볍게 마우스 버튼을 클릭 함으로써 아주 손쉽게 텍스트에 마련된 마디를 찾아 또 다른 마디로 이동할 수 있다. 하이퍼텍스트는 기술력이 예술의 상상력을 선도하는 전형적인 방식을 보여주고 있다.

기술형 문학 형식은 아직 우리에게 익숙하지 않다. 소수의 전위적인 예술가들에 의해 인터넷상에서 실험되고 있을 뿐이다. 그러나 컴퓨터라는 저작 도구와 인터넷이라는 일상 공간이 만나 이 새로운 문학 형식을 '만들어'내고 있다는 점에 주목하여야 한다. 사이버리즘은 동사형이며, 기술형 문학 형식은 사이버리즘이 새로운 문학 패러다임을 구축하기 위해 실험하고 있는 다양한 시도 중의 하나이다.16) 우리가 기술형 문학 형식에 주목해야 하는 이유는, 정보화사회의 문학이 기왕의 문학과 구분되는 변별적 자질을 이 낯선 문학 형식들이 전형적으로 보여주고 있으며, 급속토록 해체되고 있는 문학 전통의 폐허 속에서 새로운 문학 전통을 확립해 나가는데 필요충분조건으로 기술형 문학 형식이 기능하고 있기 때문일 것이다.

그러나 기술형 문학 형식이 문학하기의 한 방법론은 될 수 있을지언정, 그것이 문학 그 자체를 대신할 수는 없다. 문학은 기술(skill)이 아니라 예술(art)이기 때문이다. 실제로 인터넷 상에 올려져있는 하이퍼텍스트들을 접해보면 단순히 형식적인 시도 이상의 문학적 감동을 주는 텍스트를 만나기가 쉽지 않다. 비선형적이며 강한 상호텍스트성, 입체적 이미지와 가변적인 다양한 결말이 가능하다는 특징은 분명 하이퍼텍스트가 문학의 새로운 형식적 가능성을 열어놓은 시도임을 부정할 수 없게 만들지만, 그것만 가지고 문학이라고 명명하기엔 부족하다. 하이

---

16) '사이버리즘'에 대해서는 『문학사상』 2000년 4월호에 실린 졸고 「이제 문제는 사이버리즘이다」를 통해 개괄적으로 밝혀 놓았다.

퍼텍스트가 문학이 되기 위해서는 종이책과 마찬가지로 작가의 의식적 상상력이 개입해야만 하며, 그것이 독자의 감수성과 만나 미학적 가치를 획득해야 한다. 물론 문학적 감동이라는 개념이 정보화시대에 그 형질을 달리할는지도 모른다. 그러나 감동은 작가의 상상력과 독자의 감수성이 서로 교호하면서 만들어내는 것이지 결코 텍스트의 형질 변화로 이끌어내질 수 있는 것이 아니다.

이제 우리에게 주어진 과제는 기술형 문학 형식에 미학적 가치를 부여해야 하는 작업이며, 그 작업은 '세계관'과 '창작방법론'이라는 두 축과 그 위에서 펼쳐지는 실천 행위(창작)라는 세 꼭지점을 촘촘하게 연결시키는 그물망을 통해 이루어질 것이다.

# 사이버리즘의 문학적 구현 양상
## - 이영수의 『면세구역』을 중심으로 -

## 1. 들어가는 말

최근 한국문학 연구의 가장 큰 딜레마는 정보화사회로 우리 사회 패러다임이 변화하였다는 사실은 인정하면서도 사회의 변화와 그 흐름을 함께 하고있는 문학의 변화를 패러다임의 변화로까지 확장시키지 못한 채 하이퍼 텍스트나 인터랙티브 픽션같은 지엽적인 장르 논의나 추상적인 '문학 위기론'으로 밖에 접근하지 못하고 있다는 것이다. 이 두 개의 논의는 언뜻 보면 그 층위가 달라 보이지만 실제로는 "문학은 아날로그 시대의 대표적인 예술이다"라는 명제를 사이에 놓고 서로 연결되어 있다. 문학은 시대의 변화와 무관하게 종이책으로 출판되었을 때 가장 문학답다고 믿는 사람들에게는 독서인구의 저하와 출판시장을 잠식하고 있는 디지털 텍스트는 분명 문학의 종말을 예고하는 음울한 그림자일 것이며 그래서 '문학의 위기'라는 해묵은 처방전을 다시 끄집어낼 수밖에 없다. 정보화사회는 디지털의 시대임으로 문학 역시 아날로그의 구속으로부터 벗어나야 한다는 주장하는 사람들에게는 디지털 텍스트가 종말을 연기하거나 해소시킬 수 있는 유력한 비상구가 된다. 한쪽은 여전히 과거의 미망에 사로잡혀 있고, 한쪽은 너무 빨리 앞으로 달려가고 있는 것이다.

그러나 문학에서 정작 중요한 것은 텍스트를 둘러싸고 있는 상상력과 세계관이다. 아날로그 텍스트로 출판되던 디지털 텍스트로 출판되던 그 매질에 상관없이 상상력과 세계관은 시대와 조응하고 시대를 사유한다. 아날로그와 디지털이 서로 혼재되어 있는 현 상황에서 문학 연구에 중심은 새로운 세대, 새로운 작가들에 의해 문학 텍스트가 보여주고 있는 변화의 모습들을 인문학적으로 분석할 틀을 만들어내는 작업이 되어야 한다. 시대가 바뀌었고 문학이 변화하고 있다면 당연히 그것을 해석할 방법론도 변화하여야 한다.

이 글의 목적은 '사이버리즘'이라는 새로운 문학 이론을 실제 작품 분석을 통해 구체화시켜보는데 있다.[1) '사이버리즘'을 간략하게 정의 내리자면, 정보화사회 문학 텍스트의 내적 외적 변화들을 주도해나가고 있는 전위적인 문학 실천운동을 지지해주는 미학적인 가치 판단이다. 여기에는 내용과 형식뿐만 아니라 독서과정과 독서경험까지도 포함된다. 지금까지의 문예사조들이 어느 한 가지에 집중해 논의를 전개해 나갔다면, '사이버리즘'은 정보화사회와 문학이 만나 펼쳐 보이고 있는 다양한 흐름들을 진행형으로 상정해놓고 그 의미를 총체적으로 밝혀보고자 하는 의도를 표면에 내세운다. 또한 '사이버리즘'은 정보화사회를 예술적으로 사유하고자 하는 문학의 자기 갱신력, 즉 주체의 분열, 리얼리티의 확장, 소통 구조의 변화 등 실천적 양상들을 계열화하고 인문학적 의미를 부여함으로써 자본주의사회와 정보화사회 사이

---

1) 사이버리즘의 정의와 개념에 대해서는 이미 몇몇 지면을 통해 발표한 적이 있다.
　졸고, 「정보화사회 문학패러다임 연구」(한남대학교 박사학위논문, 2000)
　＿＿, 「이제 문제는 사이버리즘이다」(『문학사상』 2000년 4월호)
　＿＿, 「새로운 매체와 문학」(『한국문학평론』 2000년 여름호)
　＿＿, 「정보화 사회의 새로운 문학」(『대전문학』 2000년 겨울호)

의 과도기적 상황을 이해하는 준거틀로 기능한다.

이 글에서 논자는 지금까지 이론적으로 논의해왔던 사이버리즘의 양상들을 직접 작품 분석을 통해 확인해보고 그 의미를 밝혀보고자 한다. 대상 텍스트로 삼은 이영수의 『면세구역』(국민서관, 2000)은 종이책으로 출판된 중단편집이다.2) 그러나 작품들을 둘러싸고 있는 상상력은 정보화사회가 작가의 세계관과 창작방법론에 영향을 미친 파장이 어느 정도인지를 전형적으로 보여주고 있다. 『면세구역』의 상상력은 우리가 지금까지 경험하지 못했던 전혀 새로운 것은 아니다. 외국의 SF 소설이나 중남미 환상 소설들에서 익히 보아왔던 문학적 세계이다. 그러나 이영수의 상상력은 뿌리는 SF 작가들이나 중남미 환상소설가들의 그것과 다르다. SF나 환상소설의 상상력이 아날로그 세계를 결코 벗어날 수 없는 반면에 이영수의 상상력은 디지털 세계와 맞닿아 있다.3)

이영수의 『면세구역』을 대상 텍스트로 삼은 이유는 아날로그 텍스트와 디지털 텍스트, 본격 문학과 하위 문학 같은 선긋기와 무관하게 '사이버리즘'이 정보화사회 문학의 자기 갱신력을 보여주어야 한다고 판단했기 때문이다.

---

2) 『면세구역』은 이영수의 두 번째 작품집이다. 첫 번째 작품집인 『나비전쟁』(오늘예감, 1997)에 실려있는 작품과 새로 다섯 편의 작품을 추가해서 작년에 출판한 것이다.

3) 통신공간에서 글쓰기를 처음 시작하여 현실공간으로 이동해 나간 작가들 중 대표적인 작가로는 김영하, 송경아, 이영수, 이영도 등을 꼽을 수 있다. 그중 김영하와 송경아는 본격문학 안으로 성공적으로 입성하였고 나름대로 문학적 평가를 받고 있지만, 이영수와 이영도는 대중적 인기와는 무관하게 정당한 평가를 받고 있지 못하다. 현실공간에서 이영수는 SF 소설가, 이영도는 환타지 작가일 뿐이다. 장르에 대한 문단의 선입견이 그들의 문학적 성취에 대한 미학적 접근을 가로막고 있는 것이다. 그러나 이영수와 이영도는 주목할만한 작가이다. 그들의 작품은 SF와 환타지의 옷을 입고 있으나 여느 본격문학 작가들 못지 않은 인문학적 품성이 녹아 들어가 있다.

## 2. 복수 주체 : 주체의 분열과 자기 증식

　정보화 사회는 개인의 주체성을 심각하게 위협한다. 현실 공간과 동일하게 가상공간의 역할과 영향력이 점차 확대되어 갈수록 주체는 분열되고 타자화된다. 가상공간 안에서 주체는 더 이상 합리적 이성이나 계몽의 도구도 아니며, 타자의 시선 안에 갇혀있는 차이와 흔적뿐인 탈주체도 아니다. 현실 공간이 슈퍼 에고와 에고의 지배를 받는 공간이라면, 가상공간은 이드의 지배를 받는 시뮬라크르한 공간이다. 그리고 그 이드는 주체가 어떤 타자와 접속하느냐에 따라 무수하게 분열된 형태로 다시 재조합되면서 개인의 주체를 다성적으로 매개한다. 포스트모더니즘에서 말하는 '탈주체'가 주체는 단일하며 선험적으로 이미 존재하고 있다는 전제하에서 주체의 억압과 시선으로부터 벗어나고자 하는 의식적인 노력을 지시하는 용어라면, 사이버리즘은 '복수 주체'라는 용어를 제안한다. '복수 주체'는 주체는 결코 단일하거나 견고할 수 없으며, 하나의 육체 안에 두개 이상의 이질적인 정체성(正體性)이 존재할 수 있음을 전제한다. 정보화사회는 우리에게 육체가 경험하는 물리적인 세계 이외에도 의식적인 흐름만으로 경험할 수 있는 세계를 가능케 해 주었다. 육체와 무관한 의식의 세계 안에서 우리의 주체성은 상황이나 의지에 따라 쪼개지거나 분열된다. '복수 주체'는 바로 이같이 쪼개지거나 분열된 개인의 정체성을 지시해 준다.

　이영수는 통신 공간에서 처음 글쓰기를 시작하였다. 통신 공간에서 '듀나일당'으로 더 잘 알려져 있는 이영수는 성별과 나이, 경력 등 어느 것 하나 세상에 알려져 있지 않다. 단지 서로 친밀한 관계로 얽혀있는 둘 이상의 사람들이 '이영수'라는 이름으로 공동창작을 하고 있다는 것이 유일하게 알려진 이영수에 대한 정보이다.4) 이영수 스스로 '복수 주체'인 것이다.

『면세구역』에 실려있는 15편의 작품들은 각기 독특한 주제와 소재를 보여주고 있다. 그러나 이영수 스스로 쪼개지고 분열된 존재이듯이, 작품마다 '주체'에 대한 작가의 인식과 사유가 내재되어 있다.

「낡은 꿈의 잔해들」에 초점화자 '나'는 임신 5개월 된 스물 일곱의 고아원 출신의 전업주부이다. 그러나 평범하기만 했던 '나'의 일상은 어느 날 우연히 카페에서 만난 여자 때문에 헝클어지기 시작한다. 헤어 스타일이나 화장은 전혀 달랐지만 쌍둥이라고 해도 믿을 정도로 외모가 닮은 '그녀'는 '나'와는 전혀 다른 삶을 살고 있었다. 결혼은 하지 않았고, 직업을 가지고 있으며, 활기차고 당당한 그녀를 보면서 일상에 덤덤히 안주하며 살아왔던 '나'는 스스로에게 환멸을 느끼기 시작한다. 주체가 다른 타자에 의해 위협을 받은 것이다. 그녀가 자기와는 분명히 다른 타자임을 확인하기 위해 6살 때 떠났던 고아원을 다시 찾아간 '나'는 원장실 금고 안에 보관된 서류더미에서 그녀가 또 다른 '나'임을 깨닫게 된다. 그녀는 타자가 아니라 '나'의 분열된 주체였던 것이다.

> 그 여자는 여전히 나를 알아보지 못한다. 나는 그녀에게, 내가 그녀의 온 정신을 한때나마 지배했던 거의 모든 것이었다고 외치고 싶다. 그러나 나는 이미 오래 전에 망각 속에 사라져 버린 낡은 꿈의 잔해를 알아보는 것이 얼마나 어려운 일인지 모를 정도로 어리석지는 않다. (p.98)

---

4) 듀나일당이라는 명칭은 이영수의 하이텔 아이디가 'DJUNA'이기 때문에 붙여졌다. 그(또는 그들)는 철저히 E-MAIL을 통해서만 세상과 연락하며, 실제 얼굴은 볼 수 없지만 통신공간의 게시판에서 언제든지 만날 수 있다. 이영수의 작품들은 공동창작임을 분명히 알 수 있을 만큼 작품마다 편차가 있다. 작품의 소재나 상상력도 다양할 뿐 아니라 질적인 부분에서도 고저가 심하다.

‘나’와 ‘그녀’가 실제로 쌍둥이인지 아닌지는 별로 중요하지 않다. 중요한 것은 겉으로는 평온한 일상에 순종하며 살아가던 ‘나’의 무의식에 흔적처럼 새겨져 있는 또 다른 삶에 대한 열망과 동경이다. 주체는 단일하고 선험적으로 존재하는 듯 하지만 그 안은 지극히 이중적이고 분열적임을 「낡은 꿈의 잔해들」은 보여주고 있다.

「낡은 꿈의 잔해」가 하나의 육체에 깃들어 있는 분열된 ‘주체’에 대한 이야기라면, 「타인의 눈」은 두 개의 육체와 그것을 지배하는 하나의 주체에 관한 이야기이다. 「타인의 눈」의 초점화자 ‘나’에게는 정아라는 맹인 손녀가 있다. 선천적으로 맹인인 정아는 시각적 결여를 극복하고 음악적 자질과 수학적 능력을 향상시킨 천재 소녀였다. 그러던 그녀가 언제부터인지 주위의 사물을 보기 시작한다. 텔레비전을 보았다 말에 놀라는 가족들에게 정아는 꿈 속에서 보았다고 대답한다.

> 정아는 반 년전부터 미시간 주 플러싱이라는 작은 도시에 사는 공장 노동자 에드 버크만에 관련된, 정확히 말해 에드 버크만의 시선으로 꿈을 꾸기 시작했다. 처음에는 그저 흐릿한 꿈에 불과했지만 생일 전후에 이르자 상당히 구체적인 꿈으로 발전했다. - 중략 - 버크만은 점점 꿈에서 벗어나 정아의 현실 세계로 침투했다. 이제 정아는 깨어 있을 때도 버크만의 시점으로 볼 수 있었다. 버크만은 정아의 삶의 일부가 되어 버렸다. (p.121)

처음에는 단순히 눈을 빌리는 것에서 시작되었지만 점차로 버크만은 정아의 육체를 지배해나가기 시작한다. 정아의 의지와는 무관하게 스트립 게임 쇼와 풋볼을 보게 되었고 급기야는 상스러운 욕까지 서슴지 않고 하게 된다. 결국 참다 못한 정아는 역으로 버크만의 육체에 간섭하게 된다. 그리고 정아가 인공 눈 이식 수술을 통해 시력을 갖게되자 그 둘의 관계는 끝이 난다.

그러나 소설은 여기서 끝나지 않는다. 초점화자 '나'는 강연 때문에 디트로이트에 가게 되자 호기심에 이끌려 에드 버크만을 찾게 된다. 그러나 버크만은 이미 죽었고 어렵게 찾아낸 그의 전처 로잘린에게서 놀라운 이야기를 듣는다. 버크만은 자살을 하였던 것이다.

> "작년 겨울부터였던 것 같아요. 그 때부터 사람이 진짜로 이상해지기 시작했어요. 텔레비전 앞에서 뻣뻣하게 앉아 있는 정도가 아니었어요. 공장과 식당에서도 계속 중얼중얼거리면서 주변에 신경을 쓰지 않았죠. 눈을 감고 필사적으로 무언가 생각하려고 기를 쓸 때도 많았어요. 그러다가 가끔 이상한 말도 외치기도 했고요."                    (p.133)

정아가 버크만의 육체에 간섭하기 시작하면서 버크만의 일상은 급속도록 변화한다. 즐겨보던 스트립 쇼 대신에 발레나 오페라를 보기 시작하였고 상스러움 대신에 고상함을 배우게 된다. 정아가 자신의 변화를 버크만의 간섭이라고 정확하게 이해했던데 비해, 버크만은 지금까지 잊고 있던 또 다른 자신인 '고급스러운 영혼'이 자신에게 다시 찾아왔다고 믿었다. 그러나 정아가 시력을 갖게되고 더 이상 버크만의 육체에 간섭하지 않게 됨으로써, 버크만은 홀로 남겨지게 된다. 더 이상 '고급스러운 영혼'이 자신을 찾지 않게 되자 결국 그는 자살하게 된다. 죽기 직전 버크만은 서툰 한글로 '미안'이라는 글자를 쪽지에 남긴다. 버크만이 누구에게 미안하다는 말을 남긴 것인지는 알 수 없다. 전처 로잘린일 수도, 정아일 수도, 아니면 버크만 자신일 수도 있다.

그들이 처음 서로 소통하였던 매개가 텔레비전이라는 사실은 지극히 은유적이다. 텔레비전은 불특정 다수인에게 동일한 정보를 규칙적이며 반복적으로 제공해 줌으로써 그 다수의 의식을 통합하고 지배하는 일방향 커뮤니케이션이다. 그러나 인터넷이라는 뉴 미디어는 다양한 정보를 특정인에게만 제공해주는 쌍방향 커뮤니케이션이다. 버크만이 텔레비전을 통해 정보를 제공받고 수동적으로 소비하는 아날로그 세대라면, 정아는 인터넷과 컴퓨터를 이용해 정보를 제공받고 제공된 정보를 재가공하는 디지털 세대이다. 정아는 자신의 육체에 깃든 버크만이라는 존재를 분명히 인식하고 그의 간섭에 능동적으로 대응하였다. 그러나 버크만은 자신의 육체를 간섭하는 존재가 무엇인지 인식하지 못했으면 그 간섭에 수동적으로 반응하였다. 서로의 육체에 간섭했던 정아와 버크만은 전혀 다른 길을 걷게 되었다. 그리고 이 결말은 아날로그와 디지털, 텔레비전과 인터넷의 대립이라는 주제를 메타하고 있다. 지금 우리의 일상은 아날로그와 디지털, 텔레비전과 인터넷의 혼재 속에서 놓여져 있다. 당연히 우리의 주체는 혼란스럽고 분열적이며 쪼개질 수밖에 없다. 「타인의 눈」은 복수 주체의 혼란과 대립, 그 이후에 대한 이영수의 문학적 사유를 보여준다.

'두 개의 육체를 지배하는 하나의 주체'라는 주제는 「펜타곤」에서 상당히 엽기적으로 변형되어 보여진다. '펜타곤'이란 의학 용어로(이 용어가 실제 있는 용어인지 아니면 이영수가 가공해낸 허구인지는 알 수 없지만) 죽은 사람의 뇌에서 정보를 꺼낸 다음 여러 뇌사자의 몸에 동시에 심는 시술을 일컫는다. 「펜타곤」의 초점 화자 '나'는 펜타곤 시술로 다시 살아난 다섯 명중의 하나이다. 그 다섯 명은 원래 한 사람이었던 김은수의 기억을 다섯 개로 쪼개어 나눠 갖고 있다. 그 다섯 명은 정치국의 비밀 요원으로 활동하면서 요인 암살과 테러를 담당하였다. 다섯 명 중의 유일한 여자였던 구엔 투 레가 사람을 살해하고 병원에서 달아나면서부터 사건은 시작된다.

"자네가 이 꼴이 된 건 순전히 정치국 바보들 때문이네. 펜타곤 계획이 시작될 때부터 난 이 모든 일들을 경고했네. 녀석들은 사람을 컴퓨터의 하드웨어와 소프트웨어 정도로 생각하네. 하드웨어가 망가졌으니 거기서 파일을 꺼내 다른 곳으로 옮겨 심겠다는 거야. 하지만 그렇게 되지는 않지. 둘은 서로에게 영향을 주기 마련이네. 녀석들은 육체가 정신에게 줄 수 있는 영향력을 과소평가해. 구엔 투 레가 그렇게 된 것도 사실은 그 때문이라고 할 수 있어. 그녀가 임심중이었다는 걸 아나?"                                    (p.146)

원래 남자였던 구엔 투 레는 임신을 하게 되자 극도의 정신적 혼란에 빠지게 된다. 그리고 급기야는 자신이 정치국의 비밀 요원으로 활동하면서 저질렀던 살인과 테러에 대한 심한 죄책감에 시달린다. 죄책감에서 벗어나기 위해 구엔 투 레는 자신을 제외한 나머지 네 명을 살해한다.

"좋아, 이야기를 들어 보자. 왜 그들을 죽였지?"
"당신들은 추악하니까. 모르겠어? 당신들은 유아 살인범이고 강간범이고 방화범이고 사기꾼이야. 아이들이 가득한 공장에 불을 지르고도 눈썹 하나 까닥하지 않았던 짐승들이야. 당신들은 살아있을 자격이 없어."
"그건 나도 알아. 그럼 당신은 어때? 당신도 얼마 전에는 그 추잡한 짐승이었어."
그녀는 속사포처럼 매섭게 쏘아붙였다.
"난 달라졌어. 게다가 난 아이도 있어. 난 어떻게든 새로 시작해야 해. 아기도 낳을 거야. 하지만 당신들을 남겨두고 어떻게 새로 시작하지? 내가 어떤 식으로 몸을 씻어도 당신들은 언제나 더러운 옛날의 나로 남아 있을 거야. 새로 시작하려면 과거의 모든 것들을 지워 버리지 않으면 안 돼. 5분의 1만 회개한다면 그게 무슨 소용이야?"        (p.161)

하나의 주체가 여러 개의 육체에 쪼개져 분산된다는 '펜타곤'의 기본 설정은 가상공간 상의 육체인 '아바타'를 떠올리게 한다.5) 현실 공간의 육체와 무관하게 우리는 자의적으로 아바타를 재창조할 수 있다. 남자가 여자가 될 수도 있고, 10대가 30대로, 마른 사람이 뚱뚱해질 수도 있다. 또 두 개 이상의 아바타를 만들어 언제든지 원하는 아바타로 접속할 수도 있다. 10대 남자 아이가 20대 여자 '아바타'로 인터넷에 접속하였을 때, 그의 아이덴티티는 10대 남자와 20대 여성 모두를 다 가지고 있게 된다. 그리고 가상공간에 대한 몰입의 강도가 강하면 강할수록 실제 육체와는 무관하게 아바타의 정체성이 그의 의식을 지배하게 될 것이다. 구엔 투 레는, 김은수 본인이 선택한 것은 아니지만, 그의 다섯 개의 아바타 중 하나였다. 그녀가 나머지 네 명을 살해한 것은 궁극적으로 김은수를 살해한 것이며, 자신이 더 이상 김은수의 아바타가 아니라 32살의 미혼모 구엔 투 레임을 확인하는 작업이었다. 분명 김은수 한 사람의 기억이었지만 다섯 개의 아바타에 분산되면서 그 기억들은 깃들어있는 육체의 지배를 받게 되었다. 하나의 정체성이 다섯 개로 나뉘어지고 그것이 다시 제각각의 정체성을 형성하게 됐을 때 '하나의 육체에 하나의 주체'라는 아날로그적인 신념은 무너질 수밖에 없다. 구엔 투 레가 또 다른 자신인 나머지 4명을 아무 거리낌없이 살해할 수 있었던 것은 육체가 의식을 지배하였기 때문이었다. 「펜타곤」은 실제 육체와 아바타 사이에서 혼란스러운 주체의 문제를 SF의 형식을 빌어 잘 보여주고 있다.

「펜타곤」과 조금 다르지만 「그 크고 검은 눈」 또한 주체의 문제를

---

5) 아바타(Avatar)란 '내려오다'라는 뜻의 'ava'와 '땅, 아래'의 뜻을 가진 'terr'가 합성된 조어로 '세상에 내려온 화신'이라는 의미의 산스크리트어이다. 그러나 아바타는 최근 사이버문화의 발달과 함께 자신을 모습을 대변하는 사이버 상의 캐릭터를 지시하는 용어로 쓰이고 있다.

육체와 연결지어 보여주고 있다. 마치 크고 검은 눈처럼 보이는 우주의 한 행성은 그 자체가 거대한 하나의 생명체이며 지성이다. 그 지성은 자신의 몸 일부를 떼어내 다른 생물로 위장시켜 은하수 곳곳에 파견하고, 세월이 흘러 그들의 머리가 새로운 정보들로 가득 차면 다시 불러들인다. 이야기는 시작은 그 행성의 비밀을 알고있는 요트(우주선)의 선장이 나이가 먹어 다시 고향 행성을 돌아가려는 4명의 크고 검은 눈 행성 주민을 자신의 요트에 태우면서부터이다.

요트의 선장은 자신이 14년 전에 겪었던 일들을 손님들에게 들려준다. 임무를 완수하지 못한 채 다시 고향 행성으로 돌아가고자 했던 3명의 행성 주민들은 선장을 위협하여 그의 우주선으로 귀환 여행을 떠난다. 그러나 고향에 가까워질수록 그 중에 한 명인 '꼬마'는 불안해한다.

> "그렇습니다. 꼬마의 경우는 후천적으로 습득한 취향이 선천적인 욕망을 누르고 왜곡시킨 대표적인 경우라고 할 수 있겠지요. 꼬마는 우리 페를레니의 삶을 열망하였습니다. 당연히 독립적인 자아를 가지고 페를레니로서 살고 싶었겠지요. 그 애에게는 거대한 전체 안에 통합되는 것은 죽음이었습니다." (p.226)

하나의 주체가 여러 개의 육체로 나뉜다는 설정은 「펜타곤」과 비슷하지만, 「크고 검은 눈」은 더 나아가 주체의 욕망과 육체의 욕망 사이의 갈등을 보여주고 있다.

> "이런 필요가 있을까? 그녀는 이미 모든 사실을 다 알고 있네. 우리가 운이 좋아 그녀를 따돌리더라도, 그녀는 귀향하는 다른 동지들을 찾아 다시 시작하면 그만이네. 차라리 그녀에게 모두 털어놓고 같이 가는 편이 낫지 않나? 언제까지 은하계 전체로부터 고립되어 살 수는

없어!"

    아무도 대답하지 않았다. 우리는 저항할 수 없는 육체의 명령과 이
성 사이에 어정쩡하게 끼인 채로 내려오는 요트를 그저 바라보고만
있었다.
                                                                    (pp.227-228)

하나의 육체에 두 개의 주체(「낡은 꿈의 잔해들」), 두 개의 육체에 하
나의 주체(「타인의 눈」), 하나의 주체에 다수의 육체(「펜타곤」, 「그 크고
검은 눈」) 등 이영수가 『면세 구역』을 통해 사유하고 있는 주체의 문제
는, 아날로그 시대와 다르게 디지털 시대가 주체를 어떻게 바라보도록
작가의 상상력을 유도하였는지를 잘 보여주고 있다.


## 3. 메타 리얼리티 : 허구의 세계와 기시감의 미학


'리얼리티'가 현실 세계를 모사 하거나 참조하여 텍스트 안에 재현
하고자 하는 의식적인 실천의 층위라면, '메타 리얼리티'는 리얼리티
의 지시 영역을 물리적인 세계가 아니라 우리의 상상력 안에 두고 있
는 미적인 층위이다. 보드리야르의 '시뮬라크르' 개념이 실재하지 않
지만 실재하는 것보다 더 실재처럼 인식되는 것이라면, 메타 리얼리티
는 시뮬라크르한 세계를 문학 텍스트 안으로 끌어들였을 때 미학적으
로 확대되고 확장되는 세계를 지시해준다. '메타 리얼리티(Meta Reality)'
는 현실 세계가 아니라 가상 세계 안에서 펼쳐지는 인간의 삶이나 경
험을 그려내는 '버추얼 리얼리티'와 우리의 무의식 깊숙이 자리잡고
있는 문화적 기호들이 만들어 내는 '이미지 리얼리티'로 나눌 수 있다.

'버추얼 리얼리티'가 소재적인 측면에서 실재 현실세계에서는 가능하지 않은 일들을 가능한 것처럼 보여주는 작가의 창작방법론의 층위라면, '이미지 리얼리티'는 독자의 의식 또는 무의식의 세계 안에 흔적처럼 남아있는 다양한 문화적 기억들이 독서 과정에 직 간접적으로 반영되는 독서방법론의 층위이다. 이때 '문화'는 문학뿐만 아니라 영화, 애니메이션, TV 드라마 등 다양한 대중 문화를 모두 포함한다.

『면세 구역』에 실려있는 15편의 작품들은 모두(그 시공간이 과거의 중국이던, 현재의 한국이던, 미래의 한 행성이던 간에) 실재로 가능하지 않는, 현실에서는 도저히 있을 수 없는 일들을 보여주고 있다. 문학이 허구이면서도 리얼리티를 획득할 수 있는 것은 현실 세계에 기반을 두기 때문이다. 그렇다면 현실 세계에 기반을 두고 있지 않는 이영수의 작품들은 어떻게 리얼리티를 확보할 수 있을 것인가 하는 질문이 제기된다. 기존의 이론으로는 이영수 문학의 리얼리티를 설명할 수 없다. 그의 작품은 단지 SF 소설에 불과하다고 치부해 버리면 굳이 텍스트에서 리얼리티를 발견해내고자 노력하지 않아도 된다. 그러나 이영수의 작품들은 SF, 그 이상의 SF이며, '메타 리얼리티' 이론으로 충분히 텍스트의 리얼리티를 설명할 수 있다.

「사라지는 사람들」은 서서히 투명인간이 되어가는 사람들의 이야기이다. 처음에는 아이들 눈에 부모들이 보이지 않더니 나중에서 사람들이 서로를 볼 수 없게 된다.

> 우리는 이제 다른 사람들은 눈으로 전혀 볼 수 없다. 캠코더나 전화기는 소용이 없다(심지어 전화 벨 소리도 들리지 않는다!). 텔레비전이나 라디오는 여전히 돌아간다. 우리는 직접 전화를 걸 수는 없지만 응답기에 녹음된 메시지는 들을 수 있다. 컴퓨터나 다른 통신기를 이용한 문자 채팅은 언제나와 마찬가지로 가능하다. (p.75)

　현실 세계를 구조 짓는 가장 강력한 동인은 사람과 사람 사이의 관계이며, 그 관계가 거미줄처럼 얽어내는 일상이다. 사람과 사람 사이의 관계는 커뮤니케이션을 통해 형성되는데, 현실 세계 커뮤니케이션의 도구는 언어(특히 말)이다. 그러나 「사라지는 사람들」에서 사람들은 말을 잃는다. 다른 사람이 보이지 않음으로써 말을 건넬 대상이 사라지게 되고, 결국 남는 것은 문자뿐이다.

　　아래층으로 뛰어내려가 비밀번호를 두드려 그 집 문을 열었다. 텅 비어 있었다. 사방 벽에는 글씨가 빼곡하게 쓰여진 포스트잇들만이 잔뜩 붙어 있을 뿐이었다. '점심 먹어라', '3시에 약 먹는 것 잊지 말아라', '제발 밖에 나가지 말아' …
　　나는 눈에 힘을 잔뜩 주고 그들을 찾아보았지만 허사였다. 냉장고 근처에 그림자 비슷한 것이 지나간 것 같았지만 곧 사라졌다. 나는 포스트잇에 간단한 메모를 남기고 영주네 집을 떠났다.　　　　　　(p.71)

　「사라지는 사람들」에서 이영수가 은유적으로 보여주고 있는 것이 무엇인지 인식하는 것은 그리 어려운 일이 아니다. 말이 사라지고 문자만 남아있는 공간, 그 문자만으로도 사람과 사람 사이의 커뮤니케이션이 이루어지고 또 다른 일상을 만들어내는 공간은 인터넷으로 대표되는 가상공간이다. 현실 공간에서 가상공간으로 빠르게 이동하고 있는 정보화사회의 일상을 이영수는 '사라진다'라는 물리적 소멸을 지시하는 동사로 표현한 것이다.

　　가장 큰 변화는 '진짜 세계'와 '가짜 세계'의 개념이 완전히 바뀌었다는 점이다. 이제 사람들의 존재는 사이버 스페이스 안에서만 존재한다. 그 바깥에 어떤 사회가 존재한다고 한다면 바보 같은 말이 될 것이다. 도대체 무엇이 있는가? 만약 당신이 저 텅 빈 거리에서 보이지

않는 사람들이 있다고 믿고 싶으면 믿어라. 그러나 당신은 그들과 의
사소통을 할 수도 없고 만질 수도 없다. 할 수 있는 것이라고는 길가
에서 부딪히고 한참 뒤에 무릎이 아파서 낑낑대는 정도일 뿐이다. 그
렇다면 그게 무슨 소용인가? 진짜 세계는 광섬유 다발을 오가는 이 디
지털 정보 속에 있다. 우리는 이 안에서 이야기를 나누고 패싸움을 하
고 영화를 보고 섹스를 한다.                                    (p.77)

 '말'이 사라지고 '문자'만 존재하는 기상 공간이 우리에게 리얼리티
를 제공하는 것은 그 안에서 이루어지는 커뮤니케이션이 '쓰고 읽고'
라는 문자성이 아니라 '말하고 듣는'다는 구술성을 확보하고 있기 때
문이다. 「사라지는 사람들」에서 보여주고 있는 '투명해지는 사람들'과
'문자만 남아있는 공간'이라는 소재는 분명 비현실적이나, 이 작품이
단순한 SF로 읽히지 않는 것은 지금 우리가 문자만 존재하는 세계를
직접 경험하고 있기 때문이다. 그리고 이 경험은 물리적인 육체의 영
역이 아니라 감각적인 의식의 층위에서 이루어지고 있다. '버츄얼 리얼
리티'를 우리의 의식 속에만 존재하는 세계가 갖고있는 리얼리티라고
할 때, 「사라지는 사람들」은 분명 리얼한 소설이라 할 수 있을 것이다.
 우리가 '실재'라고 믿는 것이 사실은 얼마나 허약한 근거를 가지고
있는가, 그리고 그 형성 과정은 어떤 허구적 메커니즘을 거치는가를
전형적으로 보여주는 작품은 「스핑크스 아래서」이다.
 「스핑크스 아래서」의 줄거리를 간략하게 정리해 보면 다음과 같다.

### ● 이야기 1

㉠ 나는 인터넷에서 우연히 '스핑크스 아래서'라는 영화에 대한 정
   보를 얻는다

㉡ 영화에 대한 정보를 검토한 결과 올리비아 에반스라는 사람이 장

난삼아 만들어낸 허구임을 알아낸다

ⓒ 얼마 후에 에반스를 메일을 받고 인터넷을 서핑하던 '나'는 디지라는 사람이 만든 사이트에서 허구의 영화 '스핑크스 아래서'가 실재하는 영화로 소개되고 있음을 발견한다

ⓔ 에반스는 '스핑크스 아래서'가 자신의 상상 속에서 창조된 허구라고 주장하지만, 실제로 그 영화를 보았다는 사람들이 나타나고, 급기야는 영화의 동영상 화일까지 인터넷에 등장한다

ⓜ 에반스는 자신의 주장을 굳히지 않지만, 원본 비디오가 나돌고 여주인공역을 맡았다는 할머니까지 나타남으로써 「스핑크스 아래서」는 실재 영화로 공인된다

● **이야기 2**

ⓗ '나'의 큰아버지인 저명한 국문학자 최민승 교수가 사망한다

ⓢ 최민승 교수는 제목과 줄거리만 알려졌을 뿐 필사본도 발견되지 않은 <금오전(金烏傳)>이라는 조선시대 전기소설에 대해 관심을 가졌다

ⓞ 최민승 교수의 장례식이 끝난 후 서랍 안에서 <금오전>의 복사본이 발견되고, 두 달 뒤에 원본이 발견되면서 <금오전>은 분명한 조선시대 전기소설로 국문학계에서 인정을 받는다

ⓩ '나'는 우연히 큰아버지 방에 있는 복사기를 사용하다, <금오전> 복사본이 큰아버지가 죽은 다음에 누군가 들고 와 복사하고 서랍에 숨겨둔 것이라는 사실을 알게된다

● **이야기 3**

ⓧ 「스핑크스 아래서」를 감독했다고 알려진 헤리 빈스의 유품에서

영화의 나머지 부분이 발견되었고, 그 영화의 '감독판'이 곧 복원작업에 들어갈 예정이라는 기사를 읽는다

㉠ 에반스는 '클로이 베리'라는 가명으로 「스핑크스 아래서」의 여주인공인 해리엇 홀바인의 전기를 다른 사람과 공저한다

「스핑크스 아래서」는 크게 세 부분으로 나뉘어져 있다. '가상공간 - 현실공간 - 가상공간'으로 서사는 이동하지만 "허구가 어떻게 실재로 뒤바뀌는가"가 단일한 동선으로 작용한다. 영화 「스핑크스 아래서」와 조선시대 전기소설 「금오전」은 모두 가공의 텍스트이다. 전자는 영화를 좋아하는 한 네티즌이 장남 삼아 만든 것이고, 후자는 누군가가 최민승 교수의 연구를 토대로 조작해 낸 것이다. 그러나 두 텍스트 모두 '실재'로 인정받는다. 그리고 허구가 실재로 인정받는 근거로 아이러니 하게도 다시 허구가 사용된다.

올리비아 에번즈는 '클로'라는 가명으로 디지를 만난다. 그리고 디지는 '클로'가 '올리비아'인 줄 모르고, 「스핑크스 아래에서」가 가공이 아니라는 것에 대한 온라인 자료로 올리비아의 영화 사이트를 제시한다. 「금오전」의 원본의 진위 여부를 확인하기 위해 「금오전」의 복사본이 제시되는데 그 복사본은 조작된 것이다.

허구를 실체로 변환시키는 힘은 두 가지이다. 하나는 디지의 경우에서 보이는 것처럼 (인터넷 등을 통한) 정보이다. 비록 틀린 정보일 지라도 계속해서 자료의 확충이나 보충 등을 통해 신뢰성을 높인다면 사실로 인식할 수 있는 것이다. 다른 하나는 「금오전」 복사본처럼 물리적 실체이다. 이것은 눈에 보이는 존재로 그 진위여부만 가릴 수 있다면 사실로 바로 입증되는 것이다. 하지만 이 둘은 서로 다르게 존재하는 것이 아니며, 이 둘이 적절히 조화되어야만 그 효과를 볼 수 있다.[6]

「스핑크스 아래서」는 인터넷의 정보와 물리적인 비디오 테입, 할머니가 된 여배우의 등장 등이 서로 결합하였고, 「금오전」은 최민승 교수의 연구라는 정보와 물리적인 복사본이 결합하였다. 여기서 중요한 것은 실체보다 정보가 앞선다는 사실이다.

정보화사회는 정보의 중요성을 점점 부각하고 있다. 초고속 통신망의 발달로 인해 우리는 쉽게 많은 정보를 접할 수 있게 되었고, 임의적으로 그것을 가공하는 작업도 손쉬워졌다. 정보의 진위 여부는 정보의 양과 그것을 받아들이는 사람들의 반응으로 판단되어진다. 따라서 정보가 어떤 목적이나 필요에 의해 조작되고, 사람들이 그것을 검증 없이 받아들인다면, 허구와 실재는 '뫼비우스의 띠'처럼 연결되고 만다. 「스핑크스 아래서」는 가상공간과 현실 공간의 교차를 통해 허구가 실재로 변화해 나가는 과정을 보여줌으로써, 버추얼 리얼리티가 어떻게 리얼리티로 인식될 수 있는가 라는 질문에 답변을 한다.

이영수는 작가이면서도 동시에 한 명의 독자이다. 독자인 이영수가 독자로서의 자신의 독서 경험을 어떻게 작품 속에 응용했는가는 각 작품마다 추신처럼 달아놓은 작품 해설을 보면 알 수 있다.

> ㉠ <면세구역>은 G.K 체스터튼과 H.G 웰즈의 작품에 종종 등장하는 도깨비 같은 장소들의 존재를 나름대로 설명하기 위해 쓰여졌다. 고양이들은 모두 <마술가게>에서 대여 받았다.
> ㉡ <사라지는 사람들>의 아이디어는 채스터튼의 단편 <보이지 않는 남자>의 트릭을 멋대로 차용해 확장한 것이다.
> ㉢ <낡은 꿈의 잔재들>은 <슬라이딩 도어즈>의 성급한 표절이다.

---

6) 송종헌, '허구와 사실의 경계, 아니 허구의 사실 침략'(하이텔 사이버문학 비평그룹 「버전업」 게시판, 1998)

　㉣ <기녀기담>의 도입부는 노신의 <고사신편>에 수록된 단편
　　<비공>에 전적으로 의지하고 있다.
　㉤ <그 크고 검은 눈>의 후반부를 장식하는 이미지는 아더 C. 클
　　라크의 <유년기의 끝>에서 훔쳐왔다.
　㉥ <비잔티움>은 <비밀의 화원>의 나태한 모방이다
　㉦ <숲의 제단>은 반쯤은 어슐러 르 귄의 예의바른 모방으로, 반
　　쯤은 그냥 농담으로 쓰여졌다.
　㉧ <아이들은 모두 떠난다>는 클라크식 진화담이다.


　'대여', '확장', '성급한 표절', '의지', '훔침', '모방', '진화담' 등의
표현으로 작가 이영수는 독자로서의 독서 경험을 자신의 상상력 안으
로 끌어 들였음을 거리낌없이 고백하였다.7) 실제로 독자 역시 이영수
의 작품을 읽어나가는 과정에서 심한 기시감에 사로잡히게 된다. 「타
인의 눈」은 영화 「존 말코비치 되기」와 오버랩 되고, 「펜타곤」은 일본
사이버펑크 에니메이션에서 익숙하게 보아왔던 설정이다. 그의 작품들
이 주는 '익숙함'과 '기시감'은 우리 의식 속에 흔적처럼 남아있던 이
미지들이, 텍스트의 문맥과 결합되어, 참조물을 갖는 구체적인 기호로
형성되어 가는 일련의 과정의 한 지점이다. '리얼리티'가 물리적인 세
계를 참조물로 갖는다면, '이미지 리얼리티'는 우리의 의식 속에 자리
잡고 있는 기억과 흔적을 참조물로 삼는다. 이영수 소설의 기시감과
리얼리티는 바로 이 지점에서 출발한다.


---

7) 아날로그 시대에 '표절'은 비도덕적이며 상상도 할 수 없는 일이었다. 그러나 디
　지털 시대는 '표절'의 의미를 바꿔놓았다. 그것은 '베끼기'가 아니라 '적절히 고
　침' 또는 '순서 바꿈'이라는 기법을 통해 새로운 문학 장치로 인정받게 될 것이
　다.

## 4. 나오는 말

지금까지 사이버리즘의 '복수 주체'와 '메타 리얼리티' 이론으로 이영수의 『면세구역』을 분석해 보았다. 『면세구역』에 수록된 작품들은 97년 이전에 쓰여진 작품들과 97년 이후에 쓰여진 작품들의 경향이 사뭇 다르다.[8] 전자는 철저하게 SF의 상상력이지만 뒤로 갈수록 환상소설적인 그리고 주체의 문제에 대한 관심이 작품 전면에 드러난다. 이것은 이영수의 문학적 세계관이 변모하고 있음을 보여주는 것이며, 동시에 정보화사회 문학적 상상력이 단순한 디지털 사고에서 인문학적인 사유로까지 확장되어가고 있음을 말해주는 것이다.

이영수는 『면세 구역』을 통해 정보화사회 주체의 문제에 대한 인문학적인 사유를 문학적 상상력을 구체화시켰다. 자아와 타자 사이의 긴장감이 극도로 전경화되는 아날로그 시대에 주체성은 현실공간이라는 물적 토대 위에서 '바라보기'가 아니라 '보여지기'를 통해 결정된다. 주체는 더 이상 자아의식의 산물이 아니라 타자와의 관계 속에서 형성되며 결국 주체는 탈주체화된다. 그러나 디지털 시대의 주체성은 물질적인 토대뿐만 아니라 비물질적인 토대(가상공간) 위에서도 형성된다. 가상공간은 주체와 타자의 긴장 관계보다는 주체 안에서 분열되는 다양한 자아의 긴장 관계가 전경화 된다. 가상공간은 확정적이고 불변한 주체성이 아니라 상황에 따라 가변적인 주체성을 옹호한다. 이제 단일한 주체성의 신화는 사라지고 탈주체는 복수주체로 전이된다. 이영수 소설의 주인공들이 겪는 주체성의 혼란은 아날로그식 탈주체와 디지

---

8) 수록작 중 97년 이후에 씌어진 작품은 「면세구역」, 「스팽크스 아래서」, 「낡은 꿈의 잔해들」, 「타인의 눈」 등이다.

털식 복수주체의 과도기에 우리가 겪고있는 심리적 불안감을 잘 보여주고 있다.

리얼리티의 문제에 있어 사이버리즘은 리얼리티가 형성되어 가는 과정 자체를 중시한다. 지금까지의 리얼리티는 현실공간의 반영 또는 재현이라는 틀 안에서 지시력을 가졌지만, 문학 텍스트 안에 가상공간이라는 새로운 재현 환경을 포함해야 하는 시대에 리얼리티는 완결된 리얼리티가 아니라 리얼리티가 형성되어가는 과정 자체가 리얼리티를 획득한다. '메타 리얼리티'라 명명되어질 수 있는 이 과정은 문학이 재현해야할 영역을 확장시킬 뿐만 아니라, 독창적이고 고유한 작가의 상상력이라는 신화를 무너뜨리고 영화, 만화, 음악 등 다양한 문화 경험들과의 상호 작용을 통해 문학이 리얼리티를 확보해나가고 있음을 보여준다. 이영수 문학의 리얼리티는 텍스트 자체에 이미 존재하는 것이 아니라 독자들이 독서 과정을 통해 스스로 획득해 나가는 것이며, 그 과정에 이영수 스스로도 독자로서 참여하고 있다.

사이버리즘이 궁극적으로 지향하는 것은 본격문학이 가졌던 기왕의 규범들과 질서를 해체시키고 정보화시대라는 새로운 사회 패러다임에 탄력 있게 적응하고자 하는 문학의 자기 갱신력을 획득하는 것이다.9) 문학은 인류의 역사와 그 쾌를 같이 해 왔고, 앞으로도 또한 그럴 것이다. 사이버리즘은 문학의 새로운 시도이며, 도전이며, 가능성이다. '시도', '도전', '가능성'이라는 수식어 모두 그 좌표는 완결된 그 무엇이 아니라 완결을 향해 달려가는 과정에 위치해 있다. 이영수 문학 역시

---

9) 따라서 사이버리즘은 일종의 과도기적 용어일 수 있다. 자기 갱신력을 획득하고 동사형에서 명사형으로 완전히 자리를 잡았을 때, 사이버리즘은 전혀 다른 용어로 대체될 것이다. 그리고 그 용어는 자본주의 시대의 문학에 비해 형식이나 내용, 상상력, 문학 주체간의 역학 관계가 획득한 전혀 새로운 미학적 가치를 보여줄 것이다.

그러하다. 이영수는 지금까지 보여준 패보다 앞으로 보여줄 패가 더 많은 가능성의 작가이다. 이제 우리는 그(또는 그들)를 주목해야 한다.

# '인터넷과 문학' : 그 현황과 흐름 그리고 전망

## 1. 들어가는 말

인터넷을 우리 일상에 영향력을 행사하는 유력한 소통 공간이라고 상정했을 때, 우리는 문화 전반에 걸쳐 놀라운 변화가 그 공간에서 실제 벌어지고 있음을 목도하게 된다. 그 변화는 단지 '어느 곳'이라는 장소에 국한된 문제가 아니다. 인터넷을 가로 축으로, 문학을 세로 축으로 설정했을 때, 변화의 좌표는 '어떻게'라는 실천 층위에 위치해 있다. 전통을 전복시키고 새로운 가치를 만들어내고 있는 것이다. 사이먼 페니는 예술가가 전자 도구, 특히 디지털 도구를 사용하게 되면 전통적인 예술실천 방법론과 도구 자체에 내재한 가치 체계 사이에는 어떤 교섭이 일어난다고 말한다. 예술적 실천의 성격, 예술 생산물, 작품의 소비는 그로 인하여 변하게 되며 전자 이전 예술 작품에서 가동되는 것으로 알려진 관습들과 어긋나게 된다.[1]

그러나 아쉽게도 아직 국내의 사이버문학 논의는 그 '교섭'에 대한 치밀한 인문학적 접근을 시도하지 못하고 있다. 그 이유는 여러 가지가 있을 것이지만 가장 주요한 것은 인터넷 공간에서 실천되고 있는

---

1) Simon Penny, "The Virtualization of Art Pratice: Body Knowledge and the Engineering Worldview", *Art Journal*(Fall 1997), Vol. 56. No 3, pp.30-38.
　사이먼 페니, 강내희, 「문예실천의 가상화」, 『문화과학』, 2001년 여름호, p.61. 재인용

예술 행위들에 대한 우리의 관심 부족과 거기에서 기인한 몰이해이다.
여전히 문자언어의 미망에 사로잡혀 있는 편협한 인문주의자들은 단
지 예술소통 공간의 확대 정도로만 인터넷을 이해할 뿐, 그 공간이 태
생적으로 안고있는 예술의 전복적 성격에 대해서는 지극히 배타적인
태도를 취하고 있다.

　이 글은 인터넷 상에서 문학이 어떤 변화를 겪고 있는가를 특징적인
문학 사이트의 리뷰를 통해 드러내고자 하는 일종의 보고서이다. 이것
은 인터넷과 문학 사이에 상호 교섭에 대한 인문학적 분석이 이루어지
기 위한 선행작업인 동시에, 사이버문학의 현재형과 그 가능성을 점검
해보는 유의미한 작업이 될 것이다.


## 2. 왜 인터넷에 주목해야 하는가?


　1994년 처음 상용서비스를 시작한 이후 국내의 인터넷 이용자 수는
기하급수적으로 증가하고 있다. 2001년 2월을 기준으로 정보 인프라의
핵인 초고속인터넷 보급률은 세계 1위, 인터넷 전체 인구는 2230 만
명으로 세계 4위, 개인의 인터넷 활용지수를 알려주는 월간 인터넷 이
용시간과 일회 검색 페이지수도 각각 16시간 17분 16초와 96쪽으로
세계 1위를 차지하고 있다.[2]

　인터넷 인구의 급속한 증가와 안정적인 인프라 구축은 초창기의 소
비적인 형태에서 벗어나 인터넷 이용을 생산적인 방향으로 자연스럽

---

2) 경향신문 2001년 3월 12일자 사회면 참고.

게 유도해 주었다. 2000년 8월에 인터넷 검색 엔진인 <야후>에서 '문학'이라는 검색어를 치면 13개의 카테고리와 265개의 사이트가 검색되었다. 그러나 지금은 25개의 카테고리와 692개의 사이트가 등록되어 있다. 일년 채 남짓한 시간 동안 배 이상 문학 생산성이 증가한 것이다. 구체적으로 살펴보면 문학 웹진이 21개, 작가 사이트가 소설가 53개, 시인 13개, 국문학 관련 사이트 15개 등이다.3) 정확한 수치는 파악할 수 없지만 문학에 관련된 개인 홈페이지는 이보다 훨씬 더 많을 것이다. 그리고 이 같은 양적 증가는 질적인 변화로까지 이어졌다.

인터넷은 탈중심화와 검열기제의 부재로 인해 자유로운 상상력, 또는 일탈적인 상상력이 현실 공간에 비해 두드러지게 나타나고 있다.4) 글쓰기에 있어서도 마찬가지이다. 물리적 억압을 가할 수 있는 권위나 검열 기제가 제대로 그 힘을 발휘하지 못하면서, 인터넷 상의 글쓰기는 자연스럽게 가장 일차적인 표현 욕망인 노출증에서부터 출발한다. 인터넷에서 문학은 자신을 드러내고 싶은 노출증을 가장 효과적으로 무마시켜주는 장치이며 동시에 창작 심리 기제이다. 노출증을 창작 심리 기제로 삼을 때 작가의 상상력은 어떻게 하면 많은 사람들의 이목을 집중시킬 수 있는지에 몰입하게 된다. 인터넷 상의 문학이 SF나 추리, 무협 같은 주변부 장르들에 호의적인 이유도 여기에 있다. 현실 공간에서 주변부 장르의 문학적 상상력은 발표 지면도 협소할 뿐만 아니라 통속문학이라는 편견 탓에 활발하게 펼쳐질 수가 없다. 현실 공간 문학의 중심화된 정체성이 상상력의 일부분을 제한하고 있는 것이다. 반면에 인터넷은 오히려 많은 사람의 관심을 끌 수 있다는 점에서 그 같은 주변부 문학의 상

---

3) 이것은 인터넷 검색엔진인 '엠파스'에서 7월 4일 검색한 결과이다.
4) 이때의 '탈중심화'는 현실 공간과 달리 물리적인 힘을 지닌 권력 구조도, 억압적인 검열 기제도, 명확한 가치 판단이나 준거 틀도 없는, <중심>으로부터의 '벗어남'이다.

상력이 전략적으로 이용된다.5) 그리고 바로 이 때문에 인터넷 상의 문학은 환타지나 무협 같은 주변부 또는 통속 장르가 주종을 이룬다는 오해를 받게 되었다.

그러나 비록 주변부 장르에 대한 애정에서 출발했지만 이제 인터넷은 자체적으로 새로운 문학 장르를 만들어내고 있다. 이름도 생소한 팬픽, 야오이문학, 릴레이소설, 게임소설, 멀티픽션 같은 새로운 문학 양식들이 속속 등장하고 있다. 인터넷에 우리가 주목해야 하는 단 하나의 이유는 그곳에서 지금 무언가 벌어지고 있기 때문이다.


## 3. 불순한 상상력 – 동성애 문학


인터넷의 공간적 특성 상 비주류 문화의 형성은 지극히 당연할 수 있다. 주류 문화의 생산과 소비를 정당화하는 견고한 이데올로기의 영향이 상대적으로 미약한데다 익명성과 개인주의의 보호를 받고있기 때문이다. 동성애 문학은 그동안 문학이 금기시 해왔던 불순한 상상력을 전면에 내세워, 비주류 문화가 문학이라는 예술적 생산물을 만들어 내었다는 점에서 주목할 만하다. 동성애 문학은 10대 취향의 팬픽(Fanfic)과 일본 야오이만화에 영향을 받은 야오이문학, 그리고 문학적 완성도를 갖고있는 게이문학으로 세분화될 수 있다.

먼저 팬픽은 대중문화의 스타시스템이 만들어낸 독특한 장르이다. 스타에 대한 막연한 동경심이 문학이라는 외피를 쓰고 나타난 것이다.

---

5) 엠파스에서 검색 결과, '환타지문학'이라는 검색어로는 2개의 사이트와 142,524개의 웹페이지가, 검색어 '무협소설'에 대해서는 53개의 사이트가 검색되었다.

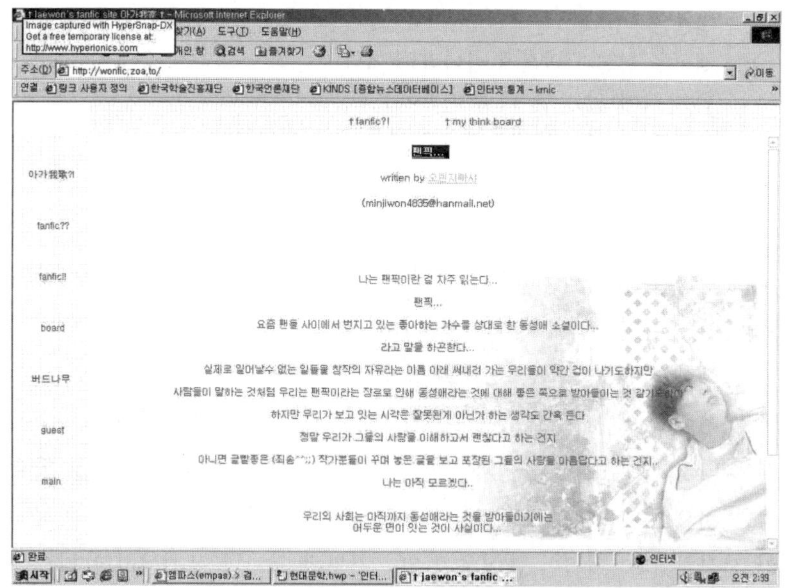

엠파스에서 '팬픽'을 검색하면 65개의 사이트가 검색된다. 대표적인 팬픽 사이트인 <我家http://wonfic.zoa.to/>는 유명 댄스그룹인 H.O.T의 멤버인 이재원을 주인공으로 동성애 소설을 창작하는 사이트이다. 'FanFic 연재방', 'FanFic 완결방', 'FanFic 토론방', 'FanFic 테마방', 'FanFic 자료방', 'FanFic 생각방' 등으로 이루어진 짜임새 있는 메뉴와 사이트 운영자의 성의가 돋보이는 곳이다. 올려지는 글들도 아마츄어의 미숙함이 엿보이기는 하나 문학을 창작한다는 자부심과 당당함이 베어있다.

　　그러나 아가에 와서 팬픽을 쓰게 된 그 순간부터
　　나는 좀더 진지해질 수 밖에 없었다...
　　현실에의 문제...
　　그런 것들이 팬픽을 쓰는 나에게
　　잊으면 안 되는 사항이라는 것을 알게되었기 때문에...

결론은...
팬픽은 현실과 다른게 아니라는 거다.
현실 속에 있는 게 바로 팬픽이고
우리는 그 현실을 창조해내고 있을 수도 있다는 것이다...

'Goni'라는 아이디로 <FanFic 테마방>에 올려진 이 글은 팬픽의 창작 주체들의 강한 자부심을 느끼게 해 준다. 팬픽은 팬들이 그들이 좋아하는 대중스타를 주인공으로 내세워 가상의 상황을 설정해 놓고 이야기를 전개해나가는 새로운 형태의 소설이다. 팬픽에 동성애적 요소가 강한 것은 스타에 대한 독점욕 때문인데, 스타를 비록 허구이지만 이성에게 빼앗기기보다는(?) 동성과 맺어줌으로써 일종의 심리적 위안을 받으려는 것으로 보인다. 일본, 미국 등지에서는 70년대부터 팬픽이 창작되기 시작하였다. 팬픽이 들어온지 5년 정도에 불과한 우리나라와 다르게 일본, 미국에서는 팬픽이 많은 발전을 이루어서 대중화되었다는 것과 우리나라 팬픽 독자는 주로 10~20대이지만 미국이나 일본에서는 청소년에서 노년에 이르기까지 그 독자층이 두텁다는 차이점이 있다.

팬픽이 스타시스템의 왜곡된 문학적 산물이라면, 야오이문학은 일본 대중문화가 독특하게 변질된 형태이다.[6] 야오이는 일본어로 やまなし おちなし いみなし(야마나시 오찌나시 이미나시)의 앞 글자를 딴 합성어로 '아무것도 없다'라는 의미이다. 처음에는 그저 야한 만화를 일컫는 말이었는데 지금은 주로 남자 동성애를 주제로 하는 만화, 소설, 영화 등 다양한 텍스트를 지시하는 용어로 사용된다. 남성 동성애를 다룬다는 점에서 팬픽과 야오이문학은 공통분모를 지니나, 두 문학은 엄연히 별개의 장르이다. 팬픽이 등장인물에 실명을 사용하지만, 야오이문학

---

6) 한미르(http://www.hanmir.com)에서 '야오이소설'을 검색하면 모두 9개의 사이트가 검색된다.

은 인물 설정자체가 허구이며, 팬픽은 주인공의 이미지가 소설을 전개
해 나가는데 중요한 비중을 차지하지만, 야오이문학은 그 비중이 미약
하다. 무엇보다도 야오이는 동성애가 소재적 근거이지만, 팬픽은 스타
를 주인공으로 내세운다면 다양한 소재의 사용도 허용될 수 있다. 다
만 최근의 팬픽이 동성애를 강조하고 있을 뿐이다.

팬픽이나 야오이문학의 문학 담당층이 10대에서 20대 초반이라면,
게이문학은 20대 중반 이후 세대들에 의해 창작되어지고 있다. 또 팬
픽이나 야오이문학의 작가들이 스타에 대한 동경이나 만화적 상상력
을 문학으로 전환시킨데 반해, 게이문학의 작가들은 실제 동성애를 경
험하고 그 체험을 문학적으로 형상화함으로써 리얼리티를 확보한다.
팬픽이나 야오이문학이 소설에 국한된데 비해, 게이문학은 시, 소설,
수필 등 다양한 장르를 포함하고 있다는 것도 차이점이다.

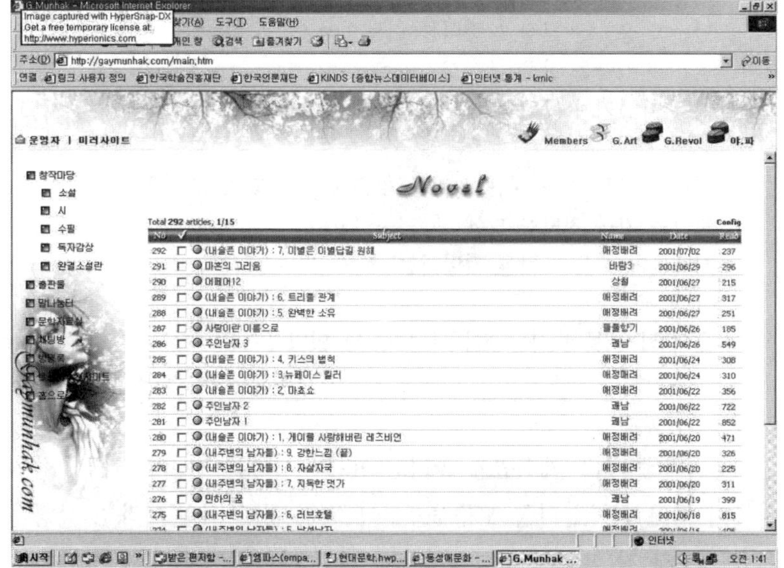

　대표적인　게이문학사이트인　'게이문학'(http://www.gaymunhak.com/)은 회원제로 운영되고 있다. 아마도 동성애에 대한 일반인의 편견을 미리 차단하고, 불필요한 논쟁의 소지를 미연에 방지하기 위한 것으로 보인다. 올려지는 글들의 문학적 완성도도 팬픽이나 야오이문학에 비해 상당히 높으며, 게시판 조회수도 일반 문학 사이트에 비교했을 때 뒤떨어지지 않는다.

　　　겨울 산에 오르면 앙상한 나무들은 숲을 이루어 견디고 있었다
　　　허상이라고 외면하는 쓸쓸한 얼굴은 다만 사람들의 몫이다

　　　마른 공기를 삼킨 세포 알갱이 하얗게
　　　모래알로 터지는 바람 같은 날들이 이어지고
　　　사람들은
　　　회빛 도시
　　　어두운 동굴 안에 갇혀 영리한 그림자로
　　　단단히 응고한 낯선 몸뚱이를 더듬으며
　　　곧은 손가락을 한 채
　　　서로 부둥키지 못하는 나무가 되어 있었다

　　　거미가 낡은 집을 지은 형광등 빛은 내게로 닿지 않는다
　　　희망은 가장 척박한 땅에 씨를 묻었고
　　　사내들이 죽은 욕망을 겁탈하는
　　　그 곳에는
　　　숲이 되지 못한 사람들이 서성이고만 있었다
　　　　　　　　　　　　　　　　　- 그곳엔 사람들이 서 있다

　　<창작마당 - 시> 게시판에 올려진 아이디 '돌멩이'의 이 시는 동성애자들이 겪고있는 심리적 고독을 '숲이 되지 못한 사람'이라는 상징적인 메타포로 잘 표현해 주고 있다. 이 시의 문학적 성취가 놀랍다면 그

것은 아마도 우리가 갖고있는 동성애 문학에 대한 편견 때문일 것이다.

물론 팬픽이나 야오이문학, 게이문학은 엄밀하게 말하면 인터넷에서 독자적으로 만들어진 문학 장르는 아니다. 이미 외국에서는 인터넷이 일반화되기 이전부터 활발하게 창작되어진 장르들이다. 그러나 한국적 상황에서 동성애 문학은 인터넷의 확산과 그 괘를 같이 한다. 문학이 지면을 필요로 하는 예술이라 할 때, 현실공간에서 동성애 문학은 지면을 할애 받기가 쉽지 않다. 인터넷은 작가에게 작품을 발표할 수 있는 기회를 제공해 주고 독자층을 형성해줌으로써 동성애 문학이 발아할 수 있는 조건들을 충족시켜 주었다. 인터넷이 그동안 음지에 숨어 있던 동성애 문학을 당당히 광장으로 이끌어낸 것이다.


## 4. 초독자의 글쓰기 – 릴레이 문학


릴레이 문학은 몇 사람의 작가가 참여하여 돌아가며 글을 써서 작품을 완성시키는 공동 창작 작업이다. 동일한 발표 공간을 공유하며 실시간으로 글을 올릴 수 있는 인터넷은 릴레이 문학 창작에 가장 적합한 문학 환경을 제공해 준다. 물론 작가에 따라 수준 편차가 심하고 텍스트의 일관성 유지에 문제가 있기는 하나 인터넷과 문학이 만나 창출해낸 새로운 형식실험으로 릴레이 문학의 의미는 충분하다.

일반적인 릴레이 형식은 한 사람의 글이 끝나면 다른 사람이 그 뒤를 잇는 방식이다. 뒤를 잇는 방식에는 두 가지가 있다. 하나는 '연속적 릴레이 방식'이라 일컬어지는데, 무조건 바로 직전의 사람 글을 이어 쓰는 것이다. '연속적 릴레이 방식'은 발단·전개·절정·결말의 역동적인 리듬보다는 앞사람의 글을 훼손시키지 않는 범위 내에서 안전하게 다음 사람에게 넘기려는 소극적인 창작관으로 인해 상상력의 위축을 가져다 주기도 한다. 작가의 독창적인 상상력보다는 앞사람의 상상력을 이어 쓰려는 연속성을 더 중시하기 때문이다.

이와는 달리 '비연속적 릴레이 방식'은 앞사람의 글을 이어 쓰는 것은 동일하나 그 앞사람을 자의적으로 선택할 수 있다는 점에서 다르다. '연속적 릴레이'는 1 - 2 - 3 - 4의 형태로 진행되나, '비연속적 릴레이'는 가지치기를 통해 무수히 많은 하위 텍스트를 만들어낼 수 있다. 작년에 <언어의 새벽(http://eos.met.go.kr)> 사이트를 통해 김수영 시인의 시『풀』을 씨앗 글로 해서 이제하, 박형준, 김상미, 김정란 등 100여 명의 작가들이 참여했던 창작 릴레이가 '비연속적 릴레이 방식'의 대표적인 형태이다. 이 홈페이지에서 씨앗 글을 클릭하면 '풀이 눕는다'는 구절이 나오고 '풀이'와 '눕는다'는 각각 하이퍼링크돼 있다. '풀이'를 선택한 사람은 이제하, 이문재, 오수영, 오정희 씨 등이 남긴 구절을 읽게 되고, 그 중 마음에 드는 구절을 클릭하면 다음 단계로 넘어간다. 똑같이 김수영의『풀』로 출발했지만 독자에 따라 시를 읽는 방식은 수백 가지가 넘고, 스스로 작가가 되어 시작(詩作)을 이어간다면 작품 수는 무한대가 된다.

최근에 등장한 새로운 릴레이 형태는 앞사람의 글을 이어 쓰는 것에서 벗어나 좀더 다양하고 파격적인 방식으로 나아가고 있다. 대표적인 것이 이미 완결된 문학 텍스트를 새롭게 고쳐 쓰는 형태이다. 주로 환타지 문학에서 많이 나타나고 있는데, 대표적으로 한국 환타지문학 부흥의 촉매제 역할을 했던 이영도의『드라곤 라자』는 열성팬들에 의해 무수히 많은 아류작들이 다시 만들어졌다. 초독자들은『드라곤 라자』

의 끝부분을 출발점으로 삼아 그 뒷이야기를 쓰거나, 아예 등장인물과 배경만 도용하여 전혀 새로운 『드라곤 라자』를 창작해 내기도 한다. 환타지문학 동호회의 회원들에 의해 소그룹으로 이루어지던 이런 릴레이 형태는 원 텍스트에 대한 애정에서 출발하였지만 결과적으로는 텍스트의 완결성과 작가의 고유한 권리를 부정하면서 문학의 가치체계에 심각한 훼손을 초래한다.

또 최근에 젊은 네티즌들 사이에서 유행하고 있는 <게임소설>도 릴레이 문학의 한 방식을 보여주고 있다.

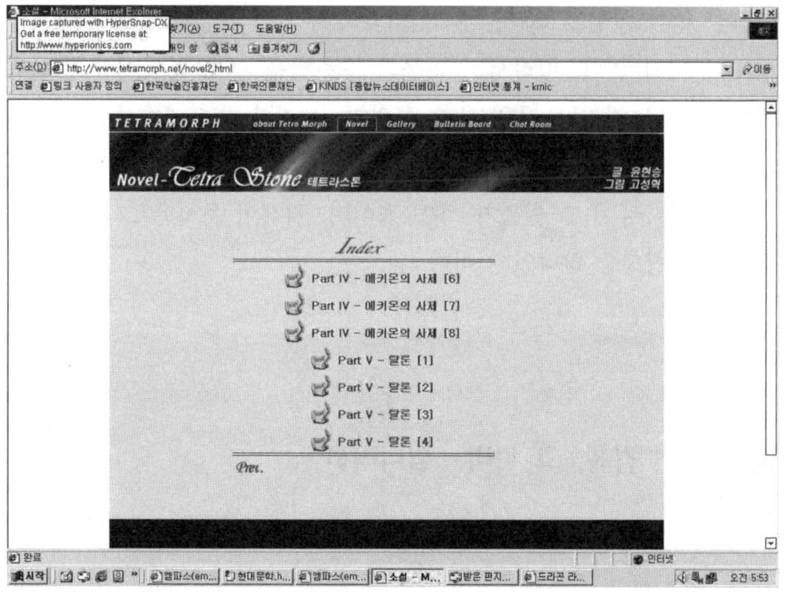



위 화면은 <테트라모프>라는 온라인 해양 시뮬레이션 게임의 ‘게임소설’ 목차 화면이다. 게임소설은 게임의 배경과 등장인물을 토대로 하여 문학적 상상력을 동원, 작품으로 형상화하는 것이다. 현재는 게임업체에서 자사의 게임을 홍보하기 위한 수단으로 작가를 동원, 작품을 창작하고 있으나 게임에 대한 젊은이들의 관심을 염두에 두어볼 때, <게임소설>이라는 새로운 장르가 인터넷 상에서 문학으로 자리잡기에는 그리 긴 시간이 걸리지 않을 것이다. 하나의 게임과 그것과 관련된 다양한 게임소설을 읽는 재미는 문학이라는 평면적인 텍스트가 주는 즐거움 그 이상을 독자들에게 제공해 줄 것이기 때문이다.

릴레이 문학을 읽어보면 구성이나 문체, 스토리 전개에 있어 허술하며 형상화 수준 역시 그리 높지 못하다. 그러나 릴레이 문학에서 중요한 것은 결과가 아니라 그 과정이다. 인터넷이 문학과 만나 만들어낸 다양한 형식 실험들 대부분은 그 의의의 무게중심이 결과물이 아닌 과정에 두어져 있다. 따라서 결과물의 수준만을 놓고 문학이다 문학이아니다 판단 내리는 것은 옳지 못하다. 우리가 인터넷에서 주목해야할 것은 그 공간의 정체성이 어떤 방식으로 '문학하기'의 다양한 가능성을 실현시켜 주고 있는가 하는 점이며, 릴레이 문학은 그 가능성의 구체적인 형태중 하나인 것이다.

## 5. 언어의 감옥, 그 너머 – 멀티픽션

인터넷은 거대한 멀티미디어 환경이다. 현실공간에서는 산과 강, 나무와 풀이 우리의 삶을 둘러싸고 있는 자연이지만, 인터넷은 산의 웅장함을 묘사한 비트 문자, 강물이 흘러가는 동영상, 나무 위에서 지저귀는 새의 음향 화일, 드넓은 초원의 디지털 사진 등으로 대체된 인공

자연이 우리를 맞이한다. 문자와 동영상, 음향, 사진이라는 개별적인 이미지들이 모여 인터넷이라는 인공 자연을 형성하고 있는 것이다. 현실공간에서 문학은 '책'이라고 하는 문자 환경 내에서만 가능하다. 물론 삽화나 사진이 문학 텍스트 안에 삽입되는 경우도 있지만 보편적인 현상은 아닐뿐더러 문자의 보조적인 역할에 머무른다.

인터넷이라는 멀티미디어 환경과 문학이 만났을 때 텍스트의 형질은 언어의 감옥을 비로소 벗어날 수 있게 된다.

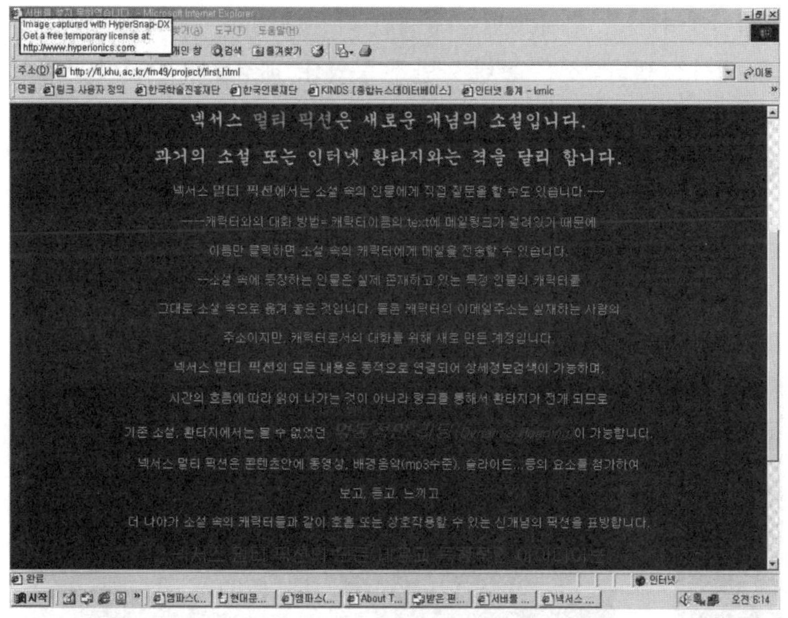

위 화면은 <넥서스(http://fl.khu.ac.kr/fm49/project/first.html)>라는 멀티픽션의 초기 화면이다. 조금 장황하게 <넥서스>의 특징에 대해 설명해놓고 있다. 여기서 주목할만한 것은 넥서스 멀티픽션에서는 소설 속의 인물에게 직접 질문을 할 수 있다는 것이다. 캐릭터이름의 text에 메일링크가 걸려있기 때문에 이름만 클릭하면 소설 속의 캐릭터에게 메일을 전송할 수 있다. 소설 속에 등장하는 인물은 실제 존재하고 있는 특정 인물의 캐릭터를 그대로 소설 속으로 옮겨 놓은 것이다. 물론 캐릭터의 이메일 주소는 실재하는 주소이지만, 작중인물로서 독자와의 대화를 위해 새로 만든 계정이다. 넥서스 멀티픽션의 모든 내용은 동적으로 연결되어 상세 정보검색이 가능하며, 시간의 흐름에 따라 읽어나가는 것이 아니라 링크를 통해서 환타지가 전개되므로 기존 소설, 환타지에서는 볼 수 없었던 역동적인 리딩(Dynamic Reading)이 가능하다. 넥서스 멀티픽션은 콘텐츠 안에 동영상, 배경음악, 슬라이드 등의 요소를 첨가하여 보고, 듣고, 느끼고 더 나아가 소설 속의 캐릭터들과 같이 호흡 또는 상호 작용할 수 있는 새로운 형태의 문학이다.

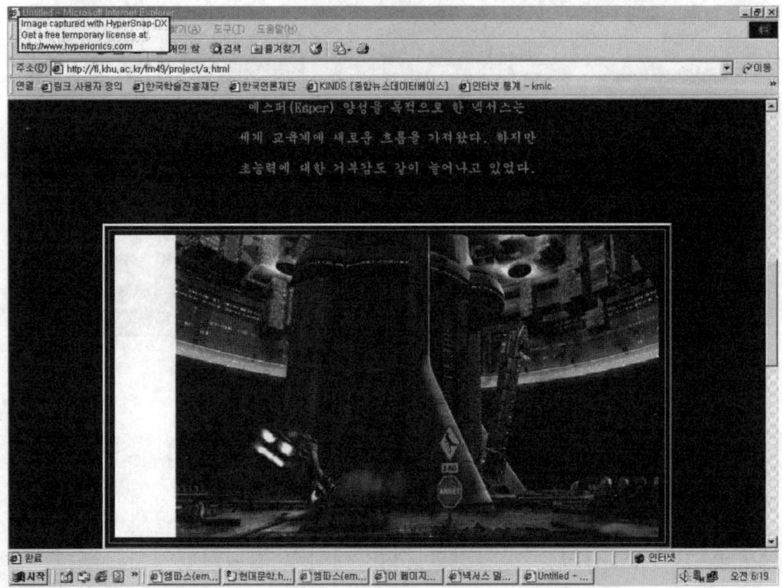

멀티 픽션의 특징은 링크를 사용하여 문자 이외에 다양한 공감각 이미지들을 무한대로 텍스트 안에 숨겨둘 수 있다는 것이다. 위 화면에서 보여지듯 독자는 링크가 걸려있는 문자를 마우스로 클릭하여 문자 이면에 연결되어 있는 사진이나 동영상을 독서 과정 내에 끌어들인다. 종이 책이 페이지를 넘기는 수동적인 독서로 독자의 역할을 한정하는데 비해, 멀티픽션은 마우스를 '클릭'한다는 적극적인 독서 방식을 독자에게 요구한다. 그러나 이 적극적인 방식은 독서 과정에서 이루어질 뿐 독서 행위에서는 역으로 기능한다. 문자가 주는 이미지를 자신의 상상력 안으로 끌어들여 상황을 재현하는 종이 책과는 달리 멀티픽션은 상황을 친절하게 보여줌으로써 문자가 주는 상상력의 여백을 메워준다. 종이 책이 '읽고 상상하는' 독서라면, 멀티픽션은 '보고 이해하는' 독서인 것이다.7)

멀티픽션이 문학의 한 장르로 자리잡기에는 여러 가지 문제점이 있다. 무엇보다도 텍스트의 중심 매질이 문자에서 벗어났을 때도 과연 문학이라고 할 수 있는가 하는 비판이 제기된다. 이 비판은 비단 멀티픽션 뿐만 아니라 인터넷에서 실천되고 있는 다양한 형식 실험들에도(진폭의 차이는 있을 수 있어도) 공히 적용되는 문제이다. 이 부분은 앞으로 문학 연구자들이 해결해야할 난제이기도 하다. 문학의 정체성에 대한 인식론적인 난제를 우리가 떠 안고 있다는 사실만으로도 인터넷이 문학에 미친 영향이 결코 과소평가 할 수 있는 성질의 것이 아님이 분명해 진다.8)

---

7) 멀티 픽션의 하위 장르로 장경기가 시도하고 있는 멀티 포엠도(http://www.x-zine.com/wg/gi/gi1.html) 주목해 볼 만하다.
8) 이용욱, '가상공간의 문학적 가능성에 대한 시론', 『한국문학이론과 비평』 제 9호, 한국문학이론과비평학회, 2000년 12월, p.20. 재인용.

## 6. 나오는 말

　지금까지 인터넷이라는 새로운 문학 환경에서 실제 독자와 소통하고 있는 몇 가지 문학 실천들을 대표적인 사이트를 중심으로 살펴보았다. 동성애 문학, 릴레이 문학, 멀티픽션 등은 모두 문학의 전통적 가치들을 훼손시키고 있다. 동성애 문학은 소재적인 금기를 넘어섰으며, 릴레이문학은 텍스트의 완결성과 작가의 권리를 훼손시켰고, 멀티픽션은 '종이'와 '문자'라는 한계를 넘어서려는 시도를 보여주고 있다.

　박인기의 지적대로 21세기의 문학(예술)이 어떤 혁명적 변환을 겪는다면 그것은 작가의 창조적 각성 차원보다는 문학의 소통 공간 차원에서 일어날 것이다. 인터넷은 문학의 생산과 텍스트의 존재 방식과 수용, 반영 등 전 영역에서 변화를 일으킨다. 인터넷은 문학 소통의 폭을 넓히고 창작과 수용의 상호 피드백 체제를 강화한다. 문학 소통의 주요 과정마다 상호성이 있는 다른 문화적 요소들이 개입할 수 있는 가능성이 커지며, 동시에 새로운 장르들이 생겨나게 된다. 문학의 상업적 가치도 종전과는 다른 차원에서 다루어질 것이다. 인터넷은 작가와 작품과 수용자(비평가 포함) 사이의 정보를 효율적으로 흐르게 하며, 수백만 명의 사람들을 동시에 연결시킬 수 있기 때문이다. 인터넷의 대중화는 기존에 본격 문학 작품의 반열에 오를 수 없었던 작품들에 대해서도 일정한 수요를 창출하게 하고 그것을 위한 상업적(또는 비상업적) 소통을 새로 광범위하게 형성시키고 있는 것이다.[9]

　이제 인터넷이 갖고있는 문학적 가능성에 대해 부정하는 사람은 아

---

9) 박인기, '사이버문학과 문학교육', 『문학과 교육』 제15호, 2001 봄호. (부분인용)

무도 없을 것이다. 그럼에도 불구하고 그 가능성에 인문학적인 의미를 부여하여 문학이라는 이름으로 끌어안으려는 시도를 선뜻 하고 있지 못한 것도 사실이다. 현실공간의 보수적인 문학계가 앞을 내다보지 못하고 뒤만 돌아보고 있을 때, 인터넷의 아이들은 빠르게 달려가고 있다. 그 아이들은 자신들의 글쓰기가 문학이라는 이름으로 인정받지 못한다 하더라도 계속 앞으로 달려 갈 것이다. 어차피 인터넷에서 문학은 모든 것을 새로 시작하고 있기 때문이다.

# 인터넷 시대의 서정시

## 1. 들어가는 말

　글을 시작하기에 앞서 먼저 원론적인 부분부터 짚고 넘어가야 할 것 같다. 필자가 이 평문의 제목으로 삼은 '인터넷시대의 서정시'라는 문장은 정당한 합목적성을 갖고 있는가, 가지고 있다면 그 함의는 무엇이고, 왜 지금 이 주제를 논해야 하는 것인가 하는 점이다. '인터넷시대'와 '서정시'는 언뜻 보면 전혀 어울릴 것 같지 않는 의미소이다. 정호승의 다음 진술은 오히려 인터넷시대와 서정시가 불협화음을 일으킬 수밖에 없음을 말하고 있다.

　오늘 우리들의 삶은 그 변화의 속도가 너무 빠르다. 도무지 정신을 차릴 수가 없다. 오늘의 속도를 미처 느끼기도 전에 내일의 속도에 몸을 실어야 한다. 나는 이제 겨우 휴대전화를 사용하고 E메일을 이용하게 되었는데, 휴대전화를 통해 인터넷까지 할 수 있게 된다고 하니 그저 어리둥절하기만 하다. 이러다가 점점 인간의 마음마저 기계화되고 정보화되는 게 아닌가 두렵다. 에어컨을 틀어놓고 컴퓨터 게임에 빠진 아들을 바라보고만 있기보다 아들의 손을 잡고 냇가에 나가 피라미를 잡고 미역을 감고 싶다. 그러나 이제 그런 목가적인 시대는 지나고 말았다. 모깃불을 피우고 평상에 앉아 밤하늘의 총총한 별을 바라보거나 풀벌레 소리를 듣던 그러한 서정적 풍경은 찾아보기 힘들다. 하다 못

> 해 손에 쥘부채를 들고 다니는 사람마저 눈에 잘 띄지 않는다. 나는
> 벌써 몇 해째 서울의 그 어느 집에서도 담장에 수세미가 달려 있는
> 집을 찾지 못했다. 그렇다. <u>우리는 지금 서정을 잃은 산문의 시대에
> 살고 있다. 자연은 서정을 잃지 않고 있으나 자연의 일부인 인간은 서
> 정을 잃고 있다.</u>[1]

인터넷을 흔히 '인공자연'이라고 말한다. 그 안에는 현실세계의 모든 것이 복사되어 있다. 자연이 있고, 사람이 있고, 집이 있다. 현실세계와 다른 것은 그 모든 것이 물질로 이루어진 것이 아니라 '비트(bits)'라는 디지털 부호로 만들어졌다는 것이다. 현실세계가 손으로 만질 수 있다는 점에서 '촉각 의존형'이라면, 가상세계는 눈으로 볼 수 있는 '시각 의존형'이다. 존재 기반과 표현 방식, 접촉 경로가 판이하게 다른 두 개의 '자연'이 인터넷 시대 우리의 일상에 동시에 틈입하고 있는 것이다. 지금까지 우리에게 '서정'이란 실제 눈으로 보고 손으로 만지고 가슴으로 느낄 수 있는 실제 자연을 통해서만, 또는 자연의 아우라 그 자체라고 여겨왔다. 그러나 인터넷시대는 '실제'가 아닌 '가상', '자연의 아우라'가 아닌 '인공의 아우라'를 통해 인위적으로 조작된 또 하나의 자연을 만들어 내었고, 바로 여기서 우리의 혼란은 시작된다. 이제 우리는 어디에서 '서정'을 찾아야하는가? 정호승의 말대로 인터넷시대 우리는 정녕 서정을 잃어버리게 될 것인가?『시와사람』이 필자에게 청탁한 '인터넷시대와 서정시'라는 주제는 바로 이런 문제의식이 후경화되어 있는 것으로 보인다.

아직 완전히 정보화사회로 진입했다고는 볼 수 없지만, 자본주의사회에서 정보화사회로 패러다임의 무게중심이 빠르게 이동하고 있는 현 상황을 감안해볼 때, 인터넷시대와 서정시의 연결고리를 찾아보고

---

1) http://poem2002.com/scraps/junghs_01.html <중앙일보> 2000/07/02자 재인용.

자 함은 시의적절한 주제로 보인다. 1996년 이후 국문학계에서는 <정보화사회와 문학>이라는 주제가 논의의 중심에 서 있다. 연례적으로 개최되는 크고 작은 학회의 발표 주제로, 각종 문예지들의 기획특집으로, 학자들의 저역서 등을 통해 정보화사회가 문학에 미친, 그리고 미칠 영향에 대한 다양한 논의들이 개진되어 왔다. 그러나 아쉽게도 여전히 우리는 총론에 머물고만 있다. <정보화사회와 문학>이라는 거시적인 틀 안에서 문학의 변화를 이야기할 뿐, 미시적으로 그 변화의 양태에 대한 논의는 소홀히 하고 있는 것이다. 또한 산문(소설) 중심으로 논의가 집중되고 있는 것도 문제점으로 지적될 수 있다. 물론 인터넷이 그동안 주변부 문학으로 치부되어 왔던 환타지, 무협, 추리 등 소설장르들을 부흥시켰고, 더 나아가 팬픽이나 야오이 문학, 릴레이소설 같은 새로운 소설 장르를 만들어 낸데 반해, 시는 소설만큼 인터넷이 갖고있는 변화의 스팩트럼을 입체적으로 수용하지 못했다는 데서 연유한 결과론적인 측면에서 이해될 수는 있다.

그러나 하루에도 몇 백 편의 시가 인터넷 문학동호회 게시판을 뒤덮고, 인터넷에서 자생적으로 발생한 시 동인회만도 20여 개가 넘는다는 것은 인터넷이라는 문화 폭풍 하에서 시 역시 자유로울 수 없음을 말해주고 있다.[2]

필자는 기본적으로 정보화시대의 문학은 자본주의시대 문학과 달라야한다는 입장을 가지고 있다. 존재기반이 다르니 당연히 상상력과 리얼리티, 소통 구조도 변화해야 한다는 것이다.[3] 제목을 '인터넷시대의 서정시'로 선택한 것도 바로 이런 연유에서이다. 인터넷 시대에도 변

---

2) 이 부분에 대한 논의는 다른 필자 분들이 다룰 주제와 겹치는 부분임으로 자세한 언급은 생략하도록 한다.

3) 이 부분에 대한 논의는 졸고 「정보화사회 문학패러다임 연구」(한남대학교 대학원 박사학위논문, 2000)에서 상세하게 다루었다.

하지 않는 서정의 본질이 무엇인가를 논의하는 것이 아니라, 인터넷 시대에 변화해야만 하는 서정에 대해 말해보고자 함이 이 글의 목적이다.


## 2. 물질적 상상력에서 비물질적 상상력으로


서정시(抒情詩)의 문학적 정의는 개인의 주관적 정서를 표현한 시이다. 좁은 의미에서의 서정시란 순수한 감정 체험을 나타내는 것으로 언어의 의미 전달기능보다는 읽는 이들에게 감동을 주는 순수시와 깊은 관련이 있다. 따라서 서정시와 자연은 밀접한 관련을 맺을 수밖에 없다. 자연이야말로 객관적 대상이면서도 주관적 감정을 투사할 수 있는 보편적 상관물이기 때문이다. 문학과 자연의 관계는 아리스토텔레스의『시학』에서도 언급되고 있다. 아리스토텔레스는 문학은 기본적으로 자연에 대한 모방이며, 이때 모방이란 단순한 반영이 아니라 자연에 내재하는 조화, 질서, 법칙 등을 구현하여 양식화하는 것이다. 모방, 즉 미메시스적 글쓰기는 자연이라는 객관에 대한 자아라는 주관의 치열한 틈입의 결과물인 것이다.

그러나 인터넷이라는 새로운 인공자연이 등장하면서, 미메시스적 글쓰기는 어려운 선택의 기로에 서게된다. 인공자연은 결코 객관적 상관물이 아니기 때문이다. 인터넷은 지극히 주관적인 공간이다. 주체가 무엇을 선택(클릭)하느냐 하지 않느냐에 따라·동일한 시간대에 공간 구속을 받지 않고 접속한 수억의 네티즌들은 각기 다른 인공자연을 경험하게 된다. 인터넷이 갖고 있는 주관성은 결국 자연을 모방한다는 미메시스적 글쓰기에 대한 회의로 연결된다.

　　2000년대의 시세계에서도 자연은 살아 숨쉴 수 있을까? 사위를 에워싸고 있는 기술 문명의 지배 메커니즘이 인간 삶의 양식, 구조, 가치, 사고 일반은 물론 꿈과 상상력까지 규정, 관리, 생산하는 시대 속에서 자연의 위상과 광휘를 논하는 것 자체가 시대 착오적인 발상은 아닐까? 자연이 근대 기술 산업의 행진아래 급속하게 침탈되고 주살되어 간 것처럼 시세계에서도 점차 사라져 가는 것이 불가항력의 숙명이 아닐까? 그렇다면, 인공 낙원의 공간에서 과연 시의 위상과 의의는 어떤 것일까? 테크노피아의 축제속에서 시는 점차 허공 속으로 휘발되어버리지 않을까? 이러한 회의적인 의문과 문제제기가 거듭될수록 시와 자연의 운명은 더욱 비관의 극단으로 치닫게 된다. 대체로 비관주의는 문제의 본질로 접근하는 생산적 계기를 마련하기 보다는 강한 위기의식을 팽창시키는 데 기여할 뿐이다. 자연 재해를 통해 새삼 자연의 위력과 중요성을 깨닫는 오늘날의 역설적인 상황 앞에서 우리에게는 인간과 자연의 관계를 올바로 진단하고 인식하는 과정이 어느 때보다 절실하게 요구된다.4)

홍용희가 언급했듯이 인터넷시대, 인간과 자연의 관계는 새로운 시각이 요구되며, 요구하고 있다. 인공자연에 대한 우리의 인식은 실제 자연에 대한 인식과 달라야 한다는 것이다. 현실 공간은 물질적인 공간이다. 우리는 실제로 그 공간 안에서 걷고 말하고 먹는다. 물질 안에서 물질을 통해 물질과 함께 삶을 영위하고 있는 것이다. 그러나 인터넷은 비물질적인 공간이다. 그 안에서는 아무 것도 실재하지 않으며, 사물이 갖는 물질성은 0과 1이라는 비트(bits)의 조합으로 환치된다.5)

---

4) 홍용희, 「시적 주체와 우주율」, 『시와사상』 2000년 봄호, http://www.sisasang.co.kr/contents/2000-1/00-1.htm(재인용)

5) 수학적인 세계가 가져다주는 균형, 대칭, 비례의 세계를 가장 이상적인 세계로 보았던 고대 그리스 피타고라스학파의 시각으로 본다면 인터넷이야말로 가장 이

인터넷은 인간의 의식으로만 경험할 수 있는 시뮬라크르한 공간인 것이다.

현실 공간의 물질성과 인터넷의 비물질성으로 인해 우리는 두 공간에서 '보는 것'부터 다르다. 현실 공간에서 우리가 보는 것은 실재하고 만질 수 있는 물체(物體)이지만, 인터넷에서는 직접 보는 것이 아니라 보고 있는 것처럼 의식할 수 있을 뿐이다. 인터넷에서의 일상성은 철저히 의식의 세계 안에서만 체험된다. 따라서 물질적 상상력은 비물질적 상상력으로 전이되고 만다.

기왕의 문학은 현실 공간을 반영하고자 하며 그것이 물질적 상상력에 의지하고 있다. 가스통 바슐라르의 진술에 의하면 상상력은 "자연 속에 깊이 자리잡을 필요가 있"으며, 물질적 상상력은 대상의 형태가 아니라 실체를 파악하고 그것과 공존하는 것처럼 느끼는 것이다. 물체로서의 얼음 덩어리는 희고 투명하고 번쩍이는 굳은 형태를 갖고 있지만 인간의 상상력 안에서 물질로서 나타나는 얼음 덩어리의 이미지는 물로도 수증기로도 변화한다. 물질적 상상력은 이처럼 외계의 대상의 이미지를 받아들여 그것을 스스로 궁극적인 것 즉 이상적인 것으로 삼고 있는 상태로 독자적이며 역동적으로 변화시켜 나가는 것이다.[6]

그러나 비물질적 상상력은 "자연 속에 깊이 자리잡을 필요가 없"다. 인터넷은 인간이 만들어낸 인공 자연이며, 바슐라르가 물질적 상상력의 4원소로 제시한 물, 불, 공기, 땅 또한 존재하지 않는다. 얼음이 물이 되고 수증기도 될 수 있는 공간이 현실 공간이라면, 인터넷은 '얼음'도 '물'도 '수증기'도 모두 아스키 코드로 표시하는 비트의 조합으로 밖에 재현될 수 없다.

---

상적인 공간일 수도 있다.
6) 곽광수·김현 공저, 『바슐라르 연구』, 민음사, 1978, pp.30-31.(부분 인용)

물질적 상상력과 비물질적 상상력을 보다 분명하게 대비하기 위해서 '집'을 예로 들어보자. 바슐라르에 있어 '집(house)'은 인간에게 안정의 근거와 그 환상을 주는 이미지들의 집적체이다.7) 집은 내부이며 바깥세계(외부)로부터 인간을 보호해 주는 피난처이다. '집'이 피난처로서의 이미지를 갖는 것은, 문(門)이라는 것을 통해 내부와 외부가 분명하게 경계지워져 있기 때문이며, 문이 닫혔을 때, 인간은 외부로부터 격리되었다고 의식할 수 있다. '집'과 '문' 모두 물질성을 갖고 있음으로 해서 안정의 근거가 명확해진다. 그러나 인터넷에서의 '집(site)'8)은 안정적인 공간도 피난처도 아니다. 현실 공간의 '집'은 개인적인 공간이지만 인터넷상에 자리잡고 있는 많은 '집'들은 다수의 사람들과 공유해야하는 집단적인 공간이다. '문'은 외부와 내부를 경계지워주기보다는 누구나에게 열려있음으로 해서 지금부터 '집' 안에 들어선다는 상징적인 의미만을 갖는다. 인터넷에서 '문'은 비물질성으로 인하여 결코 닫혀질 수 없으며, 닫혀질 수 없는 '문'을 갖고 있는 '집'은 그래서 확정적이기 보다는 유동적이며 안정적이기 보다는 불안하다. 우리는 '집'을 결코 볼 수도 만질 수도 없으며, 다만 집 안에 들어와 있다고 느낄 뿐이다.

인터넷에서의 '집'이 안정적이거나 피난처로서의 이미지를 갖지 못하는 반면에 비물질성이 주는 유동성은 주체에 의해 끊임없이 '집'이 변화하고 발전할 수 있는 열린 공간으로서의 이미지를 강하게 내포한다.

---

7) 가스통 바슐라르 저, 곽광수 역, 『공간의 시학』, 민음사, 1990, p.132.
8) 현실 공간에서의 '집'과 같은 맥락으로 인터넷에서는 '동호회'를 들 수 있다. 동일한 취미나 관심사로 묶이거나 혈연, 지연, 학연으로 통합되어 있는 '동호회'는 인터넷 상에서 안과 밖을 구분해 주는 유일한 장소(site)이다.

> 유체(流體)구조는 그 형태가 보는 사람의 이해관계에 따라 변하는
> 구조이다. - 중략 - <u>그것은 문이나 복도가 없는 구조로, 다음 방은 늘
> 내가 필요로하는 그 자리에 있으며 또한 내가 필요로 하는 것으로 존
> 재한다.</u> 유체구조는 유체도시를 만드는데, 그 도시들은 가치의 변화에
> 따라 변하는 곳으로, 다른 배경을 지닌 방문객들의 눈에는 다른 이정
> 표가 보이고, 공통의 생각들에 따라 이웃들이 바뀌고, 그 생각들이 성
> 숙하거나 사라짐에 따라 발전하는 곳이다.[9]

가상공간 내에 위치한 각각의 집(site)들을 유체(流體)구조라 명명하면
서, 그 공간들이 철저히 주체의 필요에 의해서만 존재하며, 주체의 발
전을 도와줌으로써 그 자체로 발전하는 공간이라 주장하는 마코스 노
박(Marcos Novak)의 진술은 바슐라르의 물질적인 '집'과 인터넷에서의
비물질적인 '집'이 각기 어떠한 상이한 이미지를 갖고 있는가를 드러
내 준다.

이러한 비물질적인 상상력은 궁극적으로 문학을 물질화된 텍스트의
자기완결성 밖으로 밀어낸다.

> 예술은 더 이상 조화·완성·해결·종결을 취급하는 직선의 예술,
> 즉 만들어지고 정돈된 결과물이 아니다. 대신 그것은 결말이 없이 열
> 린 상태이며, 심지어는 일시적이고 덧없고 잠정적이며 가상적이다. 형
> 성된 것이라기보다는 형성중인 것으로서, 그것은 과정을 찬양하고 체
> 계를 구현하며 혼돈을 감싸안는다.[10]

---

9) Marcos Novak, 'Liquid Architecture in Cyberspace', in Benedikt, 『*Cyberspace*』, 1991,
   pp.250-251.
   - 줄리안 스텔러브라스 저, 설준규 역, '싸이버스페이스의 탐험', 『창작과비평』
   1996년 봄호.(재인용)
10) Roy Ascott, 'Connectivity : Art and Interactive Communications', 『*Leonardo*』, vol.
   24. no 2, 1991, p.116.
   - 줄리안 스텔러브라스 저, 설준규 역, 앞의 논문.(재인용)

위 인용문에서 로이 아스코트(Roy Ascott)가 지적한대로 인터넷 안에서의 예술은 진행형이며, 열려진 텍스트이며, 그 자체로 혼동이다. 작가와 독자가 쌍방향소통을 통해 텍스트 안에서 만남으로써 정전(正典)이 사라지고 작가와 독자의 경계가 희미해지면서 예술의 자기완결성이 붕괴되어버린 것이다. 그리고 이같은 예술의 자기완결성의 붕괴 이면에는 공간 자체가 비물질적인 지반 위에 서 있음으로 해서 구성원들이 갖는 공간 장악력에 대한 확신과 연관되어 있다. 물질성을 갖는 현실 공간은 신의 법칙 - 환언하자면 비인간적인 법칙 - 에 의해 유지되고 있다. 어떠한 인간도 현실 공간을 완벽하게 장악할 수는 없다. 인간의 이성을 초월하는 대자연(신)의 섭리가 항상 질서라는 이름으로 군림하고 있기 때문이다. 그러나 인터넷은 인간에 의해 만들어졌고 인간에 의해 유지되는 완벽하게 인간적인 질서에 의해 재구성된 공간이다. 인터넷은 인간이 내린 명령 그 이상도 이하도 스스로 수행하지 않는다.

기왕의 문학은 신의 섭리 - 이를테면 작가와 원본의 권위, 형식의 완결성 -에서 자유로울 수 없지만, 인터넷 시대의 서정시는 신의 섭리가 미치지 못하는 인터넷의 비물질적 상상력을 통하여 완벽하게 자유롭고 열려있는 문학으로 출발하고 있는 것이다.


## 3. 아날로그에서 디지털로, 디지털 서정시의 가능성


인터넷시대를 디지털 시대라고 하는데 디지털이란 아날로그와 대립되는 개념이다. 아날로그 기술은 연속적인 물리량을 기반으로 음이나 빛의 변화를 전기적인 변화로 바꾸어 연속적인 파형으로 보낸다. 여기에 비해 디지털은 시간을 아주 잘게 분할하여 각각 그 시간에서 진폭의 상태를 이진수인 0과 1이라는 두 숫자로 처리를 하고 이들 두 숫자가 조합되는 방식에 따라 정보의 차이를 나타낸다. 그렇게 되면 어떤 소리와 빛이 가지고 있는 물리적 양은 0과 1이라는 숫자로 분해된다. 말하자면 가시적인 물리적 양이 시간과 양이 극소화된 기호로 바뀌는 것이다. 따라서 상상할 수 없이 많은 정보의 생성, 변형, 복제, 전달이 가능해진다.[11] 그리고 무엇보다도 디지털은 그동안 구분되어왔던 매체들(문자, 소리, 영상 등)을 통합하여 하나의 단일한 텍스트(멀티 텍스트)로 완성시켜 준다.

오늘날 매체 능력은 수용자가 문자를 초월한 '초언어적 코드'(특히 그림과 영상)를 습득해 정보의 바다에서 항해할 수 있는 항법 (航法)과 그러한 코드를 이용해 자유자재로 문화를 창조하는 작법(作法)을 소유하는 것이다. 19세기 사진 기술 발명 이후 그림은 예술가의 손을 떠나기 시작했고, 20세기 텔레비전 화상시대와 컴퓨터 애니메이션 시대의 그림은 세상을 모방한 것이 아니라 개념들에서 만들어졌다. 이는 도구나 기계를 이용해 창조된 '기술적 형상'으로서 새로운 커뮤니케이션 혁명을 일으켰다. 이를 더 정확히 표현하면 '코드 혁명'이라고 할 수 있다. 코드 혁명이란 선형(線形)코드인 문자에서 평면(平面)코드인 기술적 형상으로 전환되는 과정을 일컫는다. 기술적 형상은 특별히 고안된 기기(계)에 의해 창조된 평면이다. 인간에 의해 창조된 전통적 그림이 장면(세계)을 묘사했다면, 기술적 형상은 개념(텍스트)을 그림으로 묘사한 것이다. 기술적 형상의 특징은 도구를 이용한 창조 방법, 만들어지는 재질, 이 그림의 구조에서 찾아지는 것이 아니라 그 의미에서 찾아져야 한다. 기술적 형상은 장면을 의미하는 것이 아니라 개념들을 의미한다. 존재론적으로 볼 때 기술적 형상은 회화와 같은 과거의 그림과는 다른 단계에 도달한 것으로서 혁명적으로 새로운 코드이다.[12]

---

11) 이숭원, 「서정시의 다양한 분출과 새로운 전망」, http://www.kcaf.or.kr/yearbook/2001/munhak/L1-1-1.html(재인용)

　'디지털'이라는 새로운 코드는 그동안 문자라는 감옥에 갇혀있던 서
정시를 전위적인 형식의 새로운 멀티 텍스트로 나아가게 하고 있다.
초보적인 형태이기는 하지만 디지털 서정시의 예로『生時·生詩』(http://
www.shuttle.co.kr/culture/exhibition/1128.htm)를 들 수 있다. 김정란과 이중
재가 책임 기획하고 성기완, 허수경 등 젊은 시인 15명이 공동 참여한
『生時·生詩』는 비록 문자 텍스트와 비주얼 텍스트가 분리되어 있어
완벽한 상호 교섭에는 한계가 있지만, 국내 최초로 기성 시인들이 문
자와 이미지를 통해 시 작업을 진행했다는 점에서 그 의미가 크다.

　『生時·生詩』의 메인 화면에서 기획자인 김정란은 만일 문학이 근대

---

12) 김성재, 「미학, 그 아름다움의 세기」, 중앙대학교 대학원 학보, 2000.(부분 인용)
　　http://www.gs.cau.ac.kr/~press/article146/academy1.htm

이래 문화의 왕으로 군림하며 자랑하던 그 휘황한 단색 언어의 영광을 꿈꾼다면, 문학의 영광은 다시는 없다고 단언한다. 그러나 만일 문학이 잡색의 종합 매체 안에 다시 겸손하게 자리잡을 생각이라면, 근대 이후 어느 예술 장르보다도 명민성을 자랑하던 문학은 그 명민성의 축적을 바탕으로 전혀 다른 형태의 문학을 창조해낼 수 있을 것이다라고 내다보았다. 디지털 서정시가 다소 겸손한 문학 방식인지는 모르겠지만 분명한 것은 인터넷이 새로운 문학 장르의 출현을 위한 필요충분조건이라는 것이다.

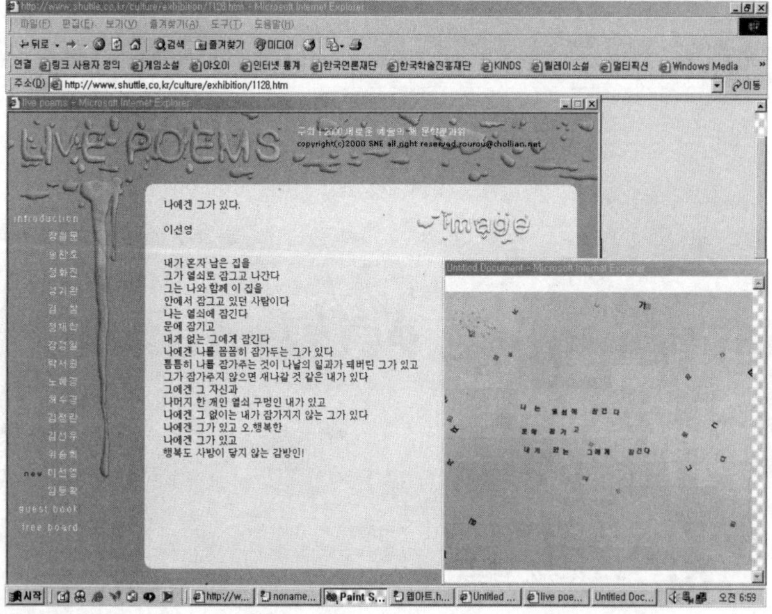

메인 화면에서 <엔터>키를 치고 들어가면 작업에 참여한 15명의 시인들 이름이 좌측 프레임에 정렬되어 있다. 독자가 자신이 보고 싶

은 시인의 이름을 클릭하면 오른쪽 프레임에 문자로 완성된 시 전문이 뜨게된다. 다시 우측 상단에 'image' 아이콘을 누르면 새 창이 뜨면서 플래쉬로 만든 동영상이 배경음악과 함께 나온다. 문자와 비주얼 이미지가 각기 독립된 프레임을 갖고 있는 것인데, 이는 기술적인 어려움 때문이기도 하겠지만 『生時·生詩』 프로젝트가 문자 텍스트의 보조 수단으로서 비주얼 이미지의 역할을 제한하고 있기 때문이다. 위에 캡쳐한 화면은 이선영의 시 「나에겐 그가 있다」의 문자 텍스트와 비주얼 이미지이다. 비주얼 이미지는 「나에겐 그가 있다」 시 전문이 각기 조각난 문자로 화면 가득 부유하다 합쳐져 문장을 이루었다 다시 해체되는 과정을 반복적으로 보여주고 있다.

내가 혼자 남은 집을
그가 열쇠로 잠그고 나간다
그는 나와 함께 이 집을
안에서 잠그고 있던 사람이다
나는 열쇠에 잠긴다
문에 잠기고
내게 없는 그에게 잠긴다
나에겐 나를 꼼꼼히 잠가두는 그가 있다
틈틈이 나를 잠가주는 것이 나날의 일과가 돼버린 그가 있고
그가 잠가주지 않으면 새나갈 것 같은 내가 있다
그에겐 그 자신과
나머지 한 개인 열쇠 구멍인 내가 있고
나에겐 그 없이는 내가 잠가지지 않는 그가 있다
나에겐 그가 있고 오,행복한
나에겐 그가 있고
행복도 사방이 닿지 않는 감방인!

- 이선영 「나에겐 그가 있다」 전문

비주얼 이미지는 낮고 침울한 신서사이저 음향을 배경으로 하여 직사각형 프레임에 반복적으로 문자가 모였다 해체하는 모습을 보여줌으로서 지루한 일상과 잠김과 풀림의 반복, 간혀있음이라는 시적 이미지를 은유적으로 표현하였다. 독자는 비주얼 이미지를 읽지 않는다. 다만 응시할 뿐이다. 그러나 독서 과정에 있어 맨 처음 문자 텍스트만을 읽었을 때와 비주얼 이미지를 보고 난 후 문자 텍스트를 읽는 것의 느낌은 확연히 달라진다. 시어에 생동감이 부여되면서 시 자체가 입체적으로 읽혀지는데 이는 일차적인 문자 해독, 이차적인 이미지 덧씌움, 그리고 마지막으로 문자와 이미지의 조합으로 독자의 독서과정이 완성되었기 때문이다. 디지털 텍스트는 지속적인 집중이 어렵고 연속이 아닌 분열된 기억력을 활성화시키기 때문에, 인터넷 상에서 문학 텍스트를 읽을 때 독자는 항상 바로 전 단계의 독서 경험을 토대로 다음 독서 과정을 진행시킨다. 독서 행위를 중지한 후 독자에게 남는 것은 문자에 대한 기억이 아니라 이미지이며, 이 기억은 다음 독서 행위 때 다시 독서 과정에 끼어 들어 영향을 준다. 이선영의 작품 역시 비주얼 이미지가 기억으로 저장되어 있다가 문자 텍스트를 읽을 때 독서 과정에 끼어 든 것이다. 비록 문자와 비주얼 이미지가 별개의 프레임으로 나뉘어진 한계는 있지만 『生時·生詩』 프로젝트는 <웹아트>로서 문학이 시도할 수 있는 다양한 가능성 중 하나를 구체화시켰다는 점에서 주목할 필요가 있다.

그 동안 시, 소설, 회화, 그래픽, 만화, 영화 이미지의 소비는 주로 '수동적 응시'에 의한 것이었다. 그러나 하이퍼텍스트의 상호작용에 참여하는 사람들은 그런 방식을 취하지 않는다. 그들에게 이미지는 단지 보여지기 위한 대상이 아닌 시각적 기제의 상징성과 의미 구조 사이를 매개하는 일종의 지시체 역할을 수행하는 것이다. 또한 이미지는 하이퍼미디어로 통합되기 때문에 '변화로의 가능성'을 내포한 '생성적 의미'를 지닌다고 할 수 있다. 이는 마치 다중음성성(Multivocality)이라는 개념을 통해, 소설적 담론이 기호학자들이 주장하는 단순한 메시지의 전달과 수용이 아니라 대화가 이루어지는 역동적인 환경이며, 타자의 담론이 주인공의 의식과 말에 은밀하게 작용한다고 했던 미하일 바흐친의 설명과도 같다고 할 수 있다. 디지털 텍스트에서는 저자의 횡포적인, 단일한 음성의 목소리가 존재하지 않는다. 오히려 텍스트 안의 목소리는 언제나 순간적 초점에 결합된 '경험의 힘'에 의해 증발되고 독자가 개입하는 경로에 따라 새로운 서사구조(독자의 마음 속에서)가 만들어진다. 즉, 이제 이미지 텍스트는 수많은 기표들이 중첩된 다중 시점의 교차점이 되는 것이다.[13) 디지털 서정시는 인터넷 시대, 시에게 열려있는 무수한 가능성 중 하나가 될 것이다.


## 4. 나오는 말


　　인터넷의 영향력 확대는 시의 생산과 유통에 적지 않은 영향을 미치기 시작했다. 사이버 공간은 제도권 문학 공간에 진입하지 못한 문학 동호인들의 자유롭고 활발한 활동 무대가 되어주었다. 사이버 공간의 네티즌들은 문학제도 내부의 등단 여부에 관계없이 자신의 시를 통신망에 올릴 수 있게 되었고, 그 공간을 통해 동호인들의 문학적 소통이 가능하게 되었다. 통신망에 올라오는 문학작품의 상당 부분이 시 장르

---

13) http://www.kpaf.org/kpaf_art/200010/200010-01-1.htm

에 속한다는 것은 앞에서 논의한 바 있는 시동호인의 증대와 궤를 같이 하는 현상이다. 하지만 인터넷 내의 시작품들이 그 숫자에 비해서는 아직은 그 수준에서 제도권 문단에 위협을 가할 만한 문학성과 실험성을 갖추고 있지 못한 것도 사실이다. 그러나 제도권 문단 밖의 대중적 문학 참여 공간이 통신망 안에 확장되고 있다는 것은 주목해야 할 사실이고, 또한 새로운 문학적 가능성을 보여주는 것이라고 할 수 있다.14) 그리고 무엇보다도 변화한 현실이 견고하게만 느껴졌던 문학의 제도적 장치에 변화를 가져다 주었다는 점에서 의미가 있다.

인터넷시대 서정시가 살아남기 위해서는 신서정을 개척하고 창조해 내어야 한다. 이때 '신서정'은 기왕의 문학적 상상력과 괘를 달리하는 파격적이고 일탈된 상상력을 통해 구현될 수도 있고, 디지털 서정시같은 전위적인 형식 실험을 통해서 나타날 수도 있다. 무엇보다도 시인은 패러다임의 변화를 창조적으로 수용함으로써 미메시스적 글쓰기의 외연을 확장시키고자 하는, 열린 세계관을 견지하여야만 한다. 그럼 점에서 조용복의 다음 주장은 비판받아야 한다.

21세기 시의 전위성은, 그 자체로 전위적인 형식 실험이나 기교적 혁신을 통해 정치적 혁명성을 내장했던 20세기식 아방가르드적 역할에서 올 수는 없다. 21세기 시의 전위적 역할은 역설적인데, 시 자체가 스스로 존재론적 지위의 급전직하를 인정하고 몸을 숨김으로써 자신의 존재를 증명하게 되는 것이다. 가장 동양적이고 신비주의적이며 비과학적인 형식으로 시는 그 시적 서정성과 영성적 신비주의와 수사적 은유를 계속 재생산해냄으로써 디지털 문화가 질적으로 성장하는 데 충분한 자양을 제공할 것이다. '장주몽의 세계'가 물질적으로 재현될 것이며 이는 시 장르의 영속성을 보증해준다는 의미를 띤다. 이 같

---

14) 이광호, 「변화된 시적 가능성의 공간」, http://www.kcaf.or.kr/yearbook/2000/munhak/mh01.html.

은 의미에서 초현실주의적 상상력의 세계, 장주몽이 보여주는 은유적 담론의 세계는 가장 일상적 담론의 형태로 우리 삶에 뿌리 내리게 될 것이다. 결국 21세기의 시인은 디지털 시대의 보폭에 따르지 못한 채, 느리고 느린 걸음을 걷는 자로서 시대의 가장 사치스런 존재로 남을 수밖에 없다.15)

디지털 시대, 시인은 전위가 되어야 한다. 숨거나 회피하는 것이 아니라 당당히 변화의 물결 속으로 뛰어들어 변화를 선도하여야 한다. '사치스런' 자리를 박차고 나와 앞으로 달려가는, 무모할지도 모를 도전을 서슴지 않는 사람들, <신서정>은 바로 그런 전위적인 시인들에 의해 개척되고 완성될 것이다.

---

15) 조영복, 「디지탈 혁명과 시의 미래 혹은 사치」. 『시와사상』 2000년 봄호. http://www.sisasang.co.kr/contents/2000-1/00-1.htm(재인용)

# 사이버시대, 문학의 변화와 의미

## – '전자책'을 통한 새로운 독서 방식을 중심으로 –

## 1. 문제 제기

지금 우리에게 "정보화시대에 문학의 미래는 어떻게 될 것인가?" 하는 문제제기만큼 절실하면서도 동시에 어려운 난제는 없을 것이다. 창작 매질로서의 '전자언어'와 문학 공간으로서의 '인터넷'이 기왕의 문학 환경을 전복시킬 것이라는 예상만 가능할 뿐 구체적으로 문학의 어떤 부분을 어떻게 변화시킬 것인가라는 부분에서는 아직 어떠한 합의도 이끌어내지 못하고 있다. 이는 정보화사회의 문학 정체성을 전형적으로 보여줄 수 있는 텍스트가 부재하고 새로운 문학을 새롭게 해석할 수 있는 문학 패러다임이 아직 확립되지 않았기 때문이다. 최근 몇 년 사이에 사이버문학에 대한 다양한 논의들이 펼쳐지고 있으면서도 그 논의들이 상호 유기적인 생산성을 확보하지 못한 채 개별적인 담론에 그치고 있는 것도 이 때문이다.

혹자는 인터넷이 갖는 실시간 쌍방향 광역소통의 공간적 메커니즘으로 인해 작가 독자의 관계가 변화할 것이라고 예상하기도 하고, 혹자는 물적 토대의 변화로 인한 상상력과 리얼리티의 이미지화(image+化), 혹자는 문자언어에서 전자언어로 창작언어가 형질을 바꿈에 따라 창작방법론의 변화를 이야기하기도 한다. 그러나 평자들의 시각에 따라 각기 다르게 변화의 조짐이 구체화되긴 하였지만 궁극적으로는 정보화사회의 문학이 자본주의사회의 문학과는 그 존재기반과 실천양상이 달라질 것이라는 부분에서는 공통분모를 갖고 있다. 작가/독자의 관계, 상상력과 리얼리티, 창작방법론 등은 무엇보다도 문학 텍스트를 담아내는 그릇의 변화와 밀접한 관련을 맺고 있는데, 컴퓨터와 인터넷이 만들어낸 문학의 새로운 그릇이 바로 전자책(e-book)이다.

전자책이란 종이 없는 디지털 책으로서, 가시적으로는 기존의 종이책 모양을 취해 매체의 변화에 따른 거부감을 최소화하면서 개인용 컴퓨터나 전용단말기를 통해 디지털화된 책의 내용(파일)을 내려받아 읽는 책을 말한다. 전자책은 북마크를 하거나 밑줄과 간단한 메모를(저장) 할 수 있다는 점에서 보는 책으로서의 종이책과 유사하지만 동영상과 음성을 구현한 멀티미디어적 저장매체라는 점에서 종이책과 차별성을 갖는다.[1]

외국에 비해 조금 늦었지만 국내에서도 2000년 이후 전자책에 대한 관심이 폭발적으로 증가하고 있다. 김영사·청년서·사계절 등의 100여 개의 국내 출판사들이 공동출자하여 설립한 전자출판사 북토피아(www.booktopia.com)가 2000년 8월 개설되었으며, 중견 작가 이순원이 그해 8월 초 온라인 서점인 예스24(www.yes24.com)를 통해 국내 최초의 전자책 전작소설인 『모델』을 발표하였다. 이인화, 고원정, 성석제는 골드북닷컴(www.goldbook.com)에 전자책 형태로 소설을 연재하였고, 하재봉은 북스포유(www.books4u.co.kr)를 통해 <기계도 오르가즘을 느낀다>라는 전자책을 발표하였다. 인터넷 상의 거의 대부분의 온라인 서점이 '전자책' 코너를 별도로 갖추고 있으며, 전자책만을 소개하고 판매하는 '하이북스토어'(www.hiebookstore.com)라는 전문 사이트도 개설되었다. 정보화사회가 가속화되면서 빠르게 그리고 폭넓게 종이 책에서 전

---

1) 조지형, 「인문학의 '위기'와 디지털 인문학」, 사회평론, 2001, p.102.

자책으로 출판의 무게중심이 이동하고 있는 것이다.[2]

따라서 그동안 종이 책 중심으로 이루어졌던 독서 과정과 방식 그리고 경험에 대한 우리의 인식도 근본적인 괘도 수정이 불가피하다. 전자책의 출현이 종이 책의 소멸을 초래하지는 않겠지만, 전자책이 문학을 담아내는 주요한 수단으로 급부상하고 있음을 염두에 두어볼 때 '전자언어'라는 새로운 언어로 '인터넷'이라는 새로운 소통 공간을 통해 '리티즌'이라는 새로운 독자층을 형성하고 있는 전자책에 대한 학문적 접근이 절실히 요구된다.

이 글은 전자책이 종이 책과 변별되는 문학적 특징들을 실제 작품 분석을 통해 알아봄으로써 앞으로 진행될 전자책에 대한 학적 연구에 단초를 마련해보고, 사이버시대 문학의 변화가 어떤 미학적 의미를 내포하고 있는지를 밝혀봄을 목적으로 한다.


## 2. 전자책의 문학적 특징


전자책이라고 번역할 수 있는 전자책은 인터넷 상에서 다운로드(화일 내려받기)를 통해 독자에게 공급되는 새로운 개념의 책으로, 문자열에 링크를 걸어 동영상과 음향, 그래픽 이미지 등을 자유롭게 텍스트에 삽입하

---

2) 독일 프랑크푸르트에 e-북(전자책) 바람이 거세게 불고 있다. 18일 오전 (이하 한국시간) 프랑크푸르트 메세센터에서 109개국, 6,791개 출판사가 참가한 가운데 열린 제52회 프랑크푸르트 국제도서전. 세계 최고(最古)를 자랑하는 이번 도서전에서 새 시대의 상징처럼 돼버린 e-북이 참가 출판사와 관람객들로부터 커다란 관심을 끌고 있다. 주최측은 아예 이번 도서전의 주제를 e-북을 겨냥해 '새로운 책, 새로운 서점, 새로운 직업(New Books, New Shops, New Jobs)'으로 정했다.
- 한국일보 2000년 10월 19일자 기사 부분 인용

거나, 책갈피를 만들어 전에 읽던 곳을 손쉽게 찾아갈 수 있게 해주고, 특정 단어만 있는 문장을 골라 읽을 수도 있는 기술 의존적인 멀티 텍스트이다. 가히 책의 혁명이라고까지 할 수 있는 전자책의 등장은 무엇보다도 젊은 독자층을 확보하려는 출판사의 상업전략과 출판 지면을 확대하겠다는 작가와 편리하고 저렴하게 책을 읽겠다는 독자의 이해 관계가 맞아 떨어져 앞으로 전개될 문학의 지각 변동에 주요한 변수로 기능하고 있다.

인터넷 상의 문학 활동이 현실 공간에서 소외 받았던 환타지나 무협, 추리 같은 장르문학을 중심으로 이루어지고 있는 것과 마찬가지로 전자책 역시 장르 문학 쪽에서 그 시장성을 확장시켜 나가고 있다. 개인 독자들 사이에서 무협소설과 성인소설 등 오락성 콘텐츠는 인터넷에서 대량으로 팔려나가는 전자책의 인기품목이 되고 있다. 소장할 필요 없이 싼 값에 한번 읽고 버릴 수 있는 비즈니스 실용도서들도 인기다. 동영상에다 음성 등 멀티미디어까지 표현할 수 있다는 장점 때문에 어린이들이 재미있게 읽을 수 있는 아동도서들도 전자책에 속속 들어서면서 업체들끼리 판매 경쟁도 치열해지고 있다. 무협소설 마니아들은 전자책 사이트에서 동호회를 만들어 활동하기도 한다.[3]

이와는 별도로 본격문학 작가들이 전자책으로 전작소설을 출간하기도 하는데, 필자가 대상 텍스트로 선정한 백민석의 『러셔』 역시 그러한 작품들 중 하나이다.[4] 백민석이 온라인 서점인 <예스24>를 통해

---

3) http://www.kdn.com/webzine/back/02_01/sub_3.html

4) 본격문학 작가들이 전자책 출간에 뛰어들고 있는 현상은 다음 몇 가지로 그 원인을 파악할 수 있을 것이다. 먼저, 종이책 시장의 영향력 약화이다. 최근 몇 년 동안 본격문학 시장은 고전을 면치 못하고 있다. 판매 부수는 현저하게 줄어들었고, 문학 독자들의 관심도 몇몇 인기 작가에게 집중되고 있어, 많은 작가들이 작품을 발표할 지면을 확보하지 못하거나 책을 출판해줄 출판사를 찾지 못하고 있다. 전자책 시장은 그런 작가들에게 새로운 활로로서의 충분한 매력을 갖고 있다. 두 번째로 전자책 출판이 판매 부수의 투명성을 보장해주고(다운로드 횟수가 실시간으로 표시됨으로), 출판에 필요한 제반 경비와 물류비, 반품에 대한 리

발표한 『러셔(RUSHER)』는 하이퍼 텍스트나 멀티 픽션의 형태를 갖추지 못해 온전한 의미의 전자책이라고는 할 수 없으나 국내 최초의 전자책이었던 이순원의 『모델』에 비해 선택한 소재와 그것을 풀어나가는 서사 전략의 측면에서, 인터넷의 주된 독자집단인 리티즌(litizen)들의 독서 취향에 한 걸음 더 다가선 작품이다. 사이버펑크 영화의 상상력을 부분 복사한 '컴퓨터로 통제되는 견고한 지배 메카니즘과 거기에 저항하는 레지스탕스'라는 『러셔』의 소재는 진부하기는 하나, 가상공간이 가져다주는 이질적인 공간성에 익숙해 있는 네티즌들에게는 SF가 본격문학 작가에 의해 문학 텍스트로 형상화되었다는 점에서 신선한 자극으로 다가가고 있다.[5]

이제 본론에서 필자는 『러셔』를 분석해봄으로써 전자책의 문학적 특징을 다음 세 가지로 목록화해 보고 그 미학적 의미는 무엇인지 밝혀보고자 한다.


## 2-1  '읽기'에서 '보기'로의 독서 방식

미래의 한국(텍스트에는 '싸우스 코리아 시(市)'로 명명되고 있는)은

---

스크가 종이책에 비해 상대적으로 부담이 적은 탓에 인세도 종이책에 비해 높은 편이다. 마지막으로 잠재 문학독자층이라 할 수 있는 10대들이 종이책보다 전자책에 더 우호적이라는 것이다. 지금 당장은 전자책 시장이 종이책 시장에 비해 규모 면에서나 다양성 면에서 약세이지만 지금 10대들이 문학의 주요 독자층으로 부상할 때쯤이면 판도는 달라질 것이다.

5) 그동안 백민석이라는 작가가 우리에게 보여준 작품세계는 『헤이, 우리 소풍간다』(1995)에서의 위악적인 입사제의, 『16밑거나말거나박물지』(1997)의 환상적 리얼리티, 『목화밭 엽기전』(2000)의 극단적인 사도메저키즘 등 그 스팩트럼이 다양했다. 바로 이 점이 전자책을 통한 SF 장르라는 백민석의 문학적 시도가 그리 낯설게 느껴지지 않는 이유이기도 하다.

심각한 환경 오염으로 인해 실제 사람들이 살고 있는 현실세계와 현실세계의 오염물들을 배출해내는 '샘 샌드 듄'이라는 가상세계로 나누어져 있고, 현실 세계의 오염물들은 '호흡 중추'의 통제 하에 '호흡구체'라는 거대한 팬을 통해 '샘 샌드 듄'으로 내보내진다. 주인공 모비와 메꽃은 '호흡 중추'를 파괴하기 위해 우여곡절 끝에 도시의 심장부로 러쉬를 감행하지만 결국 실패하고 만다는 것이 『러셔』의 스토리 라인이다.

그러나 줄거리가 간단하게 요약될 수 있는 것과는 달리 『러셔』의 분량은 고정적이지 않고 항상 유동적이다. 그것은 일차적으로 독자의 선택 사양인 'ONE/BOTH' 메뉴 선택에 의해 한 면만을 볼 것이냐, 아니면 양면으로 볼 것이냐에 따라 134p와 209p로 나누어지며, 독자가 임의적으로 VIEWER의 윈도우 크기를 조정할 때마다 달라진다.

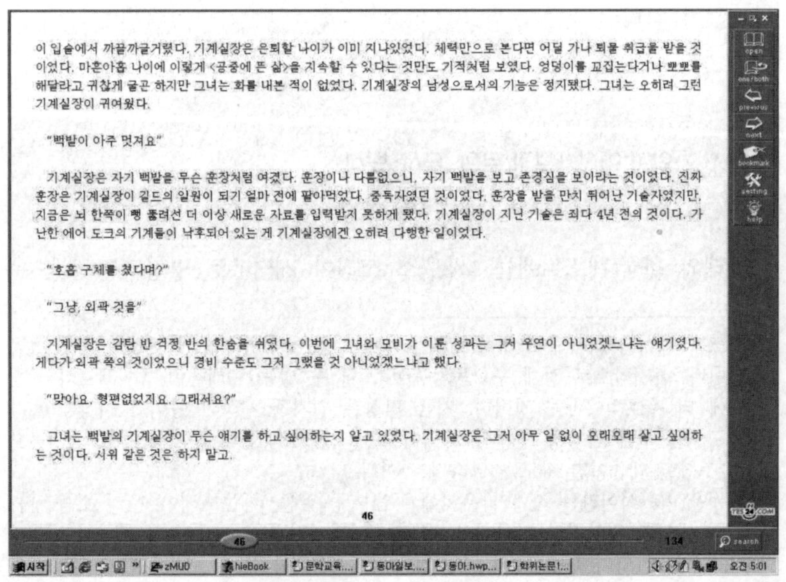

이 입술에서 까끌까글거렸다. 기계실장은 은퇴할 나이가 이미 지나있었다. 체력만으로 본다면 어딜 가나 퇴물 취급을 받을 것이었다. 마흔아홉 나이에 이렇게 <공중에 뜬 삶>을 지속할 수 있다는 것만도 기적처럼 보였다. 엉덩이를 꼬집는다거나 뽀뽀를 해달라고 귀찮게 굴곤 하지만 그녀는 화를 내본 적이 없었다. 기계실장의 남성으로서의 기능은 정지됐다. 그녀는 오히려 그런 기계실장이 귀여웠다.

"백발이 아주 멋져요"

기계실장은 자기 백발을 무슨 훈장처럼 여겼다. 훈장이나 다름없으니, 자기 백발을 보고 존경심을 보이라는 것이었다. 진짜 훈장은 기계실장이 길드의 일원이 되기 얼마 전에 팔아먹었다. 중독자였던 것이었다. 훈장을 받을 만치 뛰어난 기술자였지만, 지금은 뇌 한쪽이 뻥 뚫려선 더 이상 새로운 자료를 입력받지 못하게 됐다. 기계실장이 지닌 기술은 죄다 4년 전의 것이다. 가난한 에어 도크의 기계들이 낙후되어 있는 게 기계실장에겐 오히려 다행한 일이었다.

"호흡 구체를 쳤다며?"

"그냥, 외곽 것을"

기계실장은 감탄 반 걱정 반의 한숨을 쉬었다. 이번에 그녀와 모비가 이룬 성과는 그저 우연이 아니었겠느냐는 얘기였다. 게다가 외곽 쪽의 것이었으니 경비 수준도 그저 그랬을 것 아니었겠느냐고 했다.

"맞아요, 형편없었지요. 그래서요?"

그녀는 백발의 기계실장이 무슨 얘기를 하고 싶어하는지 알고 있었다. 기계실장은 그저 아무 일 없이 오래오래 살고 싶어하는 것이다. 시위 같은 것은 하지 말고.

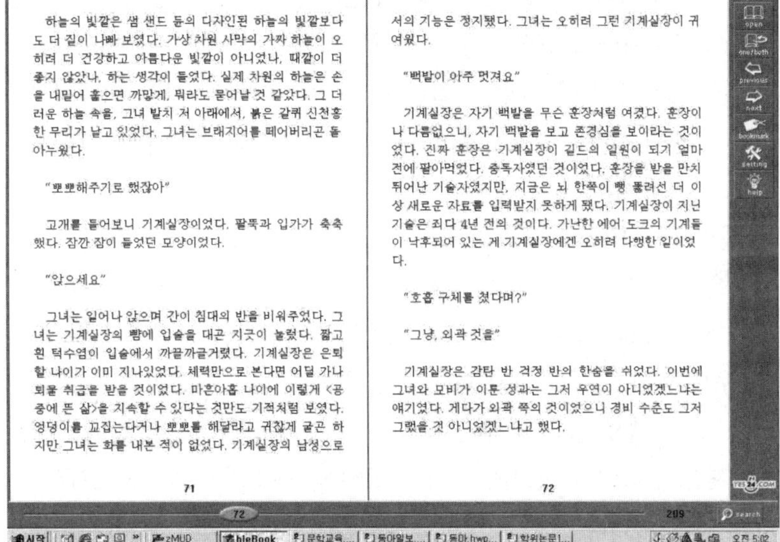

위에 캡쳐화면은 단면으로 페이지를 설정하였을 때와, 양면으로 설정하였을 때 뷰어의 변화를 보여준다. 글자 크기에 있어서도 종이책이 인쇄된 글자 크기를 독자가 임의적으로 변경할 수 없는데 비해, 전자책은 독자가 원하는 대로 다양하게 글자 크기를 조절할 수 있다.

'읽는다'는 것은 문자에 우리의 시선이 고정될 때 가능하다. 종이 책은 이미 견고하게 그 틀이 정해져 있고 그것이 독자에 의해 임의로 수정될 수 없음으로 해서 그 안에 담긴 문자 또한 확고한 위치를 부여받는다. 종이 책을 읽을 때마다 우리의 시선은 정해진 페이지에 고정적일 수밖에 없으며, 독자의 독서 방식도 일정한 순서(페이지 번호)를 따라간다.

그러나 전자책은 텍스트의 크기가 유동적이며 문자 이외에 다양한 아이콘들이 우리의 시선 안으로 들어온다. 따라서 문자 또한 모니터 상에 비트로 현현된 다양한 시각 이미지 중에 하나일 뿐이다. 독자의 시선이 문자에만 고정되는 종이 책과는 달리 전자책은 외부의 시각 이미지에 독자의 시선이 항상 열려있다. 문자 이외의 시각 이미지들은 독자의 지속적이며 연속적인 독서 행위를 방해하며 집중력을 저하시킨다. 개인용 컴퓨터의 가장 일반화된 OS인 WINDOWS는 두 개 이상의 작업을 동시에 수행할 수 있는 멀티테스킹 환경을 제공해 준다. 전자책을 읽으면서 동시에 음악을 들을 수도 있고, 인터넷을 서핑할 수도 있고, 모르는 단어를 검색하기 위해 전자사전을 실행시킬 수도 있다. 모든 행위가 독서 과정 안에 편입해 들어옴으로써 '읽기'는 훼손당한다. 종이 책을 읽을 때에는 책의 크기에 우리의 시선이 맞춰지지만, 전자책은 모니터의 크기에 우리의 시선이 맞춰진다. 컴퓨터 모니터는 읽는 것이 아니라 보는 것이며, 독자에게 전자책 역시 모니터로 통해 '본다'고 인지될 수밖에 없다.

페이지를 넘기는 방식에서도 종이 책과 전자책은 다르다. 종이 책은 손끝으로 페이지를 넘김으로써 책의 물질성을 느낄 수 있지만, 전자책은 간단한 마우스 조작으로 그 작업을 해낸다. 더구나 페이지가 고정적이지 않음으로 해서 종이 책과 같은 물질성은 느낄 수 없다. 비물질적인 텍스트이기 때문에 종이 책에서 특정한 단어를 찾으려면 일일이 페이지를 넘겨야 하지만, 전자책은 'search' 기능을 이용하여 간단하게 찾아낼 수 있다.

문자 언어로 이루어진 텍스트는 연속적이며, 앞에 읽은 내용이 단기적 기억으로 저장되어 계속적으로 진행되는 독서에 영향을 준다. 따라서 어느 한 순간 기억이 막혀버리면 텍스트 전체의 맥락 파악에 손상을 가져다주며, 결국 훼손된 담론만을 기억하게 된다. 그러나 전자 언어로 이루어진 텍스트는 비연속적으로 진행된다. 텍스트의 연속성이

지켜지지 않음으로서 독자가 굳이 자신의 단기적 기억력에 의지해 독서를 진행할 필요성을 느끼지 못하게 된다.

에스카르피는 문자 언어로 된 텍스트들이 구어(口語)의 코드화된 표기법과 시각 언어의 구성이라는 이중의 역할을 담당함으로써, 음성적 사건의 변질적 이미지와 사건의 연쇄에 종속된 이미지만을 나타내는 준자료로 기능한다고 보았다. 독자는 텍스트가 담고 있는 '외적 기억력'의 혜택을 받지 못하는 이른바 훼손된 담화만을 접한다는 것이다. 따라서 독자는 담화의 지속성을 구성하기 위해, 상대적으로 기호들의 축소된 부분만을 저장할 수 있는 자신의 단기 기억력에 호소할 수밖에 없다. 그러나 전자 언어로 이루어진 텍스트는 독자의 눈 움직임이 지속적이지 않고, 그렇기 때문에 자료를 구성하는 데 필요한 운동과는 등주기적이지 않다. 즉 탐색은 지향적이지만 글을 쓰는 데 필요한 규약적인 순서에 의해 결정되지는 않음으로 해서 수많은 '다시 읽기'가 가능해진다는 것이다.[6]

전자책의 존재방식인 하이퍼텍스트의 경우는 '다시 읽기'가 더 직접적이다. 독자는 서로 교차되어 있는 링크(link)들 중 하나를 선택해 마우스를 클릭함으로써 선택된 화면을 읽는다. 만약 선택을 다시 하고 싶다면, 언제든지 앞으로 가서 다른 링크를 클릭하면 된다. 따라서 텍스트의 줄거리는 자의적인 선택에 따라 끊임없이 유동적이 되며, 독자의 단기적 기억력은 아무런 도움도 되지 못한다.

전자책이 '읽기'가 아니라 '보기'의 성격을 갖게 됨으로써 작가의 서사 전략 또한 변할 수밖에 없다. 『러셔』는 전체적으로 문장이 짧고, 인물들의 심리 상태는 간단하게 처리된 반면에 전투 장면이나 사물 묘사

---

6) 로베르 에스카르피 저, 김광현 역, 『정보와 커뮤니케이션』, 민음사, 1996, pp.188-192. (부분 요약)

는 아주 자세하게 묘사되어 있다. 3인칭 전지적 시점이면서도 1인칭 관찰자 시점처럼 등장인물의 시선을 따라가며 상황을 독자들에게 '보여주고' 있다.

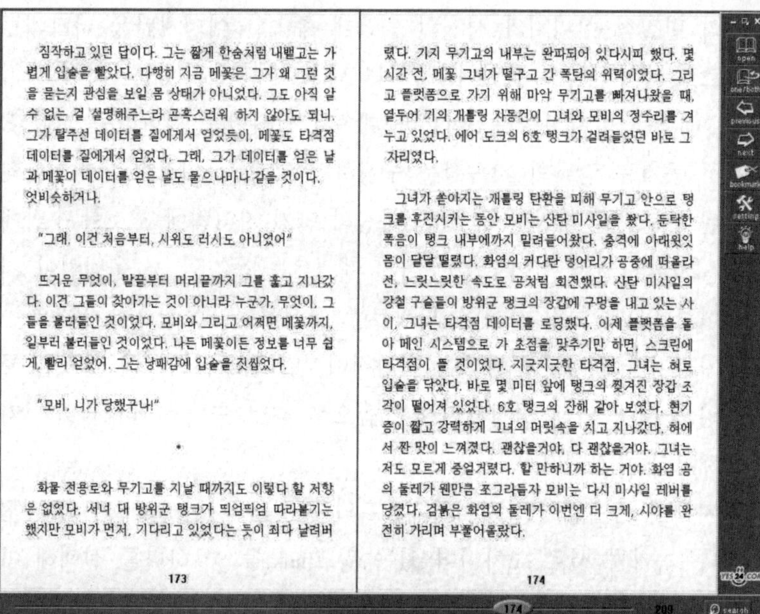

전자책은 독서 과정에서 문자 언어에 비해 집중력이 떨어지고, 독서의 단기적인 기억력에 의지하지 않는다. 시각적인 이미지로 문자가 환치됨으로써 '읽는다'는 인식보다는 '본다'는 느낌을 제공해 준다. 또한 내면의 심리묘사보다는 외부적인 사실을 객관적으로 이해하는데 독자들의 독서 과정을 유도하는 독서 환경이 조성된다. 종이 책과는 다른 독자-텍스트 사이의 이 같은 독서 메카니즘은 전자책의 서사전략을 이해하는데 주요한 단서이다.

위 화면은 『러셔』의 일부분을 무작위로 캡쳐한 것이다. 가장 눈에 띄는 것은 빈번하게 사용된 단락 구분이다. 종이 책에서는 서사 진행에 있어 중요한 굴절이나 단절이 있을 때 단란 구분이 사용되지만, 『러셔』의 경우에는 서사 진행과는 무관하게 독자들이 눈으로 '보기' 편한 만큼으로 단락이 나뉘어져 있다. 만약 우리가 『러셔』를 읽는다면 빈번하게 사용된 단락 구분은 독서 과정의 연속성을 훼손하고 방해하겠지만, 독자는 『러셔』를 '보기' 때문에 짤막짤막하게 구분된 단락은 문자언어에 비해 떨어지는 집중력을 보완해줄 수 있는 것이다.

## 2-2 '이미지' 중심의 독서 과정

디지털 공간은 과거의 인쇄물로는 도저히 경험할 수 없었던 '새로운 읽기'를 촉구하고 있는 것만은 사실이다. 그 '새로운 읽기'의 정체란 무엇인가? 사람들은 그 옛날 성스러운 텍스트를 천천히 몇 번이나 소리내어 읽으며 음미하던 수도사들을 반추동물인 소에 비유했다. 당시 수도사들은 문자 그대로 '미독'(味讀)했던 셈인데, 텍스트를 여러 번 '반추'함으로써 그 깊은 뜻을 완전히 소화해 흡수할 수 있었던 것이다. 그러다 13세기 무렵을 경계로 음성이 아닌 눈으로 읽는 '묵독'(默讀)이라는 새로운 형태의 독서시대가 열렸다. 종교적 목적의 '성스러운 독서' 대신 지식 습득을 위한 '속된 독서'의 시대가 열린 것이다. 이 시대에 대학, 지식인, 도서관 등 새로운 개념이 자연스럽게 등장했다. 텍스트 자체는 단락, 편집, 찾아보기와 같은 참조기술이 발명되어 시각적 질서에 맞게 분절화되었다.

그러나 최근 이런 '문화적 질서'는 급속하게 붕괴되고 있다. 발터 벤야민의 표현대로 '서적이 되어 침대에 뉘어졌던 문자가 다시 일어나기 시작'한 것이다. 우리는 컴퓨터 액정화면에 비문처럼 서 있는 텍스트를 일상적으로 '바라보게' 된 것이다. 이런 미디어 자체의 변화는 독서의 감정적, 신체적 지각을 다시 바꾸고 있다. 온라인 공간에 올라 있는 전자 텍스트는 텍스트를 만드는 사람과 읽는 사람의 경계를 무너뜨리고 있다. 읽는 사람은 텍스트의 서체, 크기, 페이지의 레이아웃을 자유롭게 변형할 수 있게 되었다. 활자책 시대에는 미디어가 작가의 형상과 작품의 윤곽을 명확하게 해주었지만, 디지털 시대에는 필사본 시대와 비슷한 무정형(無定型)의 텍스트 공간이 다시 출현하려는 조짐을 보이는 것이다. 미디어 자체의 변화에 따라 텍스트에 담기는 정보도 그 특성에 따라 나뉘고 있다. 텍스트의 모든 것을 포괄해 '정보'로 보던 데서 벗어나 데이터(Data), 정보(Information), 인텔리전스(Intelligence) 등으로 세분화해 그 차이를 구체적으로 인식하기 시작한 것이다.[7]

컴퓨터를 사용하는 전자 언어는 과거에 종이와 펜을 사용하던 문자 언어와는 여러 가지 점에서 다르다. 우선 전자 언어는 종이 위에 물질적 형태로 고정시키던 이전의 글쓰기와는 달리 키보드를 두들겨 입력한 글자를 전자적 신호 체계로 바꿔 전달하고, 그것을 다시 모니터 상에 빛의 형태로 재현하는 것이다. 이렇게 모니터 상에 나타난 글도 비록 비트의 조합이기는 하나 종이 위에 쓰여지던 글과 동일한 모습을 하고 있는 탓에 기호학적인 연구 대상이 될 수 있다. 하나의 기호는 그것에 상응하는 하나의 의미(sens)와 동시에 현실 공간에 이 기호의 지시물(referent)을 갖는 의미작용(signification)을 한다. 예를 들면 <의자>라는 기호는 현실 공간의 실물인 의자를 지시물로 갖는다는 뜻이다. 이

---

7) http://siri75.hihome.com/e-book5.htm

런 기호의 범주에 상징이란 특별한 기호가 있는데, 상징은 여러 가지 이미지(image, 心象)들을 낳는다. 인간의 능력 중에 상징을 사용해서 심상들을 만드는 그런 능력을 상징적 상상력(imagination)이라 하는데, 이때의 심상 역시 각기 하나의 기호로 현현돼 음성적 실체를 가진다. 그러나 가상공간의 전자 언어는 이런 기호의 개념에 문제를 야기한다. 가상공간상에 나타난 비트로 표시되는 글은 자체의 공간에 구체적인 지시물을 갖지 못한다는 점 때문이다. 보드리야르는 이것을 기호라는 용어 대신에 시뮬라크르(simulacre)로 부르기를 제안한다. 이 시뮬라크르는 가상공간에서 현실 공간의 기호가 하는 역할과 동일한 역할을 하지만, 그것은 존재 공간인 가상공간 내에 빛으로 현현된 그 자체 외는 어떤 다른 지시물도 갖지 못한다. 따라서 가상공간상의 시뮬라크르는 현실 공간에서 기호가 수행하는 의미작용(signification)을 하지 못한다.[8] 기호가 구체적인 참조물을 갖지 못할 때 독자들의 독서 기억은 가역적인 이미지에 의지할 수밖에 없다.

근본적으로 독자는 주어진 텍스트를 읽을 때, 작가의 '의도'를 자신의 '의미'로 맥락화시키는 작업을 수행한다. 이때 독자의 '의미화' 작업에 주요한 모티브로 기능하는 것이, 작가가 텍스트에 의도적으로 삼투시켜 놓은 이미지들이다. 전통적인 글쓰기에서 텍스트는 이미지의 시니피에(기표, 記票)들 사이에서 독자를 지도하며, 거기에서 어떤 것은 피하고 다른 어떤 것은 받아들이도록 해준다. 흔히 섬세한 배치(dispatching)를 통해서 텍스트는 독자를 사전에 선택된 의미로 원격조정한다.[9] 따라서 이미지는 조작된 곳이며, 그것은 작가만이 정당하게 해독할 수 있고

---

8) 김홍년, '사이버리즘과 역리적 세계관', 하이텔 사이버문학 비평그룹 [버전업] 게시판 부분 인용
9) 롤랑 바르트 저, 김인식 편역, 『이미지와 글쓰기』, 세계사, 1993, p.96.

독자는 그것을 받아들이는 수동적 이미지 생산 밖에는 행할 수 없다.

그러나 전자책은 그 이미지들을 창작주체들의 섬세한 배치에 의해 독서주체들로 하여금 능동적으로 재생산해내도록 유도하는 문학이다. 어떤 문학텍스트를 읽을 때, 독자는 작중 화자와 자신을 동일시하거나 더 나아가 작가의 창작 의식과 자신의 독서 의식을 동일시 할 수도 있다. 그리고 만약 이 동일시만으로 독서 행위가 끝난다면, '그'는 자신만의 '바라보기 방법'으로 새로운 의미 기호 구축에 실패하고 만 것이다. 이것이 광고와 문학이 다른 점이다. 광고는 '동일시'가 곧바로 자신의 미래태에 대한 확신으로 연결되면서 스스로의 시뮬라시옹 과정을 거쳐 완벽하게 자신의 이미지로 치환될 수 있지만, 문학은 '동일시'의 미래태에 대한 확신이 독서행위가 끝나는 순간 희미해지거나 사라짐으로써, '동일시'만으로는 시뮬라시옹을 수행할 수 없다. 상품은 다 소비하면 똑같은 것으로 다시 구매함으로써 '동일시'가 끝없이 반복될 수 있지만, '문학'은 단 한번의 소비로 완벽하게 그것을 자신의 것으로 만들어야하기 때문이다. 똑같은 책을 두 번 읽었을 때, 우리는 두 가지의 상이한 독서체험을 하게 되는데, 한가지는 처음 읽었을 때보다 더 많은 감동을 받는 경우와, 또 하나는 처음 읽었을 때의 감동이 전혀 되살아나지 않는 경우이다. 전자의 경우, 독자는 처음의 독서행위시, 텍스트의 이미지들을 자의적인 것으로 해석함으로써 무궁무진한 해석의 여지를 남겨놓았음으로 해서 그 여지들이 다시 감동으로 되풀이되는 것이며, 후자의 경우에는 작가가 만들어놓은 의도를 의미화하는 것에만 국한된 독서행위를 수행한 결과이다.10)

---

10) 여기서 사이버문학의 이념태와 독자수용이론의 이념태가 어떻게 다른지 변별된다. 독자수용이론이 텍스트의 의미 생산자로서의 독자의 권위를 인정한 문학패러다임이라는 점에서는 사이버문학과 겹쳐진다. 그러나 독자수용이론은 전적으로 의미의 재생산을 독자들의 자율적인 독서 행위 내에서 찾았던 반면, 사이버

『러셔』의 상상력은 구체적인 참조물을 갖고 있지 못한 이미지의 산물이다. 실제로 가능하지 않은 먼 미래를 소재로 한 버츄얼 리얼리티의 세계이다. 마이클 하임은 가상적인(virtual) 것을 형상적으로는(주관과 독립해서 객관적으로) 인지되거나 허용되지는 않지만 본질적으로 또는 효력을 미치는 면에서 존재하는 것으로, 현실(Reality)을 실제적인 사건, 사물 또는 일의 상태라고 해석하고, 버추얼 리얼리티를 효력 면에서는 실제적이지만 사실상 그렇지 않은 사건이나 사물이라고 정의하였다.11) 언뜻 장 보드리야르의 시뮬라크르 개념과 유사한 듯 하지만 사실은 전혀 다르다. 시뮬라크르가 후기산업사회가 대중에게 제공한 감각적 이미지라면, 버추얼 리얼리티는 정보화사회가 대중에게 선사한 공감각적 이미지이다. 제공한 사회 패러다임의 문제가 아니라 제공된 이미지의 문제이다. 시뮬라크르가 시각을 우선시하는 반면, 버추얼 리얼리티는 우리의 오감을 만족시켜주는 공감각적인 이미지이다. 마이클 하임도 이 점에 착안해 버추얼 리얼리티의 일곱 가지 특징 중의 '상호작용'과 '온몸몰입'을 강조하고 있다.12) 상호작용과 온몸몰입은 버추얼 리얼리티가 공감적인 이미지임을 드러내 준다. 우리는 가상공간 안에서 실재하지 않는 무수한 이미지들과 상호 작용을 통해 자신의 이미지를 구체화시키며, 그 과정은 가상과 현실의 빗금을 지우는 온몸몰입을 통해 이루어진다. 상호작용과 온몸몰입은 주체로 하여금 실재가 무엇인지에 대한 판단을 모호하게 해 준다. 당연히 주체가 바라보고 재현하고자

---

문학은 작가 역시 독자들의 의미 생산에 함께 참여하는 쌍방향소통의 문학이다. 독자수용이론에서 얘기하는 '여백'과 '불확정영역'을 독자들이 찾아내 의미를 부여하는 것이 아니라 작가와 함께 소통하며 텍스트의 틈새를 메꿈으로써 독자들의 능동적인 의미화 작업을 도와주는 문학인 것이다.

11) 마이클 하임, 여명숙, 『가상현실의 철학적 이해』, 책세상, 1997, p.180.

12) 마이클 하임이 제시한 <버추얼 리얼리티>의 일곱 가지 개념은 시뮬라크르, 상호작용, 인공성, 몰입, 원격현전, 온몸몰입, 망으로 연결된 커뮤니케이션 등이다.

하는 대상도 '지금' '자신'과 상호 작용을 하면서, 주체로 하여금 몰입의 경험을 가져다주는 버추얼 리얼리티가 리얼리티로 부각되어진다.

『러셔』가 보여주고 있는 '컴퓨터로 통제되는 견고한 지배 메카니즘과 거기에 저항하는 레지스탕스'라는 소재는 이미 「메트릭스」나 「토탈 리콜」, 「코드명 J」 등 사이버펑크 영화를 통해 우리에게 익숙한 상상력이다. 영화 속에서 익숙하게 보아왔던 영상 이미지가 문자이미지로 치환되었을 뿐이며, 따라서 독자들은 익숙하게 텍스트를 여행할 수 있다.

그러나 『러셔』의 표면적인 스토리 라인 이면에는 기왕의 SF와는 다른 백민석 류의 SF 문법이 숨어있다. 『러셔』에는 선악의 대립구조가 분명하게 드러나 있지 않다. 모비나 메꽃이 왜 호흡중추를 파괴하려는가에 대한 설명이 빈약하며, 따라서 저항의 당위성은 생략된 채 무모한 돌진만이 텍스트에 가득 보여질 뿐이다. 그래서 작품 마지막에 질과 모비가 나누는 지극히 상징적인 대화는 기본 SF 문법에 충실한 독자들에게는 추상적으로 읽힐 수 있다. 그러나 조지 오웰이 『1984』를 통해 그려냈던 '빅 브라더'라는 겉으로 드러난 파쇼적 권력보다 『러셔』에서 '초월의 나무'로 형상화된 실체 없는 권력과 그 권력에 스스로 편입하는 두 주인공의 여정은 미래의 권력 메카니즘에 대한 불안을 더욱 더 극적으로 상징해 준다.

텍스트 안에는 무수한 이미지들이 부유하고 있다. 그것은 의도적이든 의도적이지 않는 작가의 창작 의식에 의해 생산된 것이지만, 독자의 독서행위 안으로 들어가는 순간, 독자의 독서 의식에 의해 재생산되어야 한다. 『러셔』의 지극히 추상적인 결말은 동일한 소재를 선택하였음에도 불구하고 영화와 문학이 갈라지는 부분이며, 텍스트의 이미지가 독자들에게 요구하는 주체적인 의미 부여의 장소이다. 백민석은 아무 말도 하지 않고 다만 보여줌으로써 독자들이 『러셔』에서 찾아낸 버추얼 리얼리티를 자신만의 독서 경험 안으로 끌어들일 수 있도록 텍스트를 개방하였다.


## 2-3  새로운 리얼리티 - '메타리얼리티'


정보화사회는 우리에게 의사 체험의 공간인 가상 현실의 세계를 활짝 열어주었다. 현실 세계가 물질적인 공간이라면 가상 현실의 세계는 비물질적인 공간이다. 지금까지 우리들은 오직 '볼 수 있는 것'만을 보아 왔다. 그러나 가상현실(Virtial Reality)로 대표되는 정보화의 진전에 의해, 현실세계에서 보는 것과는 구별되는 또 하나의 방식(컴퓨터를 통해 본다고 하는)이 동시에 성립할 수 있게 되었다. 이것은 인간의 인지와 이해에 커다란 영향을 미친다.13) 현실 공간에서 볼 수 있는 것과 컴퓨터를 통한 비현실 공간에서 볼 수 있는 것이 모두 '보고 있다'라고 우리에게 인지된다 했을 때, 당연히 현실에서 '보는 것'과 비현실에서 '보는 것'의 거리만큼 '보여질 수 있는' 상상의 세계 또한 분명히 달라진다. '이전부터 존재해 왔던 일상세계'와 '가상 현실로 구성되는 새로운 일상세계'가 공존하고 있는 지금, '보는 것'을 토대로 '보여질 수 있는' 세계를 구현하고자 하는 문학의 상상력은 기왕의 일상세계와 새로운 일상세계가 어떤 공간적 특성을 갖고 있는가에 따라 그 형질 변화가 수반될 수밖에 없는 것이다. 따라서 가상 현실의 세계가 보편화되거나 현실 세계와 동등한 비중을 지니게될 때, 문학적 리얼리티는 지금까지 우리가 생각지도 못했던 전혀 새로운 형질을 갖게될 것임은

---

13) 『정보교류의 사회학』, 한국정보문화센터, 1995, pp.177-178.(재인용)

자명하다.

리얼리티 논의에서 중심이 되는 것은 실재(재현대상)와 재현 사이의 지시관계의 문제이다. 여기서 논점을 다시 두 가지로 나누어 보자. 실재 즉 재현 대상의 성격과 그것을 어떻게 파악할 수 있는가의 문제가 그 하나라면, 재현가능성 혹은 재현의 자기창조성 문제가 다른 하나이다.14)

첫 번째 문제는 철저하게 현실 변화와 그에 따른 인식론의 문제를 닮아 있다. 특히 격변하는 요즘의 현실과 문학에서 대단히 문제적인 대목이다. 소박한 의미에서의 리얼리즘 시대에는 재현대상은 질서정연하게 실재하는 것으로 여겨졌기에 재현과 실재 사이의 지시관계는 아무 명료하였다. 그러나 가상공간의 대두로 인한 버추얼 리얼리티의 대두는 리얼리즘 자체의 성격을 근본적으로 바꾸어 놓고 있다. 재현 대상이 비물질적이며, 시공간의 거리가 무화되어 있을 때 과연 그것을 '실재'라고 할 수 있을 것인가? 정보화사회의 문학은 바로 이 재현의 딜레마를 어떻게 풀어 나가느냐에 따라 새로운 문학 패러다임을 생산해낼지, 아니면 기존의 패러다임에 의지하여 전통적인 리얼리티의 세계로 침잠할지가 결정난다.

두 번째 문제인 재현가능성, 혹은 재현의 자기창조성 역시 버추얼 리얼리티를 리얼리티로 볼 것인지, 아니면 감각에 의존하는 환상으로 판단할 지에 따라 그 결과가 달라진다. 버추얼 리얼리티를 리얼리티로 상정하고 그 재현 가능성을 전제한다면 문학적 실천이 기왕의 리얼리티와는 다른 재현의 자기창조성을 획득할 것이지만, 감각에 의존하는 환상으로 판단한다면, 버추얼 리얼리티는 기왕의 환상소설이나 과학소설의 상상력과 별반 다를 바 없게 된다.

---

14) 우찬제, 「모든 것은 리얼하다」, 『포에티카』 97년 봄호, pp.101-102.

『러셔』의 리얼리티는 실재와 재현 사이의 지시관계의 문제에 있어 위 두 가지 논점 이외에 또 하나의 문제를 제기한다. 즉, 이미 독자들에게 익숙한 이미지를 차용하여 부분 복사하였을 때 독자들이 느끼는 리얼리티를 어떻게 해석하여야 하는가 하는 것이다.

『러셔』는 텍스트 전체에 우리에게 이미 익숙한 영상 이미지들을 배치해 놓고 있다. 주인공 모비가 추방당하는 '샘 샌드 듄'은 『저지드래곤』에 나오는 황량한 유배지를 떠올리게 하고, 공격용 우주선과 전투 장면은 『스타워즈』의 전투씬을, 모비와 메꽃은 『메트릭스』의 남녀 주인공과 겹쳐진다. 독자들이 『러셔』를 읽으며 리얼하다고 느끼는 것은 상황 자체의 사실성 때문이 아니라 그들에게 이미 익숙한 이미지들이 텍스트 곳곳에 숨어있기 때문이다. 리얼리티는 변화한다. 문학의 생명력은 새로운 시대에 맞춰 새로운 리얼리티를 창출해내는데 있으며 그 전위에는 항상 새로운 세대들이 위치해 있다. 문학 생산 메카니즘의 가장 주요한 위치를 차지하고 있는 독자들의 소비적 기호가 변화하고 있는 상황에서 새로운 리얼리티의 창출과 수용은 필연적으로 요구된다. 그리고 이 새로운 리얼리티가 메타 리얼리티이다. 메타 리얼리티는 용어는 메타 픽션이라는 용어를 개념을 차용한 것이다. 문학 텍스트가 텍스트 밖에 존재하는 다른 세계를 반영하거나 재현하는 것이 아니라 텍스트 자체를 반영하는, 창작과정 자체를 중요한 방법론으로 상정하는 자기반영적인 소설을 메타 픽션이라 한다면, 메타 리얼리티는 현실의 세계를 반영하는 것이 아니라 작가의 의식 또는 무의식적인 세계 안에 자리잡고 있는 시뮬라크르한 세계를 반영한다. 메타 픽션이 글쓰기 행위 자체에 주목한다면, 메타 리얼리티는 리얼리티가 만들어내는 과정과 거기에 관여하는 우리들의 기시감에 주목한다. 『러셔』에서 차용하고 있는 영화적 이미지들은 독서 과정 중에 익숙한 기시감으로 의식의 수면 위로 떠오르며 자연스럽게 리얼리티를 확보한다.

독자들의 기시감을 리얼리티의 장치로 이용하는 『러셔』의 '메타리얼리티' 전략은 백민석이 『러셔』의 독자를 문자보다는 영상 이미지에 익숙한 신세대들로 미리 상정하고 글을 썼음을 의미한다.


## 3. 나오는 말


『러셔』는 종이 책과는 분명 다른 서사 전략을 보여주고 있다. '모비'와 '메꽃'이라는 두 주인물의 행위 동선을 서로 교차하며 보여준다거나, 심리상태는 간결한 문장으로, 전투장면은 세밀한 묘사로 형상화한 점 등은 '읽기'보다는 '보기'라는 측면이 강조될 수밖에 없는 전자책의 존재방식이 서사 전략에 미친 영향으로 해석될 수 있다. 이미지 중심의 버츄얼 리얼리티와 기시감을 이용한 메타 리얼리티는 종이 책의 리얼리티와 분명 다른 층위에 놓여져 있다. 물론 전자책이 독서 과정에서 '문장'보다는 '단어'에 독자의 시선이 집중된다는 점을 염두에 두어볼 때 과도하게 사용된 외래어와 신조어들은 오히려 독서 흐름을 끊어 놓았다거나 빠른 속도감에 비해 빈약한 서사와 너무 추상적인 결말 등은 미학적 약점으로 지적될 수 있다. 그러나 『러셔(RUSHER)』는 전자책으로 출간될 것을 염두에 두고 주제와 소재, 서사 방식을 작가가 전략적으로 선택하였고, 그것이 일정의 문학적 성취를 확보하고 있음으로 해서, 새로운 문학 환경이 작가의 세계관과 창작방법론에 어떤 영향을 미치는 가를 보여주는 구체적인 텍스트라는 점에 그 문학적 의의가 있다고 하겠다.

전자책이 종이 책을 쇠퇴시키지는 않을 것이다. 오히려 각자의 영역을 분명히 하면서 결과적으로 문학의 저변 확대에 일조하는 시너지 효과를 창출해낼 수 있을 것이다.[15] 대중적이고 상업적인 출판물은 전자책에 내어주는 대신 종이책은 고급화, 희소화(다품종 소량생산), 장서화 전략을 택해 고급독자층을 확보할 수 있을 것이다.

대학생을 대상으로 하는 한 잡지의 설문 조사 결과는 앞으로의 독서시장이 나아가야 할 바를 시사해주고 있다. 인터넷과 책의 효용성에 대한 질문에서 응답자의 56.9%가 "인터넷의 이용 가치가 책보다 더 높다"고 답하였다. 또한 독서를 멀리하게 된 가장 큰 원인으로 "인터넷의 확산으로 인한 독서의 필요성 감소"(54.3%)를 얘기한다는 점에서 인터넷이 독서에 커다란 영향을 미치고 있음을 알 수 있다.[16] 결국 미래의 독자들에게 책이 다가갈 수 있는 방식은 인터넷과 책의 결합, 즉 전자책을 통해 이루어질 것이다.

정보화사회는 우리에게 책에 대한 고정관념을 깰 것을 요구하고 있다. 문자로 조합된 종이 책만을 책으로 받아들인다면 우리는 기술의 발전이 선사한 편리하고 유용한 출판도구와 그 생산물이 가져다줄 문

---

15) 전자책은 작가와 독자간의 의견교환을 더 활성화해 독서 환경의 변화를 가져올 것이다. 또 누구나 저렴하게 책을 낼 수 있어, 실험 작품이나 소수를 위한 작품도 얼마든지 나올 수 있다. 전자책은 무료화의 길을 걸을 가능성도 높다. 머지 않아 책장 사이에 광고를 삽입하는 대신 책을 무료로 공급하는 방식이 시도될 것이다. 한편으로는 전자책이 종이책을 완전히 대체하진 못할 것이라는 주장이 우세하다. 즉, 전자책이 시대의 흐름이긴 하나, 종이책을 대체하는 것이 아니라 함께 나아간다는 것이다. 전문가들은 2010년이면 세계 출판물의 50%가 전자책이 될 것으로 예상한다. 아직까지는 기존의 책에 익숙해진 독자들을 위해, 가능한 한 종이책과 유사한 전자책 개발에 무게가 실리고 있다. 하지만 머지 않아 전자책은 종이책과 관계 없이 독자적인 방향으로 나아가게 될 것이다. (http://www.mobis.co.kr/kr/sabo/2000_08/c20007_3.asp 부분 인용)

16) http://www.lg.co.kr:8888/webzine/future0107/html/spot_issue_2.html

학의 혁명적인 변화로의 동참을 스스로 포기하는 오류를 범하게 될 것이다. 인류가 당대의 지적 유산을 후대에 물려주기를 포기하지 않는 한 책의 운명 역시 우리와 함께 할 것이다. 책은 어떤 외피를 쓰고 있는가가 중요한 것이 아니라 어떤 내용을 담고 있는가가 중요한 것이다. 대학에서의 문학 교육이 인터넷과 그 안에서 활발하게 펼쳐지고 있는 문학 실천 행위에 시선을 돌려야 하는 이유도 바로 여기에 있다.

**저자약력**

**이용욱(李鎔郁)**
1993년 여름 icerain이라는 아이디로 처음 사이버세계에 등장
1995년까지 약 50여 편의 문학 비평문들을 생산, 문학 게시판을 도배
1996년 1월 1일에 하이텔 문학비평 게시판에 '통신문학, 이제 시작하자'라는 조금은
　　　　　선동적인 제목의 글을 올림으로써 사이버문학 논의를 본격적으로 시작함
1996년 7월 『사이버문학의 도전』(토마토) 출간
1997년 가을 사이버문학 계간지 『버전업』을 창간
1999년 겨울까지 계간 사이버문학 『버전업』의 편집주간을 맡음
2000년 『정보화사회 문학패러다임 연구』로 문학박사학위 취득
2000년부터 지금까지 여러 지면에 사이버문학 관련 논문 발표
2003년 3월 인터넷에 디지털문학웹진 『사이버리즘』(http://www.cyberism.co.kr) 개설
2003년 8월 사이버문학포럼 『버전업』(http://www.cyberism.co.kr/forum) 개설
2004년 3월 인터넷라디오방송국 『LiteRadio』(http://literadio.w3ip.com) 개설
현재 한남대·중부대 출강

# 문학, 그 이상의 문학

## - 사이버문학론에 대한 연대기적 보고서 -

인　쇄　2004년　07월　12일
발　행　2004년　07월　19일
저　자　이　용　욱
펴낸이　이　대　현
편　집　박　윤　정
펴낸곳　도서출판 역락 / 서울 성동구 성수2가 3동 301-80
　　　　　(주)지시코별관 3층(우 133-835)
TEL 대표·영업 3409-2058　편집부 3409-2060　FAX 3409-2059
E-MAIL youkrack@hanmail.net / yk3888@kornet.net
등　록　1999년 4월 19일 제2-2803호
ISBN　89-5556-320-5-93800

정가　17,000원

* 잘못된 책은 교환해 드립니다.